Nach der eigenen Zeichnung Hoffmann's.

E. T. W. Hoffmann

geb. den 24ten Januar 1776.
gest. den 25ten Junius 1822.

Os elixires do Diabo

E.T.A. Hoffmann

Os elixires do Diabo

Documentos póstumos do capuchinho irmão Medardo editados pelo autor de *Quadros Fantásticos à maneira de Callot*

Tradução, prefácio e notas
Maria Aparecida Barbosa

Título original: *Die Elixiere des Teufels*
© Editora Estação Liberdade, 2022, para esta tradução

Revisão Sandra Brazil
Editor assistente Luis Campagnoli
Composição Gustavo Abumrad
Ilustrações às p. 25 e 195 Theodor Hosemann
Ilustração à p. 1 Gravura em cobre por Karl Ludwig Bernhard Buchhorn (1823), criada a partir do autorretrato de E.T.A. Hoffmann feito em giz.
Ilustração de capa Natanael Longo de Oliveira
Supervisão editorial Letícia Howes
Edição de arte Miguel Simon
Editor Angel Bojadsen

CIP-BRASIL. CATALOGAÇÃO NA PUBLICAÇÃO
SINDICATO NACIONAL DOS EDITORES DE LIVROS, RJ

H648e

Hoffmann, E. T. A., 1776-1822
Os elixires do diabo : documentos póstumos do capuchinho Irmão Medardo editados pelo autor de quadros fantásticos à maneira de Callot / E. T. A. Hoffmann; tradução, prefácio e notas Maria Aparecida Barbosa; – 1. ed. – São Paulo: Estação Liberdade, 2022.
368 p. : il. ; 21 cm

Tradução de: Die elixiere des teufels
ISBN 978-65-86068-62-7

1. Ficção alemã. I. Barbosa, Maria Aparecida. II. Título.

22-80130 CDD: 833
CDU: 82-3(430)

Meri Gleice Rodrigues de Souza – Bibliotecária – CRB-7/6439

Todos os direitos reservados à Editora Estação Liberdade. Nenhuma parte da obra pode ser reproduzida, adaptada, multiplicada ou divulgada de nenhuma forma (em particular por meios de reprografia ou processos digitais) sem autorização expressa da editora, e em virtude da legislação em vigor.

Esta publicação segue as normas do Acordo Ortográfico da Língua Portuguesa, Decreto nº 6.583, de 29 de setembro de 2008.

Editora Estação Liberdade Ltda.
Rua Dona Elisa, 116 | Barra Funda
01155-030 São Paulo – SP | Tel.: (11) 3660 3180
www.estacaoliberdade.com.br

SUMÁRIO

PREFÁCIO À EDIÇÃO BRASILEIRA — 9

OS ELIXIRES DO DIABO — 19

PREFÁCIO DO EDITOR — 21

PRIMEIRO VOLUME — 25

PRIMEIRA PARTE
Os anos de infância e a vida no mosteiro — 27

SEGUNDA PARTE
Entrada no mundo — 67

TERCEIRA PARTE
A aventura da viagem — 107

QUARTA PARTE
A vida na corte do príncipe — 157

SEGUNDO VOLUME — 195

PRIMEIRA PARTE
A reviravolta — 197

SEGUNDA PARTE
A penitência — 267

TERCEIRA PARTE
Retorno ao mosteiro — 311

PREFÁCIO À EDIÇÃO BRASILEIRA

> "... eu me aventurei a abrir o olho esquerdo e
> num relance olhei em direção à estátua.
> Esse foi meu último olhar! A glória que cercava
> a Virgem era grande demais para ser suportada.
> Fechei rapidamente o olho sacrílego,
> e a partir de então não pude mais abri-lo!"
> Matthew G. Lewis, em *O monge*

> "Mais uma vez lá estava o Diabo em seu duplo aspecto:
> o espírito de fornicação e o espírito de destruição."
> Gustave Flaubert, em *As tentações de Santo Antão*

O romance relata a história do talentoso monge Medardo, que se deixa seduzir no relicário do mosteiro pela tentação de experimentar o proibido elixir do Diabo. Mas o que é mesmo um elixir? As propriedades terapêuticas ou os efeitos medicinais das substâncias mencionadas por E.T.A. Hoffmann (Königsberg, 1776-Berlim, 1822) auxiliam a compreensão da narrativa. Além da acepção "xarope, bebida deliciosa e confortadora", o *Dicionário Aurélio* inclui referência à substância procurada pelos alquimistas do medievo devido à crença de que seria capaz não somente de transformar metais grosseiros em ouro, mas também de curar e fortalecer o corpo humano. Ao passo que Antônio Geraldo Cunha, no *Dicionário Etimológico*, se reporta a "'bebida medicamentosa, balsâmica ou confortadora' xviii. Do fr. *élixir*, deriv. do ár. *el'iksir* 'pedra filosofal' e, este, do gr. *kseron* 'medicamento'". O elixir é feito à base de ópio, cânfora e outros componentes, sendo célebres o epônimo *Hoffmannstropfen*, descrito na página de medicina da Universidad Cardenal Herrera, de Valência, e o *elixir proprietatis* de Paracelsus, estudado por Heinrich Schipperges, no vade-mécum *Handschriftenstudien zur Medizin des späten Mittelalters und der frühen Neuzeit* (Estudos de manuscritos sobre medicina da Idade Média tardia e do início da Idade Moderna). No subtítulo do livro *Os elixires do Diabo*, escrito em 1814 e publicado em dois volumes, respectivamente em setembro de 1815 e na Páscoa de 1816, pelos editores berlinenses Duncker & Humblot, Hoffmann cita sua obra literária anterior e se apresenta como autor da coletânea *Fantasiestücke in Callots Manier* (quadros fantásticos à maneira de Callot), cuja primeira edição alemã data de março de 1814. *Quadros fantásticos à maneira de Callot* foi bem-sucedida e o êxito levou o escritor a vivenciar uma segunda edição da obra empreendida novamente pelo editor Kunz de Bamberg, em 1819, um acontecimento inédito que o transforma em celebridade literária. *Stücke* (cuja forma singular é *Stück*) tem acepção equivalente ao termo *Gemälde* = quadro; a acepção se estende à obra de arte de maneira geral: peça teatral, peça musical. Constituíram declaradamente a inspiração para a composição da coletânea as imagens da *commedia dell'arte* do gravador em cobre Jacques Callot (Nancy, 1592-1635): "uma abundância de elementos distintos, um ao lado do outro, às vezes até sobrepostos, mas cada um mantendo sua singularidade e perfilando-se com o todo", elogia Hoffmann. Essas imagens em *trompe-l'oeil* serão particularmente relevantes na novela *Princesa Brambilla* em que tanto as ilustrações como o gênero da ficção que compõem o livro oscilam em metamorfose. Movimento semelhante ao de outras personagens criadas por ele, que não se conformam com a petrificação simbólica num único gênero. É lugar-comum que a crítica literária rotule Hoffmann de *fantastiqueur*. Essa filiação declinante intimida os leitores que defendem o papel ativo da literatura na constituição da relação com a realidade. Pois bem, importa neste prefácio chamar a atenção para a miríade de questões da vida e dos problemas contemporâneos que dessa literatura se descortina, ainda que em linguagem poética de elipses e mistérios.

É legítimo reportar, por exemplo, que Hoffmann foi um dos primeiros poetas a traduzir na literatura emblemáticos trechos sobre o fortalecimento da vida burguesa nas cidades. *Flâneur* de florescentes centros urbanos — Dresden, Bamberg, Berlim —, ele registrou a incipiente e vivaz modernidade. Charles Baudelaire atinara ao observador de Berlim, que interagia em seu estilo literário com o burburinho da cidade grande. Walter Benjamin compreende a inclinação de Hoffmann aos passeios e às observações fugazes pela cidade, como um desenhista de croquis, ao citar nas *Passagens* um trecho da biografia escrita por Julius Eduard Hitzig:

> E.T.A. Hoffmann como o tipo do *flâneur*: *A janela de esquina do meu primo* é o seu testamento. E isso explica o enorme sucesso de Hoffmann na França, onde rege uma especial compreensão do tipo. [...] "Hoffmann nunca foi amigo dileto da natureza selvagem. O homem, informações e observações a respeito do homem, a mera visão do homem, isso era o que prezava mais que tudo. Se fosse passear no verão, o que com tempo bom acontecia diariamente, no final da tarde, então... não era fácil encontrar um bar ou confeitaria onde ele não se insinuasse para ver as pessoas que lá estivessem."

No romance *Os elixires do Diabo*, o escritor legou efervescente quadro de costumes, que conforma traços e cores realistas a partir das digressões sobre o espírito da moda e suas funções para além da ostentação de uma condição humana ou de uma posição no mundo, sobre a perucaria como expressão das personalidades, sobre as proporções adequadas da arquitetura clássica e o senso raro da simplicidade arquitetônica romântica, sobre o teatro de improviso e a interação com o público nas praças, sobre gosto musical, sobre educação mundana e galantaria — arte de "conferir às maneiras afáveis da conversação a flexibilidade corporal superficial, adaptável a qualquer momento e lugar. Trata-se da rara virtude de nada falar à força de expressões significativas". Se a vida urbana rende privacidade e protege os segredos do indivíduo, a mobilidade lhe permite esquadrinhar novos mundos. Nesse rol de generalidades temáticas prevalecem discussões concernentes à relação entre a nobreza e a burguesia no que tange ao declínio de valores das vanglórias heroicas de antepassados diante das novas virtudes intelectuais que vão conquistando mais e mais prestígio com a ascensão das classes burguesas, mesmo as populares, e com a organização do Estado. O texto compreende desde anedotas acerca da paisagem de *la cour et la ville* à exploração em profundidade do complexo caráter humano, expansão e complexidade do conhecimento que vêm favorecer a verossimilhança na criação de personagens da ficção.

Certas questões do romance *Os elixires do Diabo* talvez possam ser abordadas com o auxílio da psicanálise, partindo de observações do psicanalista Sigmund Freud (Příbor, 1856-Londres, 1939) no ensaio de 1919 denominado "Das Unheimliche".[1] Ao explorar o âmbito da estética literária, ele atribuiu o predicado *unheimlich* a certo tipo de literatura que provoca medo e horror, e analisou o conto "Der Sandmann"/"O Homem-Areia" que considerou exemplar desse tipo de literatura. Freud inicia esboçando uma digressão acerca d'*Os elixires do Diabo*, mas desiste de desenvolver o exemplo alegando o intrincamento do enredo. É de fato difícil glosar esse texto, tendo em vista a quantidade de informações e personagens que se ramificam pela ancestralidade através da árvore genealógica do protagonista.

Um dos conceitos fundamentais à compreensão da tendência psicopatológica de Medardo e que frequentemente desperta o *Unheimliche* é o *duplo*. O psicanalista Freud se perguntou se a sensação advinda do *duplo* estaria ligada às brincadeiras das crianças com bonecos e ao medo, pode-se afirmar até desejo, de

---

1. Cabe lembrar que o procedimento deste estudo busca desvincular, tanto quanto possível, o conceito *unheimlich* de conotações psicológicas em nome do estabelecimento de um vínculo com a literatura como categoria crítica. A precedência da questão psicanalítica se justifica pelo fator histórico de que o ensaio relevou o nome de Hoffmann no mundo e no Brasil, não constituindo a ordem das discussões um juízo de valor em relação às demais abordagens.

que os bonecos adquiram vida. Para a investigação empregou uma metodologia pautada a princípio em experimentos individuais com base em obras literárias e casos coligidos em sua experiência como médico-psiquiatra e passou a pesquisar o caráter linguístico. Reportou-se à dissertação médico-psicológica de Ernst Jentsch, *Zur Psychologie des Unheimlichen* (sobre a psicologia do *Unheimliche*), de 1906, não obstante refutasse de antemão a teoria da incerteza intelectual como "condição essencial" (*wesentliche Bedingung*) ao advento da sensação sinistra. De acordo com essa teoria jentschiana, o *Unheimliche* seria algo que não se conhece: quanto melhor a pessoa se orienta no ambiente, menos suscetível seria a experimentá-la. Tal concepção admitiria por implicação a tradução do título do ensaio como "O estranho" ao português, em referência a algo que se desconhece. Mas Freud tenta confirmar a própria hipótese de que a sensação não estaria relacionada ao desconhecimento, mas a causas originárias da infância, com base na etimologia da palavra, nos problemas semânticos e nas ambiguidades que o termo *unheimlich* suscita. O adjetivo *unheimlich* é o antônimo de *heimlich* (familiar, íntimo) e de *heimisch* (natural). Chama a atenção para as principais acepções de *heimlich*: familiar, íntimo, doméstico e, além disso: secreto, escondido da vista, dissimulado, tenebroso. A palavra *heimlich* se aproxima, no seu sentido inverso, da segunda acepção, pois a expressão *unheimlich* é ambígua: pode ser admitida como o antônimo da primeira acepção, mas não da segunda. Num processo semelhante, *heimisch* (natural), antônimo de *unheimlich*, se inverteria ao seu contrário — sobrenatural —, que acabaria coincidindo com *unheimlich*. A imanência do sobrenatural no familiar prova etimologicamente a hipótese psicanalítica: de que aquilo que assusta e amedronta remonta ao que de longa data é familiar. Com isso se confirma o enunciado de Schelling, que abre o ensaio: "*Unheimliche* é tudo aquilo que devia permanecer em segredo mas foi revelado."

Por se tratar de um dos trechos mais impressionantes da representação literária do *duplo*, antes da grande aventura que é a leitura deste romance, cumpre chamar a atenção para a ilustração da modalidade que desencadeia a trágica experiência do monge. Longe de neutralizar o efeito, apurá-lo. Na passagem do livro, a personagem do capuchinho Medardo, martirizado por pensamentos pecaminosos e reminiscências de atos vis, dormia e simultaneamente conservava a consciência alerta; tudo leva a crer que estivesse num estágio intermediário entre sono profundo e vigília. Essa condição eficaz, que autoriza tanto a explicação onírica quanto a ambígua de uma ordem de verdade, introduz o encontro com o *duplo*:

> [...] a porta se abriu e uma figura obscura entrou. Reconheci para meu horror que era eu mesmo, vestido com o hábito de capuchinho, de barba e tonsura. A figura foi se aproximando mais e mais da minha cama; fiquei paralisado e cada som que tentava expressar se engasgava na rigidez que me acometera. Agora a figura se sentava na minha cama e sorria para mim com sarcasmo.

Nesse instante, Medardo se deu conta de que o outro, que era ele próprio, realmente cometera todos aqueles crimes que lhe vinham sendo imputados e, após nova confrontação, fugiu desesperado pela floresta, tropeçando e se ferindo em troncos de árvores, perseguido pela terrível criatura. Aos poucos o protagonista vai se inteirando de uma longa maldição que pairava sobre sua estirpe e culminava na volúpia delirante e criminosa desde que o ancestral pintor Franz incorrera num pecado mortal. Contrapondo-se a essa convicção determinista, a personagem pontífice papal argumenta com o monge que o homem é dotado do livre arbítrio para resistir às eventuais seduções mundanas. Essa confrontação teológica contribui na narrativa da ficção para complexificar os vieses filosóficos da questão ontológica. Num percurso tormentoso entre as influências malignas e a série de crimes, o surgimento do *duplo* pontua *insights* de autoconhecimento. As reflexões do narrador, as intervenções dos relatos, das cartas e dos documentos escritos em pergaminho revelam gradativamente na ação do romance, paralelamente aos episódios da vida de Medardo, laivos de uma dramaticidade de função conativa, que soma novos personagens parentes virtuais como identidades fracionadas de Medardo em diferentes expressões da personalidade. Essa consciência multifacetada recorre na literatura de Hoffmann, por exemplo, no seu segundo romance, *Reflexões do gato Murr*, e em vários contos, e é fatalmente motivo de angústia e desespero dos personagens confrontados com o caleidoscópio de suas feições esquizofrênicas. Em certo estado letárgico de semiconsciência Medardo se analisou nos seguintes termos: "meu eu estava cindido em cem feições. Cada um dos fragmentos era autônomo em vida consciente particular".

Recusando-me a ler na escritura de E.T.A. Hoffmann exclusivamente as semelhanças com fragmentos e hesitações fantasmagóricas provenientes de espírito hipersensível, assinalo que nenhum escritor alemão, nem Goethe tampouco Schiller, dominou a cena literária parisiense como ele na década de 1830. Esse culto era motivado pelas combinações de elementos sublimes, grotescos, díspares, lúdicos, híbridos e realistas, que passavam a dinamizar a criação artística desde o manifesto *Do grotesco e do sublime — prefácio de Cromwell* (1827), de Victor Hugo (1802-1885), cujos ecos se faziam ouvir quando da apresentação de Hoffmann ao público francês. Hugo postula a combinação do sublime e do grotesco no drama; os dois opostos se associaram harmoniosamente na vida e na criação. O homem vivencia momentos terríveis e cômicos, às vezes ambos ao mesmo tempo.

A linguagem alegórica não se permite apreender em taxonomias. Até aproximadamente 1800 o debate investigativo teórico da estética protagonizava o conhecimento de um absoluto de modo tão imperativo que o conceito de alegoria se limitava ao "fundo escuro, contra o qual se destacaria, luminoso, o mundo do símbolo". Se o indivíduo do Romantismo é aproximado do divino, do sagrado e infinito, o classicismo tendia a pensá-lo de modo semelhante, "dotado desse tipo de perfeição". A imanência do mundo ético no mundo do belo por um lado e, por outro, a máxima classicista do mundo visto no sentido panteísta como um desenvolvimento divino: "simplicidade nobre e grandeza serena" (*edle Einfalt und stille Größe*). Ambos levam à preponderância do símbolo (*Symbol*), frágil na medida em que é desprovido do rigor dialético e analisa a forma sem pensar em teor, e analisa o teor sem pensar em forma. Da mesma maneira que o símbolo, o elemento edificante se distancia do alegórico. Pode-se pensar que o Romantismo e o Barroco (que recorre à alegoria histórico-mística da Antiguidade, não à didática-cristã do medievo) mantêm em comum uma constante de antagonismo em relação ao Classicismo, no sentido de concepção de arte.

É vã a tentativa de entrosar as formas artísticas, mas o viés barroco pressupõe na alegoria a dominante intercessão das artes: disso trata tanto Benjamin em face do drama trágico alemão, quanto Affonso Ávila, estudioso do barroco mineiro. Esse último recupera o relato do português do século XVIII, Simão Ferreira Machado, que presenciara e descrevera o "Triunfo eucarístico: uma festa barroca", acontecida na procissão suntuosa de trasladação do divino sacramento da Igreja da Senhora do Rosário para um novo templo da Matriz Nossa Senhora do Pilar em Vila Rica, aos 24 de maio de 1733, ocasião em que a abundância do ouro que começa daí a ruinar, cujo episódio constitui todavia o suprassumo áureo da ostentação do estilo barroco através das personagens dramáticas, das imagens sagradas, da música sacra, dos emblemas e estandartes das irmandades, tudo investido do maior dispêndio e faustoso culto elegíaco. Com vistas à interpretação da arte barroca e alegórica, Ávila adverte:

> A obra de arte contemplada se oferece aqui através de pontos de vista, ângulos ou perspectivas que quebram a linearidade e a rigidez clássicas, convidando-nos a uma relação visual mais rica de possibilidades fruitivas, em que se ampliam e excitam mais livremente as nossas disponibilidades para a experiência dos sentidos e o gozo da inteligência.[2]

---

2. A. Ávila, *O lúdico e as projeções do mundo barroco II: áurea idade da áurea terra*, São Paulo, Perspectiva, 1994, p. 57-58.

A definição gramatical de alegoria, por sua vez, a compreende como sucessão de metáforas, sendo a metáfora resultante de uma operação substitutiva com remissão a outro nível de significação. A escrita alegórica busca na coisa algo de seu caráter ontológico e fala dessa coisa através de algo diverso que se transforma agora na clave que confere acesso a um saber enigmático, precioso. Novalis registrou no fragmento "Narrativas como sonhos"/"Erzählungen wie Träume":

> Narrativas sem contexto, todavia com associações, como sonhos. Poemas, que simplesmente soam bem, cheios de palavras bonitas, mas também totalmente desprovidos de sentido e contexto — quando muito uma estrofe compreensível — feito meros fragmentos das coisas mais diferentes. Quando muito a poesia genuína poderá ter um sentido alegórico em termos amplos e exercer efeitos indiretos, como música etc. Por isso a natureza é pura poesia — tal como o gabinete de um mágico, de um físico, um quarto de criança, um porão ou um sótão de despejo.

Na ficção de Ernst Theodor Amadeus Hoffmann, as imagens figuradas (*Sinnbilder*) compõem a alegoria que questiona e desconstrói vínculos racionais de tempo, espaço e argumentações em prol de visões audaciosas.

Maria Aparecida Barbosa

Os elixires do Diabo

PREFÁCIO DO EDITOR

Com prazer gostaria de conduzi-lo, prezado leitor, sob aqueles plátanos sombrios, onde pela primeira vez eu lia a estranha história do irmão Medardo. Você se sentaria a meu lado sobre esse mesmo banco de pedra, que fica meio escondido entre arbustos perfumados e viçosas flores multicores. Como eu, contemplaria bem ansioso as montanhas azuladas se escalonando em formações maravilhosas para além do ensolarado vale que se estende à nossa frente, ao final da alameda. Mas agora você se vira e vê mal vinte passos atrás de nós um edifício gótico, cujo portal é ornado com uma profusão de estátuas.

Através das escuras ramagens dos plátanos, imagens de santos o observam com olhos claros e vívidos; são as arrojadas pinturas de afresco[1] que se sobressaem sobre as largas muradas. O sol vermelho incandesce nas montanhas, a brisa da tarde se eleva, por toda a parte vida e movimento. Sussurrantes, ruídos de vozes misteriosas animam árvores e florescências: como se ascendessem mais e mais a cânticos e tons de órgão, assim soava vindo de longe. Homens de semblantes sérios em hábitos de pregas amplas passeiam silenciosos pelas aleias do jardim, os olhares piedosos dirigidos ao alto. Teriam as imagens dos santos adquirido vida e descido dos altos pedestais?

O sopro misterioso das sagas e lendas milagrosas ali representadas provocam-lhe calafrios. É como se tudo sucedesse diante de seus

---

1. No original *Frescogemälde*, do italiano *affresco*. É uma técnica de pintura empregada em tetos e paredes, que consiste em pintar sobre revestimento recente, ainda úmido, de modo a possibilitar o embebimento da tinta.

olhos, e de bom grado você quer acreditar nisso. Nessa disposição de espírito, você leria a história do irmão Medardo. Talvez tendesse a considerar as estranhas visões do monge mais que o jogo excitado de uma imaginação em delírio.

Agora que você, prezado leitor, viu as imagens de santos, o monastério e os monges, resta somente acrescentar que foi pelo magnífico jardim do monastério dos capuchinhos em B*[2] que o guiei. Ao passar outrora alguns dias nesse monastério, o venerável abade me mostrou os documentos póstumos deixados pelo irmão Medardo, conservados no arquivo como uma raridade. Não foi senão com grande esforço que consegui superar os escrúpulos do abade em compartilhá-los comigo. Na verdade, disse o velho, esses papéis deveriam ter sido queimados. Não sem certo temor de que você pense como o venerável abade, ponho em suas mãos, prezado leitor, os papéis mencionados agora transformados em livro. Se você todavia decidir percorrer com Medardo, como se fosse seu fiel companheiro, por tenebrosos claustros e celas todo um universo de cores inumeráveis e múltiplas, se consentir em suportar ao lado dele o horrível, o pavoroso, o louco e o grotesco, talvez assim há de se deleitar assistindo à variedade de imagens que a *camera obscura*[3] lhe entreabre.

Pode também acontecer que o que à primeira vista se mostra informe, tão logo você olhe com mais atenção, venha a se revelar nítido e distinto a seus olhos. Você reconhece o oculto germe que concebe um destino fatal, e que, transformado em planta alta e exuberante, se

---

2. No livro de memórias, *Erinnerungen aus meinem Leben* (1836, volume 1), o editor Carl Friedrich Kunz conta que a 9 de fevereiro de 1812 esteve no monastério de Bamberg acompanhado de Hoffmann. O escritor foi atentíssimo ouvinte e um velho padre chamado Cyrillus lhe causou profunda impressão. Durante as visitas à capela e à cripta, cheio de páthos e gravidade Hoffmann confessou a Kunz que fora avassalado pelo desejo de absorver vividamente os segredos da vida no claustro, a fim de escrever sobre o assunto.
3. No original em latim. A câmera escura é um instrumento ótico originário do século XVI que permite captação de imagem externa sobre uma superfície interna plana. O desenvolvimento da ideia originou a técnica fotográfica, e daí provém a atual designação câmera fotográfica.

reproduz sem cessar em milhares de ramagens, até que uma única flor, tornando-se fruto, absorve para si toda a seiva vital e assim termina matando o broto que lhe deu vida.

Após ler com atenção os papéis do irmão Medardo — o que custou bastante, uma vez que o bendito escrevera com uma caligrafia de monge miúda e ilegível — me pareceu que o que frequentemente denominamos sonho e imaginação poderia ser a revelação simbólica de um fio secreto a enredar-se do início ao fim de nossa vida e a conferir coesão a todas as suas circunstâncias. E que poderia se considerar perdido o homem que com seu conhecimento crê ter adquirido a força para romper de modo violento o fio e lutar contra as forças tenebrosas que nos dominam. Talvez você tenha a mesma sensação, prezado leitor, e isso eu desejaria de todo coração por uma série de razões importantes.

PRIMEIRO VOLUME

PRIMEIRA PARTE
Os anos de infância e a vida no mosteiro

Minha mãe jamais me contou em que condições meu pai vivera no mundo; se evoco à lembrança tudo o que ela na minha primeira infância me contava sobre ele, sou levado a supor que se tratava de um homem experiente, dotado de profundos conhecimentos. Foi através dessas histórias e de casos isolados de minha mãe a respeito de sua vida passada, palavras que somente mais tarde compreendi, que eu soube então que meus pais tinham decaído de uma existência confortável e em posse de muitas riquezas a uma situação de penúria amarga e opressora. Um dia, meu pai, atraído por Satã ao sacrilégio maligno, cometeu um pecado mortal que, anos mais tarde, quando a graça divina o iluminou, ele quis expiar com uma peregrinação ao Mosteiro Tília Sagrada[1], na remota e fria Prússia.

Durante essa árdua caminhada, minha mãe sentiu, pela primeira vez depois de tantos anos, que a união não permaneceria infecunda conforme temia meu pai. Malgrado sua indigência, ele se alegrou vivamente, porque agora devia se concretizar uma visão em que São Bernardo[2] lhe assegurara consolo e perdão para o pecado através

---

1. Centro religioso de peregrinação em louvor à Virgem Maria, situa-se no norte da Polônia, em Święta Lipka.

2. A ordem cisterciense (nome proveniente da abadia francesa Cîteaux, próxima a Dijon, na França, onde foi criada no século XI) teve em São Bernardo de Claraval (1090-1153) seu grande divulgador. Constituía um ramo originário da ordem beneditina, que fora fundada no século VI por São Bento de Núrsia (480-547). São Bento viveu uma vida monástica e estabeleceu a matriz beneditina em Montecassino, entre Roma e Nápoles. Em 540, redigiu a célebre Regra de São Bento, que organizou em 73 capítulos a vida monástica espiritual e material, cuja divisa era: "Rezar e trabalhar".

do nascimento de um filho. Em Tília Sagrada meu pai adoeceu e, quanto menos desistia, apesar da saúde debilitada, de levar a cabo os exercícios espirituais prescritos, mais seu estado se agravava. Morreu redimido e consolado, no mesmo instante em que eu nascia.

Minhas primeiras reminiscências me envolvem nas amáveis imagens do mosteiro e da magnífica igreja em Tília Sagrada. Ouço ainda os murmúrios no bosque escuro, respiro ainda os exuberantes odores da pradaria fresca e viçosa, as flores multicores que me serviram de berço natal. Nenhum bicho peçonhento, nenhum inseto nocivo habita o santuário de Nossa Senhora. Nem o zumbido de uma mosca, nem o trilar dos grilos interrompia o silêncio sagrado, em que apenas ressoavam os cânticos piedosos dos monges que passavam em longas procissões, agitando entre os peregrinos dourados incensários donde se alçava a fragrância do humo consagrado. Ainda vejo no centro da igreja o tronco de tília recoberto de prata, sobre o qual os anjos depositaram a miraculosa estátua da Virgem. Ainda me sorriem as diversas figuras coloridas de anjos — dos santos — das paredes, das abóbadas da igreja. As histórias de minha mãe acerca do maravilhoso mosteiro onde sua dor profunda teve a graça da consolação penetraram com tanta intensidade meu coração, que eu acreditava ter visto e experimentado tudo eu mesmo, embora fosse impossível minha memória alcançar uma época tão remota, pois um ano e meio mais tarde minha mãe deixou aquele lugar sagrado.

Nesse sentido creio ter visto certo dia na igreja deserta a surpreendente figura de um homem sério. Ele seria o forasteiro pintor, cuja língua ninguém conhecia, e que surgira misteriosamente em tempos longínquos, quando a construção da igreja ficou pronta, e com mão habilidosa em pouco tempo cobriu as paredes com pinturas soberbas, mas então, ao terminar, novamente sumiu.

Além disso, do mesmo modo tenho remotas recordações de um velho peregrino de trajes estranhos e de barbas longas e cinzentas, que com frequência me transportava em seus braços; na floresta ele catava todos os tipos de musgo e pedra multicores e brincava comigo, não obstante esteja certo de que somente graças à descrição de minha mãe sua imagem adquiriu feições tão nítidas em minha lembrança. Um dia ele veio acompanhado de um lindo menino desconhecido, da minha idade. Sentados na relva, nós nos abraçamos e nos beijamos com carinho; presenteei-lhe com minhas pedras coloridas, que ele dispunha no solo em múltiplas combinações, mas no final das contas elas sempre representavam a figura da cruz. Minha mãe estava ao nosso lado num banco de pedra, e o ancião, que permanecia de pé atrás dela, com indulgente seriedade fitava nossos folguedos infantis. De súbito, alguns jovens saídos da mata se aproximaram. A julgar por suas roupas e seus modos, teriam vindo a Tília Sagrada por pura curiosidade do espetáculo. Logo que nos percebeu, um deles gritou entre risadas:

— Vejam, uma família sagrada! Algo digno de meu caderno!

De fato, ele pegou papel e lápis e se dispunha a nos desenhar, quando o velho peregrino ergueu a cabeça e o repreendeu, raivoso:

— Moleque miserável, você quer ser um artista, mas no seu interior nunca ardeu a chama da fé e do amor, suas obras permanecerão mortas e frias como você! Repudiado, há de se desesperar num vazio solitário e perecer devido à pobreza de seu espírito!

Desconcertados os jovens fugiram dali. Então o velho peregrino disse à minha mãe:

— Hoje eu lhes trouxe uma criança maravilhosa, a fim de acender a centelha de amor no coração de seu filho, no entanto preciso mais uma vez levá-la, e nem vocês nem eu próprio jamais voltaremos a vê-la. Seu filho é magnificamente dotado de dons inumeráveis, mas o pecado do pai ferve e fermenta no sangue dele. Pode vir a ser, entretanto, um valoroso defensor da fé, faça-o tornar-se padre!

Minha mãe não se cansava de afirmar o quão indelével fora para ela a impressão das palavras do peregrino. Decidiu, apesar disso, não forçar minhas inclinações, senão aguardar serenamente o que a sorte dispusesse e me destinasse, porque ela não podia conceber que eu recebesse outra educação melhor do que aquela que ela própria estava em condições de me oferecer.

Minhas recordações, baseadas em claras vivências pessoais, começam no dia em que minha mãe, no caminho de volta para casa, chegou a um convento cisterciense, onde foi recebida amigavelmente por uma abadessa, princesa de nascença, que conhecera meu pai. Há em minha memória uma autêntica lacuna entre os fatos concernentes ao velho peregrino — fatos que com efeito testemunhei, sendo que minha mãe não fez mais que precisar a reminiscência com os relatos do pintor e do peregrino — até o momento em que minha mãe pela primeira vez me apresentou a abadessa. Não guardo a mínima lembrança desse período.

Vejo-me de novo no passado, quando minha mãe, na medida do possível, aprimorava e punha em ordem meu terninho. Ela comprara para mim suspensórios novos na cidade, cortara meus cabelos emaranhados, fazia minha toalete e me recomendava bom comportamento e bons modos diante da abadessa. De mãos dadas com minha mãe, eu enfim subi a ampla escadaria de pedras e adentrei o recinto alto, ornamentado com imagens de santos nas abóbadas, e ali encontramos a princesa. Era uma bela e majestosa mulher, a quem o hábito da ordem conferia uma dignidade que inspirava respeito. Ela me lançou um olhar sério, perscrutador, e perguntou:

— É o seu filho?

Sua voz, seu porte, o estilo pouco familiar do ambiente, o elevado pé-direito e os quadros, tudo aquilo causou em mim uma impressão tão forte que, tomado por um sentimento de pavor, comecei a chorar amargamente. Então a abadessa dirigiu-se a mim, enquanto me olhava com bondade e brandura:

— O que aconteceu, pequeno, você está com medo de mim? Como se chama seu filho, querida senhora?

— Franz — respondeu minha mãe.

A abadessa exclamou com profunda melancolia:

— Franziskus! — Erguendo-me em seus braços, cerrou-me com força junto ao peito.

Mas no mesmo instante uma dor súbita no pescoço me fez proferir um grito forte, de modo que a abadessa, assustada, me soltou. Minha mãe, consternada com minha conduta, acudiu pressurosa para tirar-me dali. A abadessa não o permitiu. As duas perceberam que a cruz de diamante, um broche da princesa, me machucara o pescoço durante o abraço forte, deixando no ponto do contato uma cor vermelha intensa e vestígios de sangue:

— Pobre Franz! — disse a abadessa. — Eu o feri, mesmo assim queremos nos tornar amigos.

Uma irmã trouxe guloseimas e vinho adoçado. Eu, agora mais à vontade e animado, não me fiz de rogado, comecei a saborear os doces. Quando provei umas gotas da bebida doce que até então desconhecia, recuperei a vivacidade, a alegria de espírito, que de acordo com o testemunho materno me era particular desde a tenra infância. Ri e brinquei para grande prazer da irmã que permanecera no aposento e da abadessa. A encantadora mulher se sentara e me colocara ao colo, me dava, ela mesma, as guloseimas à boca.

Ainda me parece inexplicável minha mãe ter me instado a contar à princesa todas as coisas belas e esplêndidas acerca de minha terra natal e eu, inspirado pela Providência, pude relatar-lhe sobre as bonitas pinturas do artista desconhecido tão claramente, ao que tudo indicava enfronhado em seu sentido mais profundo. Logo, passei a contar as milagrosas histórias dos santos, dando a impressão de que todos os textos da Igreja me eram conhecidos e familiares. A abadessa e inclusive minha mãe me olhavam cheias de admiração, mas quanto mais falava, mais crescia meu entusiasmo. Finalmente a princesa me perguntou:

— Diga-me, querido filho, onde você aprendeu tudo isso?

Então respondi, sem hesitar um instante sequer, que o menino belo e maravilhoso, que um velho e desconhecido peregrino trouxera certa vez, me esclarecera todas as imagens da Igreja. Que ele próprio traçara algumas usando pedras coloridas me explicando não apenas o sentido, mas também contando muitas outras histórias sagradas.

Tocaram as vésperas.[3] A irmã tinha embrulhado num saco uma boa quantidade de doces para mim, que eu guardei bastante satisfeito. A abadessa levantou-se e dirigiu-se à minha mãe:

— Querida senhora, tenho seu filho como meu protegido. De ora em diante quero cuidar dele.

Minha mãe ficou sem fala, tamanha era sua emoção; beijou as mãos da princesa, derramando lágrimas ardentes. Estávamos prestes a sair quando a princesa veio ao nosso encontro, prendeu-me mais uma vez em seus braços tendo o cuidado de afastar a cruz para o lado e me estreitou fortemente contra seu peito, chorando muito, de modo que as lágrimas abundantes me molharam a fronte:

— Franziskus! Seja bom e piedoso!

Fiquei emocionado até o âmago de meu ser e tive de chorar também, ainda que não soubesse por quê.

Graças à proteção da abadessa, a modesta casa de minha mãe, situada numa pequena chácara não longe do mosteiro, ganhou logo uma melhor credibilidade. Foi o fim da pobreza. Passei a andar mais bem-vestido e recebia lições do pároco, a quem eu servia de coroinha quando ele fazia celebrações divinas na igreja do mosteiro.

As recordações dos felizes anos da infância me envolvem feito um sonho bendito! Ah! A terra natal está distante, ficou para trás. Qual um país longínquo e maravilhoso, onde habitam a alegria e a cândida inocência do espírito jovem; mas quando volto o olhar ao passado, abre-se ante mim o abismo que me separa dela eternamente. Arrebatado por imensa saudade, tento evocar mais e mais os entes queridos, que creio vislumbrar na outra margem, como deambulando à luz púrpura da aurora, imagino escutar suas vozes ternas.

Ah! Será que existe um abismo que o amor com asas possantes pudesse sobrevoar? O que é para o amor o espaço, o tempo! Não vive

---

3. As vésperas são um serviço de orações na liturgia católica, geralmente vespertino ou noturno. Como eram feitas para serem tocadas e cantadas, as composições musicais e os cânticos desse serviço, inclusive quando fora do contexto ritualístico, recebem por extensão o mesmo nome.

ele no pensamento? Conhece pois limite? Mas figuras sombrias se elevam, se juntam mais e mais umas às outras, mais e mais me cercando, obstruem minha visão e perturbam meus sentidos com as tribulações do presente, de modo que a própria saudade que me inundou com dor plena de gozo inefável se converte em atroz agonia mortal!

O pároco era a bondade em pessoa, sabia cativar a vivacidade do meu espírito, sabia tão bem conformar suas lições a meu caráter, que eu tinha prazer no estudo e fiz progressos vertiginosos. Eu amava minha mãe sobre todas as coisas; a princesa, porém, eu venerava como uma santa, e era para mim um dia festivo quando podia vê-la. Sempre me propunha a brilhar diante dela com os novos conhecimentos adquiridos, mas assim que ela chegava e tão terna conversava comigo, eu mal era capaz de proferir uma palavra, queria somente olhá-la, queria somente escutá-la. Cada uma de suas palavras se gravava fundo em minha alma. Se eu as pronunciava, ficava o dia todo numa disposição solene e prodigiosa, e, nas caminhadas que depois fazia, sua imagem me acompanhava. Que estranhos sentimentos se apoderavam de mim quando, fazendo oscilar o incensório, de pé no altar-mor, os sons do órgão se precipitavam abaixo como uma cascata vindos do coro e, crescendo num caudal fervente, me arrastavam consigo — quando no hino sua voz então se distinguia, um raio de luz descia a mim e inundava minha alma de pressentimentos sagrados, divinos.

Mas o dia mais esplendoroso, com que eu bem antes sonhava ardentemente, e, em que jamais podia pensar sem experimentar uma alegria íntima, era a festa de São Bernardo — patrono dos cistercienses — celebrada no mosteiro com grande indulgência e da maneira mais solene. Desde o dia anterior, uma multidão de pessoas das cidades vizinhas e de toda a região circundante afluía e acampava na grande pradaria florida vizinha ao convento, e assim o alegre burburinho se mantinha incessante dia e noite. Não tenho lembrança de que o mau tempo natural da estação do ano (o dia de morte São Bernardo de Claraval é 20 de agosto) tenha ofuscado o brilho da festa uma vez que fosse. Em colorido espetáculo via-se nos arredores procissões de peregrinos devotos cantando hinos; adiante, jovens camponeses se divertindo e bulindo com moças ataviadas; religiosos em piedosa contemplação e mãos postas em beatitude erguiam os olhos ao céu; famílias burguesas instaladas sobre a relva abriam seus cestos de merenda e serviam refeições. Cantos alegres, cânticos pios, suspiros fervorosos dos penitentes, risadas dos felizes, lamentos, alegria, regozijo, brincadeiras e preces enchiam os ares num concerto ensurdecedor e magnífico!

Mas tão logo o sino do convento tocava, o alvoroço cessava de súbito. Tanto quanto a vista alcançava, todos, em compactas fileiras de fiéis ajoelhados e somente o murmúrio grave das orações rompia o sagrado silêncio. A última badalada do sino soava, a multidão de novo se dispersava e voltavam a reverberar as manifestações de júbilo suspensas por poucos momentos. No dia de São Bernardo o bispo, que habitava a cidade vizinha, vinha ele mesmo celebrar a santa missa na igreja do convento, assistido pela comissão de presbíteros do capítulo geral[4], e a música tocavam os músicos de sua capela, a que se reservava ao lado do altar-mor uma tribuna especial revestida com um tapete de seda bordado de grande beleza e riqueza.

As impressões que naquele tempo comoveram meu peito até hoje não se esvaneceram, elas revivem em todo o frescor sempre que dirijo meu pensamento àquela época abençoada, embora tão fugaz. Penso com intensidade num *Gloria* executado várias vezes, peça que a princesa amava em especial. Quando o bispo entoava o *Gloria* e as poderosas vozes do coro retumbavam — *Gloria in excelsis Deo!* — não era como se a glória dos Céus se abrisse acima do altar-mor? Ou mesmo, se tocados por um milagre divino, os querubins e serafins pintados se animassem e agitassem as fortes asas, pairando em cima e embaixo, e louvassem a Deus com seu canto e suas harpas prodigiosos?

---

4. O capítulo geral é a autoridade máxima da ordem, e difere do conselho, órgão consultivo com poder de decisão nos assuntos a ele confiados pelo capítulo geral.

Perdia-me no êxtase de um entusiasmo meditativo que me transportava por nuvens resplandecentes à longínqua terra natal. Na floresta repleta de fragrâncias, soavam as encantadoras vozes angelicais e, então, vinha a mim o menino maravilhoso, como se saísse das ramagens de lírio, e me indagava sorridente: "Onde você esteve todo esse tempo, Franziskus? Tenho muitas flores de grande beleza para lhe dar se você permanecer comigo e me amar para sempre!"

Após a missa principal, as monjas saíam em procissão solene pelas adjacências do convento e pela igreja, tendo à frente a abadessa usando a mitra ornada.[5] Que santidade, que dignidade, que grandeza celestial se irradiava do olhar da mulher extraordinária, conduzindo todos os seus movimentos! Era a própria Igreja triunfante com a promessa de graças e bênçãos ao povo de fé. Eu teria me lançado à poeira diante dela, se seu olhar por acaso tivesse pousado sobre mim.

Findo o ofício divino, o clero e a capela episcopal eram recepcionados numa grande sala do mosteiro. Vários amigos do mosteiro, diáconos e comerciantes da cidade compartilhavam a refeição, e eu tinha permissão de participar, porque o mestre de capela se afeiçoara a mim e apreciava minha companhia. Se antes me sentia inflamado pela meditação divina e todo o meu ser estava inteiramente devotado ao céu, nessa ocasião era o simples prazer de viver que me dominava com suas cenas atraentes. Os episódios engraçados se alternavam com as anedotas e os gracejos de todo o tipo em meio às gargalhadas dos convivas, enquanto as garrafas esvaziavam fluidas, até que a noite chegava e as carruagens se dispunham prontas para o retorno.

---

5. A mitra, um tipo de cobertura fendida para uso sobre a cabeça, consiste em duas peças rígidas de formato pentagonal, finalizadas em pontas (cornos ou cúspides), costuradas nas laterais. Duas faixas franjadas caem sobre as espáduas (ínfulas). A mitra simboliza um capacete de defesa, pois torna o prelado terrível aos adversários. Lembra a descida do Espírito Santo sobre a cabeça dos apóstolos, por isso é usada pelos seus legítimos sucessores, os bispos (papas, cardeais e abades). O direito de usá-la se estendeu durante certo tempo a abadessas de mosteiros femininos.

Dezesseis anos eu completara quando o padre me declarou avançado o suficiente para iniciar os estudos superiores de teologia no seminário da cidade vizinha. É que eu estava decidido a abraçar em definitivo a carreira eclesiástica, e a decisão enchia minha mãe da mais intensa felicidade, pois via nisso a explicação e o cumprimento das misteriosas profecias do peregrino, o que de certa maneira deviam estar relacionadas com a milagrosa visão de meu pai, naquela época ainda desconhecida para mim. Em minha determinação, ela acreditava enfim ver a absolvição da alma de meu pai e a salvação do tormento da danação eterna. Também a princesa, a quem eu agora somente podia ver no locutório[6], aprovou satisfeita meu propósito e renovou a promessa de me apoiar com o necessário até que obtivesse uma dignidade eclesiástica.

Não obstante o vilarejo fosse tão próximo que de lá era possível avistar as torres do mosteiro e um andarilho robusto pudesse até se animar a fazer do exuberante percurso agradável trilha para passeio voluntário, mesmo assim me custou a despedida de minha bondosa mãe, da magnânima mulher a quem eu respeitava do fundo de minha alma, bem como do meu bom mestre. Pois é certo que na dor da separação qualquer afastamento do círculo de amigos se afigura a mais imensa distância!

A princesa se comoveu de maneira especial, sua voz estava embargada de tristeza quando com unção pronunciou as palavras de exortação. Ela me ofereceu de presente um delicado rosário e um livreto de orações ilustrado com belas iluminuras. Além disso, depois me entregou uma carta de recomendação dirigida ao prior do mosteiro de capuchinhos na cidade, a quem me aconselhava procurar sem demora, pois me auxiliaria de bom grado no que fosse preciso.

Certamente seria difícil existir região mais encantadora que aquela onde fica o seminário dos capuchinhos, situada na colina próxima à cidade. O primoroso jardim do mosteiro com a vista de

---

6. Compartimento dividido por grades, pelas quais as monjas se comunicam com as visitas.

frente para as montanhas me parecia fulgir em renovada beleza cada vez que eu passeava pelas amplas aleias e me detinha, ora num, ora noutro bosque ainda mais admirável. Precisamente nesse jardim, eu encontrei o prior Leonardus, quando visitei pela primeira vez o mosteiro, a fim de lhe entregar a carta de recomendação da abadessa.

A alegria natural do prior foi ainda maior ao ler a carta, e ele soube me contar coisas interessantes sobre a digna dama que conhecera muitos anos antes em Roma, o que bastou para conquistar de maneira instantânea meu coração. Ele falava rodeado pelos irmãos e se podia logo perceber a qualidade do relacionamento do prior com os monges, toda a instituição monacal e o modo de vida: a paz e a serenidade espiritual que se estampavam claramente no aspecto do prior se estendiam a todos os irmãos. Nenhures era possível distinguir um traço de descontentamento ou da reserva hostil remoendo interiormente como amiúde se observa no rosto dos monges. Apesar das severas regras da ordem, os exercícios espirituais constituíam na opinião do prior mais uma necessidade do espírito inclinado ao celestial que uma penitência ascética para redimir pecados próprios da natureza humana. E ele sabia despertar esse sentimento meditativo nos irmãos, convertendo todas as obrigações de cumprimento aos preceitos de alegria e benevolência em qualidades que emprestavam um sentimento de nobreza à estreita contingência terrena.

Mesmo uma conveniente relação com o mundo dos negócios o prior Leonardus conseguia estabelecer, o que não poderia deixar de ser benéfico aos irmãos. A reputação do mosteiro atraía ricas doações das mais diversas origens e permitia em certos dias a acolhida de amigos e protetores no refeitório.[7] Então era instalada e coberta no centro da sala de refeições uma larga tábua, à cuja cabeceira o prior se sentava com os hóspedes. Os irmãos se acomodavam à mesa estreita encostada ao longo da parede e utilizavam uma louça

---

7. Na visita ao mosteiro de Bamberg, no dia 9 de fevereiro de 1812, o escritor compartilhara um banquete com os capuchinhos. (Vide nota 2 do Prefácio do Editor.)

modesta, conforme a regra da ordem, enquanto à mesa dos hóspedes se dispunha no maior asseio e esmero o elegante serviço de porcelana e o fino cristal.

O cozinheiro do mosteiro sabia preparar com capricho uma deliciosa sorte de refeição frugal que apetecia muito aos convidados. Estes, por sua vez, se encarregavam de trazer o vinho, fazendo com que as refeições do mosteiro se transformassem em agradáveis e descontraídas reuniões do sagrado com o profano, cujo efeito recíproco para a vida não podia deixar de ser proveitoso. Pois quem abandonava os afazeres mundanos e adentrava aquelas muradas, onde a vida eclesiástica de repente se opunha diametralmente a seus valores, era forçado a admitir, iluminado por alguma chispa que lhe chegava à alma, que seria possível aceder à paz e à bem-aventurança também através de outros caminhos além do seu próprio; compreendia, então, que já neste mundo o espírito pode propiciar ao homem uma vida de caráter elevado, alçando-o acima das paixões terrenas.

Por sua vez, os monges adquiriam visão e um conhecimento mais amplo da vida, pois os mercadores do eclético mundo exterior, que acolhiam entre seus muros, despertavam neles reflexões diversas. Sem atribuir ao terreno um mérito falso, eles tinham de reconhecer em diferentes modos de vida das pessoas — condicionados por sua natureza interior — a necessidade de inclusão do princípio espiritual, sem o que tudo permaneceria sem brilho ou colorido.

Acima de todos os eruditos, com respeito à formação espiritual e científica, se sobressaía o prior Leonardus. Além da reputação de ousado estudioso de teologia, hábil para tratar com refinamento e propriedade as mais complexas matérias, e do fato de que os professores do seminário com assiduidade procuravam seus conselhos e explicações, mais do que se poderia pressupor de um eclesiástico de mosteiro, ele era preparado para o mundo. Falava com fluência e elegância o italiano e o francês em distintas circunstâncias, graças aos dotes diplomáticos, fora outrora incumbido de missões importantes.

Já naquele tempo, na ocasião quando o conheci, ele era um homem de idade avançada, mas, apesar das cãs lhe testemunharem o envelhecimento, em seus olhos cintilava um lampejo juvenil e o gracioso sorriso, pairando em seus lábios, aumentava a expressão íntima de bem-aventurança e paz de espírito. A mesma graça que lhe temperava as palavras lhe conduzia os movimentos, e mesmo o desajeitado hábito da ordem se adequava com distinção às formas bem-proporcionadas e bonitas de seu corpo.

Não se encontrava um único dentre os irmãos que não tivesse entrado no mosteiro por livre-arbítrio ou por obediência a um chamado da vocação íntima; mas mesmo o infeliz que tivesse buscado um porto de salvação no mosteiro, a fim de escapar da destruição, teria sido prontamente consolado por Leonardus; a penitência teria sido um estágio efêmero à serenidade e, reconciliado com o mundo sem reparar em seu brilho, teria por certo se alçado acima do âmbito terreno, mesmo permanecendo na Terra.

Essas tendências incomuns da vida eclesiástica, Leonardus concebera na Itália, onde o culto, e com ele toda a visão da vida religiosa, é mais sereno que na Alemanha católica. Assim como na arquitetura das igrejas vigoravam ainda as formas clássicas, do mesmo modo parecia que um raio procedente da época serena e vital da Antiguidade se infiltrara na treva mística do cristianismo e o iluminara com a benigna luz maravilhosa, que dantes brilhava sobre heróis e deuses.

Leonardus se tornou meu amigo, me ensinava italiano e francês; sobretudo ele formava meu espírito por meio das conversas e dos múltiplos livros que passava às minhas mãos.

Quase todo o tempo livre que me permitiam os estudos no seminário, eu me devotava ao mosteiro dos capuchinhos e sentia crescer gradativamente minha inclinação a assumir o hábito. Revelei essa intenção ao prior e, sem tentar dissuadir-me do meu propósito, ele me aconselhou esperar mais uns anos e, durante esse período, voltar minha curiosidade ao mundo. Ora, mesmo que não me faltassem contatos diversos (os devia sobretudo ao mestre de capela do bispo, de quem recebia lições de música), me sentia inibido de modo desagradável todas as vezes que frequentava a sociedade, em especial se senhoritas estivessem presentes. Esse embaraço, somado à minha tendência à vida contemplativa, parecia determinar minha firme decisão pela vida monástica.

Um dia, o prior falara longo tempo comigo a respeito de aspectos interessantes da vida profana; abordara os assuntos mais escabrosos, mas soubera tratá-los com sua sutileza e sua amenidade habituais, evitando o que pudesse chocar o mínimo que fosse, sem contudo ser vago. No final, pegou minha mão, fixou seus olhos nos meus e me perguntou, seria eu ainda inocente? Senti um fogo me subindo às faces, pois à pergunta capciosa de Leonardus me ocorreu uma imagem em cores vivas, que há tempos desbotara de minha memória.

O mestre de capela tinha uma irmã que não merecia ser chamada propriamente de bela, mas era uma moça bastante atraente em plena juventude. Dotada de uma figura admirável e bem-feita, ela tinha belos braços, bonita tez e os seios mais perfeitos que se pudesse imaginar. Uma manhã, indo à casa do mestre de capela para receber minha lição a surpreendi vestida com um leve robe de chambre que quase deixava entrever o peito; ligeira a moça se cobriu com a echarpe, mas nisso meus ávidos olhos já tinham flagrado o suficiente. Não pude pronunciar uma palavra sequer, emoções até então desconhecidas se agitaram com violência dentro de mim, fazendo ferver meu sangue nas veias e tornando audíveis as pulsações. Meu coração estava oprimido prestes a cindir-se, um leve suspiro enfim me permitiu respirar. Por ela bem inocentemente se aproximar e pegar minha mão, perguntando se me sentia bem, voltou mais premente o mal-estar, e foi um grande alívio o mestre de capela entrar na sala e me livrar do suplício. Eu nunca cometera tantos falsos acordes, nunca desentoara tanto quanto naquele dia. Era crente o bastante para depois atribuir o episódio a uma tentação do Diabo e, a cabo de algum tempo, me orgulhei de ter vencido no campo de batalha o inimigo maligno através de austeros exercícios ascéticos a que me propus.

Eis que, ao questionamento insidioso do prior, revi ante mim a irmã do mestre de capela, o seio seminu, senti o hálito cálido de sua respiração, a pressão da mão — minha angústia aumentava cada vez mais. Leonardus me olhou com certo sorriso vagamente irônico que me constrangeu. Não pude suportar seu olhar e baixei o meu. Então o prior me bateu com suavidade nas bochechas ardentes e disse:

— Vejo, meu filho, que você me entendeu, nem tudo está perdido. Deus o preserve contra as seduções do mundo; os prazeres profanos são de curta duração, se pode pensar que sobre eles repousa uma maldição, porque o espírito humano mais nobre perece na indizível prostração, na absoluta insensibilidade ante o belo e o grandioso que engendram.

Em vão me esforcei por esquecer a pergunta do prior e a imagem que ela evocara. Embora lograsse ficar tranquilo na presença da jovem, mais que antes agora eu temia seu olhar, de modo que à sua simples lembrança me assaltava um estado de opressão e agitação, estado ao que tudo indicava tanto mais perigoso, considerando além disso o desejo desconhecido e maravilhoso que despertava uma sensualidade talvez pecaminosa.

Uma tarde, essa situação equívoca precisou se decidir. Como fazia às vezes, o mestre de capela me convidara a um sarau musical que organizava com os amigos. Além de sua irmã estavam presentes outras mulheres, circunstância que aguçou o mal-estar uma vez que a simples presença da moça era suficiente para me deixar sem ar. Ela se vestia de um modo encantador, parecia-me mais bonita do que nunca. Senti um elã invisível e irresistível me impulsionando em sua direção, e assim aconteceu que sem me dar conta sempre me encontrava perto dela. Ávido, sorvia cada olhar, cada palavra, me aproximei tanto dela que pelo menos seu vestido eu roçava e isso me propiciava um prazer íntimo jamais experimentado. Ela, ao que tudo indicava, notava e gostava daquilo; uma vez ou outra tive a impressão que, em meu amor desvairado, não conseguiria resistir ao desejo ardente de estreitá-la nos braços!

Ela estivera sentada um bom tempo junto ao piano; finalmente se levantou e deixou esquecida sobre a cadeira uma de suas luvas, que eu peguei e beijei com ardor. Uma das damas viu o gesto e foi à irmã do mestre sussurrar-lhe algo ao ouvido, então ambas me olharam zombando e riram com ar de mofa! Fiquei aniquilado, uma corrente gelada perpassou meu íntimo — sem sentidos, voltei correndo para o seminário, refugiei-me na cela. Lá, lancei-me por terra num furioso acesso de desespero — lágrimas abundantes jorravam de meus olhos; esconjurei, amaldiçoei a jovem — a mim mesmo — depois fiz orações entremeadas por risadas histéricas, como um demente! Por todos os cantos ressoavam ao meu redor vozes que escarneciam e riam de mim. Estava disposto a me atirar pela janela, mas felizmente as grades impediam a consumação desse intento, meu estado era de fato deplorável. Apenas quando amanheceu eu me tranquilizei com a firme determinação de não voltar a vê-la e a renunciar às coisas mundanas.

Mais clara do que nunca se distinguia agora a vocação de recolhimento na vida monacal, de que nenhuma tentação deveria turbar-me. Tão logo pude sair das aulas regulares, eu me dirigi depressa ao prior no mosteiro capuchinho e lhe comuniquei que enfim me decidira a começar o noviciado, tendo antes o informado à minha mãe e à princesa. Leonardus se admirou de meu zelo repentino, sem me pressionar procurou, contudo, sondar habilmente o que teria suscitado em mim o anseio de consagrar-me desse jeito, de uma hora para a outra; adivinhava sem dúvida que a decisão fora motivada por um incidente específico.

Uma profunda vergonha, que não fui capaz de superar, me reteve de confessar-lhe a verdade. Em vez disso, lhe contei com o fogo vibrante que ardia em mim os estranhos acontecimentos de meus anos de infância, profecias que prenunciavam meu destino na vida monacal. Leonardus me escutou com paciência, sem contrapor ceticismo às minhas visões, mas parecia não lhes conferir grande importância. Argumentava, isso sim, que tudo aquilo confirmava pouco a sinceridade de minha vocação ao sacerdócio, porque podia se tratar de mera ilusão. Em geral, ele não gostava muito de se referir às visões de santos, nem mesmo aos milagres dos primeiros profetas da cristandade, e em diversas circunstâncias eu ficava tentado a considerá-lo um cético discreto.

PRIMEIRA PARTE

A fim de obrigá-lo a se exprimir de maneira concreta, me propus certo dia a falar dos depreciadores da fé católica e a denegrir particularmente aqueles que suprimiam com ingênua petulância todo o elemento sobrenatural taxando-o com o nome ímpio de superstição. Leonardus falou com um doce sorriso:

— Meu filho, o ceticismo é a pior superstição! — E mudou de assunto, abordando temas menos polêmicos.

Somente mais tarde me foi possível penetrar nas elevadas reflexões que lhe inspiravam o aspecto místico de nossa religião, onde se encerra a misteriosa conexão do nosso princípio espiritual com os entes superiores. Então, tive de admitir, ele tinha razão quando reservava para a iniciação suprema dos pupilos a expressão dos sentimentos mais sublimes de seu coração.

Minha mãe escreveu-me, ela sempre pressentira que o estado secular[8] não me bastaria, mas que eu acabaria escolhendo a vida monástica. O velho peregrino da Tília Sagrada lhe aparecera no dia de São Medardo[9] e me conduzira pela mão trajando o hábito da ordem dos capuchinhos. De modo semelhante, a princesa concordava inteiramente com minha resolução. Pude ver ambas antes da investidura que teve lugar breve tempo depois, uma vez que, segundo minha vontade, fui dispensado da metade do noviciado. Motivado pela visão de minha mãe, adotei o nome de irmão Medardo.

A relação dos irmãos entre si, a disposição interna referente aos exercícios espirituais e o estilo de vida no mosteiro correspondiam à minha primeira impressão. A serenidade aconchegante que reinava entre todos nutria minha alma duma paz celestial, à maneira de um sonho feliz, que me remontava aos primeiros anos de infância no Mosteiro Tília Sagrada.

---

8. À condição secular ou temporal se associa a ideia de duração finita, limitada, em oposição ao poder eterno e infinito da Igreja.
9. Também conhecido sob o nome São Medardo de Noyon, São Medardo proveio de família abastada e educada da região francesa Picardia. Foi um bispo muito generoso.

Durante o ato solene de minha ordenação, avistei em meio aos espectadores a irmã do mestre de capela; ela se apresentara bem triste e acreditei ter visto lágrimas em seus olhos. Mas o tempo da tentação ficara para trás, e talvez o gesto de orgulho insolente pela vitória conquistada tão facilmente, expresso num sorriso, tenha sido observado pelo irmão Cyrillus que caminhava ao meu lado.

— Qual é o motivo de sua alegria, meu irmão? — perguntou.

— Por que não estaria feliz, meu irmão, se renuncio ao mundo vil e às suas futilidades?

Assim respondi, mas não posso negar que, enquanto proferia as palavras, um horrível sentimento vibrou de súbito em minha alma, desmentindo-o. Esse foi, todavia, o último resquício de amor-próprio terreno; depois a calma invadiu meu espírito. Ah! Quem dera ela jamais tivesse se esvaído de mim, mas a força do inimigo é enorme! É possível confiar no poder de vigilância e nas próprias armas, quando potências subterrâneas estão à nossa espreita?

Havia cinco anos eu vivia no mosteiro, quando, por ordem do prior, o irmão Cyrillus, nessa época idoso e debilitado, me transmitiu a custódia da rica sala das relíquias. Lá se preservavam todos os tipos de restos mortais de santos, pedaços da cruz do Salvador e outros objetos venerados, guardados em belos armários de vidro e em certos dias expostos para a edificação dos fiéis. O irmão Cyrillus me familiarizou com todas as relíquias, me revelando os documentos que atestavam sua autenticidade e os milagres que lhe eram imputados. No que concerne à cultura litúrgica, a de Cyrillus se equiparava à do prior, e por isso não hesitei em exprimir livremente pensamentos que, malgrado meus esforços, não podia conter:

— Irmão, todos esses objetos são de fato o que se diz deles? A ganância não teria levado alguns homens a incluir aqui alguma coisa que se apresenta hoje em dia como verdadeira relíquia santa? Por exemplo, um mosteiro possui a cruz inteira do nosso Salvador e, mesmo assim, em todas as partes são mostrados pedaços com os quais, como disse um recluso com ironia sem dúvida desrespeitosa, se poderia aquecer o mosteiro durante um inverno.

— Não compete naturalmente a nós — respondeu-me o velho monge — submeter tais objetos a uma investigação dessa natureza. Falando com franqueza, sou levado a crer que, a despeito dos documentos comprobatórios, poucas dessas coisas devem ser *isso*, pelo que se lhas toma. Mas, em minha opinião, isso não vem ao caso. Escute, caro irmão Medardo, o que pensamos o prior e eu sobre a questão, e você verá nossa religião à luz de uma nova glória. Não é grandioso, querido irmão, como nossa Igreja aspira apreender todos aqueles fios misteriosos que ligam o ponderável ao transcendental? Como estimula nosso organismo, disposto para a vida terrena, a ponto de fazer-lhe ressaltar com clareza sua origem no princípio espiritual superior, inclusive desvelando a afinidade interior com o Ser maravilhoso que impregna toda a natureza com um alento benfazejo, agitando ao nosso redor como alas de Serafim a premonição de uma vida superior, cujo gérmen nós encerramos no coração? Que significam aqueles pedaços de madeira — as ossadas, os fragmentos de tecidos — dos quais se disse que são da cruz do Cristo, ou arrancados de seu corpo — das vestes de um santo? Mas o crente, sem perder-se em cogitações, concentra sua devoção nas relíquias, e logo experimenta um enlevo religioso que lhe abre o reino da bem-aventurança, a que aqui na Terra só pode ascender em sutis presságios. Dessa maneira se desperta a influência da fé que suscitam as relíquias religiosas, sejam falsas ou autênticas. E o homem está pronto a receber a força da fé, e nela implora do fundo da alma auxílio e consolação. Sim, a força espiritual superior revelada em seu âmago será capaz de superar até os padecimentos físicos, e disso resulta o fato de elas operarem milagres, que não podem ser negados, pois ocorrem com frequência ante os olhos do povo.

Lembrei-me por um instante de certas insinuações do prior que coincidiam plenamente com as palavras do irmão Cyrillus e considerei então as relíquias, que antes me pareciam apenas religiosidade pueril, com verdadeiro respeito e temor. O irmão percebeu o efeito de suas palavras; continuou ainda mais entusiasmado, com um fervor que falava à alma, esclarecendo cada peça da coleção.

Ao fim, ele tirou de um armário bem trancado uma caixinha, e disse:

— Aqui dentro, caro irmão Medardo, está guardada a relíquia mais rara e misteriosa em propriedade do mosteiro. Desde que vivo atrás desses muros, ninguém a teve nas mãos, além do prior e de mim; tampouco os outros irmãos, muito menos estranhos, sabem algo a respeito da existência dessa relíquia. Não posso tocá-la sem respeitoso temor; tenho a impressão de que ela encerra um encantamento diabólico e se lhe acontecesse de quebrar a cadeia que o mantém cativo e inofensivo, ele poderia causar ruína e perdição a quem surpreendesse. O conteúdo dessa caixinha provém direto do Maligno, daquele tempo, quando ele ainda podia lutar abertamente contra a salvação do gênero humano.

Contemplei atônito o irmão Cyrillus e, sem dar-me a chance de replicar qualquer coisa, ele prosseguiu:

— O caráter tão místico desse objeto me impede, meu caro irmão, de expressar qualquer opinião sobre a questão e renuncio a expor a hipótese antes insinuada, que me passou pela cabeça. Prefiro, porém, relatar-lhe com fidelidade o conteúdo dos documentos a esse respeito. Você os encontrará dentro do armário e poderá consultá-los pessoalmente.

"A vida de Santo Antônio[10] lhe é familiar o bastante; você sabe que, a fim de se afastar do mundo terreno e dedicar-se plenamente ao divino, ele retirou-se no deserto e consagrou sua vida aos exercícios espirituais e à penitência rigorosa. O tentador o perseguiu e muitas vezes se apresentou visível no caminho dele para dificultar a piedosa meditação. Ora, aconteceu que Santo Antônio percebeu certa vez uma figura sombria avançando em sua direção. Mais de perto, observou com assombro que das fendas da capa rasgada que envolvia a figura surgiam gargalos de garrafa. Era o tentador com

---

10. Ao que tudo indica a história não é de Santo Antônio (250-356), o eremita egípcio batizado mais tarde como Antão, pai dos monges cristãos, mas de Macário de Alexandria, o Jovem (que morreu por volta de 394).

essa estranha vestimenta, rindo dele, e perguntando se não desejava provar dos elixires contidos nos frascos.

"Santo Antônio, imune a essas seduções, porque o Diabo se tornara impotente e fraco, não estava em condições de enfrentar algum tipo de disputa e assim precisou se restringir a discursos irônicos, perguntou por que ele carregava tantos frascos desse modo singular. Então, o tentador respondeu: 'Pelo seguinte: quando me encontro com um ser humano, ele me olha espantado e não resiste em perguntar pelas minhas bebidas nem em beber à vontade até saciar a volúpia. Entre tantos elixires sempre tem um que lhe agrada, ele toma todo o conteúdo da garrafa, se embriaga e se entrega a meu reino.'

"Isso consta de todas as lendas, conforme o documento especial que possuímos sobre essa visão de Santo Antônio. A história continua: quando o Maligno se foi, deixou abandonados alguns de seus frascos sobre um capim. Santo Antônio os levou rapidamente à sua caverna e os escondeu por medo que mesmo naquele ermo uma pessoa extraviada ou algum de seus discípulos pudesse provar a terrível bebida e cair em eterna condenação. Casualmente, prossegue o documento a relatando, Santo Antônio abriu certa feita um dos frascos; lá de dentro teria ascendido um vapor estranho e inebriante e todo o tipo de imagens infernais, horríveis e turbadoras rodearam o santo, inclusive se servindo de artimanhas para seduzi-lo, até que, graças a rigoroso jejum e persistente oração, ele logrou afugentá-los.

"Nesta caixinha encontra-se portanto um dos frascos com um elixir do Diabo e os documentos são tão autênticos e exatos, que não deixam dúvida de que a garrafinha foi realmente encontrada entre os pertences legados por Santo Antônio após sua morte. Inclusive posso lhe assegurar, caro irmão Medardo, que sempre quando toco o frasco, ou somente a caixinha onde ele está guardado, tenho experimentado um estremecimento secreto e inexplicável; sério, chego a imaginar estar inalando a essência de um perfume singular que me aturde e ao mesmo tempo excita meu espírito a ponto de me distrair da devoção. Nessas ocasiões, supero esse estado de ânimo ruim, que evidentemente procede de algum poder sobrenatural hostil, chego a pensar na influência de satanás, com orações persistentes.

"A você, irmão Medardo, que ainda é jovem, que ainda pode contemplar em cores vibrantes e brilhantes tudo quanto a imaginação excitada por obra de forças ardilosas lhe sugere, que se assemelha a um guerreiro valente mas inexperiente — sim, forte, porém atrevido demais — ousando o impossível com autoconfiança, eu aconselho a jamais abrir a caixinha ou pelo menos esperar alguns anos para fazê-lo. A fim de não se deixar tentar pela curiosidade, mantenha-a fora do alcance da vista."

O irmão Cyrillus trancou a misteriosa caixinha mais uma vez no armário onde era mantida, e passou às minhas mãos o molho de chaves em que pendia entre outras a chave do tal armário. Toda a história me causara uma impressão peculiar, mas, quanto mais sentia despertar em mim o desejo ardente de ver a valiosa relíquia, tanto mais me propus, levando em conta a advertência do irmão, a dificultar a satisfação dessa curiosidade. Quando ele se foi e me deixou sozinho, passei de novo os olhos sobre os objetos sagrados que me tinham sido confiados, mas então desprendi do molho a chavinha correspondente à fechadura do armário proibido e a escondi bem embaixo de uma pilha de papéis que estavam em cima de minha escrivaninha.

Entre os professores do seminário havia um excelente orador. Sempre que ele pregava, a igreja se apinhava de fiéis. Seus sermões entusiastas e eloquentes incendiavam os corações dos ouvintes com fervorosa devoção. Eu também sentia seus entusiásticos discursos penetrando-me o peito até o âmago, mas ao mesmo tempo em que elogiava e prezava o orador por seu talento uma força interior me incentivava com ímpeto a equiparar-me a ele. Depois de ouvi-lo, eu pregava em minha cela solitária, me entregando de corpo e alma ao arrebatamento, até conseguir apreender e transcrever minhas ideias, minhas palavras. O irmão que costumava pregar no mosteiro se tornava dia após dia visivelmente mais enfraquecido. Seus sermões se arrastavam como um riacho meio seco, longos e sofridos, e a linguagem desprovida de espírito e de riqueza metafórica se diluía de tal modo insuportavelmente lenta, que antes do *amen* a maior parte da comunidade, como se embalada pela cadência monótona e uniforme do monjolo, cochilava suave e somente voltava a despertar ao som do órgão. O prior Leonardus era com certeza um excelente orador, mas com o passar dos anos evitava pregar, porque a idade avançada o deixava fatigado. Com exceção dele, não havia ninguém no mosteiro que teria sido capaz de substituir o irmão enfraquecido. O prior conversou comigo a respeito dessa inconveniência que privava a igreja da presença de inúmeros fiéis nas celebrações. Nesse momento, eu lhe comuniquei determinado que, desde o seminário, percebera em mim o dom natural para a pregação e inclusive concebera alguns sermões. O prior perguntou se podia lê-los e ficou bastante satisfeito, tanto que insistiu numa experiência com um sermão já no dia santo seguinte. Para ele a probabilidade do fracasso da tentativa era tanto menor, na extensão que a natureza me dotara dos requisitos indispensáveis ao bom orador de púlpito, ou seja, aparência agradável, rosto expressivo e uma voz possante e harmoniosa. Quanto aos gestos e à expressão corporal, ele se propôs a me instruir pessoalmente.

O dia santo chegou; a igreja estava mais cheia de fiéis que de costume; eu subi ao púlpito, não sem uma secreta emoção. No início segui à risca meu manuscrito, Leonardus me contou mais tarde que minha voz estivera hesitante e isso, todavia, prometeu, pois a vibração fora atribuída às considerações ardentes e melancólicas, com as quais eu introduzira o sermão, e a maioria viu nisso uma técnica de oratória, um efeito proposital. Mas logo senti como se refulgisse a brilhante chispa do entusiasmo em meu íntimo e não pensei mais no texto escrito, me abandonei à inspiração. Tive a impressão que meu sangue fervia e borbulhava nas veias — escutava minha voz reverberando pela abóbada —, vi minha cabeça erguida, meus braços estendidos, parecendo pairar sobre eles uma auréola cintilante de vida. Encerrei o discurso com uma sentença na qual convergiam num foco chamejante todas as palavras santas e sublimes que pronunciara. O efeito foi totalmente inaudito, totalmente grandioso! Fortes soluços — exclamações de alegria e da maior devoção religiosa irrompiam de modo involuntário dos lábios — e preces em voz alta fizeram coro às minhas orações.

Os irmãos testemunharam sua grande admiração. Leonardus me abraçou; ele me chamou de "orgulho do mosteiro". Minha reputação logo se espalhou, e a fim de ouvir o irmão Medardo a sociedade distinta e cultivada da cidade já se apertava dentro da igreja que não era tão espaçosa uma hora antes dos sinos. Com a fama aumentou meu zelo e minha preocupação em adicionar aos sermões, além do fogo das palavras, a forma e a graça. Cada vez mais conseguia fascinar os ouvintes, e a adoração cada vez mais crescente que passaram a manifestar à minha presença em todos os lugares em pouco tempo se assemelhava quase à idolatria de um santo. Um delírio religioso tinha afetado a cidade, todos acorriam ao mosteiro por qualquer motivo, inclusive durante a semana, a fim de conversar com o irmão Medardo, ou vê-lo.

Então germinou em mim a convicção de que eu era um eleito dos Céus. As misteriosas circunstâncias do meu nascimento num lugar santo para a redenção de um pai criminoso, os prodigiosos acontecimentos de minha infância, tudo parecia revelar que meu espírito, em contato direto com o celeste, se elevava já aqui na Terra acima do âmbito terreno e que eu não pertencia ao mundo, aos seres humanos, mas que caminhava entre eles para lhes trazer salvação e consolo. Estava convencido de que o velho peregrino da Tília Sagrada era São José, e a criança maravilhosa, o próprio Menino Jesus que viera saudar em mim o santo destinado a percorrer a Terra.

Mas se por um lado tudo isso permanecia vívido em meu espírito, o ambiente que me cercava tornava-se para mim opressivo e medíocre. A paz e a serenidade espiritual que tinham me acompanhado sumiram por completo de minha alma. Mesmo todas as calorosas demonstrações de afeição dos irmãos e a amabilidade do prior despertavam em mim um ódio ferino. O santo, que se alçava bem alto acima deles, deveria ser reconhecido em minha pessoa, deveriam se ajoelhar na poeira e implorar minha intercessão ante o trono de Deus. A meu ver, porém, em sua passividade estavam tomados por perniciosa insensibilidade.

Até em meus sermões comecei a introduzir insinuações que anunciavam o advento de uma era de milagres; numa aurora resplandecente entre raios luminosos, portando consolação e salvação aos fiéis da comunidade dos crentes, caminharia na Terra um eleito de Deus. Minha missão imaginária vinha tecida em ilustrações místicas, mas quanto mais poder mágico exercia sobre o povo, tanto menos as imagens eram compreendidas.

Leonardus começou a exprimir certas reservas concernentes a meu comportamento. Evitava conversar comigo na ausência de terceiros. Mas finalmente, quando por acaso, ao passearmos pela aleia do jardim do mosteiro, os irmãos nos deixaram um instante a sós, ele desabafou:

— Não posso lhe ocultar, caro irmão Medardo, que nos últimos tempos sua conduta vem me desagradando. Algo se impregnou em sua alma e o levou a se desviar da vida simples e piedosa. Seus discursos estão marcados por algo sombrio e inquietador, eles na maioria das vezes deixam transparecer certas inclinações que em breve o levarão a encontrar sérias divergências, pelo menos no que diz respeito a mim. Quero ser bem sincero! Nesse instante, você carrega a culpa do pecado original, que descerra um pouco os véus da perdição a cada esforço do espírito em prol da elevação, e assim é possível se extraviar facilmente e se deixar levar pela euforia! O aplauso, mais ainda, a admiração idólatra lhe tributou um mundo frívolo e ávido de tudo quanto possa lhe afagar o gosto do prazer, o cegou. Você tem uma ideia falsa, ilusória de si mesmo, e isso o leva à perdição! Olhe para si, Medardo. Renuncie à loucura que o transtorna! Creio conhecê-la! Vejo que ela lhe tirou a paz de espírito, e sem paz de espírito não pode haver salvação na Terra! Ouça meu conselho, fuja do inimigo que o espreita! Volte a ser o bondoso menino que amei de todo o coração.

Lágrimas rolavam dos olhos do prior enquanto me dizia isso, ele tinha pegado minha mão e a soltou, afastando-se depressa sem esperar minha resposta. Mas suas palavras não produziram mais que um eco de hostilidade em meu peito. Ele aludira ao aplauso e ainda à alta admiração que eu conquistara através de meus dons extraordinários. Para mim ficou evidente que a pura inveja mesquinha inspirava aquela aversão expressa tão descaradamente.

Se eu me encontrava entre os monges, me mantinha absorto e retraído. Dilacerado pelo íntimo rancor e imbuído do novo personagem que surgira em mim, eu refletia o dia inteiro e durante as noites de insônia a respeito dos excelsos termos com que anunciaria ao povo tudo que brotava em minha alma. Quanto mais me distanciava então de Leonardus e dos irmãos, mais fortes se tornavam meus vínculos com a multidão.

No dia de Santo Antônio, a igreja estava tão apinhada de gente que foi necessário manter as portas completamente abertas, a fim de permitir às pessoas que afluíam me ouvirem também do exterior. Eu nunca falara com tanto elã e fogo persuasivo. Contei, como em geral, algo da vida do santo e a partir disso acrescentei reflexões profundas e fervorosas referentes à existência humana. Falei das seduções do Diabo, a quem o pecado original outorgara o direito de tentar o homem, e o curso do sermão me levou de modo involuntário à lenda dos elixires, que eu queria apresentar como uma alegoria carregada de sentidos.

Nesse instante, meus olhos, percorrendo o interior da igreja, incidiram sobre um sujeito grande e magro que subira num dos bancos laterais e se apoiava em uma das colunas do canto. Levava uma capa de cor roxa jogada de maneira estranha sobre os ombros, com que enrolara também os braços cruzados. Seu rosto era pálido, cadavérico, mas o fogo de seus imensos olhos negros e turvos cravava-se em meu coração qual espada incandescente. Um sentimento terrível me abalou, desviei rápido o olhar e, recuperando todas as minhas energias, procurei me concentrar no sermão. Mas magnetizado pelo violento efeito de um feitiço sinistro, tive de olhá-lo mais uma vez. O homem se mantinha em pé, inerte, imóvel, os olhos de espectro fixos em mim. Sua testa larga e enrugada, sua boca de cantos um tanto pendentes espelhavam amarga ironia, ódio desprezível. Todo o seu aspecto emanava algo de horrível, espantoso. Era..., sim! Era o pintor desconhecido da Tília Sagrada! Tive a sensação de que punhos cruéis e gelados me golpeavam. Gotas de suor angustiante me percorriam a fronte — engasguei —, meu discurso se embaralhava mais e mais; na igreja elevou-se um burburinho, um murmúrio; inerte e imóvel, o homem prosseguiu apoiado à coluna, os olhos fixos em mim. Nesse momento eu gritei numa angústia de desespero insano:

— Ah, maldito! Suma daqui! Suma daqui, pois sou eu mesmo! Sou Santo Antônio em pessoa!

Ao recobrar a consciência, que eu perdera ao pronunciar aquelas palavras, me encontrava em meu leito, e junto de mim se sentava o irmão Cyrillus, assistindo-me e consolando-me. A assustadora imagem do desconhecido ainda estava vivamente gravada em minha lembrança. Mas conforme o irmão, a quem contei tudo, se empenhava em me convencer de que aquilo não passava de um delírio de minha imaginação exaltada pela veemência do sermão fervoroso, aumentavam meu arrependimento e minha vergonha daquele comportamento no púlpito. Os fiéis haviam pensado, conforme eu soube mais tarde, que uma súbita loucura se apoderara de mim, crença fundada sobretudo em minha última exclamação. Eu estava arrasado, o espírito compungido; trancado na cela, submeti-me a severos exercícios de penitências e me fortaleci com orações enérgicas para lutar contra o tentador que, a fim de se apresentar em pessoa num local sagrado, recorrera com insolente ironia ao aspecto do devoto artista de Tília Sagrada.

Ninguém, aliás, vira o homem da capa roxa. O prior Leonardus se apressou a divulgar por toda a região uma notícia sobre um acesso de febre alta, violento e súbito, que me fizera perder o fio da meada durante o sermão. De fato, ao retomar semanas mais tardes os afazeres da vida monacal, eu continuava enfermo e abatido. Apesar disso, subi ao púlpito, mas torturado pelo medo, perseguido pela horrível figura pálida, somente me foi possível falar de modo compassado, ao invés de me lançar ao entusiasmo da eloquência. Meus sermões tornaram-se medíocres, insossos, fragmentados. Os fiéis lamentaram a perda de meu talento para a oratória e foram me abandonando um a um. O monge idoso, que outrora pregara e na ocasião ainda era capaz de fazê-lo melhor que eu, retomou seu lugar.

Transcorrido algum tempo, aconteceu certa vez de um jovem conde, viajando em companhia de seu preceptor, visitar o mosteiro e interessar-se por conhecer as várias curiosidades de nossa propriedade. Precisei abrir a sala das relíquias, e nós entrávamos, mas o prior, que nos acompanhara pela igreja e pelo coro, foi chamado a resolver uma pendência, de modo que fiquei a sós com os visitantes. Mostrava e explicava cada peça, quando chamou a atenção do conde o armário enfeitado com finas incrustações de antiga machetaria alemã, onde se encontrava a caixinha com o elixir do Diabo. Hesitei em dizer o que continha tal armário; o conde e o preceptor no entanto insistiram, até que lhes revelei a lenda de Santo Antônio e as perfídias do Diabo. Eu lhes reportei fielmente, usando os termos do irmão Cyrillus a respeito do frasco que conservávamos como relíquia, sem esquecer a advertência ao perigo no caso em que fosse destampado.

Embora fosse simpatizante de nossa religião, o conde não deu mostras, tampouco seu preceptor, de ter muita consideração pela verossimilhança das lendas relativas à vida dos santos. Ambos expressaram uma série de observações maliciosas e zombeteiras acerca do estranho demônio que carregava frascos pelas fendas da capa, mas no final o preceptor esboçou um gesto sério e digno:

— Venerável senhor, não se aborreça com nossa frivolidade de homens seculares! Esteja certo de que o senhor conde e eu outrossim honramos os santos como pessoas generosas demasiado inspiradas pela religião e que sacrificaram em prol da humanidade a saúde da alma, as alegrias e até as próprias vidas. Quanto ao gênero dessas histórias, creio que se trata de uma alegoria discorrida por Santo Antônio. Má interpretada acabou sendo entendida literalmente, qual fato verídico.

Enquanto dizia essas palavras, o preceptor abriu o cadeado da caixinha e tirou de dentro o negro frasco de estranho formato. E conforme advertira o irmão Cyrillus, um espesso aroma recendeu no ambiente e, ao invés de nos perturbar, nos agradou e nos encheu de bem-estar.

— Ei! — gritou o conde. — Aposto que o elixir do Diabo não passa de um autêntico e esplêndido vinho de Siracusa!

— Com certeza — concordou o preceptor. — E se o frasco provém de fato do legado de Santo Antônio, o senhor tem sorte semelhante à do rei de Nápoles, a quem o mau hábito dos romanos de não tampar o vinho, porém conservá-lo por meio de umas gotas de óleo pingadas por cima, o levou ao deleite de degustar o vinho romano antigo. Mesmo não sendo tão velho quanto deveria ser o outro, ainda assim deve ser o mais velho que se possa encontrar hoje em dia. O senhor faria bem em empregar a relíquia em proveito próprio e se deliciar bebendo até a última gota.

— Claro! — apoiou o conde. — Esse antigo Siracusa, senhor, inocularia em suas veias novo vigor e espantaria os achaques que, a julgar pelas aparências, o vêm afligindo.

O preceptor retirou do bolso um saca-rolha de metal e, sem fazer conta de meus protestos, abriu a garrafa. Tive a impressão de ver sair, seguindo o salto da rolha, uma pequena chama azul, que logo se esvaiu. O perfume ascendeu mais forte da garrafa e se espalhou pelo recinto. O preceptor degustou em primeiro lugar e exclamou:

— Delicioso! Um maravilhoso Siracusa! É preciso admitir, a adega de Santo Antônio não era nada má. E se o Diabo o tinha como *sommelier*, então suas intenções com o santo não eram tão ruins quanto se pinta. Prove, senhor conde!

O conde bebeu e confirmou aquilo que dissera o preceptor. Ambos continuaram brincando sobre a relíquia e afirmando que era evidentemente a mais valiosa da coleção, eles queriam uma adega repleta dela e assim por diante. Eu ouvia tudo em silêncio, a cabeça baixa e o olhar voltado ao chão; a natureza bem-humorada dos estrangeiros tinha para minha disposição sombria qualquer coisa de torturante. Em vão eles insistiram para que eu provasse o vinho de Santo Antônio; recusei, inflexível, e tranquei a garrafa bem arrolhada de volta à caixa.

Os visitantes deixaram o mosteiro, mas logo que me vi sozinho em minha cela pude inferir um sensível bem-estar interior, uma alegre vivacidade de ânimo. Estava claro que o aroma salutar me fora benéfico. Não ressenti nenhum dos efeitos perniciosos de que me advertira o irmão Cyrillus; antes, uma influência benfazeja se evidenciava de maneira irrefutável.

Quanto mais eu meditava sobre a lenda de Santo Antônio, mais forte ressoavam em mim as palavras do preceptor, mais me convencia de que sua explicação procedia. Enfim, uma lembrança me trespassou com um raio fulgurante: no malfadado dia, quando a visão repulsiva e destrutiva me interrompera de modo trágico durante o sermão, eu estava justamente a ponto de apresentar a lenda do santo homem em forma de uma alegoria engenhosa e instrutiva. A esse pensamento, se encadeou outro, que se apoderou de mim, absorvendo-me por completo, não dando margem a nada mais. Eu refletia:

"E se essa bebida miraculosa puder me fortificar o íntimo com o dom da sabedoria, se puder inflamar a chama extinta e insuflar-lhe novo brilho? E se o mesmo perfume que perturbou o irmão Cyrillus por ser ele um homem frágil não estiver agindo em mim como um bálsamo para provar que meu espírito se vincula através de misteriosa afinidade aos fluidos naturais contidos naquele vinho?"

Por mais que eu estivesse decidido a seguir os estímulos dos estrangeiros, no momento de passar à execução uma inexplicável resistência interior me detinha. Já disposto a abrir o armário, me pareceu distinguir nas incrustações o horrível rosto do pintor com os olhos pétreos, penetrantes, de morto vivente. Abalado pelo violento temor que inspiram os fantasmas, eu fugi da sala das relíquias para arrepender-me de minha imprudência em lugar sagrado. Entretanto, uma vez mais me assaltou o pensamento de que só o gozo do milagroso vinho poderia restabelecer minhas forças e meu viço.

O comportamento do prior, dos monges, que me tratavam como um doente mental, com benévola, porém humilhante indulgência, me conduzia às raias do desespero.

Quando Leonardus me dispensou dos exercícios de meditação para poder restabelecer minhas energias, eu, torturado pela aflição de uma noite de insônia, decidi arriscar tudo, inclusive a vida, visando recuperar o ímpeto espiritual ou sucumbir. Levantei-me do leito, deslizei feito fantasma, segurando a vela que acendera defronte à estátua da Virgem no corredor do mosteiro, passei pela igreja até a sala das relíquias. Alumiado pela claridade bruxuleante da vela, as imagens de santos expostas na igreja davam a impressão de estar se movendo: era como se me olhassem do alto cheios de comiseração.

Tinha a impressão de que o surdo bramido da tormenta se introduzia no coro pelas janelas quebradas, semelhante a vozes queixosas, me advertindo:

— Medardo..., meu filho! O que você quer fazer? Abandone essa empresa perigosa!

Ao entrar na sala das relíquias, reinava absoluto silêncio. Abri o armário, peguei a caixinha, o frasco, bebi um longo gole!

Um calor ardente se expandiu pelas minhas veias e deu-me uma inefável sensação de bem-estar. Bebi mais uma vez e a alegria de uma nova vida surgiu dentro de mim. Fechei rapidamente a caixinha vazia no armário, me enveredei à minha cela carregando a bendita garrafinha. Coloquei-a na escrivaninha. Então chamou minha atenção aquela chavinha que, antes, para evitar qualquer tentação, eu desprendera do molho. Agora atinei para o fato de que não simplesmente abrira a porta do armário quando os visitantes estiveram no mosteiro, mas também ainda havia pouco, quando peguei o frasco e o trouxe comigo à cela. Conferi o chaveiro e descobri uma chave desconhecida, com a qual destrancara o armário num gesto automático e distraído sem perceber que ela estava junto com as outras. Assustei-me com o fato, imagens coloridas se sucediam umas às outras incessantemente em meu espírito agitado, como um sono profundo.

Não tive paz nem repouso até que amanheceu e pude correr ao jardim do mosteiro para tomar um banho de sol, ardente e magnífico, que se elevava por trás das montanhas. Leonardus e os irmãos perceberam minha metamorfose. Ao invés de encerrar-me em mim mesmo, sem me dirigir aos outros, eu me comportei descontraído e animado. Como se estivesse diante de toda a comunidade reunida, eu falava com o fogo retórico que antes me caracterizara.

Ao ficar a sós com Leonardus, ele me observou longamente, procurando ler em meu coração. Um sorriso evasivo e irônico pairava em seu semblante.

— Por acaso o irmão Medardo recebeu por intermédio dos Céus nova força e alento?

Senti-me enrubescendo de vergonha, pois naquele momento considerei indigna e mesquinha minha embriaguez provocada por um gole de vinho antigo. Me mantive cabisbaixo, a cabeça pendida, enquanto Leonardus me abandonava a meus próprios pensamentos. Fiquei bastante receoso que a alegria trazida pelo vinho que ingerira não passasse de euforia passageira, e lhe sucedesse para minha grande lástima uma indolência ainda mais doentia que antes. Pelo contrário, notei que recobrava também a potência juvenil, um infatigável afã de me consagrar às obras mais nobres promovidas pelo mosteiro.

Insisti em voltar a pregar novamente no próximo dia festivo e o prior consentiu. Pouco antes de subir ao púlpito, saboreei o vinho milagroso. Eu nunca falara com aquela paixão, com fervor tão persuasivo. Bem rapidamente se difundiu a notícia de meu pronto restabelecimento; a igreja voltou a se encher como no passado; mas quanto mais eu obtinha êxito com os fiéis, mais Leonardus se mostrava reservado e contrariado comigo. Do fundo de minha alma eu comecei a nutrir ódio por ele, porque o julgava acometido pela inveja e pelo orgulho.

O dia de São Bernardo se aproximava e eu estava inflamado pela ansiedade de brilhar diante da princesa. Assim, pedi ao prior permissão para fazer o sermão no convento das religiosas cistercienses nessa data. Minha intenção pareceu surpreender Leonardus de modo singular. Ele confessou sem rodeios que pretendia pregar pessoalmente dessa vez e, para tanto, já tomara de antemão certas providências. Contudo, depois se desculparia, pretextando um problema de saúde e me mandaria substituí-lo.

Dito e feito! Na noite anterior, vi minha mãe e a princesa, mas meu espírito estava concentrado no sermão do dia seguinte, que deveria alcançar elevados patamares de eloquência, e por isso o encontro me causou pouca emoção. Espalhava-se pela cidade a novidade de que eu seria o pregador no lugar do prior indisposto, e o fato contribuiu para atrair à igreja a afluência de ouvintes talvez mais cultivados. Sem qualquer anotação, eu ordenara meramente na memória a sequência do discurso, contava acima de tudo com o entusiasmo que suscitaria em mim a missa solene, a multidão devota e a esplêndida igreja com suas abóbadas elevadas, e não me equivoquei na expectativa. Minhas frases fluíram qual rio caudaloso. A evocação de São Bernardo continha ilustrações espirituosas, considerações plenas de fervor, ao mesmo tempo eu lia nos olhares voltados a mim assombro e admiração.

Como estava impaciente por ouvir os comentários da abadessa; como esperava da parte dela as mais entusiásticas manifestações de satisfação! Esperava que ela acolhesse com imponente respeito aquele que quando criança a surpreendera de maneira tão grata; e reconhecesse a evidência da força nobre e superior que ele trazia no coração. Quando eu quis vê-la, mandou dizer que se sentira de súbito indisposta, não podia receber ninguém, nem mesmo a mim. Isso foi tanto mais decepcionante, pois meu orgulho insensato me levara a julgar que a abadessa deveria sentir a necessidade de ouvir mais palavras pias de minha boca. Minha mãe estava atormentada por um pesar misterioso, cujo motivo eu não discernia; a intuição me levava a crer que o pesar se relacionava com meu comportamento, sem que eu pudesse decifrá-lo exatamente. Ela me deu um pequeno bilhete mandado pela princesa com a recomendação de só abri-lo no mosteiro.

Mal reentrei na cela, quando para meu grande espanto li o seguinte:

"Você, meu filho querido (pois ainda quero chamá-lo assim), causou-me profunda tristeza com o sermão que pregou hoje na igreja de nosso convento. Suas palavras não eram inspiradas pela fé devotada aos Céus, seu arrebatamento não era o que impulsiona os seres fiéis com almas seráficas e lhes permite contemplar o reino do Senhor plenos de enlevo.

"Ah! A ostentação orgulhosa de seu discurso, seu visível esforço em dizer tudo de forma pedante e pomposa me mostraram que seu intuito não era instruir os ouvintes ou lhes incentivar piedosa meditação, mas simplesmente obter elogios, a vã admiração de uma multidão mundana.

"Fingiu sentimentos que não eram sinceros, chegou a empregar gestos e movimentos afetados, um ator vaidoso a tudo recorrendo para colher o aplauso indigno. O espírito da impostura se aninhou em seu íntimo e o corromperá, se você não tomar consciência disso e deixar o pecado. Pois é pecado, sua atitude é um grave pecado, ainda mais tendo em vista seus votos de retiro monacal, sinal de abnegação, recusa da ostentação terrena.

"Queira São Bernardo, a quem seu mesquinho sermão ofendeu profundamente, conceder-lhe o perdão em sua clemência celeste! Que ele o ilumine, a fim de que você encontre o bom caminho de que, tentado pelo Diabo, se desviou; e interceda pela salvação de sua alma. Cuide-se bem!"

A carta da abadessa me trespassou com cem raios, e minha ira fervia. Sem dúvida alguma, Leonardus, segundo suas insinuações acerca de meus sermões em diversas ocasiões deixaram entrever, abusara da excessiva beatice da abadessa, para persuadi-la contra mim e minha eloquência. Não podia olhá-lo sem um estremecimento de raiva, às vezes me afluía um ímpeto de arruiná-lo, pensamento que provocou em mim mesmo uma espécie de horror.

As repreensões do prior e da abadessa foram para mim tanto mais insuportáveis, pois eu no fundo constatava o quanto procediam. Mas, cada vez mais empenhado em persistir com meu intento, fortalecendo-me com gotas do vinho prodigioso, continuei a enfeitar meus sermões com os ornamentos retóricos e a estudar com critério meu jogo de gestos e mímicas. Com isso, minha fama crescia mais e mais.

    A luz matinal incidia em raios multicores pelos vitrais da igreja do mosteiro; só e abismado em minhas reflexões, estava sentado no confessionário. Somente os passos do sacristão em serviço, que limpava o chão, ressoavam pela nave. Então escutei perto de mim um leve rumor, vi uma mulher alta e delgada, vestida de maneira estranha e com um véu cobrindo o rosto, entrar por uma porta lateral e se aproximar do confessionário. Movia-se com uma graça indescritível; ajoelhou-se e deixou escapar um longo suspiro do fundo do peito. Senti o calor de seu hálito, ela parecia enredar-me num feitiço antes mesmo de começar a falar!

    Será que eu seria capaz de descrever o acento tão particular de sua voz, penetrando-me a alma? Cada uma de suas palavras me comovia, enquanto ela confessava nutrir um amor proibido, que durante muito tempo combatera. Esse amor seria tanto mais pecaminoso, porque o amado estava para sempre atado a vínculos sagrados. No delírio do desespero, chegara a amaldiçoar esses vínculos. Gaguejou... Uma torrente de lágrimas quase abafava sua voz, quando falou:

    — É você, é justamente você, Medardo! Ah, nem sei o quanto o amo!

    Todos os meus nervos se crisparam numa convulsão mortal. Fiquei transtornado, um sentimento desconhecido me invadia o coração: vê-la, abraçá-la, perder-me de gozo e tormento — um mínimo de ventura em troca do eterno martírio do Inferno! Ela guardou silêncio, mas a ouvi respirando agitada. Recobrei-me de súbito daquela sorte de desespero selvagem, não sei mais o que disse, mas notei que ela se levantou sem nada dizer e se afastou, enquanto permaneci sentado inconsciente e imobilizado no confessionário, comprimindo o lenço contra os olhos.

    Felizmente ninguém mais entrou na igreja e com isso pude me retirar para minha cela sem chamar a atenção. Tudo me parecia diferente agora, minhas aspirações eram insípidas e insensatas! Não vira o rosto da desconhecida e entretanto ela vivia em mim, olhava-me com encantadores olhos azuis marejados de lágrimas que caíam em meu coração e acendiam uma centelha, que nenhuma oração, nenhuma penitência poderia apagar. Pois eu tentei fazer penitência: me açoitei, a fim de me livrar da danação eterna que me ameaçava. Mesmo assim, o fogo incendiado pela mulher não cessava de despertar meus desejos mais pecaminosos até então ignorados, e eu não era capaz de amenizar o tormento lascivo.

Um altar de nossa igreja era dedicado à Santa Rosália, e seu quadro esplendoroso representava o momento em que ela padece um martírio fatal.[11] Era minha amada, eu a reconheci, mesmo os trajes eram perfeitamente idênticos às estranhas vestes da desconhecida. Horas a fio passei mergulhado em funesto delírio, prostrado aos degraus do altar e lançando guturais brados de lamento e desesperança. Terrificados e constrangidos, os monges me evitavam. Quando estava mais calmo, caminhava a passos rápidos pelo jardim do mosteiro; à distância eu a via passear, surgir em meio aos arbustos, às fontes, plainar sobre a pradaria semeada de flores. Por todos os lados, sempre ela, sempre ela! Então maldisse meus votos, minha existência! Queria regressar ao mundo e não descansar até encontrá-la, trocá-la pela salvação de minha alma.

Enfim eu consegui ao menos moderar a violência de meus ataques, inexplicáveis aos irmãos e ao prior; pude aparentar certa fleuma, embora a flama mortal me lacerasse mais e mais profundamente! Insônia! Inquietação! Perseguido por sua imagem, me revolvia no leito árduo, clamava todos os santos, não para que me livrassem da presença alucinada e sedutora que me envolvia, nem para preservar minha alma da perdição eternal! Não! Que me dessem essa

---

11. Santa Rosália (1125-1160) é a padroeira de Palermo. Nas narrativas religiosas nada consta sobre martírio. Ela viveu como eremita em meditação no monte Pellegrino, perto da cidade, e morreu na gruta onde se abrigava.

mulher, que rompessem meus votos, a fim de me proporcionar a liberdade e me precipitar no abismo do pecado.

Decidi pôr um fim à tortura, fugindo do mosteiro. Pois a liberação do sacramento da ordem se me afigurava a saída para tê-la em meus braços e abrandar o desejo que me consumia. Resolvi raspar a barba, vestir um traje mundano e assim, irreconhecível, perambular pela cidade à sua procura. Não atinei para as dificuldades, as adversidades com que talvez viesse a me confrontar, sobretudo concernentes à falta de dinheiro — eu não poderia sobreviver um único dia além dos muros do mosteiro.

O último dia que pretendia passar no mosteiro finalmente chegara. Graças a um feliz acaso, pude ter acesso a trajes burgueses convenientes; durante a noite abandonaria o mosteiro e jamais retornaria. Já entardecera, quando o prior mandou me chamar de chofre. Estremeci, pois não duvidava de que ele tivesse descoberto alguma pista de meus discretos preparativos. Leonardus me recebeu com uma gravidade incomum, com uma dignidade imponente, diante da qual me inquietei.

— Irmão Medardo — começou ele —, compreendendo seu comportamento insensato apenas como um rompante agudo da exacerbada disposição de sua alma; talvez seja fruto de intenções não muito puras de sua parte, mas destruiu a serena convivência e a intimidade que testemunhavam uma vida fervorosa e meditativa, tudo o que sempre aspirei manter entre os irmãos. Quem sabe a culpa desse mal que o afetou tenha sido algum acontecimento desagradável. Em mim você teria encontrado consolo, o amigo paternal em quem poderia confiar plenamente. Mas preferiu guardar silêncio, e não pretendo agora instá-lo a dividir comigo algum segredo capaz de tirar uma parcela da paz que tanto prezo em minha idade avançada. Muitas vezes diante do altar de Santa Rosália, acima de tudo, você escandalizou não somente os irmãos, mas mesmo visitantes que por ocasião oravam na igreja, com os propósitos indecentes e chocantes que pareciam arrancados de um delírio. Por esse motivo eu poderia castigá-lo com rigor de acordo com o regulamento, mas não pretendo fazê-lo, pois a culpa do seu extravio pode ser de uma influência inimiga, do demônio em pessoa, a quem você não resistiu o suficiente. Fortaleça seu espírito submetendo-se ao martírio e à prece piedosa! Leio claramente sua alma! Você quer deixar o mosteiro!

Leonardus fitou-me com um olhar perspicaz. Não pude suportar seu olhar. Soluçando, lancei-me ao chão consciente de minha indigna intenção.

— Compreendo — continuou o prior — e creio que se você cultivar a virtude o mundo poderá salvá-lo do desvario melhor que a solidão do mosteiro. Um assunto de nossa ordem requer o envio de um legado a Roma. Eu o escolhi, e amanhã cedo munido das instruções e das provisões necessárias pode se pôr a caminho. Você convém perfeitamente à missão, porque ainda é jovem, ativo, hábil nas negociações e domina com fluência o italiano. Retire-se agora à sua cela, reze com devoção, pedindo perdão para sua alma, eu também o farei. Evite a mortificação da carne, o que viria a enfraquecê-lo e o incapacitaria à função. Ao romper do dia, o aguardarei aqui nesta sala.

A conversa com o venerável Leonardus me iluminou como um raio celeste. Eu o odiara, mas, naquele momento, a afeição, próxima do amor que outrora me ligara a ele, me inundava com dor prazerosa. Derramei lágrimas ardentes, beijei-lhe as mãos. Abraçou-me como se estivesse ciente dos meus pensamentos mais recônditos e me propiciasse a liberdade de ceder ao destino fatal, que pesava sobre mim e talvez, após alguns instantes de felicidade, pudesse me causar eterna perdição.

A fuga entrementes se tornara inútil; eu podia sair naturalmente do mosteiro e procurá-la, buscar-lhe os vestígios sem descanso ou salvação neste mundo, até achá-la! A viagem a Roma, a missão, eu via nisso uma premeditação de Leonardus, a fim de permitir-me sair do claustro da melhor maneira possível.

Passei a noite em oração, preparando-me para a viagem; verti o restante do benfazejo vinho em um garrafão entrançado de vime, a fim de me servir de sua comprovada eficácia, e devolvi o frasco que contivera o elixir à caixinha.

Qual seria meu assombro ao comprovar pelas detalhadas informações do prior que minha missão a Roma não era um pretexto, mas de fato se justificava e o assunto, que exigia a presença de um monge munido de plenos poderes, era de suma relevância. Fiquei realmente com o coração pesaroso por estar planejando aproveitar minha liberdade logo que saísse além do mosteiro, sem escrúpulos, sem respeito a essa incumbência do prior. Mas a lembrança *dela* me consolidou a coragem, decidi me manter fiel aos meus projetos.

Os irmãos se reuniram, e a despedida, particularmente do padre Leonardus, me causou profunda melancolia. Quando finalmente o portão do mosteiro fechou-se atrás de mim, eu estava pronto para a grande viagem pelo mundo.

SEGUNDA PARTE
Entrada no mundo

Envolto por uma névoa azulada, o mosteiro ficava lá embaixo no vale; o vento fresco da manhã soprava e trazia ao alto até mim os cânticos religiosos dos irmãos. Involuntariamente, eu os acompanhei. O sol alçou-se feito brasa incendiada por detrás da cidade, projetando os raios dourados nas árvores. Num suave murmúrio, as gotas de orvalho pendiam como diamantes cristalinos sobre milhares de insetos miúdos, que entre zumbidos e zunidos saudavam o novo dia. Os pássaros despertavam e revoluteavam alegres pelo bosque, gorjeando e acariciando-se em júbilo!

Um cortejo de camponeses e moças jovens vestidas com roupas de festa vinha caminhando morro abaixo.

— Louvado seja Nosso Senhor Jesus Cristo! — saudaram-me ao nos cruzarmos.

— Para sempre seja louvado! — respondi e tive a sensação de estar adentrando uma nova vida, repleta de vigor e liberdade, com mil perspectivas promissoras.

Nunca me sentira assim, não reconhecia a mim mesmo. Animado por renovado vigor e entusiasmado, eu avançava pela floresta, descendo rápido a montanha. Perguntei a um camponês que encontrei no caminho pelo primeiro lugar indicado na rota da viagem, onde eu deveria pernoitar. Ele me descreveu com precisão um atalho vicinal, saindo da trilha principal e costeando a montanha pela tangente. Já andara um bom trecho sozinho, e somente então meus pensamentos se voltaram à mulher desconhecida e ao meu fabuloso plano de procurá-la. Mas sua imagem se esvanecera por influência sobrenatural, de modo que senão com muita dificuldade eu podia reconhecer seus traços pálidos e desfigurados. Quanto mais tentava apreender sua figura em minha memória, mais ela se tornava confusa. Todavia, meu licencioso comportamento no mosteiro após o episódio misterioso ainda estava nítido ante meus olhos. Nem conseguia entender a indulgência do prior de suportar tudo e, em vez de infligir-me a merecida punição, me enviar ao mundo.

Logo me convenci de que a aparição da mulher desconhecida não passara de uma visão, consequência de um estresse nervoso. E em lugar de atribuir essa imagem enganosa — noutra época o teria feito — às incessantes perseguições do espírito do Mal, eu me dizia que era uma alucinação provocada pelos sentimentos excitados. A circunstância de que a estranha tivesse se apresentado vestida exatamente como Santa Rosália me levava a crer que a santa do quadro, que eu podia avistar do confessionário meio de longe e de viés, fora responsável pela ilusão de ótica.

Deveras eu admirei a sabedoria do prior, que elegera o remédio apropriado à minha cura. Se tivesse permanecido no mosteiro, sempre cerceado pelos objetivos de sempre, remoendo os maus pensamentos e me consumindo interiormente, a visão, que a solidão conferira cores mais cálidas e impetuosas, teria me levado à loucura. Mais e mais me convencia de que tudo aquilo não passara de um sonho. Com uma frivolidade incomum à minha natureza, não pude deixar de rir de mim mesmo, da ideia absurda de uma santa se apaixonando por mim; ao mesmo tempo, me lembrei de antes ter me tomado por Santo Antônio.

Vários dias eu caminhara pelas montanhas, entre massas de rochedos que se elevavam abruptas como imensas torres ao céu, seguindo estreitas sendas ao pé das quais bramiam velozes torrentes.[1]

---

1. Comumente à literatura romântica, a menção de montanhosas escarpadas introduz trechos do gênero gótico, porque cria o ambiente propício às situações de horror. Semelhantes associações estão presentes nos contos macabros de outro escritor do período romântico alemão, Ludwig Tieck (1773-1853), por exemplo, em "A Montanha das Runas". A fim de descrever essas paisagens, Hoffmann muitas vezes recorreu a comparações com a pintura de Salvator Rosa (1615-1673), artista italiano que retratou escabrosas formações rochosas.

Cada vez mais estreita e mais selvagem se tornara a trilha. Era meio-dia, o sol castigava minha cabeça desprotegida, eu tinha sede, mas não encontrava nenhuma fonte nas imediações, e não tinha alcançado ainda o vilarejo, aonde segundo minhas indicações deveria me dirigir. Sentei-me todo alquebrado sobre uma pedra e não pude resistir à tentação de beber um gole do garrafão entrançado, não obstante quisesse gastar o mínimo possível do precioso líquido. Nova energia circulou em minhas veias e, revigorado e fortalecido, prossegui o caminho para alcançar a meta que não deveria estar muito longe.

Mais e mais denso se tornava o bosque de pinheiros; um ruído se fez ouvir adiante na floresta e, logo em seguida, um cavalo atrelado relinchou bem alto. Andei ainda alguns passos e quase petrifiquei de susto ao notar que estava à beira de um abismo horrível e muito íngreme, em que se precipitava entre rochas pontudas e ásperas uma cascata, cujo mugido estrondoso vinha ouvindo já havia algum tempo. Ali perto, bem perto, numa pedra que pendia sobre a ribanceira, sentava-se um jovem vestido de uniforme. Um chapéu enfeitado com penacho, uma espada e uma carteira estavam postos ao seu alcance. Com o corpo inclinado para o lado do abismo, ele parecia ter adormecido e pendia mais e mais. A queda era inevitável. Ousei me aproximar e, enquanto tentava agarrá-lo com a mão para puxá-lo, eu gritei bem alto:

— Pelo amor de Deus! Senhor, acorde!

Tão logo o toquei, ele despertou do sono profundo, mas, no mesmo instante, perdendo o equilíbrio, despencou ribanceira abaixo. Resvalando e espedaçando pelas pontas das rochas, os ossos do corpo estalavam. O grito lacerante de dor ressoava pelo fundo insondável, somente um gemido abafado se ouvia e finalmente cessou.

Fiquei estático, lívido de horror. Peguei enfim o chapéu, a espada e a carteira, e pretendia fugir o mais rápido possível daquele lugar fatídico, quando um jovem vestindo trajes de caçador veio saindo da floresta ao meu encontro. Ele me olhou fixamente e começou a rir de uma maneira tão exagerada que um arrepio gelado me percorreu o corpo inteiro.

— Bem, senhor conde — disse ele em seguida —, a fantasia na verdade está perfeita. Se o senhor não tivesse me prevenido de antemão, não o teria reconhecido. Mas o que o senhor fez do uniforme?

— Joguei no barranco — me ouvi responder com voz grave e cavernosa, pois não era eu quem falava; as palavras irrompiam involuntariamente de meus lábios.

Permaneci ali, absorto e quieto, olhos fixos no precipício, temeroso que o corpo ensanguentado do conde se erguesse ameaçador. Era como se o tivesse assassinado, continuava segurando convulsivo o chapéu, a espada e a carteira.

E o jovem caçador dizia:

— Então, caro senhor, cavalgarei descendo o caminho em direção ao vilarejo, onde me esconderei na casa que fica à esquerda do portal. O melhor é o senhor descer direto para o castelo; devem estar aguardando sua chegada; o chapéu e a espada levo comigo.

Entreguei-lhe ambos.

— Bem, senhor conde, tudo de bom, muita sorte no castelo! — gritou o jovem e desapareceu logo em seguida, cantando e assobiando pela floresta espessa adentro.

Pude ouvi-lo desamarrando o cavalo que eu vira atrelado a uma árvore e partir.

Quando me recuperei do estupor e refleti sobre os acontecimentos, eu precisei reconhecer que fora mera vítima do acaso que me impelira de golpe a uma situação tão inusitada. Era evidente que uma grande semelhança de meus traços fisionômicos e de minha aparência com os do desgraçado conde tinham confundido o caçador, e o conde devia ter escolhido justo o disfarce de monge, a fim de vivenciar alguma aventura no castelo da vizinhança. A morte o surpreendera e uma fatalidade insólita me colocara em seu lugar no momento certo.

Senti-me irresistivelmente levado a assumir o papel do conde; acreditei que o destino me empurrava, e essa certeza triunfava sobre minha hesitação e abafava a voz interior que me acusava de assassinato e imprudência pecaminosa. Abri a carteira que mantivera comigo. Cartas e uma grande quantidade de bilhetes caíram em minhas mãos. Quis ler essa correspondência para me inteirar das circunstâncias da vida do conde, mas a agitação e as mil ideias que vinham à mente me impediram de fazê-lo.

Parei depois de alguns passos e me sentei numa pedra. Queria obrigar-me a manter um estado de espírito mais sereno. Estava ciente do risco que correria se ousasse me inserir sem nenhum preparo numa sociedade que me era desconhecida. Então soaram animadas cornetas de caça pela floresta e várias vozes e risadas alegres vieram se aproximando. Meu coração batia violento, mal podia respirar. Um mundo novo, uma nova vida se descortinava ante mim!

Enveredei-me por uma trilha estreita que lá adiante me conduziu a um declive, e logo ao sair da mata avistei no vale um castelo de proporções belas e imponentes. Era o lugar onde deveria ter lugar a aventura premeditada pelo conde a quem agora eu, atrevido, me dispunha a substituir. Em seguida me encontrei nas aleias do bosque que circundavam o castelo. Numa sombreada alameda lateral, vi dois homens passeando; um dos dois portava o hábito de sacerdote. Vieram andando em direção ao lugar onde eu estava, mas seguiram ao largo, ensimesmados em sua conversa. O padre era um homem jovem; seu bonito rosto, de uma palidez mortal, o impregnava de um sofrimento profundo que o consumia. O outro, vestido de maneira sóbria, mas com distinção, devia ter idade avançada. Eles se sentaram num banco de pedra e eu não perdi uma palavra do que diziam:

— Hermoge! — disse o velho. — Com esse obstinado silêncio, você está levando a família ao mais completo desespero. Sua melancolia sombria se agrava a cada dia, seu vigor juvenil está abatido, seu viço se esvai. Essa determinação de seguir a carreira religiosa destrói todas as expectativas, todos os sonhos de seu pai! Às acalentadas esperanças ele renunciaria de bom grado se o chamado proviesse de uma vocação genuína, de uma irresistível inclinação à vida reclusa; ele não ousaria se assim fosse se opor ao que o destino de uma vez por todas lhe prescreveu.

"Ao contrário, a repentina mudança que se opera a olhos vistos em sua personalidade prova, bem claramente, que um fato que você insiste em ocultar abalou de maneira lastimável seu estado de espírito e isso o vem minando. Antes você era um sujeito descontraído e cheio de vivacidade! O que o levou a se afastar do convívio? Por que você hesita em buscar conforto para sua alma doente no peito humano? Você se cala? Persiste nessa atitude? Suspira? Hermoge! Antes você amava seu pai com singular ternura, mas por mais que se tenha lhe tornado impossível abrir a ele o coração, ao menos não o torture o tempo todo com a visão dessa roupa, pois ela alude à sua decisão, tão dolorosa para ele. Eu suplico, Hermoge! Deixe esse hábito odioso!

"Creia-me, o vestuário possui uma energia misteriosa. Não se ofenda, imagino que você há de convir comigo — mesmo se o choco —, mas estou pensando nos atores de teatro: no momento em que usam a fantasia de um personagem, eles se sentem em geral animados por um espírito inusitado e se deixam encarnar com maior facilidade pelo caráter representado. Permita-me dar vazão à minha natureza e falar do assunto com mais humor do que talvez convenha. Concorda comigo que se o hábito tão comprido não detivesse seus passos e lhe conferisse essa gravidade sombria, você não voltaria a ser vivo e alegre, inclusive correria e saltaria como dantes? O brilho das dragonas que antes resplandeciam sobre seus ombros viria trazer de novo um reflexo de juventude às suas pálidas bochechas, e o tilintar das esporas soaria agradavelmente às orelhas do brioso alazão, que relincharia vindo ao seu encontro dançando de prazer, inclinaria o pescoço ante seu amado senhor. Vamos, barão! Deixe de lado o traje negro que não lhe assenta bem! Friedrich pode ir buscar seu uniforme?"

O homem mais idoso se levantou e quis se retirar, mas o jovem o abraçou:

— Ah, meu bom Reinhold, você me tortura! — exclamou com voz fraca. — Você me faz sofrer terrivelmente! Quanto mais se esforça em tocar as cordas de minha alma, antes harmoniosas e puras, mais premido eu me sinto pelo punho férreo do destino que me golpeou e acabrunhou e, assim como um alaúde quebrado, exprimo somente dissonâncias!

— Isso é pura imaginação, querido barão! — replicou o mais velho. — Você se refere a uma sorte desditosa que o afetou, mas silencia a respeito do sentido dessa sorte. Afinal, o que importa? Um jovem feito você, dotado de força e fogo juvenil no íntimo, deve saber se defender dos punhos férreos do destino, elevar-se, iluminado por um raio de sua natureza mais nobre, e se mostrar superior aos tormentos de nossa vida miserável. Não sei, barão, que fatalidade teria poder para vencer uma vontade assim potente.

Hermoge retrocedeu alguns passos e, cravando no ancião seus olhos sombrios em que chispava uma fúria contida, disse com voz abafada e cavernosa:

— Pois saiba que eu mesmo sou o destino a me destruir. Um crime hediondo pesa sobre minha consciência, uma impiedade pecaminosa que tenho de expiar na angústia e no desespero. Por isso tenha compaixão, suplique junto a meu pai a permissão para eu escapar desses muros!

— Barão — interrompeu o velho —, sua disposição de ânimo é característica do espírito completamente perturbado. Não deve ir embora assim de jeito nenhum! Nos próximos dias chegará a baronesa com Aurélia, você tem de vê-las.

O jovem riu com escárnio e respondeu com uma voz que retumbou em meu peito:

— Devo? Devo ficar? Com certeza, meu velho, você tem razão! Fico e meu martírio aqui será ainda maior que entre muradas escuras.

A essas palavras, saiu pelo mato afora e deixou só o velho que, apoiando a cabeça sobre a mão, se abandonava à sua dor.

— Louvado seja Nosso Senhor Jesus Cristo! — eu cumprimentei me aproximando dele.

O velho se sobressaltou, olhou-me surpreendido, mas logo em seguida, refletindo se me reconhecia, ele disse:

— Ah! Você certamente é o venerável senhor, cuja chegada, para consolo dessa família aflita, a senhora baronesa nos anunciou há algum tempo.

Aquiesci, confirmando.

Reinhold reencontrou depressa o bom humor que parecia ser o fundamento de seu caráter; caminhamos pelo parque viçoso e enfim chegamos a um bosque bem junto ao castelo, donde se desfrutava um estupendo panorama das montanhas.

Obedecendo a seu chamado, um empregado saiu da grande porta do castelo e em seguida se apressou a nos servir um lauto café da manhã.

Enquanto brindávamos, me pareceu que Reinhold me observava com atenção sempre crescente, como se envidasse esforços para refrescar uma reminiscência esmaecida. Enfim, ele gritou:

— Meu Deus, venerável senhor! Estou sonhando ou o senhor é o padre Medardo do Mosteiro de Capuchinhos de B.? Isso não seria possível... Mas sim, é o senhor mesmo, tenho certeza! Vamos lá... diga-me!

Como se arrebatado por um raio vindo do céu claro, eu tremi da cabeça aos pés diante de Reinhold. Vi-me flagrado, desmascarado, culpado de assassinato, mas o pânico me proporcionou forças para reagir, era questão de vida ou morte:

— O senhor tem razão, eu sou o padre Medardo do Mosteiro de Capuchinhos de B., com incumbência e plenipotência em nome do mosteiro numa missão a caminho de Roma.

Isso eu disse com toda serenidade e sangue-frio que fui capaz de fingir.

— Então foi talvez por mera casualidade que o extravio do itinerário o conduziu até aqui, ou como foi que a senhora baronesa o conheceu e o enviou?

Sem pestanejar, reproduzindo cegamente o que uma voz estranha sugeria sussurrando-me do âmago, eu disse:

— Durante a viagem, conheci o confessor da baronesa e ele me recomendou executar essa missão.

— É verdade! — interrompeu Reinhold. — Assim escreveu a senhora baronesa. Pois bem, agradeçamos aos Céus que o trouxeram a essa rota para salvação de nossa casa e que o senhor, um homem de valor e tão piedoso, pudesse retardar sua viagem, a fim de cumprir uma boa ação. Há alguns anos passei por acaso em B. e ouvi seus sermões, pronunciados do púlpito com imensa unção e arrebatamento celeste. Sua devoção, sua autêntica vocação de combater pelo resgate das almas desgarradas com zelo ardente, sua maravilhosa eloquência, surgindo de íntima inspiração; estou seguro de que o senhor será bem-sucedido nessa empreitada na qual até hoje fracassamos. Fico feliz em vê-lo antes de seu encontro com o barão e aproveito o ensejo para colocá-lo a par da situação familiar. Faço-o com a franqueza devida a um venerável senhor, como um santo enviado do céu em nosso auxílio. A fim de que seus esforços sejam bem conduzidos e obtenham o efeito desejado, o senhor deve conhecer no mínimo alguns antecedentes, não entrarei em certos pormenores. Serei sucinto.

"Cresci junto com o barão. A afinidade de nossas almas nos irmanou e destruiu a desigualdade de berço. Não o abandonei jamais; a partir do momento em que terminamos os estudos na universidade e ele entrou em posse, após a morte do pai, das propriedades situadas cá nestas montanhas, eu me tornei o preceptor de seus bens. Fui seu irmão, o amigo mais íntimo e, assim, enfronhado nos assuntos mais secretos de seu lar.

"Seu pai desejara a união por casamento com uma família com a qual mantinha vínculos de amizade, o que se concretizou com alegria, pois meu senhor encontrou em sua noiva prometida uma excelente criatura, dotada de dons pela natureza e, assim, se sentiu atraído de maneira irresistível. Raras vezes a vontade paterna pôde coincidir com tanta harmonia com o destino, que em todos os aspectos parecia tê-los feito um para o outro. Hermoge e Aurélia foram os frutos do casamento feliz. Muitas vezes nós passávamos o inverno na capital vizinha, mas desde que a baronesa começou a adoecer, depois do nascimento de Aurélia, passamos a permanecer também todo o verão na cidade, uma vez que demandava constantemente a presença de médicos. Ela morreu ao chegar a primavera, quando um aparente restabelecimento enchera o barão de esperanças. Então, nos refugiamos na vida campestre, apenas o tempo podia amenizar o sofrimento que consumira o barão. Hermoge cresceu e se converteu num jovem garboso; Aurélia era a viva imagem da mãe. O cuidado com a educação das crianças consistia em nossa ocupação cotidiana e motivo de muita alegria.

"Hermoge mostrou cedo uma inclinação clara para a carreira militar, e o barão resolveu mandá-lo à capital. Sob os auspícios do governador, um velho amigo, o jovem deveria iniciar os passos no ofício das armas.

"Foi somente três anos atrás que de novo o barão permaneceu durante todo o inverno na cidade com Aurélia e comigo, como nos velhos tempos, em parte pela proximidade do filho, em parte pelos amigos que sem cessar insistiam em revê-lo.

"Grande sensação causava naquela época na capital a sobrinha do governador quando vinha da corte. Órfã, ela crescera sob a tutela do tio, mas ocupava sozinha uma ala do palácio, onde constituiu seu próprio lar e costumava reunir em torno de si a elite da sociedade. Sem entrar em detalhes sobre Euphemie, o que seria desnecessário, tendo em vista que o senhor não tardará a conhecê-la, me limito a dizer que todos os seus gestos e palavras são animados por uma graça indizível e aliam às suas admiráveis belezas físicas um charme irresistível. Onde quer que ela se encontrasse, a vida surgia em novo brilho e em todos os lugares as pessoas lhe rendiam homenagens entusiasmadas. Do mais indiferente ou do mais insignificante ela conseguia inflamar o fundo do coração, a ponto de o homem, movido pela nova inspiração, se elevar acima da própria pobreza de espírito e gozar com encantamento os prazeres de uma vida superior a que doutro modo não teria tido acesso.

"Naturalmente não faltavam adoradores que dia após dia faziam a corte à deusa com ardor. Não se podia dizer ao certo que ela favorecesse um ou outro admirador, porém, com ironia maliciosa, sabia instigar e estimular através de brincadeiras picantes sem ofender ninguém, envolvendo todos com laços indissolúveis e levando-os a se moverem enfeitiçados e alegres num círculo mágico.

"Essa Circe produziu sobre o barão uma impressão extraordinária. Ela manifestou desde o primeiro encontro uma atenção semelhante talvez a um sentimento infantil respeitoso. Em suas conversas com o barão, ela demonstrava espírito cultivado e sensibilidade de alma, atributos que ele quase nunca encontrava numa mulher. Com extrema delicadeza ela procurou e obteve a amizade de Aurélia, a quem tratou com tanto calor, inclusive se interessando por ínfimos detalhes atinentes à necessidade de toalete, desvelos de que se ocuparia uma mãe. Soube apoiar de maneira evasiva a moça inexperiente e tímida na mais brilhante sociedade e a ajuda, em vez de chamar a atenção, contribuiu para ressaltar o entendimento espontâneo e a autêntica natureza de Aurélia, que logo passou a gozar de supremas mostras de respeito.

"Em todas as ocasiões quando se tratava de Euphemie, o barão não poupava elogios e talvez tenha sido a primeira vez em nossas vidas, quando formamos opiniões totalmente divergentes. Quase sempre eu desempenhava nas rodas sociais um papel de mero e atento observador, abstendo-me de participar das confidências e conversações animadas. Assim, com peculiar atenção e considerando-a uma aparição altamente curiosa, eu do mesmo modo observava Euphemie, habituada a não esquecer ninguém, e amiúde trocávamos algumas palavras amigáveis. Tive de reconhecer que ela era a mulher mais bela e atraente de todas, em tudo que exprimia se refletia inteligência e espirituosidade; apesar disso eu me sentia repelido por ela por razões inexplicáveis, não conseguia reprimir certa aversão misteriosa que se apoderava de mim, tão logo ela me olhava ou falava comigo. Em seus olhos brilhantes ardia com frequência um fulgor especial que, quando acreditava não estar sendo vista, expelia chispas cintilantes como se irradiasse com violência um fogo interior e devorador, guardado a duras penas. Além disso, pairava às vezes em torno de sua boca formosa de contornos bem-feitos uma ironia maliciosa, e essa pura expressão de desdém pérfido me provocava arrepios.

"Dessa maneira com frequência ela olhava Hermoge, que pouco ou nada se importava com ela, e o fato me provava a existência de algo insuspeitado, oculto atrás da bela máscara. Todavia, eu não podia contrapor aos redundantes enaltecimentos do barão nada além de observações fisionômicas, que ele nem levou em consideração; mais que isso, viu em minha secreta aversão uma idiossincrasia esquisita. Ele me confidenciou que Euphemie provavelmente passaria a integrar a família, porque pretendia se empenhar pelo seu casamento com Hermoge.

"Certo dia, quando com seriedade tratávamos do assunto, e eu buscava possíveis explicações que justificassem minha opinião acerca da moça, o jovem entrou. O barão, homem acostumado a lidar de modo dinâmico e sem rodeios em todas as circunstâncias, comunicou incontinenti seus planos e desejos concernentes a Euphemie. Hermoge ouviu tranquila o que o barão com o maior entusiasmo lhe participava e também os elogios dirigidos à jovem. Após ouvir os elogios, o rapaz respondeu que não se sentia nem um pouco atraído por Euphemie, jamais poderia vir a amá-la e com isso pedia encarecidamente ao pai que esquecesse o plano de uma aproximação entre os dois. O barão ficou desapontado ao ver seu plano arruinado logo no primeiro estágio. Mesmo contrariado se absteve de pressionar o filho, sobretudo tendo em vista que sequer conhecia os sentimentos da moça. Com a alegria e a afabilidade que lhe eram habituais, pôs-se logo a zombar da tentativa malograda, dizendo que Hermoge talvez compartilhasse comigo da peculiar antipatia, se bem que não fosse compreensível que numa mulher tão bela pudesse habitar qualquer princípio repulsivo.

"É claro que seu relacionamento com Euphemie permaneceu inalterado; se acostumara de tal maneira a ela, que não podia transcorrer um dia sem vê-la. Assim, numa ocasião quando estava particularmente bem-humorado, comentou em tom de pilhéria que um único homem em seu círculo não se apaixonara por ela, e esse era Hermoge. Obstinado, o rapaz se recusara à união tal qual ele, o pai, arquitetara de coração. Euphemie deu-lhe a entender que tudo quanto se referisse a uma união matrimonial dependeria naturalmente da posição dela, e ela achava de fato desejável estabelecer laços mais estreitos com o barão, mas não através de Hermoge, a seu ver sério demais e cheio de caprichos.

"A partir dessa conversa, da qual o barão logo me inteirou, Euphemie redobrou os desvelos com ele e com Aurélia: inclusive numa ou noutra oportunidade ela mais ou menos insinuava que o casamento com o próprio barão é que corresponderia melhor à concepção de matrimônio feliz que sempre idealizara. Tudo que se pudesse objetar concernente à diferença de idade ou outro ponto, ela sabia refutar persuasiva; seu jogo evoluía com discrição, tato e habilidade, fazia grandes progressos, de modo que o barão se viu forçado a crer que as intenções insufladas por ela em seu íntimo tinham na verdade brotado dele mesmo. Viril e vigoroso que era, o barão ressentiu sem demora vertigem de uma paixão fogosa e juvenil. Eu não pude deter o elã ardoroso, era tarde demais. Em pouco tempo Euphemie era, para assombro da cidade, a esposa do barão.

"Minha impressão era de que o terrível e cruel fantasma que havia muito se insinuava se introduzira em minha vida; portanto, ainda mais cauteloso deveria velar meu amigo e a mim mesmo. Hermoge recebeu a notícia das bodas com fria indiferença. Aurélia, a cândida e intuitiva criatura, se desfez em lágrimas.

"Logo em seguida ao casamento, Euphemie quis retirar-se nas montanhas. Chegou ao castelo e, eu devo admitir, seu comportamento se manteve tão amável que despertou em mim uma involuntária admiração. Assim se passaram dois anos de vida em gozo imperturbável. Em ambos os invernos nós residíamos na cidade, mas lá também a baronesa testemunhou tanta deferência ante o marido, tanta gentileza em satisfazer seus mínimos anseios que impôs com isso silêncio à inveja, e nenhum dos jovens que sonhavam encontrar caminho livre às galantarias junto a ela pôde se permitir qualquer declaração que fosse. No decorrer do segundo inverno, eu era sem dúvida o único que, ainda acometido pela velha idiossincrasia, novamente nutria graves suspeitas quanto à sinceridade da baronesa.

"Antes do casamento, o conde Viktorin, jovem garboso, um major da guarda de honra que quase nunca se detinha na cidade, era um de seus mais ardentes adoradores, e o único a se distinguir dentre eles, ainda que de forma imperceptível. Cogitou-se inclusive, durante certo tempo, que havia uma ligação mais íntima do que as aparências deixavam insinuar, mas o rumor se extinguiu tão discreto quanto surgira. Justo naquele inverno, o conde Viktorin regressou à cidade e, segundo seu costume, frequentou o círculo da baronesa. Dessa vez, ele não parecia esforçar-se para atrair a atenção dela; muito ao contrário, parecia evitá-la intencionalmente. Às vezes, no entanto, eu acreditei reparar que, quando pensavam passar inadvertidos, seus olhares se cruzavam, ardendo em fogo devorador de volúpia sensual e paixão infrene.

"Ora, na casa do governador se reuniu certa noite a mais brilhante sociedade. Encontrava-me junto a uma janela, de maneira que a luxuosa cortina com drapeados ondulados e bastos me ocultava por completo. O conde Viktorin estava a dois ou três passos adiante de mim. Foi quando Euphemie, radiante em toda sua beleza e vestindo as mais sedutoras vestimentas, passou roçando por ele. Ninguém além de mim testemunhou, mas o conde puxou com ímpeto apaixonado o braço dela. Ela tremeu visivelmente e seu olhar cúmplice, reflexo de reciprocidade ao gesto ousado, pousou nele. Murmuraram algumas palavras inaudíveis para mim. A baronesa, creio que tenha me visto, se voltou de repente e ouvi com clareza o que disse: 'Estamos sendo observados!'

"Fiquei petrificado de surpresa, pasmo, dor! Ah, reverendo padre, como descrever meu desapontamento? Considere minha amizade, o fiel apego que me unia ao barão; minhas maliciosas suspeitas se mostravam fundadas, pois aquelas palavras desconexas tinham me convencido de um caso secreto entre a baronesa e o conde. Por ora eu precisaria manter o silêncio. Mas eu decidi vigiar aquela mulher com olhos de Argus[2] e então, depois de me assegurar de seu delito, desatar os vergonhosos laços nos quais enredara meu infeliz amigo.

"O que, todavia, se pode fazer contra a perfídia diabólica? Meus esforços foram inúteis, totalmente inúteis, e teria sido ridículo comunicar ao barão o que testemunhara, já que a astuta mulher teria encontrado ardilosas escapatórias e me feito passar por um absurdo visionário de mau gosto.

"A neve ainda cobria os elevados picos quando retornamos ao castelo na primavera. Apesar disso, eu me enveredei uma vez ou outra pelas montanhas adentro; no vilarejo vizinho lobriguei um camponês com um porte e um passo muito intrigantes. Quando ele se perfilou, reconheci o conde Viktorin, porém o homem logo sumiu por trás das casas sem deixar vestígios. O que o teria levado a se disfarçar assim, senão o conluio misterioso com a baronesa! Inclusive agora eu sei com certeza que ele se encontra de volta a essas imediações. Vi seu caçador passar pelos arredores cavalgando, mas não consegui atinar por que razão não procurou Euphemie na cidade.

"Há três meses, aconteceu que o governador caiu muitíssimo adoentado e manifestou saudade da sobrinha; ela viajou imediatamente com Aurélia, e uma mera inconveniência detivera o barão de acompanhá-las. Foi aí que a desgraça e a tristeza irromperam em nossa vida, considerando que Euphemie escreveu pouco depois ao marido e contou que Hermoge vagava solitário, acometido de súbita melancolia. Essa condição com frequência se degenerava e se entremeava por rompantes de fúria insana, quando ele maldizia a si mesmo, ao próprio destino; debalde até aquele momento médicos e amigos se esforçavam pelo seu restabelecimento.

---

2. Na mitologia grega, Argus Panoptes era um gigante de cem olhos, encarregado da vigilância de Io, a amante de Zeus transformada em novilha. Foi morto por Hermes, que fez seus olhos adormecerem com histórias enfadonhas e então o decapitou. De seu nome derivam termos como "argúcia" e "arguto".

"O senhor não é capaz de imaginar, reverendo, como a notícia abalou o barão. O encontro com o filho em semelhante estado o afetaria violentamente, por isso eu viajei sozinho à cidade. Graças ao tratamento enérgico a que fora submetido, Hermoge pelo menos estava livre dos acessos de loucura incontroláveis, mas se instalara um quadro de depressiva e profunda apatia que os médicos estavam considerando incurável. Ao me ver, ele se comoveu e me confessou que um funesto destino lhe pesava e o impulsionava a abandonar para sempre seu posto atual e que tão somente a conversão religiosa e a vida num mosteiro lhe salvaria a alma da condenação perpétua. Eu o encontrei vestindo os trajes que o senhor viu ainda há pouco, reverendo. Malgrado sua forte resistência, enfim me foi possível trazê-lo de volta para casa.

"Ele agora está tranquilo, mas não desiste da ideia fixa. Todas as nossas tentativas de apurar o incidente causador dessa condição têm infelizmente restado infrutíferas, pois a chave do segredo seria um meio eficaz tanto de diagnosticar o mal quanto de prescrever-lhe a cura.

"Há alguns dias a baronesa escreveu que a conselho de seu confessor nos enviaria um eclesiástico, cujas palavras consoladoras e companhia poderiam surtir sobre ele um efeito melhor que qualquer outro meio, porque sua loucura se reveste de caráter religioso.

"Apraz-me de verdade constatar que seja o senhor, reverendo, o legado por feliz coincidência designado a Roma. Nesse meio-tempo, o senhor poderá reconfortar uma família arrasada pelo sofrimento, se sua obra se pautar por duas vertentes. Descubra qual é o terrível segredo de Hermoge; seu coração se aliviará com o desabafo da confidência, mesmo que seja através da santa confissão. E a Igreja o restituirá à alegre vida mundana, a que ele de fato pertence, em vez de encerrá-lo atrás dos muros.

"Não deixe, porém, reverendo senhor, de se aproximar da baronesa! O senhor está ciente de tudo e, há de convir, minhas observações são de tal natureza que sobre elas é impossível fundamentar qualquer acusação, mas tampouco se tratam de quimeras ou suspeitas injustificadas. Com certeza o senhor há de concordar comigo tão logo a veja e a conheça. Euphemie possui um temperamento naturalmente inclinado à religiosidade; decerto o senhor será capaz de penetrar-lhe o coração através da eloquência e assim, comovendo-a, edificar sua conduta em relação ao marido, pois isso vem lhe custando a bênção divina. Devo acrescentar, ademais, senhor reverendo, que em determinadas ocasiões o barão parece trazer na alma um desgosto cuja origem não quer revelar, que, além da preocupação com Hermoge, ele vem visivelmente arcando com uma turbação que o persegue sem trégua. Suspeito que um acaso maligno talvez tenha apresentado a ele, melhor que a mim, provas do adultério da baronesa com o amaldiçoado conde. Tendo em vista tais circunstâncias, reverendo, recomendo uma atenção espiritual à alma de meu amigo dileto, o barão."

Com esse pedido, Reinhold terminou seu relato que me martirizou por diversas razões. Por um lado, as estranhas contradições se cruzavam em meu pensamento. Meu ser, lançado à mercê de um jogo cruel traçado pela fatalidade do destino caprichoso, se revolvia em metamorfoses singulares; fluía indefeso às vagas tumultuosas dos acontecimentos que me afrontavam. Não sabia mais quem eu era! Era evidente que a queda do conde no precipício fora causada por um acaso que guiara minha mão, não minha intenção! Assumo seu lugar, mas Reinhold conhece o padre Medardo, o pregador do mosteiro dos capuchinhos em B.; para ele sou, portanto, realmente quem eu sou. Mas a relação que Viktorin mantinha com a baronesa recai sobre mim, pois sou Viktorin. Eu sou o que pareço e não pareço o que sou! Enigma inexplicável a mim mesmo! Meu eu cindiu-se!

Apesar de intimamente atormentado, eu consegui dissimular um jeito sossegado característico dos sacerdotes e me apresentar diante do barão. Era um homem idoso, mas em seus traços apagados assomavam indícios de saúde e robustez raros. Não a idade, porém os padecimentos lhe tinham sulcado rugas marcantes na testa larga e nobre, e prateado as cacheadas cãs. Não obstante, seus gestos e palavras não eram menos impregnados de serenidade, de uma bonomia que exercia irresistível sedução sobre as pessoas.

À apresentação de Reinhold de que eu era aquele cuja iminente chegada fora anunciada pela baronesa, ele me observou com olhos perspicazes, a expressão se tornava mais amigável à medida que o amigo lhe contava que há alguns anos tivera a oportunidade de me ouvir pregando no Mosteiro de Capuchinhos em B., e estava dessa maneira convicto de meus dotes como orador. O barão me estendeu a mão com cordialidade e, volvendo-se para Reinhold, disse:

— Não sei, caro Reinhold, mas à primeira vista a fisionomia do venerável reverendo me chamou singularmente a atenção; despertou-me uma reminiscência que tentei debalde rememorar.

Pensei que ele em seguida se lembraria e diria "é o conde Viktorin", porque naquele instante de um modo prodigioso eu cria deveras ser Viktorin, percebia então meu sangue fervilhando nas veias, afluindo em golfadas à cabeça e me enrubescendo as faces. Eu me remetia ao apoio de Reinhold que via em mim o padre Medardo, embora considerasse isso um embuste; nada podia solucionar meu estado de confusão.

Segundo o desejo do barão, eu deveria de imediato travar conhecimento com Hermoge, mas não o encontraram, tinham-no visto caminhar pelas montanhas, o que não era motivo para maiores preocupações, às vezes ele passava mesmo o dia inteiro por lá. O restante da jornada, fiquei em companhia de Reinhold e do barão, progressivamente recobrei meu ânimo interior e à tardinha me sentia cheio de coragem e força para me expor com audácia às aventuras extraordinárias que o destino me reservava.

À noite, ao ficar só, abri a pasta e constatei que de fato era o conde Viktorin quem jazia destroçado no abismo; porém, as cartas a ele endereçadas não eram de interesse; nenhuma delas trazia informações acerca de suas relações sentimentais. Sem me afligir com antecedência, decidi me sujeitar sem resistência àquilo que o acaso me conspirasse na situação iminente da chegada da baronesa e no confronto com ela.

Logo na manhã seguinte Euphemie e Aurélia retornaram inesperadamente ao castelo. Eu as vi descendo da carruagem, sendo recebidas pelo barão e por Reinhold e se dirigindo logo à porta do castelo. Inquieto eu passeava de um lado ao outro pelo quarto, atormentado por intuições estranhas. Não tardou muito, fui chamado. A baronesa veio ao meu encontro, uma mulher exuberante, no apogeu de sua formosura. Ao ver-me, ela deu a impressão de estar especialmente emocionada, sua voz tremia, mal encontrava as palavras. Sua visível perplexidade me encheu de coragem, fitei-a por um momento nos olhos e a abençoei, conforme a tradição monacal. Ela empalideceu e teve de se sentar. Reinhold se virou para mim sorrindo, ele estava contente e satisfeito. Naquele instante a porta se abriu e o barão entrou acompanhado de Aurélia.

Tão logo vi Aurélia, atravessou meu peito um raio de luz que iluminou os sentimentos recônditos de meu coração, o agradável desejo, o êxtase do amor ardente, tudo o que antes ressoara em mim como vaga premonição. Inclusive era como se eu deixasse para trás, para longe de mim, num mundo de noite e solidão, uma existência fria e embaçada; sim, ela tinha início agora, multicor e vibrante. Era ela! Ela, que contemplei quando daquela visão ao confessionário. O mesmo olhar melancólico, ingênuo e cândido daqueles olhos de cor azul-escura, os lábios bem delineados, a nuca suavemente inclinada em recolhimento de oração, o talhe esbelto e alto. Não era Aurélia, era... Santa Rosália em pessoa!

Até mesmo o xale azul que Aurélia jogara sobre o vestido vermelho apresentava extraordinária similaridade com o manto da santa no quadro e o da desconhecida na minha visão. Como comparar a beleza imponente da baronesa com o encanto celestial de Aurélia? Eu não conseguia enxergar nada além dela, todo o resto em torno de mim sumira. Meu enternecimento não passou despercebido às pessoas presentes.

— O que foi, reverendo padre? — quis saber o barão. — O senhor parece estar bastante consternado.

Esse comentário trouxe-me de volta à realidade, senti naquele instante uma força sobre-humana surgir em mim, uma disposição inaudita de fazer face a todos os perigos, pois *ela* seria a recompensa do combate.

— Felicitações, senhor barão! — respondi, mostrando-me de chofre enlevado por êxtase beato. — Uma santa se encontra entre essas paredes, no meio de nós. Logo o céu se abrirá num clarão e Santa Rosália em pessoa, rodeada pelos anjos sagrados, enviará bênçãos e consolação aos humildes que piedosos e devotos invocaram em preces! Prenuncio de modo remoto os hinos dos espíritos celestes que apelam à santa com seus cânticos descendo bem suaves em nuvens cintilantes. Antevejo ao longe a cabeça radiante com a auréola da glória celestial, os olhos suavemente voltados ao coro de querubins que apenas ela entrevê: *Sancta Rosalia, ora pro nobis!*

Caí de joelhos fitando as alturas, as mãos unidas em atitude de oração e todos seguiram meu exemplo. Ninguém fez maiores perguntas, atribuíram minha súbita explosão à inspiração de um arrebatamento, e o barão assim decidiu encomendar santa missa no altar de Santa Rosália, na catedral da cidade de Messen.

Dessa maneira eu me safei esplendidamente da situação embaraçosa, e crescia minha disposição de não recuar ante os empecilhos, a fim de possuir Aurélia: para tanto sacrificaria minha própria vida. A baronesa aparentava uma disposição singular, me encarava fixamente, mas sempre que eu podia enfrentar seus olhares, eles se esquivavam inseguros e inquietos. A família se retirou a um outro salão, eu desci com pressa aos jardins, perambulei pelas trilhas e ruminei trabalhando e lutando mil projetos, mil resoluções para a vida futura que levaria no castelo.

Já entardecera quando Reinhold veio a mim e me comunicou que a baronesa, inspirada pelo meu piedoso entusiasmo, desejava me falar em particular em seus aposentos.

Quando eu entrei em seus aposentos, ela andou uns passos ao meu encontro, tocou-me com ambos os braços e, me olhando direto nos olhos, perguntou:

— Será possível? Será possível? O senhor é Medardo, o monge capuchinho? Mas essa voz, a fisionomia, os olhos, o cabelo! Fale, ou perecerei na dúvida e na incerteza.

— Viktorin! — sussurrei.

E ela enlaçou-me com ímpeto selvagem e voluptuoso. Uma corrente de fogo se espalhou por minhas veias, meu sangue fervia, eu me sentia desfalecer num gozo inefável, numa euforia insensata! Mas meu ânimo pecador se concentrava exclusivamente em Aurélia, e apenas a ela eu sacrifiquei naquele instante meus votos, a salvação de minha alma!

Sim! Apenas Aurélia vivia em mim, meu ser inteiro estava preenchido por ela e, entretanto, um frêmito me percorria quando pensava em revê-la, o que aconteceria à mesa do jantar. Parecia-me que os castos olhos reprovariam meus pecados atrozes e que, desmascarado e aniquilado, sucumbiria em opróbrio e condenação. Tampouco podia me decidir a rever a baronesa logo após aqueles nossos momentos, e tudo isso me determinou a permanecer em meus aposentos sob o pretexto de um exercício de devoção, assim que vieram me convidar para a refeição.

Poucos dias foram enfim suficientes para vencer a timidez e as hesitações; a baronesa era a amabilidade em pessoa, quanto mais íntimas se tornavam nossas relações com requintes de prazeres ímpios, mais ela se esmerava em atenções com o barão. Confessou-me que apenas minha tonsura, minha barba natural e meus gestos monacais, que nesse ínterim eu não mantinha tão graves como no início, lhe tinham inspirado a princípio mil receios. Inclusive minha súbita e entusiástica invocação de Santa Rosália tinham-na quase convencido de que um equívoco ou acaso fatídico haviam frustrado o plano bem elaborado com Viktorin e enviado um maldito e autêntico capuchinho. Ela admirou minha precaução de realmente me tonsurar e deixar crescer a barba e mesmo a assumir de todo o papel, de modo que com frequência precisava me olhar direto nos olhos, a fim de se convencer.

De tempos em tempos, o caçador de Viktorin vinha me ver na extremidade do parque, disfarçado de camponês. Não perdi a oportunidade de encontrá-lo em sigilo e advertir-lhe que se mantivesse em alerta quanto à necessidade de fugirmos juntos na eventualidade de um contratempo me expor ao perigo.

O barão e Reinhold davam mostras de estar contentes comigo e instavam a que eu empregasse todos os recursos em meu poder para superar as ideias obscuras de Hermoge. Ainda não tivera a chance de dirigir-lhe uma palavra que fosse, pois era nítido que o rapaz vinha evitando toda e qualquer ocasião de ficar a sós comigo. Se me via na companhia do barão ou de Reinhold, então o jovem me lançava olhares tão sinistros, que me custava com efeito dissimular um embaraço momentâneo. Era possível dizer que ele lia o fundo de minha alma e espiava meus pensamentos mais íntimos. Um desgosto profundo e um insuperável rancor reprimido, uma ira contida com cautela, cunhavam suas faces pálidas tão logo me via.

Certo dia, ao passear pelo parque, aconteceu de nos defrontarmos de maneira inesperada; acreditei ser uma ocasião favorável para esclarecer com ele de uma vez por todas a atmosfera opressiva. Vendo que tentava me escapulir, eu o segurei de repente pela mão e empreguei minha eloquência com tamanha insistência, com tamanho zelo, que ele demonstrou de fato estar ouvindo sem ser capaz de esconder a emoção. Tínhamos nos sentado num banco de pedra, ao final de uma alameda que conduzia ao castelo. Falando, meu entusiasmo aumentava. Lembrei a ele como cometia pecado o homem que, se consumindo no próprio sofrimento, rejeitava o consolo e a ajuda da Igreja que conforta os servos aflitos; esse comportamento contradizia hostilmente as metas da vida designadas pelo Poder Supremo. E como nem mesmo um criminoso deveria duvidar da clemência divina, porque justamente a dúvida o afastava da felicidade celestial, que de outra maneira poderia conquistar se purificando do pecado pela penitência e pela oração. Enfim eu instei para que se confessasse comigo e abrisse de imediato seu coração se imbuindo da presença de Deus, pois eu lhe conferiria absolvição de qualquer pecado que porventura tivesse cometido.

Hermoges então se levantou, suas sobrancelhas se contraíram, seus olhos cintilaram, o rosto lívido de morte enrubesceu sutilmente, e ele exclamou com voz estridente e estranha:

— Estaria você livre de pecados, você, que ousa querer perscrutar minha alma, como o mais casto, como o próprio Deus de quem está escarnecendo? Você, que ousa prometer perdão às minhas faltas? Você, que há de implorar em vão por redenção e bem-aventurança, e terá negada a graça celeste por toda a eternidade. Hipócrita miserável! Não tardará a soar a hora das represálias, quando, se esfalfando na poeira qual verme venenoso se debate na morte ignominiosa, você há de solicitar debalde o auxílio e a libertação do tormento implacável, até estar condenado à demência e ao desespero!

Hermoge se afastou a passos largos; eu estava destroçado, aniquilado, perdi completamente minha serenidade, minha coragem.

Vi Euphemie sair do castelo com chapéu e xale, vestida para um passeio. Somente sua companhia poderia me propiciar consolo e alívio, me precipitei ao seu encontro, ela se assustou com minha aparência desorientada, me perguntou a razão do meu estado desolador. E eu lhe descrevi fielmente a cena que tivera lugar com o insano Hermoge, acrescentando além de tudo meu medo, minha preocupação de que ele talvez por inexplicável acaso tivesse descoberto nosso segredo.

Euphemie não deixou transparecer na circunstância a menor perturbação, ela sorria com uma expressão tão estranha que me provocou arrepios na espinha e disse:

— Entremos mais adiante no parque, pois aqui podem nos ver e chamaria a atenção que o venerável padre Medardo esteja falando comigo assim enfático.

Tínhamos penetrado num bosque mais cerrado. Lá, Euphemie me envolveu em seus braços com violência apaixonada; seus beijos ardentes queimavam meus lábios.

— Calma, Viktorin! — sossegou-me. — Pode ficar tranquilo a respeito de tudo o que vem lhe causando ansiedade. Aliás, talvez tenha vindo a calhar o que sucedeu entre você e Hermoge, assim agora eu posso, até devo lhe fazer certas revelações, sobre as quais tenho silenciado. Convenhamos, eu sempre soube manter incrível domínio de espírito sobre tudo o que concerne minha vida, creio que essa conquista pode ser mais fácil à mulher que ao homem. Decerto, à graça irresistível do charme exterior com que a natureza dotou a mulher se soma um princípio superior intrínseco, resultado da fusão do atrativo e das qualidades espirituais, cuja potência ela rege soberana. É a curiosa faculdade de sair de si que possibilita a contemplação do próprio eu a partir doutro ponto de vista, o que constitui então um instrumento ideal, forjado por uma força de vontade extraordinária disposta a alcançar metas estabelecidas que conferem elevado sentido à vida. Existe algo mais relevante que ter o controle da própria vida? Que conjurar com poder mágico todas as suas manifestações, desfrutar seus prazeres mais intensos, tudo com a vontade inerente ao ser soberano? Quanto a você, Viktorin, sempre esteve entre as raras pessoas que souberam me compreender perfeitamente. Do mesmo modo soube se elevar acima de si mesmo, eu não desdenhei em colocá-lo no papel de consorte a meu lado, sentado no trono do reino supremo. O mistério propiciou encanto à nossa união e a aparente ruptura não fez mais que ampliar e abrir novos, vastos campos à fecundidade de nossa fantasia, que nos proporciona sumo deleite nas relações incidentes da vida ordinária. Você não vê nossa atual convivência como peça audaciosa concebida com irreverente espírito que zomba da míope moral convencional? Tanto que, no que tange à sua estranha aparência, estranheza que não provém apenas dos trajes, ela me dá a impressão de que o espírito se submeteu ao princípio superior que o domina e se manifesta com força prodigiosa, logrando mesmo conferir ao corpo outra forma e outro aspecto, de sorte que no final das contas tudo surge conforme aquilo a que estava predestinado.

"Entenda que vejo as coisas com naturalidade, desprezo do fundo do coração as limitações impostas por convenções, e se as sigo é porque as emprego a meu favor como num jogo. O barão se converteu a meu ver numa máquina fastidiosa e repulsiva que, tendo servido a meus propósitos, jaz agora inerte como uma engrenagem ultrapassada. Reinhold é demasiado estúpido para merecer minha atenção. Aurélia é uma boa filha, não temos motivos para nos preocupar com ninguém além de Hermoge. Ao vê-lo pela primeira vez, eu tive uma boa impressão. Julguei-o capaz de aceder à vida mais nobre em que pretendia integrá-lo; enganei-me redondamente pela primeira vez. Ele sempre teve algo de hostil, uma infindável irritação se endereçando obstinadamente contra mim; e o charme com que eu sem esforço seduzia os demais fracassava ante seu desprezo. Manteve-se frio, sombrio e reservado. Com pertinácia incomum e curiosa ele se opunha à minha vontade e incitava minha sensibilidade e o prazer de me engajar numa batalha em que o faria sucumbir. Eu me propusera a essa batalha, quando o barão me contou que sugerira a Hermoge que ele se casasse comigo e a proposta fora categoricamente recusada.

"Uma ideia luminosa, uma centelha divina, me ocorreu naquele mesmo instante: esposar o próprio barão e assim retirar em definitivo de meu caminho todas as medíocres convenções que com frequência me incomodavam sobremaneira. Algumas vezes cheguei a comentar com você, Viktorin, da possibilidade desse matrimônio. Suas dúvidas eu refutei com a ação, em poucos dias eu soube transformar o velho num amante afetuoso e ridículo, que fazia o que eu bem queria, acreditando ser o cumprimento dos próprios íntimos desejos que ele mal ousava conceber ou exprimir. Entrementes, lá no fundo, continuava remoendo a vontade de me vingar de Hermoge, a partir de então a vingança seria fácil e implacável. O golpe foi postergado para ser desferido certeiro e letal.

"Se não o conhecesse bem, Viktorin, se não o julgasse capaz como eu de enxergar longe, teria escrúpulos em lhe relatar certo incidente. Aguardei a ocasião oportuna para atacar Hermoge bem no coração, com intensidade. Apareci na cidade triste e taciturna, e assim eu compus um contraste com o movimento alegre dele, descontraído em meio às incumbências e atividades da vida militar.

"A enfermidade de meu tio restringia as festas luxuosas, e consegui me afastar até mesmo das visitas de amigos íntimos. Hermoge veio me ver, provável que com o propósito exclusivo de cumprir a obrigação devida a uma mãe, e me encontrou mergulhada em profunda melancolia. Estranhando o meu estado de ânimo incomum, ele perguntou, pois, com insistência qual era o motivo de minha desolação. Confidenciei entre lágrimas que se devia à precária saúde do barão, que em vão se esforçava para dissimular essa condição, e tudo me levava a temer perdê-lo em breve. A simples ideia de perdê-lo me era aterradora, insuportável. Hermoge ficou comovido. E assim, à medida que eu lhe descrevia com a expressão de sinceros sentimentos a felicidade de meu casamento com o barão seu pai, à medida que terna e calidamente entrava nos mínimos detalhes atinentes à nossa vida conjugal no idílio campestre, que com admiração enaltecia as virtudes e a personalidade de meu marido, de modo a deixá-lo crer na grandeza de meu amor, na magnitude de minha dedicação, mais seu assombro crescia.

"Era visível a maneira como ele se debatia em seu interior, mas a influência que, como se fosse a minha própria pessoa, se lhe insinuara pela alma venceu o princípio de hostilidade comumente resistente às tentativas de aproximação. Meu triunfo se confirmou quando ele retornou na tarde seguinte.

"Encontrou-me solitária, mais triste e acabrunhada que na véspera. Falei do barão, de meu irresistível desejo de revê-lo. Hermoge não era a mesma pessoa, mantinha os olhos presos aos meus e uma chispa fogosa incendiou perigosamente seu âmago. Minha mão repousava sobre a sua mão, que se crispava trêmula, às vezes, e ao mesmo tempo ele deixava escapar longos suspiros do fundo do peito. Calculei sem erros o instante em que sua consciente exaltação atingiria o ponto máximo. Na tarde em que ele deveria sucumbir, eu não hesitei em lançar mão de estratagemas simples, que no entanto sempre conduzem a bons resultados. Funcionou!

"O efeito devastador superou as expectativas e fortaleceu minha sensação de vitória, já que vinha confirmar a extensão de meu poder. Eu combatera a hostilidade que de hábito se manifestava nele sob a forma de suspeita temerosa, mas o fiz com tal virulência que cindiu seu espírito. Ele perdeu a razão, como você sabe, embora até hoje não soubesse a causa verdadeira. Impressionante como os loucos às vezes denotam uma relação mais estreita com o âmbito espiritual que outras pessoas e, sugestionados inconscientemente pelo princípio espiritual alheio ao homem, inserem-se em nossos pensamentos mais secretos com lucidez, expressando-os com alusões misteriosas, e essa voz profética vinda de uma segunda pessoa em geral inspira pavor. É provável, sobretudo em vista da situação em que os três estamos envolvidos, que Hermoge tenha tido a clara intuição do seu espírito, Viktorin, o que explica a animosidade contra sua pessoa. Mas tal atitude não representa perigo algum.

"Pense bem, mesmo se ele resolvesse se lançar abertamente à luta e confrontação, se gritasse 'não confiem no monge disfarçado', quem não tomaria essa ideia senão por alucinação produzida pela loucura do pobre, em virtude igualmente da ingênua bondade de Reinhold de reconhecê-lo como o padre Medardo?! Mas veja, até agora está evidente sua incapacidade de exercer influência sobre ele como supus e desejei que se desse. Minha vingança está cumprida, Hermoge se tornou para mim um joguete inútil sem a menor serventia. E ele me é tanto mais importuno por considerar minha presença como penitência, o que o leva a me perseguir incessante com olhar cavernoso de morto-vivo. Tenho de me livrar dele! Creio que posso contar com você para consolidar nele o propósito de entrar num mosteiro. Você poderia abrandar o barão e o conselheiro Reinhold em sua renitência, a fim de que ambos cedam à aspiração de Hermoge, pois somente isso permitiria a salvação da alma do pobre insensato. Na verdade sinto ódio por ele, sua presença às vezes me causa repugnância, ele tem de sumir! A única pessoa que ele vê com bons olhos é Aurélia, a criança cândida e ingênua; somente através dela lhe será possível influir no irmão, por isso quero ensejar a aproximação entre vocês. Caso se apresente ocasião favorável, você poderá revelar ao barão ou a Reinhold que Hermoge lhe confessou um grave crime que naturalmente você deve manter em segredo em virtude do silêncio exigido pelo sacramento religioso. Voltaremos ao assunto! Agora você está ciente de tudo, Viktorin, siga minhas instruções, siga sendo meu. Reine comigo no mundo de marionetes que nos cerca. É preciso que a vida nos propicie delícias mais raras, o que não implica em nos sujeitarmos às limitações que ela tenta impor."

Naquele ponto do monólogo de Euphemie, avistamos ao longe o barão e nos dirigimos ao seu encontro dando a entender que estávamos imersos em conversas religiosas.

Provável que me faltasse apenas essa explicação de Euphemie acerca das suas inclinações para deduzir como, por minha vez, eu também estava animado por uma força superior, emanação de princípios espirituais. Qualquer coisa extraordinária se revelara em mim e me permitia de chofre uma visão mais ampla e elevada, tudo se me apresentava em outras cores numa constelação diferente de antes. A força racional, o poder sobre a vida de que a baronesa se vangloriava, era a meu ver digno da mais amarga ironia. No instante mesmo em que a miserável imaginava estar praticando um jogo radical e irrefletido com as perigosas circunstâncias da vida, ela na verdade se encontrava ao sabor da casualidade ou da fatalidade que guiava minha mão.

Era a minha força, inflamada por poderes misteriosos, a que podia levá-la à ilusão de ter como amigo e cúmplice quem, incorporando a aparência do amante para enganá-la, todavia a sustinha através de artes malignas com garras firmes, de maneira a não lhe permitir liberdade alguma. Para mim, Euphemie era desprezível em seu egoísmo vaidoso, e o caso com ela era tanto mais repulsivo porque era Aurélia que vivia em minha alma, e à amante eu atribuía a culpa pelos meus pecados, se considerasse pecado o que se convertera em suprassumo dos deleites terrenos. Decidi usar ao extremo o poder que me imbuía e assim manejar com próprio punho a varinha mágica que descrevia círculos dentro dos quais as aparições deveriam se mover conforme minha fantasia. O barão e Reinhold competiam atenciosos a fim de tornar minha estada no castelo agradável, e não nutriam a mínima suspeita quanto a meu relacionamento com a baronesa.

Muito pelo contrário o barão exprimiu várias vezes em involuntário desabafo que Euphemie retornara para seu lado graças a mim. Essa confidência comprovava, pensei, a suspeita de Reinhold, de que em algum contexto o barão pudesse por incidente ter se deparado com pistas da conduta proibitiva da mulher. Poucas vezes eu via Hermoge, ele me evitava com um medo e uma ansiedade visíveis, o que Reinhold e o barão atribuíam ao respeito pelo meu caráter santo e devoto, e pela fortaleza de meu espírito capaz de ler com lucidez as confusas almas das pessoas em torno.

Aurélia, ela também se furtava a meus olhares, ela também me evitava, e quando eu lhe dirigia a palavra ela se mostrava igualmente ao irmão, temerosa e ansiosa. Estava prestes a crer que o demente em sua folia abrira a Aurélia o coração a respeito de suas terríveis prevenções contra mim, e ao pensar nessa hipótese eu sentia calafrios.

Instigado talvez pela esposa que pretendia me pôr em contato com Aurélia, para que eu por intermédio dela agisse sobre Hermoge, o barão pediu que eu ministrasse aulas à filha a respeito dos supremos mistérios da religião. Dessa maneira Euphemie me propiciou o meio ideal de alcançar o fim radiante que minha fértil força de imaginação me representara mil vezes sob as cores mais sedutoras.

Que significara aquela visão na igreja, senão a promessa feita pelo poder superior que agia sobre mim de me entregar à única mulher em cuja possessão eu esperava apaziguar a tormenta que se desencadeara em mim e me arrojava às ondas furiosas? A presença de Aurélia, sua proximidade, o simples roçar de seu vestido bastava para inflamar meu ser. Sentia meu sangue fervente fluir dentro do misterioso laboratório dos pensamentos, falava então dos milagres e prodígios da religião em imagens figuradas, cujo sentido profundo residia no delírio sensual do mais ardente, do mais apaixonado dos amores. O calor de meus discursos deveria surtir o efeito duma comoção elétrica ao penetrar o coração de Aurélia; inutilmente ela ofereceria resistência.

As imagens semeadas em sua alma deveriam florescer sem que ela notasse a sutileza, brotando viçosas em seu profundo significado; elas lhe preencheriam então o peito com pressentimentos de um gozo desconhecido, até que a lançassem enfim a meus braços, combalida, palpitante de desejos inefáveis e torturada pelo indizível temor ao pecado. Eu me preparava para as pretensas aulas de Aurélia com extremado zelo, sabia conferir à minha linguagem mais e mais expressividade.

A devota criança me ouvia, reflexiva, as mãos juntas, olhos rebaixados; mas nenhum gesto, sequer um suspiro leve aquiescia ou revelava a eficácia de minhas palavras. Meu empenho me conduzia a nenhures; ao invés de insuflar em Aurélia o fogo destruidor que deveria colocá-la ao sabor da tentação, a chama avivava era *em mim*, consumindo meu coração. Louco de dor e luxúria, eu meditava planos para a perdição de Aurélia.

E enquanto simulava prazer e gozo ao lado da baronesa, sentia germinar no peito um ódio em crassa contradição com meu comportamento junto dela, um ódio selvagem e inumano, que até mesmo nela provocaria calafrios. Longe estava ela de intuir meu segredo íntimo e, involuntariamente, teve de ir cedendo espaço à dominação que aos poucos comecei a usurpar e a exercer sobre sua pessoa. Com frequência me passava pela cabeça terminar meu tormento com um golpe magistral bem calculado, a que Aurélia deveria cair, mas tão logo a via, tinha a impressão de perceber a seu lado a presença de um anjo, amparando-a e protegendo-a com bravura da influência maligna. Um arrepio me percorria a espinha e arrefeciam minhas perversas intenções.

Tive enfim a ideia de orarmos juntos, pois em oração o fogo do fervor se faz mais ardente, desperta e faz emergir instintos recônditos, e esses se estendem como se sobre vagas bramantes, semelhantes a tentáculos de pólipos, a fim de silenciar o inominável anelo que cinde a alma. Ao terreno, fingindo-se celestial, se torna possível afrontar o ânimo exaltado com a promessa de se cumprir cá na Terra infinitamente o que o exalta; êxtases sagrados e divinos se misturam à aspiração que se lança rumo aos céus, para além das esferas, e a rompem, desvelando encantos jamais imaginados de desejo terreno.

Ela devia repetir depois de mim as preces que eu próprio compusera. Assim acreditei lograr vantagens a favor de minhas pérfidas intenções. E, assim foi, com efeito!

Pois ajoelhada ao meu lado, com os olhos voltados ao céu, respondendo às minhas rezas, se enrubesciam suas faces e seu seio arfava. Nesse instante, levado pelo fervor da oração, tomei suas mãos e as pressionei contra meu coração. Estava tão próximo dela que podia sentir o calor que emanava seu corpo, seus cabelos soltos roçavam meus ombros. Fiquei fora de mim, possuído por um desejo carnal frenético, e a abracei com paixão selvagem, beijei-lhe a boca, o peito. Ela se soltou de meu abraço com um grito penetrante. Não tive força para detê-la. Foi feito um raio, me aniquilando. Ela se precipitou para o quarto contíguo! A porta se abriu, e Hermoge surgiu ao umbral, ele permaneceu ali, me encarando com seu terrível olhar de loucura alucinada. Eu reassumi meu equilíbrio, avancei intrépido ao seu encontro e gritei com voz imperiosa e soberba:

— O que você quer? Suma daqui, louco!

Mas Hermoge estendeu a mão direita em minha direção e sussurrou com voz surda e lúgubre:

— Bem que queria lutar contra você, mas não tenho espada, e você é a personificação do crime, porque gotas de sangue brotam de seus olhos, aderem à sua barba!

Ele saiu fechando a porta atrás de si com violência. Deixou-me sozinho, rangendo os dentes de ira contra mim mesmo por ter me deixado levar pela paixão momentânea à violência, de modo que agora a traição ameaçava me arruinar.

Ninguém apareceu em seguida. Tive tempo suficiente para me restabelecer. O espírito que me habitava me inspirou logo alguns planos que me permitiriam escapar das fatais consequências do meu fatídico procedimento.

Tão logo me foi possível, fui ver minha amante a quem relatei com ousada insolência todo o incidente com Aurélia. Ao que tudo indicava, Euphemie aceitou o rumo dos incidentes com a impudência que eu esperara, e achei compreensível que, apesar da fortaleza espiritual de que se gabava, de sua elevada perspectiva do mundo, isso não a punha ao abrigo das mesquinharias do ciúme. Eu temia que Aurélia, ao se queixar de meu afã, dissolvesse a auréola de santidade que me conferiam e colocasse em risco nosso segredo. Por uma inexplicável hesitação, eu evitei falar com ela da intervenção de Hermoge e das palavras sombrias e penetrantes que me dirigira.

Euphemie manteve alguns minutos de silêncio, me olhando fixo, imersa em suas reflexões.

— Você não adivinha, Viktorin — disse finalmente —, a esplêndida ideia que tive nesse momento, digna de meu espírito! Claro que não o pode. Portanto, agite e areje suas asas a fim de me seguir num voo inusitado. Não me surpreende e tampouco levo a mal a sensualidade que o consome. Você deveria pairar com pleno domínio de si, acima de todas as manifestações da vida, em vez de se ajoelhar perto de uma moça bonita sem resistir a abraçá-la. Tanto quanto a conheço, creio que Aurélia guardará em sigilo consigo o incidente e se limitará quando muito a evitar suas aulas tão apaixonadas. Por isso eu em absoluto não temo as consequências inconvenientes que porventura possam advir dessas sua frivolidade e sua lascívia brutal. Nada tenho contra Aurélia, mas me irrita amargamente aquela modéstia, a devoção piedosa que é uma fachada atrás de que se esconde intolerável orgulho. Nunca consegui conquistar a confiança dela. Embora eu não tenha desdenhado sua companhia, ela sempre permaneceu reservada e retraída em minha presença. A rejeição de se afeiçoar a mim, o modo frio de me evitar me despertaram no coração sentimentos de despeito. É um pensamento sublime ver a flor que em seu viço irradia cores vivazes, murchando e fenecendo! Deixo-o livre para executar a brilhante ideia que lhe darei agora. Não faltam meios de se alcançar a meta com facilidade e segurança, uma boa alternativa seria deixar recair toda a culpa sobre a cabeça de Hermoge, isso significará com certeza a ruína definitiva desse meu inimigo.

E ela se estendeu ainda por muito tempo quanto a seu plano. Tudo que dizia só fazia aumentar meu convencimento de que era odiosa, eu agora enxergava nela uma reles criminosa ordinária. Conquanto ansiasse pela perdição de Aurélia, uma vez que então poderia me liberar do tormento sem limites do amor insano que destruía meu coração, a colaboração com Euphemie me era detestável. Por isso eu recusei para seu grande assombro a proposta que ela me oferecia de ajuda, ao mesmo tempo em que intimamente fortalecia minha decisão de levá-la a cabo através de meu arbítrio próprio e exclusivo, contando com a cooperação da própria Euphemie. De acordo com a suposição da baronesa, Aurélia se manteve no quarto; pretextando indisposição, ela pôde se ausentar de minhas aulas por alguns dias.

Contra seus hábitos, Hermoge permanecia muito na companhia de Reinhold e do pai. Constatei que estava menos ensimesmado, mas mais sorumbático e furioso. Com frequência era possível ouvi-lo falar sozinho em voz alta, e percebi que me encarava com cólera contida sempre que a casualidade fazia com que nossos caminhos se cruzassem. A conduta de Reinhold e do barão se alterara de modo considerável em questão de dias. Sem deixarem de me testemunhar a atenção e a estima que desde o início tinham demonstrado, eles pareciam abatidos por uma intuição ou premonição prodigiosa, não encontrando com isso o tom benevolente que antes reinava em nossas conversas. Tudo o que falavam comigo era tão empenhado e frio, eu tinha de me esforçar para aparentar serenidade, invadido por toda a sorte de suposições.

Os olhares de Euphemie que eu sabia interpretar com acerto me deram a entender que sucedera algum acontecimento que a preocupava, no entanto o dia transcorreu sem que pudéssemos nos falar sem sermos observados. No meio da noite, quando o castelo dormia havia horas, abriu-se uma porta dissimulada pelo papel de parede, que eu jamais notara, e ela entrou por ali com um aspecto lamentável. Nunca a vira tão alterada.

— Viktorin — me disse —, a traição está nos rondando. Hermoge, o insano Hermoge, guiado por pressentimentos singulares, descobriu nosso segredo. Com todo o tipo de alusões que ressaltam as horríveis sentenças enunciadas pela força tenebrosa que nos governa, ele soube inspirar no barão uma suspeita que, sem ter sido uma revelação explícita, vem me atormentando sem cessar. Ele não dá a entender o conhecimento de sua identidade e do segredo sobre o conde Viktorin oculto sob o hábito sagrado, mas assegura peremptório provir de você o germe de traições e insídias corrosivas que se abateram sobre esta família. Diz que numa personificação de monge, o Maligno penetrou o seio da família e possuído por poder diabólico vem disseminando a perdição maldita. A situação não pode continuar assim, estou cansada de carregar esse fardo que o senil ancião me impôs. Agora, com ciúme doentio há de querer vigiar todos os meus passos. Quero me desembaraçar desse peso que vem me aborrecendo de modo mortal. Você, Viktorin, participará por espontânea vontade do plano que tracei, pois dessa maneira não correrá o risco de enfim ser flagrado e, com isso, ver o genial relacionamento concebido em nosso espírito se degenerar em caso vulgar ou farsa de amantes! O velho fastidioso deve sumir, nós dois precisamos refletir sobre a medida conveniente a ser tomada, mas por enquanto escute minha opinião. Você sabe, todas as manhãs em que Reinhold está ocupado, o barão passeia sozinho pelas montanhas, a fim de apreciar à sua maneira a agradável paisagem. Sem dar na vista saia antes dele para fora do castelo e tente abordá-lo na saída do parque. Não muito longe dali, existe uma formação rochosa sinistra. Quando se sobe por ela, à direita do caminho se abre um precipício sem fundo: justo ali, sobressaindo do abismo se encontra a chamada Cadeira do Diabo. Segundo a lenda, das profundezas ascendem vapores insalubres, e essa névoa atordoa e atrai com fatalidade ao vazio o imprudente que ousa olhar para baixo na tentativa de descobrir o que escondem as sombras espessas. O barão, por escarnecer da lenda, permanece às vezes sobre a rocha em frente ao abismo, para se deleitar com a vista maravilhosa que se descortina em direção à planície. Não será difícil convencê-lo e conduzi-lo insidiosamente a esse local perigoso. Estando ele lá a admirar os arredores, seu braço vigoroso, Viktorin, com um forte empurrão, nos livrará para sempre do pobre coitado.

— Não! Não! — gritei, impávido. — Eu conheço a Cadeira do Diabo, o abismo horrendo! Nunca! Longe de mim, você e o crime que me propõe!

Euphemie então se levantou de um salto, os olhos inflamados por um furor animalesco, o semblante desfeito pela violência das paixões fervilhantes em seu seio.

— Covarde miserável! — exclamou. — Como se atreve em sua estúpida covardia a se opor ao que determino? Prefere se submeter ao jogo degradante a reinar comigo? Você sabe muito bem que está em minhas mãos, em vão tentará se livrar do poder que o mantém cativo a meus pés! Faça, portanto, o que estou dizendo! Que amanhã o homem cuja visão me repugna não viva mais!

Enquanto Euphemie falava essas palavras, me invadia um profundo desprezo por sua vil fanfarronice, e eu ri com estridência e irônico sarcasmo. Ela estremeceu e uma palidez mortal de temor e pânico perpassou-lhe as faces.

— Louca! — gritei. — Você se julga soberana, mas tome cuidado, porque o jogo pode se transformar sob seu comando numa faca afiada que acabará por matá-la! Saiba, miserável, que sou eu, a quem sua demência impotente crê dominar, que a mantenho encadeada a mim, que represento o próprio destino! Suas tentativas criminosas não passam de convulsiva contorção da fera encerrada num cárcere! Saiba, miserável, que seu amante jaz destroçado no abismo e, ao invés de abraçar a ele, como todavia supõe, você abraçou o próprio espírito da vingança! Saia e se desespere!

Euphemie titubeou. Com tremores nervosos, esteve prestes a desfalecer. Eu a peguei e a empurrei pela passagem secreta degraus abaixo. Pensei em matá-la, mas abandonei inconscientemente a ideia, porque logo após fechar a porta acreditei ter cometido o crime! Ouvi um berro terrível e um estrondo de portas se batendo.

Agora eu deslocara minha conduta a um patamar distante da ordinária ação humana. Agora seria preciso abater golpe sobre golpe e, me designando espírito da vingança, eu devia executar o monstruoso propósito até o fim. A morte de Euphemie estava decidida! O ódio mais fervente devia se mesclar ao amor ardente, e daí conceberia o prazer digno apenas do espírito sobre-humano que habitava em mim. No instante em que ela perecesse, Aurélia seria minha!

Admirei a força interior de Euphemie, que lhe permitiu se apresentar no dia seguinte alegre e serena. Ela inclusive comentou que na noite anterior tivera um acesso de sonambulismo, seguido de violentos achaques de nervos.[3] O barão chegou a se compadecer dela, mas os olhares de Reinhold deixavam transparecer dúvida e receio. Aurélia permaneceu em seus aposentos. Quanto mais tempo transcorria sem vê-la, maior se tornava a ira em meu peito. Euphemie me convidou a atravessar a passagem secreta para o seu quarto tão logo todos no castelo tivessem se retirado para dormir. Fiquei encantado com o convite, que chegava justo no instante quando devia se cumprir a sina fatídica. Escondi sob o hábito uma faca afiada que desde a juventude trazia comigo e com a qual sabia talhar madeira com habilidade. Assim, disposto a cometer o crime, fui encontrá-la em seu quarto.

— Talvez na noite passada — abordou-me ela — tenhamos ambos tido pesadelos horripilantes, em que vimos precipícios tenebrosos. Tudo felizmente passou!

Depois disso, abandonou-se como de costume às minhas carícias pecaminosas. Eu estava imbuído de uma ironia diabólica, meu exclusivo intuito de prazer naquele momento era abusar de sua estupidez. Enquanto a tinha nos braços, a faca caiu, Euphemie estremeceu, talvez sentisse medo. Ergui rápido a faca, postergando um pouco mais o momento do crime, tendo em vista que a própria vítima passava às minhas mãos outras armas. Euphemie tinha disposto sobre a mesa vinho italiano e compotas de frutas: "eis o velho truque". Troquei imperceptivelmente as taças de vinho e, fingindo saborear os frutos oferecidos, os deixava cair pela manga larga adentro. Eu bebera duas ou três taças de vinho, mas daquele que ela servira a si, quando ela, pretextando ter ouvido ruídos dentro do castelo, pediu que me retirasse depressa. Sua intenção era evidente: fazer com que eu morresse em meu próprio quarto!

---

3. Em 1812, ao visitar o Hospício Saint Getreu, Hoffmann anotou em seu diário: "À tarde pela primeira vez no hospital eu vi um sonâmbulo — dúvida!"

Deslizei através dos longos corredores mal iluminados, atravessei diante do quarto de Aurélia. Lá estaquei imóvel, talvez por artes de encantamento. Intuía sua presença diáfana e suspensa nos ares me fitando amorosa, semelhante à visão em que fizera sinais para que a seguisse. Sua porta cedeu sob a pressão de minha mão; eu me encontrava dentro do quarto, a porta do gabinete estava só encostada, o ambiente tépido aumentou a intensidade de minha paixão e me excitou, mal podia respirar.

Do gabinete provinham profundos suspiros de angústia, talvez ela sonhasse com morte e traição! Percebi que rezava dormindo!

"Mãos à obra! Mãos à obra! Por que hesitar? A hora é esta!", me estimulava a força desconhecida do meu íntimo.

Eu avançara um passo gabinete adentro, quando alguém gritou atrás de mim:

— Infame! Monge amaldiçoado! Agora eu o tenho!

E senti um golpe de força gigantesca na nuca. Era Hermoge! Reuni todas as energias, consegui enfim me soltar, queria fugir, de novo ele me agarrou por trás, destroncando minha nuca com dentadas vigorosas! Em vão me debati durante muito tempo, louco de dor e fúria. Com um forte empurrão, me livrei dele. Quando tentou me atacar de novo, eu puxei minha faca. Duas facadas apenas e seu corpo tombou pesado no solo, estertorando tanto que reverberou pelo corredor. Para lá, quarto afora tínhamos nos arrastado em afoito combate.

Tão logo Hermoge caiu, eu desci correndo as escadas, possuído por exaltação selvagem; foi quando vozes estridentes berraram e se fizeram ouvir por todo o castelo:

— Assassino! Assassino!

Distingui as vozes do barão e de Reinhold, falando acalorados com os serviçais.

— Para onde fugir? Onde me esconder?

Instantes antes, quando quisera matar Euphemie com essa mesma faca que usei para assassinar o louco Hermoge, minha autoconfiança fora tão grande, que eu julgara ser possível sair destemido do perigo com a arma ensanguentada nas mãos, já que paralisados pelo temor ninguém se atreveria a me deter. No entanto, era eu que me via agora imobilizado pelo medo mortal.

Finalmente, finalmente eu encontrei a escadaria principal. O tumulto se transpusera para as imediações dos aposentos da baronesa. Por um segundo, reinou silêncio. Com três saltos possantes, atingi o andar térreo, a poucos passos da porta. Então retumbou um grito penetrante, igual ao da noite anterior.

"Ela está morta! Assassinaram com o veneno que preparara para mim!", disse com voz surda para dentro de mim.

Mas torrentes de luzes resplenderam do quarto de Euphemie. Aurélia pedia ajuda com voz cheia de medo.

Mais uma vez, ecoou o grito medonho:

— Assassino! Assassino!

Carregavam o cadáver de Hermoge. Ouvi Reinhold distribuindo ordens:

— Corram atrás do assassino!

Foi então que soltei uma risada desbragada e furiosa e, enquanto a gargalhada ressoava pelos ares, berrei retumbante:

— Insensatos, querem acossar o destino que julga os infames pecadores?

Ouviram-me. E se detiveram imobilizados na escada, petrificados.

Eu não queria mais fugir, queria caminhar entre os ímpios e anunciar com palavras pomposas a vingança divina. Mas, contudo! Espetáculo pavoroso! Diante de mim... Diante de mim estava a imagem ensanguentada de Viktorin... Não eu, ele é que pronunciara a profecia!

Os cabelos se arrepiaram em minha cabeça, eu me precipitei castelo afora através do parque, tomado pelo delírio! Logo me encontrei no campo e nisso ouvi atrás de mim um trote de cavalos; ao reunir minhas últimas forças para escapar à perseguição, caí no chão tropeçando nas raízes duma árvore. Os cavalos me alcançaram sem demora. Era o valete de Viktorin.

— Pelo amor de Deus, prezado conde! — começou ele. — O que aconteceu no castelo? Estão gritando "atrás do assassino!", a polvorosa reina até mesmo pelo vilarejo inteiro. Bem, seja lá o que for, um espírito benigno me sugeriu atrelar os cavalos e vir correndo acudi-lo. Seus pertences estão no alforje, sobre seu cavalo, senhor, porque nós vamos nos separar por ora. Com certeza algo perigoso sucedeu, não é mesmo?

Recobrei minha coragem e, montando o cavalo, orientei o caçador a retornar à cidade e aguardar novas instruções. Tão logo o rapaz sumiu na escuridão da noite, desmontei novamente do cavalo e o conduzi com cautela para dentro da floresta de pinheiros que se estendia à minha frente.

TERCEIRA PARTE
A aventura da viagem

Quando os primeiros raios de sol irromperam na escuridão da floresta de pinheiros, eu me encontrava às margens de um riacho fresco e límpido que fluía sobre seixos bem polidos. O cavalo que eu conduzira com dificuldade através da floresta espessa estava tranquilo ao meu lado. Nada tendo a fazer, considerei oportuno examinar o conteúdo do alforje que o cavalo carregava. Lá estavam umas peças íntimas, trajes apresentáveis e uma bolsa repleta de moedas de ouro. Resolvi, assim, mudar logo em seguida de roupas; com a ajuda da pequena tesoura e de um pente constantes num estojo, aparei a barba e ajeitei os cabelos o melhor que pude, enrolei a pequena e funesta faca no hábito e me desfiz dele, a carteira de Viktorin, bem como o garrafão com o restante do elixir do Diabo e, enfim, estava pronto, em roupas seculares e com a boina de viagem sobre a cabeça, de modo que mal me reconheci quando o riacho refletiu minha imagem. Pouco depois eu estava na saída da floresta. A fumaça que se elevava à distância e o som de repique límpido dos sinos que chegava a mim me levaram a supor que havia um vilarejo nas proximidades. Nem bem alcançara o cimo da serra à minha frente, pude divisar um vale formoso onde realmente se situava uma cidade bastante grande.

Eu tomei o caminho largo e sinuoso que descia serpenteando e, tão logo a ladeira ficou menos íngreme, saltei sobre a montaria, a fim de me acostumar ao novo meio de transporte tão desconhecido para mim. Tinha escondido o hábito num tronco oco e conjurado no sombrio bosque todas as aparições hostis do castelo. Sentia-me alegre e ousado, tinha a impressão de que apenas minha fantasia exaltada me mostrara a figura horrível e sangrenta de Viktorin, e passei a acreditar que as últimas palavras lançadas a meus perseguidores tinham sido inspiradas num momento de inconsciência e arrebatamento: era como se elas explicassem claramente a verdadeira natureza da fatalidade que me guiara ao castelo e me levara a agir naquelas circunstâncias. Eu mesmo me assemelhava ao destino triunfante, castigando a impiedade e purificando o pecador de seus crimes. Somente a imagem encantadora de Aurélia vivia cálida em mim, e eu não podia evocá-la sem pressentir o coração apertado, sem experimentar a sensação física de uma dor penetrando minha alma. Algo me dizia que voltaria a vê-la, talvez num reino longínquo e que cativa a mim, inebriada por um elã inefável, por laços indissolúveis, ela então se tornaria minha amada.

Fui reparando a maneira como as pessoas que cruzavam comigo pelo caminho me encaravam surpreendidas. Mesmo o estalajadeiro do lugar emudeceu assombrado quando da minha chegada, o que passou a me inquietar. Enquanto eu tomava o café da manhã e meu cavalo era alimentado, vários camponeses se reuniram no salão do albergue. Sem deixar de sussurrar entre si, todos me olhavam de esguelha. Cada vez se aglomerava mais o povo ao redor de mim e me reparava pasmado e boquiaberto. Esforçando-me para manter a calma e infundir confiança, solicitei em voz alta ao hospedeiro que selasse minha montaria e afivelasse o alforje sobre o lombo do animal.

Ele saiu com um sorriso ambíguo e retornou logo em seguida acompanhado por um sujeito alto que veio ao meu encontro com um ar sombrio de autoridade e uma gravidade excessiva um tanto cômica. O sujeito me olhou no fundo dos olhos, eu devolvi o olhar, enquanto me levantava e me punha à sua frente. Isso provavelmente o desconcertou, pois se mexeu embaraçado voltando-se aos camponeses em torno de nós.

— E então? O que é? — perguntei. — Estão querendo falar alguma coisa comigo?

Nisso, o homem sério pigarreou e respondeu se empenhando para conferir um acento solene à voz e à situação:

— Sim! Vossa senhoria não sairá daqui sem antes informar tim-tim por tim-tim ao juiz da comuna aqui presente, nos conformes: quem é, com todos os requisitos concernentes à origem, estado civil e classe social, inclusive de onde provém e aonde tenciona ir, com todas as minudências sobre a localização do lugar de destino, o nome, a província, a cidade e tudo o mais de acordo com a praxe. Além disso, vossa senhoria precisa apresentar a mim, na qualidade de juiz, um passaporte preenchido e assinado, carimbado como convém e reza a lei!

Eu ainda não aventara a possibilidade de que viria a ser necessário assumir um nome, muito menos tinha me ocorrido que a estranheza de minha aparência, devida ao traje que não se adaptava ao meu porte de monge e às pontas de minha barba mal tosada, de uma hora para a outra incitaria as pessoas a investigarem minha identidade, me pondo numa posição constrangedora. O interrogatório do juiz da cidade foi tão inesperado que fiquei em vão ruminando alguma resposta satisfatória para lhe retrucar. Decidi experimentar o efeito que produziria uma atitude audaciosa, por isso falei com voz determinada:

— Tenho razões para ocultar minha identidade, por conseguinte não tente me obrigar a mostrar os documentos. Aliás, o senhor trate de evitar deter por um minuto que seja uma pessoa de minha categoria com sua prolixidade interminável!

— Rá, rá! — riu o juiz do vilarejo retirando do bolso uma grande tabaqueira de rapé que, após ele aspirar uma dose, foi disputada lá atrás por cinco mãos de beleguins e esses, por sua vez, também cheiraram doses enormes. — Rô, rô! Devagar com o andor, prezado senhor! Sua excelência terá de se dignar a prestar depoimento dentro dos conformes ao juiz, representado por minha pessoa, e a mostrar o passaporte, pois, para dizer a verdade, há algum tempo tem aparecido por essas bandas montanhosas todo o tipo de indivíduos de laia suspeita, que surgem e somem em seguida como fantasmas! Não passam de uma maldita quadrilha de ladrões ladinos, que espreitam, abordam os viajantes e por aí provocam toda sorte de malefícios e danos a exemplo de assassinatos e incêndios. E o honorável senhor tem um aspecto incomum, corresponde além do mais à figura que a louvável polícia regional descreveu por escrito a mim, na qualidade de juiz, dizendo se tratar de um renomado embusteiro chefe de um bando de criminosos. Portanto, sem mais circunlóquios e salamaleques, mostre nos conformes seu passaporte ou vai direto para o xadrez!

Constatei que não obteria nada com aquele ardil, e resolvi então experimentar outro.

— Senhor juiz — eu disse —, se o meritíssimo senhor me concedesse a graça de falarmos um instante em particular, buscarei esclarecer sem problemas quaisquer dúvidas e, confiando na sabedoria do senhor juiz, apresentarei revelações concernentes ao mistério que me trouxe a essas paragens com aparência tão extravagante.

— Ah! Revelações de segredos! — respondeu o juiz. — Conheço essa pilantragem! Pois bem, saiam todos, mas vigiem as portas. Não deixem ninguém entrar ou sair.

Quando nós dois ficamos a sós, comecei a falar:

— O senhor, meritíssimo, está frente a frente com um fugitivo desgraçado que, enfim, com o auxílio de amigos, logrou escapar de uma prisão vergonhosa e do risco de ser encerrado para sempre num mosteiro. Dispense detalhes relativos à minha história, pois ela é constituída por complexa trama de maldades e intrigas de uma família vingativa. O amor por uma jovem de condição inferior deu origem a meu grande padecimento. Durante a longa reclusão, minha barba cresceu e já haviam feito a tonsura de meus cabelos, isso o senhor pode observar. Na prisão onde fiquei detido era obrigado a vestir o hábito monacal. Somente após minha fuga, quando estive aqui na floresta, pude trocar minhas roupas a fim de enganar os perseguidores; se não o fizesse, teriam me reconhecido à distância. Com isso, o senhor pode compreender as razões da minha aparência esquisita, que chegou a lhe infundir desconfiança. Assim, não posso mostrar meus documentos, mas, para comprovar a veracidade de minha afirmação, apresentarei alguns argumentos contundentes, o senhor há de reconhecer que são autênticos.

TERCEIRA PARTE

Dizendo tais palavras, tirei da bolsa de dinheiro três ducados e os coloquei sobre a mesa. A cerimoniosa gravidade do senhor juiz transformou-se num largo sorriso de satisfação.

— Seus argumentos, senhor — respondeu baixinho —, são esclarecedores com certeza, mas não me leve a mal, meu prezado, falta ainda complementar alguns pontos de vista a respeito de alguns conformes! Se o senhor deseja que eu tome o duvidoso pelo certo, nesse caso seus argumentos devem corresponder à pretensão.

Entendi a indireta e acrescentei um ducado à propina.

— Vejo — ponderou o juiz — que fui injusto em minha infundada suspeita. Continue sua viagem, excelência, mas vá de acordo com seu costume pelos caminhos vicinais. Evite a trilha principal até cuidar dessa aparência desajeitada.

Ele escancarou naquele momento a porta e exclamou em voz alta à multidão:

— O cavalheiro aqui presente é um nobre de acordo com os conformes e me revelou, a mim na qualidade de juiz, em secreta audiência, que viaja incógnito, ou seja, não quer ser identificado. De modo, seus malandros, que vocês não têm nada a ver com isso! — E virando-se para mim: — Bem, excelente viagem, prezado senhor!

Os camponeses tiraram seus chapéus, silenciosos e cheios de respeito, enquanto eu montava o cavalo. Queria sair tão veloz quanto possível pelo portal da cidade, mas o cavalo se pôs a empinar e minha imperícia na equitação me impedia de fazê-lo avançar um pouco que fosse; troteava em círculos e finalmente me lançou em meio às risadas dos camponeses nos braços do juiz e do hospedeiro que acorriam para me acudir.

— É um cavalo teimoso! — comentou o juiz, contendo o riso.

— Sim. É um cavalo teimoso! — concordei, sacudindo a poeira da roupa.

Mais uma vez me ajudaram a montar, mas de novo o cavalo voltou a empinar, ofegando e bufando, pelo jeito não tinha meios de levá-lo a se arredar dali e de fazê-lo atravessar o portal. Nisso um senhor idoso gritou:

— Vejam! Lá está sentada ao portal a carpideira, a velha Lise, e não deixa o cavaleiro passar por lá de pirraça, porque o homem não lhe deu esmola!

Foi somente então que me dei conta da velha mendiga esfarrapada acocorada bem no meio do caminho ao portal, rindo e me lançando olhares insensatos.

— Tirem a bruxa carpideira da frente! — ordenou o juiz.

— Meu irmão de sangue não me deu nem um tostão; vocês não estão vendo o cadáver estendido na minha frente? O irmão de sangue não poderá passar por cima, senão o morto se levanta. Para eu mantê-lo deitado, o irmão de sangue tem que me dar um tostão...

O juiz segurara o cavalo pelas rédeas e tentava, sem ligar para a sentença demente da velha, me puxar para fora dos muros da cidade. Seu esforço era entretanto infrutífero, e a mendiga prosseguia aos berros:

— Irmão de sangue, irmão de sangue! Um tostão, dê-me um tostão!

Enfiei a mão no alforje de dinheiro e atirei-lhe uma moeda ao colo. Saltando satisfeita, a velha gritava:

— Vejam, que linda moeda meu irmão de sangue me deu! Vejam que linda!

O cavalo relinchou alto e, tão logo o juiz soltou as rédeas, corveteou[1] através do portal.

— Agora sim! — exclamou o juiz. — O honorável senhor está montando dentro dos conformes, uma belezura!

E os camponeses que me tinham seguido até para fora do portão soltaram boas gargalhadas me vendo voar para cima e para baixo com os pinotes animados do cavalo, e caçoaram:

---

1. Corvetear, dar *courbette* é uma expressão do jargão da Equitação Superior (Viena). Firmemente apoiado nas patas posteriores, o cavalo ergue todo o seu corpo, e fica quase perpendicular ao solo, com os membros anteriores flexionados. O cavaleiro, montado em sela *à piquer* sem estribos, conserva sua posição normal.

— Olha lá, olha lá! Cavalga que nem um capuchinho!

Todos os incidentes no vilarejo, sobretudo as palavras enigmáticas da velha doida, tinham me impressionado bastante. Compreendi que na ocasião seguinte seria necessário suprimir tudo o que chamara a atenção em minha aparência e adotar um nome que me permitisse me imiscuir na multidão de pessoas sem ser notado.

Como um destino sombrio e insondável, a vida se abria ante mim. Que mais eu podia fazer em minha condição de proscrito, a não ser me deixar levar embalado pela corrente que me impulsionava com ímpeto. Todos os vínculos que me ligaram outrora a circunstâncias específicas da vida estavam rompidos, portanto nada poderia deter-me.

A via principal estava se tornando cada vez mais movimentada, anunciando a vizinhança da rica e agitada cidade comercial aonde eu pretendia ir. Em poucos dias ela se descortinava lá adiante e, sem pedir informações ou tampouco seriamente ser percebido, fui me aproximando pelos arrabaldes. Na cidade se destacava uma grande edificação construída com janelas de vidro transparente, sobre cuja porta resplandecia um leão alado de ouro. Uma multidão de pessoas entrava e saía, carruagens iam e vinham. Das salas do térreo chegaram até mim sons de risadas e retinir de copos brindando. Mal me aproximei e logo o solícito criado vinha ao meu encontro, segurando as rédeas do cavalo, enquanto eu desmontava e me encaminhava para dentro. Um valete elegantemente vestido me recebeu com o molho de chaves tilintando e me precedeu escadaria acima. No segundo pavimento, ele me lançou um olhar fugaz e me conduziu ao piso superior, onde me ingressou a um recinto modesto. Perguntou com cortesia se desejava algo e informou que a refeição seria servida às duas horas, no salão número dez do andar térreo etc.

— Traga-me uma garrafa de vinho! — foram as primeiras palavras que pude pronunciar em meio à prestimosa diligência daquela gente.

Nem bem fiquei sozinho, bateram à porta e me deparei com um rosto semelhante a uma máscara de comédia, que apesar disso era familiar. Um nariz vermelho e pontudo, olhinhos cintilantes, um queixo saliente e, dominando o conjunto, um topete arrepiado e empoado que, segundo percebi mais tarde, surgia inesperadamente de uma cabeça careca. Um grande jaleco, um colete vermelho fosforescente embaixo do qual assomavam duas grossas correntes de relógio, calças, fraque ora largo ora apertado, acolá frouxo de novo, enfim, de propósito mal-ajustado. Tal personagem entrou e, se curvando até o solo numa reverência que iniciara à porta, chapéu, tesoura e pente na mão, se apresentou:

— Sou o peruqueiro da casa e com muito respeito ofereço meus humildes serviços!

O homenzinho era de uma extrema magreza e tinha algo de engraçado; eu mal podia reprimir o riso. Todavia, era bem-vindo, não hesitei em lhe perguntar se acreditava ser possível arrumar meu cabelo pavoroso e desgrenhado pela longa viagem e pelo corte malfeito. Ele examinou meu cabelo com olhos de especialista e falou, enquanto levava ao peito a mão direita graciosamente dobrada com dedos estirados:

— Arrumar o cabelo? Meu Deus! Pietro Belcampo, que os invejosos inferiores chamam lapidarmente de Peter Schönfeld, incrível como ninguém reconhece seus méritos! Assim também o fizeram com o divino pífano e clarinetista militar Giacomo Punto Jakob Stich![2] Enfim, não é você próprio o primeiro a silenciar os próprios dotes, ao invés de propagá-los aos quatro ventos? Por acaso o formato de sua mão, a centelha do gênio irradiando de seus olhos e como uma bela aurora alumiando de revés seu nariz, por acaso todo seu ser não deveria revelar aos olhos do artista que o espírito

---

2. A tradução do antropônimo Pietro Belcampo ao alemão é Peter Schönfeld. Jan Václav Stich (1746-1803) foi um músico famoso da Boêmia. A tradução do seu nome à língua alemã era Johann Wenzel Stich. Ao se refugiar na Itália, ele mudou o nome para Giovanni Punto. Hoffmann faz uma anedota com a ideia de duplos e alterações dos nomes.

almejando o ideal o habita? Arrumar o cabelo? Que expressão infeliz, senhor!

Admirado eu pedi ao estranho homenzinho que não se alterasse, pois confiava em sua habilidade.

— Habilidade? — prosseguiu ainda melindrado. — O que vem a ser habilidade? Quem é hábil? Quem mede cinco passadas, salta trinta varas e cai logo adiante numa tumba? Quem arremessa um grão de lentilha pelo buraco da agulha a vinte passos de distância? Quem coloca uma moeda na ponta da espada, a espada na ponta do nariz, para depois equilibrá-la durante seis horas, seis minutos, seis segundos e um instante? Ah, o que vem a ser habilidade! Ela é alheia a Pietro Belcampo a quem, todavia, a arte anima! A arte sagrada, meu senhor! Minha fantasia divaga livremente pela arquitetura encrespada, pela estrutura artística que o hálito de Zéfiro constrói e destrói. Cá ela cria, produz, opera. Sim, há algo de divino na arte! Pois a arte, meu senhor, não é para ser mais exato, o que tanto se fala, é, isso sim, oriunda do conjunto do que se entende por arte! O senhor me entende, caro senhor, pois o senhor parece ter uma cabeça pensante, a julgar pelo cacho de espessura fina que se formou do lado direito dessa fonte venerável.

Assegurei que o compreendia muito bem e, considerando que sua extravagância original me agradava imensamente, resolvi recorrer à aptidão artística de que tanto se vangloriava, a fim de que ele pudesse dar livre curso ao zelo e ao *páthos*.

— Então, o senhor julga ser possível fazer algo dessa cabeleira esgaforinhada? — inquiri.

— Tudo que o senhor quiser! — replicou o pequeno. — Se precisar, porém, do conselho artístico de Pietro Belcampo, me deixe primeiro examinar sob todos os ângulos as respectivas espessura, altura e largura de sua preciosa cabeleira, contemplar-lhe a feição, o andar, os gestos e as atitudes. Então direi se o senhor tende mais ao antigo ou ao estilo romântico, ao heroico, elevado, sublime, ao ingênuo ou ao idílico, ao burlesco ou humorístico. Conjurarei os espíritos de Caracalla, Titus, Carlos Magno, Henrique IV, Gustavo

Adolfo, Virgílio, Tasso e Boccaccio.[3] Animados por eles, os músculos de meus dedos se contrairão e ao compasso sonoro de minhas tesouras a obra-prima surgirá aos poucos. Serei eu, senhor, quem aprimorará seu estilo característico, seu modo de se manifestar na vida! Mas lhe suplico agora: caminhe de um lado ao outro umas vezes pelo aposento, quero observar, perceber, estudar-lhe a figura. Por favor!

Tive de me submeter aos veementes rogos do singular homenzinho; andei, portanto, ao longo e ao largo dentro do quarto como ele me pedia, me esforçando muito para esconder uma espécie de postura monacal que ninguém consegue dissimular completamente, mesmo após abandonar o claustro há tempos. O homenzinho me reparava atento e depois passou a me vistoriar sob todos os ângulos. Suspirava, gemia. Então retirou um lencinho do bolso, enxugou as gotas de suor da testa. Por fim se aquietou, e perguntei se decidira sobre o modelo do corte. Aí ele suspirou de novo e respondeu:

— Ah! Meu senhor! O que posso lhe dizer? O senhor não se abandonou à sua personalidade, foi um movimento artificial, uma luta cerrada de naturezas contraditórias. Mais alguns passos, por favor!

Recusei-me a me submeter a uma nova exibição e esclareci que, se não decidisse a cortar logo meu cabelo, teria que desistir do benefício de sua arte.

— Enterre-se, Pietro! — exclamou ofendido para si mesmo. — Ninguém o reconhece neste mundo, onde não se encontra mais

---

3. Caracalla, Marcus Aurelius Antoninus (188-217), foi um imperador romano conhecido por sua brutalidade e instabilidade emocional. Titus Flavius Vespasianus Augustus (39-81) adquiriu fama graças a sua generosidade. Inspirado pelas histórias de sua bondade, Wolfgang Amadeus Mozart (1756-1791) compôs a ópera *La Clemenza di Tito*. Carlos Magno (742-814) foi o primeiro imperador do Sacro Império Romano. Henrique IV (1553-1610) se tornou o primeiro imperador francês da família dos Bourbons. O rei sueco Gustavo Adolfo (1594-1632) consagrou-se por seus progressos na arte da guerra. Virgílio (70 a.C.-19 a.C.) foi o poeta romano que escreveu *Eneida*. Tasso (1544-1595) e Boccaccio (1313-1375) foram escritores italianos.

lealdade ou sinceridade! Mas em breve o senhor há de admirar a sagacidade de meu olhar, honrar o gênio que habita em mim! Inutilmente eu vinha tentando entender a contradição inerente à sua personalidade, aos seus movimentos. Algo em sua postura... apresenta modos sacerdotais. *"Ex profundis clamavi ad te Domine, oremus. Et omnia saecula saeculorum. Amen!"*[4]

As últimas palavras ele entoou com voz rouca e afetada, enquanto imitava com perfeição a sobriedade e os gestos dos monges. Volveu-se como se estivesse em frente ao altar, se ajoelhou e em seguida se ergueu, mas eis que assumia uma pose orgulhosa e contrariada, franziu a testa, arregalou os olhos e disse:

— O mundo é meu! Sou mais rico, mais esperto e mais inteligente que todos vocês, toupeiras, curvem-se diante de mim! Veja, meu prezado senhor — disse o pequeno —, esses são os ingredientes mais evidentes de seu porte e aparência pessoal. Se o senhor quiser, tendo em conta os traços, a silhueta, o formato e o caráter, posso conferir-lhe um quê de Caracalla, Abelardo[5] e Boccaccio e, fundindo essas imagens no fogo, posso iniciar uma soberba criação da Roma Antiga, ornamentada com cachos e cachinhos etéreos.

Existia tanta verdade nas deduções do homenzinho, que julguei sensato lhe dar razão e confessar que, de fato, eu fora padre e desejava atualmente disfarçá-lo tanto quanto possível. Em meio a saltos e volteios singulares, trejeitos e discursos rebuscados, ele aprontou meu cabelo. Ora se mostrava soturno e emburrado, ora sorria, ora se posicionava atlético, ora se esticava na ponta

---

4. "Das profundezas a ti clamo, ó Senhor, em oração. Por todos os séculos e séculos, amém!"

5. Aberlardo, filósofo do século XII, teve um caso amoroso que lhe custou muita perseguição, e por isso se tornou uma lenda. Inspirou Jean-Jacques Rousseau a escrever *Júlia ou A Nova Heloísa*. As posições teológicas de Abelardo despertaram a indignação e a oposição de São Bernardo de Claraval, defensor de uma linha mais tradicionalista da Igreja.

dos pés; em suma, me era quase impossível reprimir o riso, e se ri foi sem querer. Finalmente terminou sua obra e lhe pedi, antes que despejasse tudo o que lhe pairava pronto na ponta da língua, que me indicasse alguém capaz de cuidar de minha barba embaraçada, assim como cuidara de meus cabelos. Ao me ouvir, sorriu bem estranho, saiu na ponta dos pés pela porta e a fechou atrás de si.

Então regressou em silêncio com o mesmo passo até o meio do quarto e me disse:

— Anos dourados doutros tempos, quando a barba e os cabelos juntos se mesclavam no ofício de um único artista, que visava o embelezamento integral do homem. Tempos passados! O homem repudiou seu mais belo adorno e uma classe dedicou-se a suprimir a barba rente à pele empregando horríveis instrumentos. Oh, barbeiros infames, raspadores de barba, amolam as facas em correias lambuzadas de óleo num gesto de menosprezo da arte, misturam em bacias espuma e sabão, borrifam com água quente tudo em redor e perguntam então em desfaçatez desastrada aos pacientes se querem tirar somente um dedo ou raspar inclusive costeleta! Há pietros remanescentes que se contrapõem a esse miserável ofício e, se humilhando ante essa indigna prática de destruidores de barbas, buscam inda hoje salvar o que emerge nas vagas do tempo! O que houve com as mil variações de costeletas que, em ondas charmosas e sinuosas ora se adaptavam comportadas às doces formas ovais da face, ora se alçavam rebeldes até a comissura dos lábios, ou às vezes mais discretas se afilando em traço estreito, ou se ampliando então em gracioso volume? Que são elas, senão uma invenção de nossa arte que enaltece e se alça à nobreza do belo e do sublime? Ah, Pietro! Mostre o espírito que o habita, a expressão mais pura da arte se rebaixando ao desprezível ofício de raspa-barba.

Após dizer essas palavras, o homenzinho abriu um estojo completo de instrumentos de barbeiro e começou a me barbear com mão hábil e leve. Meu aspecto com efeito se transformou radicalmente sob os auspícios de sua apurada arte, e eu somente prescindia de um traje menos vistoso para me furtar ao risco de chamar a atenção excessiva para minha pessoa, pelo menos no que concernia à aparência. O homenzinho ficou diante de mim sorridente e contente. Contei-lhe que era um forasteiro naquela cidade, expliquei-lhe que seria agradável poder me vestir logo conforme os costumes locais. Por toda sua dedicação e também para encorajá-lo a levar a cabo mais uma incumbência, enfiei-lhe na mão um ducado. Sua fisionomia se iluminou, enquanto contemplava a moeda na palma da mão.

— Estimável protetor e mecenas — disse-me —, não me equivoquei quanto ao senhor enquanto a intuição guiava minha mão e fazia refletir seu caráter no voo de águia de suas costeletas. Tenho um amigo, um Damon, um Orestes[6], que fará por seu corpo o que fiz por sua cabeça, com a mesma intensidade, o mesmo gênio. Note bem, senhor, ele é um artista do vestuário, é assim que o designo convenientemente, em vez do vulgar e trivial atributo "alfaiate". Com prazer tal artista divaga em busca do ideal e, dessa maneira, configurando na fantasia formas e figuras, ele montou uma loja com diversas peças de roupa. O senhor encontrará a elegância moderna em todas as nuanças possíveis; como ela ilumina com petulância e ousadia ou se retrai com sobriedade, irreverente ao mundo se arroja, inocente, irônico, gracioso, mal-humorado, romântico, excêntrico, sofisticado, sutil ou provinciano. O jovem que pela primeira vez manda fazer um gibão[7] sem o conselho coercitivo da mamãe ou

---

6. Damon, bem como Pítias, foi um dos protagonistas de grande prova de amizade em Siracusa, na Sicília, sob o império do rei Dioniso. Schiller faz uso do mito na balada "Damon e Pythias", 1799. E Orestes, também segundo a mitologia grega, é o jovem que matou sua mãe Clitamnestra e vagou alucinado, perseguido pelos remorsos. Contou com a companhia inseparável do amigo Pílades.
7. Refere-se a uma variedade de vestimenta que em geral cobria os homens do pescoço à cintura. Às vezes como casaco curto, sobreposto à camisa, ou mesmo como colete.

do padrinho, o quarentão que demanda se empoar disfarçando os cabelos grisalhos; o velho que ama a vida; o erudito, se movendo em meio ao mundo, o mercador rico, o burguês abastado: todos eles podem ser vistos na loja de Damon; em poucos minutos as obras-primas de meu amigo enriquecerão seu olhar.

Lépido e saltitante saiu de meus aposentos e logo ressurgiu acompanhado por um homem alto, robusto e bem-vestido. O amigo, que o pequeno nomeou seu Damon, era o oposto dele próprio tanto no que dizia respeito ao aspecto quanto ao temperamento. Após medir-me com o olhar, Damon procurou, no baú que um sujeito trouxe em seguida, as roupas que melhor correspondiam às pretensões que lhe expus. Foi a partir daí que pude testemunhar o tato delicado de artista do vestuário, conforme lhe chamava com preciosismo o cabeleireiro. Pois, sem chamar a atenção, mas bastante discreto, com base em sua capacidade de observação ele ia escolhendo com refinamento aquilo que despertava meu agrado e não a vã ostentação de posição, certa condição no mundo e assim por diante. É na verdade difícil se vestir num estilo que não deixe transparecer suposições acerca da profissão, nem de longe dê pistas sobre a atividade do homem. Tanto procede a concepção, que os trajes do cidadão mundano se determinam em essência pela escolha negativa que redunda dessa maneira no seleto bom gosto de enfeitar menos e se afinar com o despojamento.

O homenzinho se expressou além disso num rol interminável de elucubrações grotescas e originais. Provavelmente era raro que alguém desse ouvidos à sua loquacidade, ele estava feliz por poder deixar sua luz brilhar para mim.

Damon, homem sério e ao que tudo indica sensato ao extremo, lhe interrompeu de repente a conversa desmiolada, tocando-lhe o ombro e aconselhando:

— Schönfeld, você hoje está com a corda toda, inspirado para conversar, porém posso apostar que os ouvidos do senhor estão cansados de tanto ouvir as bobagens que você inventa.

Belcampo deixou pender a cabeça tristemente, mas logo agarrou o chapéu empoeirado e gritou de saída:

— Assim vou sendo prostituído por meu melhor amigo!

Ao se despedir, Damon me disse:

— Esse Schönfeld é uma figura bastante pitoresca! De tanto ler, acabou ficando doido, mas fora isso é um homem bondoso e talentoso em seu ofício, por isso o tolero com gosto, pois se alguém é bom no que faz, pouco importa que extrapole limites noutro domínio.

Quando me vi sozinho, comecei defronte ao grande espelho que ficava dependurado no quarto a praticar alguns exercícios para modificar meu modo de andar. O pequeno cabeleireiro me apontara algo bem pertinente. Os monges possuem uma maneira peculiar de caminhar, certa precipitação morosa e desajeitada, devida ao hábito comprido entravando as passadas e aos esforços por se locomoverem rápido, conforme exige o culto. Há também uma característica que jamais escapa ao olhar arguto, e consiste na postura dos corpos, ligeiramente jogados para trás e, sobretudo, o costume de manter os braços, que nunca devem pender ao longo, de modo que as mãos estejam postas ou enfiadas nas largas mangas de sua vestimenta.

Tentei me desembaraçar dessas atitudes evidentes para me livrar dos vestígios de minha condição de eclesiástico. Tão somente nisso obtive consolação para meu ânimo, no fato de ver minha existência prestes a se exaurir, se encerrar agora plena de nova vida. Um princípio espiritual parecia impregnar minha inédita forma de ser, e eu sentia as recordações da vida precedente esmaecendo cada vez mais pálidas até se esvaírem de vez.

O burburinho da multidão, o incessante ruído proveniente das atividades realizadas nas ruas, tudo era novidade para mim e bem apropriado para manter o bom humor de que o homenzinho me contagiara. Com minhas roupas novas e decentes, eu me atrevi a descer e compartilhar a mesa com os numerosos hóspedes, a timidez sumiu ao notar que ninguém, sequer o comensal do lado, se dava ao trabalho de me olhar, quando me sentei.

No livro de hóspedes registrei-me com o nome Leonardus, homenageando o prior que me concedera a liberdade, e me fiz passar por um particular em viagem de entretenimento. Esses viajantes são bastante comuns na cidade e, nessas circunstâncias, tanto menos minha presença suscitava questionamentos.

Era muito prazeroso andar passeando e deleitar-me ante as exposições de pinturas e gravuras nas vitrinas de lojas requintadas. À noite, com frequência eu visitava os passeios públicos em meio ao animado bulício das pessoas e era invadido por uma amarga sensação de solidão. Ser ignorado por todos, não poder pressupor no peito de outra pessoa a leve noção de minha identidade, que capricho maravilhoso e estranho do destino me impelira a essa conjunção; que ninguém intuísse o segredo encerrado em meu peito, por mais benefícios que o isolamento pudesse render em meu caso pessoal, apesar disso, tinha algo de verdadeiramente assustador, uma vez que eu mesmo me considerava um fantasma errante vagando na Terra, pois tudo que um dia me fora familiar perecera.

Se me punha a meditar acerca do tempo quando com respeito e amabilidade todas as pessoas cumprimentavam o célebre pregador e ansiosas buscavam sua companhia ou a simples troca de palavras, então me assaltava uma dura desilusão. Mas o pregador, esse era o irmão Medardo, estava morto e enterrado no abismo das montanhas! Não era eu, uma vez que eu estava vivo, inclusive somente agora a vida me revelava seus prazeres. Às vezes revivia em sonho os incidentes sucedidos no castelo, parecia-me que aquilo acontecera com outra pessoa, não comigo; a outra pessoa era uma vez mais o capuchinho, não eu mesmo. A lembrança de Aurélia era o único vínculo do ser anterior com esse em que eu me transformara, mas uma profunda dor acompanhava essa lembrança e minava a alegria que me preenchia, e nisso eu era de chofre arrancado das variadas impressões da minha nova vida.

Não deixei de render visitas aos numerosos estabelecimentos públicos, onde se podia beber, jogar etc. Tinha predileção por um hotel da cidade, em que normalmente à noite se reunia uma sociedade interessante graças à boa qualidade do vinho servido.

A uma das mesas do salão contíguo, eu via sempre as mesmas pessoas, cuja conversação era entusiástica e espirituosa. Consegui me integrar nesse círculo bastante exclusivo. Nos primeiros tempos permaneci quieto no canto do salão, bebendo meu vinho com modéstia. Finalmente, intervim na conversa com uma informação literária curiosa por que em vão se debatiam e a partir daí me convidaram à sua mesa. Fui muito bem aceito e, tanto mais, à medida que se sentiam seduzidos por minha elocução e meus conhecimentos ecléticos que eu ampliava dia a dia por todos os domínios do saber científico e que até então me eram em absoluto desconhecidos. Dessa maneira fui estabelecendo relacionamentos favoráveis e, enquanto me acostumava cada vez mais à vida no mundo, meu estado de ânimo se modificava, fiquei espontâneo e alegre, poli as pontas ásperas remanescentes da minha existência passada.

Há várias noites a sociedade que eu passara a frequentar comentava animada acerca de um artista estrangeiro recém-chegado à cidade, que de passagem organizara uma exposição de seus quadros. Todos menos eu tinham-na visitado e enalteciam tanto a qualidade das obras, que resolvi por minha vez ir vê-las. Quando entrei na sala, o artista não estava presente, um senhor idoso é que fazia vezes de cicerone e designava os autores de outras pinturas que o artista adicionara à sua coleção pessoal. Na maioria eram originais de mestres consagrados, quadros magníficos, cuja visão me maravilhava.

Diante de alguns quadros, que o velho cicerone me apresentou de modo fugaz como sendo cópias feitas a partir de afrescos, alvoreceram em minha alma certas recordações da primeira infância. As reminiscências foram adquirindo cores cada vez mais vívidas, eu não tinha dúvidas de que eram cópias da Tília Sagrada. Reconheci por exemplo numa imagem da Sagrada Família os traços fisionômicos de São José, que coincidiam com as feições do velho peregrino que me trouxera a criança prodigiosa.

Um sentimento de profunda melancolia me dominou, mas eu não pude evitar uma exclamação quando meu olhar pousou sobre um retrato em tamanho original, em que reconheci a abadessa, minha mãe adotiva. Ela estava estupenda, pintada com a mesma perfeição que Van Dyck[8] obtinha nos retratos, e vestida com o aparato circunstancial das ocasiões em que precedia as demais religiosas na Procissão do dia de São Bernardo. O pintor flagrara justamente o instante quando ela se dispunha, após terminar as orações, a sair de seus aposentos para abrir a procissão, enquanto os devotos aguardavam cheios de expectativa na nave da igreja, que era visível em perspectiva de segundo plano. No olhar da esplêndida mulher se podia ler a expressão de um espírito devotado ao celestial, ah!, era como se implorasse a graça do perdão ao pecador criminoso que violentamente se desprendera de seu coração maternal; e esse pecador era eu mesmo!

Sentimentos havia muito tempo contidos afluíram ao meu peito, uma nostalgia infinda encheu minha alma, eu me encontrava mais uma vez junto do bom pastor no vilarejo do convento das cistercienses, um menino alegre e alvissareiro, porque chegara o dia de São Bernardo. Eu a via!

— Você foi bom e piedoso, Franziskus? — perguntou com aquela voz, cujo timbre era abrandado pela afeição suave e doce que chegava até mim. — Tem sido bom e piedoso?

Ah, o que poderia responder? Crime sobre crime viera acumulando, após romper os votos sagrados, tornei-me um assassino! Tomado pelo desgosto e pelo arrependimento, caí de joelhos, meio inconsciente, lágrimas rolavam de meus olhos. Preocupado, o velho veio em meu auxílio, perguntando vivamente:

— O que houve com o senhor? Aconteceu alguma coisa, caro senhor?

---

8. Anthony van Dyck (1599-1641) foi um pintor holandês que obtinha efeitos primorosos com contrastes entre claro e escuro.

— O retrato da abadessa apresenta uma incrível semelhança com minha mãe, levada dessa vida por uma morte cruel! — respondi com voz embargada.

Levantando-me, eu procurava tanto quanto possível reassumir a serenidade.

— Venha, meu senhor! — disse-me o velho. — Essas recordações são bem dolorosas, o senhor deveria evitá-las. Temos ainda outro quadro aqui, que meu mestre considera sua obra-prima. O retrato foi pintado de memória, e terminado não faz muito. Nós o cobrimos com um véu para proteger as cores do sol, pois não está totalmente seco.

O velho senhor me posicionou com delicadeza no ângulo adequado da luz e puxou rapidamente o véu: era Aurélia!

Um calafrio percorreu meu corpo inteiro, mal pude dominar-me. Mas pressenti a presença do Inimigo que, para me perder, queria me arrojar no vórtice do turbilhão de que acabara de me libertar, e mais uma vez senti a coragem de afrontar o Monstro que me fustigava na bruma misteriosa.

Com olhar ávido, eu devorava os encantos de Aurélia, que se irradiavam da imagem ardente e plena de vida. Os olhos puros da virgem menina pareciam acusar o infame assassino de seu irmão, mas todo sentimento de culpa se esvanecia no escárnio amargo e hostil que brotava em meu íntimo, me lançando dardos envenenados e me expulsando da vida gentil e bem-aventurada.

Só me afligia o fato de Aurélia não ter sido minha naquela noite fatídica do castelo. A intervenção de Hermoge frustrara meu plano, mas por tanto ele pagara com a vida. Aurélia estava viva, isso era suficiente para manter acesa a esperança de possuí-la! Sim, é certo que será minha, pois o destino o traçou, não há como fugir disso; afinal, não sou eu em pessoa o destino?

Desse modo eu me encorajava ao crime, enquanto contemplava fixamente o quadro. O ancião estava assombrado comigo. Discorreu sem pressa a respeito das tonalidades da tez, da cor, eu nada ouvia. A lembrança de Aurélia, a esperança de no futuro executar a maligna intenção por ora postergada me invadiam com tal ímpeto que saí dali às pressas, sem sequer indagar pelo pintor estrangeiro e, com isso talvez, apurar dele o segredo de seus quadros que representavam uma espécie de ciclo alusivo à minha vida inteira.

Para possuir Aurélia eu estava determinado a arriscar tudo, aliás para mim era como se, olhando do alto as imagens de minha vida e avaliando-as bem, não pudesse nunca temer e portanto nada tinha a arriscar. Ruminava toda a sorte de planos e projetos com o fito de alcançar meu objetivo, principalmente agora cria ser possível descobrir algumas coisas com o pintor estrangeiro e elucidar constelações que me eram obscuras, cujo conhecimento pudesse servir de meio para obter meu fim. É que eu tinha em mente nada menos que retornar ao castelo em meu novo aspecto, nem me passava pela cabeça que esse plano era um tanto quanto mirabolante.

À noite retornei à sociedade habitual, assim fazendo tentava amenizar a crescente tensão em meu espírito, a atividade febril de minha fantasia excitada. Falava-se muito da exposição do estrangeiro, e sobretudo da expressão admirável que o artista sabia conferir aos retratos. Pude somar meus elogios aos deles e com um especial brilho de eloquência, talvez mero reflexo da ironia amarga que ardia dentro de mim qual um fogo, eu descrevi o inefável encanto que se irradiava do rosto meigo e angelical de Aurélia. Alguém disse que na noite seguinte queria trazer à reunião o pintor, retido na cidade para o acabamento de alguns quadros e que, não obstante fosse um homem de idade bastante avançada, era uma figura bem jovial.

Atormentado por estranhos pressentimentos e presságios nebulosos, na noite seguinte eu me dirigi um pouco mais tarde que de hábito ao encontro dos meus novos conhecidos. O estrangeiro sentava-se à mesa, as costas voltadas para mim. Ao sentar-me, ao olhá-lo, reconheci imediatamente os traços do terrível homem desconhecido que no dia de Santo Antônio se apoiara contra a pilastra do canto da igreja, enchendo-me de medo e pavor. Ele considerou-me por longo tempo com ar de profunda gravidade. Mas a disposição de espírito à qual eu me transmudara após ter visto o retrato de Aurélia me proporcionou força e impavidez para sustentar o olhar. O inimigo se mostrava, assim, tomando corpo; tratava-se do início de uma acirrada batalha mortal. Eu decidi esperar que começasse o ataque e somente então contra-atacar com as armas com as quais pudesse prevalecer.

O forasteiro não dava mostras de prestar atenção especial a minha pessoa, muito ao contrário, desviando de mim seu olhar, retomou a conversa sobre arte em que estivera absorvido quando entrei. Mencionaram seus quadros e elogiaram sobretudo o retrato de Aurélia. Alguém afirmou que a imagem, embora à primeira vista ficasse claro que se tratava de um retrato, poderia, além disso, ser considerado estudo preliminar para a configuração de uma santa.

Como eu tinha exprimido na véspera minha opinião sobre esse quadro em termos elogiosos, enaltecendo-lhe méritos e virtudes, pediram meu parecer e, involuntariamente, manifestei que com efeito não poderia imaginar Santa Rosália sob traços diferentes daqueles da desconhecida retratada.

O pintor deu a impressão de mal ter-me dado ouvidos, uma vez que iniciou imediatamente a relatar:

— De fato, a cortesã do quadro, retratada com fidelidade, é uma santa religiosa; em meio a seus conflitos se eleva ao celestial. Eu a pintei quando, abatida por um padecimento atroz, nutria a esperança de encontrar consolação na religião e amparo na Providência Divina que reina além das nuvens. Tentei conferir à imagem a expressão dessa esperança, que não pode se encontrar senão num coração capaz de sublimar-se acima dos valores terrenos.

A conversa tomou outros rumos; o vinho, que em homenagem ao estrangeiro era de melhor qualidade e bebido em maior abundância naquela noite, alegrou os ânimos. Cada um queria contar algo divertido e, se bem que o pintor aparentasse rir apenas interiormente, e esse riso interior se refletisse apenas por seus olhos, ele conseguia, todavia, manter o entretenimento geral com uma ou outra palavra espirituosa.

Mesmo não podendo evitar um sinistro sentimento de horror cada vez que ele me encarava, fui superando aos poucos a impressão pavorosa que tive a princípio, quando chegara e o vira. Falei do engraçado Belcampo, que todos conheciam, para deleite dos convivas, eu soube lançar o foco de luz de maneira tão precisa sobre seus modos ridículos, que um gordo negociante bonachão, que habitualmente se sentava à minha frente, assegurou-me com lágrimas nos olhos que havia muito tempo não se divertia tanto.

Quando as risadas começaram a se amainar, o forasteiro perguntou de chofre:

— Vocês já deram de frente com o Diabo, meus senhores?

O grupo julgou que ele colocasse a questão a título de introdução a uma nova anedota e, assim, a resposta geral na roda foi não, ainda não tinham tido a honra. Ele, porém, prosseguiu:

— Pois bem! Por pouco não tive a honra, e isso foi no castelo do barão B., nas montanhas.

Estremeci, entre pilhérias os outros comentavam:

— Continue, continue!

— É provável que vocês conheçam a história — retomou o pintor —, se uma vez viajaram pelas montanhas, àquela região selvagem e arrepiante onde o caminhante saindo da floresta de pinheiros, do alto da colina se depara com a visão de imensas massas rochosas. Ao sopé dos picos se abre um fundo precipício negro, um lugar chamado Terra do Diabo, donde se sobressai a rocha Cadeira do Diabo. Diz-se que o conde Viktorin estava sentado bem em cima dessa rocha com milhares de más-intenções em mente, quando de súbito o Diabo apareceu e, como ele próprio teria gosto em executar pessoalmente os planos maléficos arquitetados por Viktorin, lançou o conde no buraco.

"O Diabo surgiu em seguida vestido de capuchinho no castelo do barão e, depois de desfrutar sua lascívia com a baronesa, a enviou ao Inferno junto com o desvairado filho do barão, que não queria tolerar o Diabo incógnito porém anunciava aos brados: 'Ele é o Diabo!' Estrangulado! Mas essa morte salvou uma alma piedosa da condenação decretada pelo pérfido cão.

"Depois disso o capuchinho desapareceu de maneira enigmática, diz-se que teria fugido covardemente de Viktorin, erguido todo ensanguentado do túmulo. Independentemente do que tenha se passado, o que posso afirmar é que a baronesa morreu envenenada, Hermoge foi esfaqueado à traição e o barão morreu de desgosto pouco tempo mais tarde, e Aurélia, a jovem virgem que à época desses acontecimentos terríveis eu estava retratando lá no castelo, se retirou feito órfã abandonada a um país longínquo, a um convento de cistercienses, cuja abadessa era amiga de seu pai. O retrato dessa dama extraordinária vocês tiveram ocasião de ver em minha exposição.

"Mas tudo isso pode lhes relatar melhor e com mais detalhes esse senhor (ele apontou para mim) que estava presente no castelo durante todos os dramáticos episódios."

Todos os olhares se voltaram cheios de surpresa em minha direção; indefeso, dei um salto e exclamei indignado:

— Ei, meu senhor! Que tenho a ver com suas estúpidas histórias de Diabo e relatos de morte? O senhor me confundiu! Tomou-me, sem dúvida, por outra pessoa! Eu lhe peço para me deixar fora desse jogo!

Na minha íntima exaltação, era bastante difícil atribuir às palavras uma inflexão de indiferença. O efeito do misterioso caso contado pelo pintor e da agitação emocionada que eu em vão tentava disfarçar era muito evidente. O clima jovial se alterou. Os convivas, lembrando-se agora do fato de que eu era forasteiro e que aos poucos fora me integrando à sociedade, me encaravam receosos e desconfiados.

O pintor estrangeiro se levantara e me lançava um olhar penetrante com seus olhos de morto-vivo, do mesmo modo como um dia o fizera na igreja dos capuchinhos. Não proferia uma palavra sequer, mantinha-se inerte e sem vida, mas seu espectro fantasmagórico arrepiou meus cabelos, gotas de suor pousavam sobre minha testa e, afetadas por um horror tão violento, todas as fibras de meu corpo estremeceram.

— Saia daqui! — gritei, possesso. — Você é o próprio Demônio, você é um criminoso infame, mas sobre mim você não tem nenhum poder!

Todos se ergueram de seus assentos:

— O que é isso? O que está acontecendo? — indagavam no calor da confusão.

Deixando depressa a sala contígua, os jogadores irrompiam à nossa, espantados pelo tom violento de minha voz. Alguns diziam alto:

— Um bêbedo! Um maluco! Ponham-no para fora, ponham-no na rua!

Mas o pintor forasteiro se mantinha imóvel, olhando-me fixo. Desvairado de dor e desespero, puxei do bolso a faca com que matara Hermoge e sempre trazia comigo no bolso lateral, pulei para cima do pintor, porém um golpe me derrubou. O adversário ria, fazendo reverberar pelo salão em sarcasmo maléfico:

— Irmão Medardo! Irmão Medardo! Basta de mentiras! Vá e se aflija em remorso e vergonha!

Senti-me agarrado por vários clientes, reuni minhas forças e com a violência de um touro enfurecido fui desferindo empurrões contra as pessoas, de maneira que várias caíam, e abrindo caminho para fora. Corria disparado e atravessava o corredor, quando se abriu uma portinhola lateral, e me vi atirado a um cômodo escuro. Não resisti, considerando que ouvia bem próximos meus perseguidores.

Após o tumulto, fizeram-me descer uma escada secundária até o pátio e dali pelos fundos do edifício à rua. À claridade dos lampiões, reconheci em meu salvador o burlesco Belcampo.

— Eu soube — começou a dizer — que concluíram algo de funesto sobre o pintor estrangeiro! Eu estava bebendo uma taça de vinho no salão vizinho, aí começou o barulho; por conhecer bem a distribuição deste estabelecimento, decidi tirá-lo dos maus lençóis, pois sou o único responsável pela aventura fatal.

— Como foi possível? — perguntei, curioso.

— Quem saberia reger o instante? Quem é capaz de resistir aos esforços de um espírito superior? — inquiriu o homenzinho em tom patético. — Quando lhe penteei os cabelos, senhor, acenderam-se em mim *comme à l'ordinaire*[9] as ideias mais sublimes. Deixei-me levar ao fluxo impetuoso de fantasia delirante e no enlevo me esqueci não somente de alisar e fixar em suaves rolinhos os cachos da cólera, como convém, mas também vinte e sete fios de medo e pavor pendentes na fronte. Foram eles que, sob os olhares fixos do pintor que é um fantasma, se arrepiaram, depois se inclinaram, embaraçaram-se em meio aos cachos furibundos se desmantelando rebeldes e esticados. Vi tudo. Então, caríssimo, ardendo de cólera, o senhor puxou a faca manchada de diversas gotas de sangue, mas foi um esforço supérfluo mandar ao Inferno quem ao Inferno já pertence, pois o pintor é Ahasverus, o judeu errante, ou Bertran de Born, ou Mefistófeles, ou Benvenuto Cellini ou São Pedro, em suma, um fantasma amaldiçoado.[10] E uma criatura dessas apenas se pode conjurar exclusivamente por meio de chapinha incandescente para lhe forçar as ideias, ou enfiando-lhe goela abaixo o frisador elétrico, capaz de melhor nutrir-lhe o repertório. O senhor pode ver, prezado, a um peruqueiro e maquiador profissional que nem

---

9. Em francês no original: como de costume.
10. Reza a lenda que o judeu errante Ahasverus foi condenado a percorrer o mundo sem descanso até o Juízo Final, por ter escarnecido de Jesus, a caminho do Gólgota (ou Calvário). Bertran de Born (1140-1215) foi um trovador provençal desbragado e sem papas na língua; Dante o insere no "Inferno" de sua *Divina Comédia*, como o condenado a ter a cabeça separada do corpo por ter causado uma separação entre pai e filho. Mefistófeles é um personagem do imaginário popular europeu desde a Idade Média, sendo representado em diversas obras literárias, como por exemplo no *Fausto*, de Goethe. Benvenuto Cellini (1500-1571) era italiano, um ourives genial que amava uma polêmica. Goethe traduziu sua biografia escrita em 1728 por Antonio Cocchi. Quanto a São Pedro, Hoffmann talvez estivesse se referindo à controversa posição quando da prisão de Jesus.

eu, todos esses acontecimentos não passam de ninharias, laquês e gomalinas, simples cremes cosméticos! Mas diz um ditado de nosso jargão, tanto mais significativo que se poderia pensar, porque consiste num creme à base da genuína essência de cravo!

A verborreia insensata do sujeitinho, que falava enquanto corria comigo pelas ruas, possuía algo de cômico, e se uma vez ou outra via seus pulos grotescos, o semblante ridículo, nesses casos não podia conter gargalhadas ruidosas e convulsivas.

Enfim chegamos ao quarto, Belcampo me ajudou a arrumar a trouxa, logo estava pronto para a viagem, enfiei-lhe na mão uns ducados, gesto que ele agradeceu dando saltos de júbilo:

— Oba! Agora possuo ouro autêntico! Ouro precioso e brilhante, banhado em sangue de coração e vertendo raios dourados e rubros!

— E se acalmando: — Está bem, foi brincadeira, meu bom senhor, uma piada de nada!

Sem dúvida minha surpresa diante de suas exclamações o incitava a ajuntar mais e mais. Pediu-me autorização para deixá-lo arredondar devidamente o cacho da cólera, aparar bem rente os cabelos do espanto e levar consigo de lembrança uma mechinha do amor. Eu o deixei agir como queria, e ele executou todos esses trabalhos com os requebros e as caretas mais grotescas imagináveis. Por último ele pegou a faca, que enquanto me trocava depositara sobre a mesa, e passou a brandi-la no ar, adotando a pose de espadachim.

— Mato seu adversário! — gritou. — O Diabo é mera ilusão, precisará ser morto por uma ideia e para aumentar a força de expressão, acompanho-o com movimentos ágeis do corpo. *Apage*, Satanás, *apage, apage Ahasverus, allez-vous-en!*[11] Bem, seria isso — disse, pondo a faca de volta à mesa com um suspiro profundo, enquanto enxugava o suor da testa, feito alguém que terminou de executar bravamente uma difícil façanha.

---

11. Em grego, equivalente a "*vade retro*, Satã!" Depois em francês, "saia daqui!".

Eu queria me livrar ligeiro da faca e por força do hábito a introduzi pela manga, ato falho de antigo monge. O pequeno notou o gesto e sorriu com malícia.

Nesse ínterim o postilhão fez retinir a buzina lá fora. Então Belcampo mudou de um minuto para o outro sua conduta. Retirou do bolso um lencinho, fingiu que enxugava lágrimas, se inclinou várias vezes em respeitosa deferência, beijou minha mão e minha roupa, depois pediu com súplicas:

— Santíssimo padre, duas missas por vovó que está padecendo de indigestão; quatro missas por papai, morto por jejum involuntário! Por mim, uma missa semanal, mas somente quando estiver morto; por ora absolvição dos meus inúmeros pecados. Ah, senhor padre, há em mim um infame pecador que vive repetindo: "Peter Schönfeld, não faça macaquices e nem creia que você existe! Eu sou você! Meu nome é Belcampo, sou uma ideia genial e, se você não quer acreditar em mim, o abato com um pensamento afiado e pontiagudo." Esse homem hostil chamado Belcampo, venerável senhor, comete toda a sorte de abusos. Entre outras coisas duvida da fé, constantemente se embebeda, está sempre caçando brigas e surrupiando belos pensamentos virginais. Esse Belcampo me desconcertou e confundiu a tal ponto, que eu, Peter Schönfeld, saltito de modo indecente e sujo a cor da inocência, pois me sento na imundície com meias de seda branca cantando *in dulci jubilo*.[12] Perdoe os dois, Pedro Belcampo e Peter Schönfeld!

Ajoelhou-se na minha frente e ficou fingindo soluços dolorosos! A loucura do homem começava a me irritar. Desgastado, gritei:

— Seja razoável!

O valete entrou, a fim de pegar minha bagagem. Belcampo levantou de repente e, readquirindo o bom humor, passou a ajudar o moço a trazer tudo o que eu pedia, embora continuasse a parolar.

— É um doido varrido, esse sujeito! Não se deve dar confiança a um indivíduo dessa laia! — exclamou o valete, batendo a porta do carro.

---

12. No original em italiano: "com alegria".

Belcampo agitou seu chapéu, levando em conta meu olhar significativo e meu dedo em riste sobre a boca, e se despediu:

— Até o expirar de meus dias!

Quando o dia começou a amanhecer, a cidade ficara a uma considerável distância, e desaparecera a imagem da criatura amedrontadora e terrível que me envolvia num mistério impenetrável. A questão do cocheiro do postilhão "para onde?" ecoava persistentemente dentro de mim, uma vez que eu perjurara todos os vínculos da existência e errava agora sem rumo, ao livre capricho das ondas do destino. Mas não teria um poder irresistível me arrancado com violência de toda e qualquer afeição para que o espírito inerente em mim pudesse se expandir e bater com vigor as asas sem entraves?

Percorri incansável a esplêndida região, mas nenhures conseguia sentir paz. Algo me movia sem cessar adiante, rumo ao sul. Sem que me desse por isso, mal me desviara do itinerário de viagem traçado por Leonardus e, assim, o ímpeto que me arrojava ao mundo me mantinha por magia poderosa sempre na direção correta.

Numa noite tenebrosa eu cruzava uma floresta espessa, que se estendia para além da parada seguinte do coche, segundo informara o cocheiro do postilhão. Por essa razão ele recomendava aguardarmos até o amanhecer, mas declinei o conselho, porque queria alcançar quanto antes o destino que para mim mesmo, todavia, constituía uma incógnita.

Desde minha partida, relâmpagos alumiavam ao longe e, em poucos instantes, o céu encheu-se de pesadas nuvens cada vez mais escuras, que a tormenta acumulara e fustigava rugindo inclemente. O trovão ressoava com assombroso eco de mil vozes, coriscos vermelhos fendiam o horizonte a perder de vista. Os enormes abetos estalavam, sacudidos até as raízes pelas rajadas, a chuva caía torrencialmente. Nós corríamos o risco de ser abatidos pelas árvores. Os cavalos empinavam inquietos devido aos clarões dos raios. Em pouco tempo, senão com muito custo podíamos avançar.

Por fim, o coche atolou de modo tão drástico que a roda de trás quebrou. Dessa maneira tivemos que permanecer no lugar e esperar, até o momento em que a tempestade amainou e a lua surgiu por entre as nuvens. O cocheiro percebeu então que, por causa da escuridão, tínhamos nos desviado da rota, enveredando-nos por uma trilha transversal. Não havia alternativa, a não ser seguir a trilha o quanto pudéssemos e assim, quem sabe, chegar ao vilarejo ao raiar do dia. Escoramos o coche com um pau e, em seguida, fomos caminhando passo a passo. Pouco depois, por estar andando na frente, notei uma centelha de luz ao longe, e julguei ter ouvido sons de cães latindo; não me enganei, pois mal prosseguimos uns minutos e adiante eu escutei nitidamente os cachorros.

Chegamos a uma casa imponente, localizada no centro de um grande pátio, circundado por muros. O cocheiro bateu ao portão. Os cachorros acorreram avançando e latindo, porém no interior mesmo da casa tudo se mantinha num silêncio de morte. Nisso, o cocheiro fez ressoar o berrante, aí sim abriu-se uma janela do andar superior, donde se propagou uma luz enevoada, e uma voz grave e profunda chamou para baixo:

— Christian, Christian!

— Pois não, meu senhor! — responderam de baixo.

— Alguém está chamando ao portão e soprando o berrante, os cachorros estão endiabrados. Pegue a lanterna e a escopeta número 3! Vá de uma vez ver o que está acontecendo!

Depressa ouvimos Christian atraindo os cães até que, enfim, o vimos se aproximar com um lampião. O cocheiro explicou que provavelmente, em vez de seguir em frente lá na entrada da floresta, nós tínhamos virado por uma senda vicinal, portanto deveríamos estar no pavilhão de caça do guarda-florestal, situado a uma hora de viagem da última parada. Quando relatamos a Christian nossa situação, ele abriu o portão em par e nos ajudou a colocar o coche para dentro. Os cães apaziguados circulavam agitando as caudas e farejando ao redor de nós, e o homem que ainda se debruçava à janela não cessava de gritar, sem que Christian ou um de nós lhe respondesse.

— O que é isso? O que foi? Chegou uma caravana?

Enquanto Christian se ocupava dos cavalos e do coche, eu pude enfim adentrar a casa que o rapaz nos abrira e fui ao encontro de um senhor alto e robusto, rosto crestado pelo sol, na cabeça um chapéu ornado com uma pena verde, e vestindo apenas um camisolão e pantufas enfiadas nos pés. Na mão ele trazia um facão de caça. Ao me ver, ele me interpelou rude:

— De onde vem? Que modo é esse de turbar as pessoas no meio da noite? Isso não é albergue, nem parada de coche. Aqui reside o guarda-florestal, e esse sou eu! Christian é um verdadeiro asno por ter aberto o portão!

Relatei com humildade meu acidente, assegurando que somente devido à emergência nós tínhamos recorrido à sua casa, e aos poucos ele foi se acalmando:

— Tem razão, a tormenta foi violenta, mas o cocheiro é um imbecil por ter se perdido no caminho e quebrado o coche. Esses postilhões têm de saber circular pela floresta de olhos vendados, assim como nós, e se sentir em casa lá dentro.

O homem me conduziu ao segundo pavimento e, enquanto deixava o facão de caça, tirava o chapéu e vestia um gibão por cima do camisolão, pedia encarecidamente que eu não levasse a mal o acolhimento brusco, uma vez que num pavilhão afastado era preciso estar sempre em alerta, sobretudo em vista da cambada desalmada que perambulava solta pelo meio do mato. Com essa laia de bandidos, que atentara inclusive contra sua vida, ele estava quase em pé de guerra.

— Mas... — continuou contando — esses bandidos não podem comigo, porque graças a Deus venho cumprindo minhas obrigações com zelo e retidão, confiando nEle e em minha escopeta, resistindo com bravura.

Fiel a meus velhos hábitos, não pude deixar de expressar umas palavras sobre a pujança da fé em Deus, e o monteiro-mor se tornava cada vez mais amável. A despeito de meus reiterados protestos, ele acordou a mulher, uma senhora de idade avançada, porém ativa matrona, plena de jovialidade. Mesmo tendo sido incomodada no meio do sono, a senhora acolhia calorosamente o recém-chegado e, num piscar de olhos, estava atendendo às ordens do marido de aprontar uma refeição.

O guarda-florestal impôs uma punição ao cocheiro do postilhão, que regressasse com o coche estragado naquela mesma noite ao último ponto que cruzara. Quanto a mim, meu anfitrião se oferecia para conduzir-me quando eu bem quisesse ao ponto seguinte dos postilhões. A sugestão me foi tanto mais bem-vinda, uma vez que eu com efeito precisava de um leve repouso. Respondi portanto que aceitaria de bom grado o gesto de hospitalidade, ficaria no pavilhão até o meio do dia seguinte, a fim de me restabelecer plenamente da exaustão causada pela viagem ininterrupta de dias a fio.

— Se o senhor me permite um conselho — respondeu —, passe o dia de amanhã conosco, somente depois de amanhã meu filho mais velho deverá ir ao castelo do príncipe e o levará na carruagem à próxima estação do coche.

Dei-lhe a entender que aceitava encantado o convite, tendo em vista a sedução que exercia em mim aquele lugar solitário.

— Ah, solitário esse lugar não é de jeito nenhum, como o senhor imagina, provavelmente como todo e qualquer homem urbano. Os senhores julgam solitária toda casa localizada na floresta, mas esquecem com isso que tudo depende de quem mora na casa.

"Evidentemente foi esse o caso do chalé que serviu de pavilhão florestal tempos atrás, onde morava um velho rabugento que vivia encerrado entre quatro paredes sem se animar à caça ou à floresta. Mas desde que ele morrera e Sua Alteza, o príncipe, mandara erigir o pavilhão para o monteiro-mor, o lugar adquiriu uma nova vida.

"O senhor é certamente um desses citadinos que ignoram por completo a alegria da caçada e da vida em meio à natureza, portanto lhe será difícil imaginar o quanto nós, monteiros, gozamos uma existência animada e extraordinária. Meus companheiros de caça e eu formamos uma família. Por mais estranho que isso possa lhe parecer, até os meus hábeis e ágeis cães fazem parte dessa família. Eles me ouvem, prestam atenção às minhas palavras, aos meus gestos e são fiéis até a morte. Repare o olhar inteligente daquele perdigueiro, percebe que eu falo dele!

"Na verdade, meu senhor, quase sempre tem algo para fazer na floresta. A tarde reservo para me dedicar às providências, aos preparativos. Tão logo começa clarear o dia, pulo da cama, sopro umas notas de caçador com o berrante. Assim arranco todos do sono, elevam-se paulatinamente os primeiros movimentos e ruídos na casa, os cachorros ladram excitados, valorosos e ansiosos por ir à caçada. Os moços se vestem às pressas, dependuram às costas o embornal, a escopeta ao ombro e descem à cozinha, onde minha velha está preparando o desjejum dos caçadores. Em seguida nós nos pomos a caminho, bem dispostos e com o coração exultante. Chegamos aos pontos onde se camuflam os animais selvagens no meio do mato e, ali, cada um se instala numa posição, isolado dos demais, os perdigueiros rastreiam com o focinho rente ao chão, com seus olhos inteligentes quase humanos, atentos ao caçador. Esse, então, se levanta prendendo a respiração, o dedo tenso no gatilho, pés enraizados na terra. Quando de súbito o animal, num salto, se descobre da folhagem, soam os tiros, os cães saltam sobre o bicho, ah, meu senhor, sinto meu coração palpitando feliz, sou um homem bem-aventurado!

"Cada partida para esse tipo de caçada é uma novidade, porque sempre sucede algo inusitado e especial. A começar pelas distintas temporadas de caça, de modo que, ora um, ora outro animal está disponível na natureza, tornando a caçada uma atividade tão estimulante que nenhum homem na face da Terra poderia se fartar.

"No entanto, senhor, a própria floresta em si mesma, a floresta é um lugar misterioso e vivo, nela nunca me sinto só. Eu conheço cada pedaço de chão, cada árvore; na verdade, imagino que cada uma das árvores que com meus olhos acompanhei crescendo, e hoje ergue rumo ao céu sua copa reluzente e viçosa, também conhece a mim e me ama, porque eu a nutri com carinho e desvelo. Creio de verdade, quando a floresta maravilhosa às vezes floresce e farfalha, que ela fala comigo com sua voz peculiar, e essa linguagem é um genuíno louvor a Deus e à Sua generosidade; uma prece que não se pode proferir com palavras.

"Em suma, um caçador piedoso e corajoso leva uma vida rica e deslumbrante, pois nele subsistem ainda quaisquer vestígios da bela liberdade de tempos remotos, quando os homens viviam genuinamente entranhados no seio da natureza e ignoravam todos os melindres e afetações dos centros urbanos, onde hoje se torturam em cárceres murados. Os habitantes das cidades permanecem alheios a todas as graças prodigiosas que Deus criou e dispôs a fim de que se edifiquem nelas e se deleitem, assim como fizeram os livres ancestrais de outrora, quando viviam em harmonia e amor com a natureza inteira, segundo contam tradições imemoriais."

Tudo isso o caçador falou com intensidade e expressão sem deixar dúvidas de sentir no peito a sinceridade do que expressava. De fato cheguei a lhe invejar a existência bem-aventurada, a paz serena e plácida de sua alma, tão diferente da minha.

Conduziu-me à outra parte do pavilhão de caça, que só agora eu atinava para o quanto era espaçoso, e me destinou um quarto bem limpo e decorado, onde já se encontravam meus pertences. Ele me deixou, assegurando que ali, separado dos outros moradores, eu não seria despertado pelo burburinho matinal da casa, portanto poderia descansar o quanto bem quisesse. Trariam meu desjejum somente quando eu solicitasse, mas nós dois nos veríamos na hora do almoço, porque ele sairia cedo com os rapazes rumo à floresta e não retornaria antes do meio-dia.

Joguei-me no leito e, cansado como estava, caí logo num sono profundo que foi, entretanto, perturbado por um pesadelo medonho. Bastante singular, o sonho começava com a consciência do sono, quando eu dizia a mim mesmo: "Bem, estou contente por ter adormecido depressa e estar descansando tão tranquilo, me restabelecerei da exaustão; agora não preciso abrir os olhos." Não obstante, tinha a impressão de que não podia deixar de fazê-lo, e o fiz, sem com isso interromper meu sono. Então a porta se abriu e uma figura obscura entrou. Reconheci para meu horror que era eu mesmo, vestido com o hábito de capuchinho, de barba e tonsura. A figura foi se aproximando mais e mais da minha cama; fiquei paralisado e cada som que tentava expressar se engasgava na rigidez que me acometera. Agora a figura se sentava na minha cama e sorria para mim com sarcasmo.

— Você precisa vir comigo agora — disse a figura. — Subiremos ao telhado, sob o cata-vento que toca uma cômica marcha nupcial, porque o bufão celebra o casamento; lá nós travaremos uma luta virulenta, quem derrubar o adversário vira rei, com direito a beber sangue!

Senti a figura me agarrando e me erguendo, mas então recobrei a força.

— Você não sou eu, você é o Demônio! — esconjurei.

Arranhei o rosto do fantasma ameaçador, mas foi como se meus dedos fossem garras tentando alcançar-lhe os olhos e se afundassem em órbitas ocas. A figura riu novamente de maneira estridente. Nesse instante acordei como se despertado por uma violenta sacudidela. Mas a risada seguia repercutindo pelo quarto.

Levantei-me, a manhã rompia em raios luminosos que se infiltravam através da janela, e eu vi, em pé, à mesa, de costas para mim, uma figura usando o hábito de capuchinho. Fiquei paralisado de horror; o apavorante sonho se emendava com a realidade. O capuchinho remexia meus pertences dispostos sobre a mesa. Ele se voltou e eu recuperei a coragem, pois vi um rosto desconhecido usando uma barba preta desgrenhada. De seus olhos se irradiava um sorriso de loucura insensata: uns traços seus lembravam vagamente Hermoge. Resolvi esperar e ver o que o desconhecido faria, e intervir somente em caso necessário, para me proteger. Meu estilete estava à mão e, contando ainda com força física superior à dele, eu podia ter confiança que conseguiria subjugá-lo sem precisar de ajuda. Ele brincava entretido com meus objetos feito criança, sobretudo a carteira vermelha lhe atiçava a curiosidade, uma vez que a atirava contra a janela enquanto saltava fazendo movimentos esquisitos.

Finalmente ele achou o garrafão entrançado de vime que continha um resto do vinho misterioso. Retirou a rolha, cheirou, nisso teve um estremecimento por todos os membros, soltou um berro que ecoou surdo e horrendo pelo aposento. Um nítido relógio da casa badalou três horas, então ele chorou, abatido por inaudita aflição, mas em seguida passou a soltar risadas desvairadas como as que eu ouvira durante meu sonho. Disparou a rodopiar feito selvagem, bebeu do garrafão e, arremetendo-se contra a porta, se embalou por ali afora.

Levantei-me rápido e fui atrás dele, mas o perdera de vista. Ainda o ouvi descendo escadas distantes com passos bruscos e, enfim, um golpe, parecendo a batida violenta de uma porta. Tranquei a porta do quarto, me resguardando de uma segunda visita, e me atirei na cama de novo. Agora, porém, estava esgotado demais para não afundar no sono de vez.

Revigorado e fortalecido, eu acordei quando o sol inundava o aposento. O guarda-florestal, conforme dissera, estivera na floresta com os filhos e outros ajudantes. Uma moça bonita e amável, a filha caçula do guarda, trouxe meu café da manhã, enquanto a mais velha estava ocupada com a mãe na cozinha. A jovem soube me narrar com graça a respeito do cotidiano de todos os moradores da casa, uma rotina feliz e sossegada, mesmo se às vezes o tumulto reinasse, nas ocasiões quando o príncipe caçava na região e, então, pernoitava no pavilhão.

Assim transcorreram as horas, era meio-dia, quando um animado júbilo e som de cornetas prenunciaram que o monteiro-mor vinha retornando à sua casa, acompanhado pelos quatro filhos, rapazes magníficos e vigorosos todos eles, o filho caçula talvez nem tivesse quinze anos ainda, e mais três caçadores. Perguntou-me se dormira bem e se não despertara cedo demais com o ruído da labuta doméstica matinal. Preferi não lhe pôr a par da aventura passada, pois a viva aparição do monge horrível se fundira ao meu sonho de modo que se tornava difícil distinguir o limbo permeável onde acabava o sonho e começava a realidade.

A mesa estava posta, a sopa fumegava, meu anfitrião retirou o barrete para fazer a prece de agradecimento, quando a porta de repente se abriu. O capuchinho que eu vira durante a noite entrou na sala. O aspecto de demente se esvaíra de suas feições, mas mantinha uma fisionomia sombria e feroz.

— Seja bem-vindo, venerável senhor! — saudou o dono da casa. — Faça a oração de graças e jante conosco.

O monge então olhou em redor com olhos repletos de ira e gritou com voz aterradora:

— Que Satã o dilacere com o venerável senhor e as malditas orações! Você não está me atraindo para cá com afagos, querendo que eu seja o décimo terceiro à mesa, para me deixar depois matar por esse assassino estrangeiro? Não foi para isso que você me obrigou a trajar esse hábito, para que ninguém reconheça o conde, seu amo e senhor? Cuidado com minha cólera, desgraçado!

Ao se expressar assim aos berros, o monge pegou sobre a mesa um cântaro pesado e o atirou contra o velho guarda, e esse evitou por um triz o golpe que teria lhe estraçalhado a cabeça, esquivando-se ligeiro com movimento reflexo. O cântaro se estatelou contra a parede e se espatifou em mil cacos. Os rapazes imediatamente agarraram o demente com força. O monteiro estava muito irritado:

— O quê? Você, seu louco! Você ousa ainda cometer o sacrilégio dos seus acessos de fúria em meio às pessoas piedosas? Quer atentar contra minha vida, esquecendo que o salvei do estado bestial de condenação perpétua? Suma daqui, volte para a torre!

O monge caiu de joelhos, choramingando súplicas de misericórdia, mas o velho foi implacável:

— Já para a torre! E não deve voltar até eu estar seguro de que você renegou Satã que lhe cega, senão morrerá!

Aí o monge soltou um grito de angústia, algo parecido com um lamento desesperado e sem consolo de alguém à beira da morte. Mas os ajudantes do guarda o levaram dali e retornaram contando que ele se acalmara tão logo chegaram ao quarto da torre. Christian, que o vigiava, disse que o monge vagara pelos corredores da casa a noite inteira e, sobretudo de manhã, ficara berrando:

— Dê-me mais de seu vinho, quero me consagrar de corpo e alma a você, mais vinho, mais vinho!

E de fato, dera a Christian a impressão de titubear realmente, como se estivesse bêbado, embora o rapaz não conseguisse entender onde o monge poderia ter tido acesso a alguma bebida alcoólica. Não fiz mais cerimônia e lhes contei, nesse instante, acerca de minha aventura sem omitir o episódio da garrafa que o homem esvaziara. O guarda se admirou:

— Ei, isso foi bem sério! Mas me admira que o senhor seja assim corajoso e devoto, outro em seu lugar teria morrido de medo.

Pedi-lhe que me contasse a história do monge insensato.

— Ah! Mas essa é uma longa história cheia de percalços, inconveniente na hora da refeição. Basta o fato de que o sujeito grosseiro nos incomodou com um comportamento indecoroso, justamente quando pretendíamos comer em paz e com gratidão o alimento que Deus nos deu. Vamos primeiro à mesa!

Então ele retirou seu barrete, se recolheu e rezou com fervor dando graças a Deus e, entre alegres e divertidas conversas, nós saboreamos a refeição farta e deliciosa à moda do campo. Em honra ao hóspede, o velho mandou buscar um vinho antigo, do que me fez brindar e degustar segundo um costume patriarcal num belo cálice.

Nesse ínterim, tinham retirado a mesa, os moços pegaram uns instrumentos de sopro da parede e tocaram uma rapsódia. Ao segundo estribilho as jovens somaram suas vozes e os rapazes repetiram com elas o coro da estrofe final. Meu peito se inundava com a maravilhosa atmosfera: havia tempos eu não sentia uma satisfação tão plena como naquela ocasião, entre pessoas humildes e bondosas.

Cantaram em seguida diversas canções harmoniosas e agradáveis, até o velho se levantar e aclamar:

— Viva todos os homens que honram a caça! — E esvaziou seu copo.

Todos responderam em coro ao brinde e imitaram seu gesto. Assim terminou o alegre almoço que em minha homenagem fora requintado com música e vinho.

O velho me disse:

— Bem, meu senhor, vou tirar uma soneca de meia hora, depois iremos à floresta, e pelo caminho posso lhe contar como o monge chegou à nossa casa e tudo o mais sobre ele. Nesse entretempo, chegará a hora do crepúsculo, e iremos ao posto de caça, porque segundo Franz há perdizes por lá. O senhor também receberá um bom fuzil e tentará a sorte.

Para mim aquilo era uma grande novidade. Quando seminarista até me aconteceu de treinar tiro ao alvo umas vezes, mas eu nunca tinha disparado contra bichos de caça. Com isso aceitei o convite do guarda que, por sua vez, demonstrou se alegrar muitíssimo com minha decisão e se apressou a me repassar, antes de fazer a sesta anunciada, os primeiros rudimentos imprescindíveis para a arte do tiro.

Muniram-me de fuzil e bolsa de caça e, assim equipado, penetrei na floresta com o monteiro-mor que iniciou a história do estranho monge da seguinte maneira:

— No próximo outono completam dois anos que meus ajudantes da guarda com frequência vinham ouvindo na floresta um lamento terrível que, por menos similar aquilo fosse à voz humana, no entanto, na opinião de Franz, meu mais jovem aprendiz naquela época, provinha, sim, de um humano.

"Parecia uma sina do pobre Franz, servir de alvo às provocações do monstro lamentoso, pois toda vez que o moço ia à caça, aqueles brados perceptíveis bem perto dele afugentavam os animais e, inclusive, quando mirava, ele podia ver um ser esquivo e irreconhecível que pulava saindo do mato e o fazia perder o alvo. O rapaz estava com a cabeça cheia das histórias fantasmagóricas de caçadores contadas por seu pai, um caçador apaixonado, e se inclinava a considerar o ser misterioso como Satã em pessoa, interessado em desmanchar-lhe o prazer, ou tentá-lo de alguma maneira. Os outros guardas, mesmo meus filhos que também tinham se deparado com o monstro, concordaram com a suspeita, o que me convenceu e me levou a averiguar de perto as pistas, em vez de tomar o episódio por esperteza ladina de bandidos com o fito exclusivo de assustar nossas presas de caça.

"Desse modo dei ordem a meus filhos e aos rapazes que gritassem com a figura se ela surgisse novamente, e no caso de ela não se deter nem dar satisfação, deveriam atirar sem pestanejar. Franz foi mais uma vez o primeiro a interpelar a aparição durante a caça. Ele a chamou, mirando com a escopeta, e a figura saltou de dentro do matagal. Cheio de medo e pavor daquele ser incansável em seu encalço, Franz quis disparar, mas a escopeta falhou; logo saiu correndo convencido de que fora mesmo Satanás obstinado em chateá-lo, afugentar-lhe a caça, enfeitiçar-lhe o fuzil e enferrujar a escopeta. Impressionante, desde que o monstro teimoso rondava pela região e o perseguia, mesmo sendo excelente atirador, o rapaz não acertara mais nenhum animal.

"O boato acerca do fantasma vagando pela floresta não tardou a se espalhar, contava-se nas rodas do vilarejo que Satanás saíra ao encontro de Franz e lhe oferecera balas certeiras e não sei que crendices mais. Resolvi pôr um fim em todo esse desatino e perseguir o monstro, que nunca me dera o ar da graça, nos locais onde costumava se mostrar. Durante um bom tempo não tive sorte alguma. Finalmente, quando numa brumosa tarde de novembro eu caçava bem no lugar onde Franz topara com o monstro pela primeira vez, entendi um farfalho perto de mim, por entre os arbustos; em silêncio elevei a escopeta ao rosto, acreditando se tratar de um animal, mas surgiu dali uma figura hedionda de olhos refulgentes, cabelos negros embaraçados, coberta por frangalhos. O ser me espiou com olhos fixos enquanto emitia possantes sons ininteligíveis. Senhor, aquilo aterrorizaria o mais valente dos homens! Pensei também que o próprio Satanás estivesse diante de mim e comecei a suar frio de medo. Uma oração poderosa que pronunciei em voz alta restabeleceu meu ânimo. Tão logo comecei a rezar e falei o nome de Jesus, o monstro grunhiu colérico e acabou por proferir maldições profanas e blasfêmias. Nisso gritei: 'Canalha miserável! Pare de blasfemar contra Deus e se renda, senão atiro e o mato!'

"O homem caiu gemendo no chão e pedindo compaixão. Meus ajudantes se aproximavam, aproveitamos para agarrá-lo na hora e o levamos ao pavilhão, onde eu o encarcerei no quarto da torre do edifício contíguo, pretendendo na manhã seguinte advertir as autoridades do incidente.

"Logo ao chegar à torre, o homem tombou sem sentidos. Quando na manhã seguinte fui ter com ele, estava sentado no leito de palha que eu mandara preparar e chorava copiosamente. Inclinou-se a meus joelhos e pediu clemência. Havia várias semanas não comia nada, exceto ervas e frutas silvestres. Contou que era capuchinho de um mosteiro distante e escapara da prisão onde estivera encarcerado devido à sua loucura. O homem se encontrava de fato num estado deplorável, digno de pena. Tive dó, mandei que lhe trouxessem comida e vinho para que se fortalecesse, e a melhora foi evidente. Ele suplicou com insistência, que o tolerasse somente por uns dias e lhe providenciasse um novo hábito da ordem, queria peregrinar de volta ao mosteiro.

"Aquiesci, e a alucinação dava mostras de que vinha se aplacando, porque os paroxismos estavam se apaziguando e tornavam-se, cada vez mais, esporádicos. Durante os ataques frenéticos, lançava discursos horríveis, e eu observava que quando o repreendia severamente e o ameaçava de morte, ele passava a um estado de contrição quando se mortificava, clamando a Deus e aos santos que o livrassem do tormento. Nesses períodos acreditava ser o próprio Santo Antônio, tanto que nos acessos afirmava ser conde, senhor soberano e queria nos mandar matar assim que chegassem seus servos. Nos intervalos de lucidez, pedia pelo amor de Deus que não o expulsasse, pois sentia que somente a permanência em nossa casa seria sua cura.

"Uma única vez tive com ele uma cena dura, foi quando o príncipe caçava nessas bandas e pernoitava no pavilhão. Após ver o príncipe com seu séquito luxuoso, o monge se transformou. Ficou taciturno e reservado, se afastava ligeiro, quando nós rezávamos os cabelos se lhe arrepiavam ao ouvir palavras de louvor. Além disso andou olhando de esguelha para minha filha Anne com expressões lascivas, por esse motivo considerei prudente mandá-lo embora, a fim de nos proteger de qualquer disparate.

"Na véspera do dia em que executaria meu plano, fui despertado por um grito penetrante vindo do corredor. Pulei da cama num piscar de olhos e corri com um lampião ao aposento onde minhas filhas dormiam. O monge escapara da torre onde o guardava em cativeiro durante as noites, e correra afetado por excitação animalesca ao quarto de minhas filhas, cuja porta derrubou com um coice. Por sorte, uma sede insuportável tirara Franz do quarto dos caçadores ajudantes, e ele se dirigia à cozinha a fim de buscar água, quando então escutou o tropel do monge pelo corredor. O moço acorreu ao local e o agarrou pelas costas justo quando o outro punha a porta abaixo; no entanto, o mocinho era muito fraco para dominar a ferocidade do monge. Engalfinharam-se rolando pelo solo aos gritos das moças despertadas, eu cheguei ali no instante em que a fera o sujeitara no chão e o estrangulava de modo pérfido. Sem hesitar, puxei-o e liberei o jovem do sufoco, mas sem saber como, de repente, uma faca brilhou no punho do monge, ele avançava querendo me esfaquear. Franz, que nesse ínterim se levantara, impediu o gesto da facada com firmeza. Graças à minha grande força, eu consegui então pressioná-lo contra a parede, quase o impedindo de respirar.

"Os ajudantes tinham acordado com a barafunda e acudiram pressurosos. Nós amarramos o monge e o prendemos na torre. Mas no meio do caminho peguei o chicote e apliquei-lhe uns golpes violentos, a fim de dissuadi-lo contra futuros atos daquela natureza. Ele chorava e gemia num pranto doído, pedindo misericórdia.

"Mas eu falei: 'Criminoso de uma figa! Isso ainda é pouco pelo descaramento de tentar seduzir minha filha e atentar contra minha vida; francamente, eu deveria é matá-lo!'

"Ele chorava plangente de medo e pavor, a ideia da morte o aniquilava visivelmente. Na manhã seguinte não houve meios de levá-lo embora. Ele jazia semelhante a um cadáver, e me condoí com sinceridade. Pedi que o acomodassem num quarto melhor com boa cama, e minha mulher cozinhou-lhe sopas fortificantes, buscando em nossa farmácia caseira tudo que lhe pudesse servir de lenimento.

"Minha mulher possui o belo costume, quando se sente solitária, de cantar algum hino de louvor, mas se deseja que a bem-aventurança seja plena, aí é nossa pequena Anne que tem de cantar para ela um desses hinos com sua voz maviosa. Isso sucedeu ao lado do leito do monge enfermo. Uma vez ou outra, ele suspirava profundo e a mirava com olhar melancólico, o rosto banhado em lágrimas. Ora movia as mãos e os dedos, parecendo se benzer, mas não podia fazê-lo e a mão pendia sem força, ora emitia suaves tons, tentando juntar sua voz às delas. Enfim ele começou a se recuperar, agora fazia sempre a cruz, segundo o costume monacal, e rezava baixinho. De maneira imprevista ele passou a cantar em latim e, mesmo sem entenderem as palavras, minha velha e Anne sentiram os tons sagrados e maravilhosos penetrando seus corações, por isso nem são capazes de expressar o quanto o monge as edificou com aquelas canções.

"Ele se restabeleceu a ponto de poder se levantar e passear dentro de casa, mas sua personalidade e suas maneiras tinham se modificado radicalmente. Seus olhos olhavam com brandura, ao invés de cintilarem num fogo maléfico; ele caminhava à maneira dos clérigos, silencioso e com mãos piedosas postas. Todo vestígio de demência se esvaíra. Alimentava-se exclusivamente de legumes, pão e água, e nos últimos tempos muito raramente eu podia convencê-lo a sentar-se à minha mesa, comer um bocado e bebericar umas gotas de vinho. Nessas ocasiões pronunciava a prece de graças e nos deleitava com os discursos que sabia improvisar como ninguém.

"Com frequência ele saía a caminhar sozinho pela floresta. Assim sucedeu certo dia que o encontrei e involuntariamente perguntei se não queria regressar em breve ao mosteiro. Pareceu comovido, tocou minha mão e disse:

"'Meu amigo, lhe devo a saúde de minha alma. Você me salvou da danação eterna. Ainda não posso separar-me de você, me deixe ir ficando por aqui. Ah! Tenha piedade de mim, a quem Satã tantas vezes tentou e que estaria irremediavelmente perdido se meu santo de devoção das horas de angústia não me tivesse guiado em direção a essa floresta, no paroxismo dos delírios. Pois você me encontrou', prosseguiu o monge após um instante de silêncio, 'na mais cabal degradação, nunca poderia suspeitar que em outros tempos eu fora um jovem ricamente dotado de virtudes, cuja inclinação exaltada à solidão e aos estudos meditativos conduziu ao claustro.

"'Meus irmãos me amavam sem exceção, e eu vivia tão feliz, como só se pode ser num mosteiro. Minha bondade e meu comportamento exemplar fizeram-me alçar, viram em mim o futuro abade. Sucedeu que um dos irmãos retornou de longa viagem e trouxe ao mosteiro diversas relíquias que conseguira obter no caminho. Entre elas existia um frasco fechado, que Santo Antônio teria tirado do Diabo e supostamente continha um elixir tentador. Essa relíquia, bem como as outras, fora conservada com zelo, mas a meu ver tudo o que as relíquias representam é de extremo mau gosto e contrário ao verdadeiro espírito de devoção!

"'Mas uma curiosidade cobiçosa de averiguar o que continha o frasco se apoderou de mim. Logrei levar comigo a relíquia, destampei o frasco e lá de dentro rescendeu a fragrância maravilhosa de uma bebida forte e deliciosa que degustei até a última gota. Não sou capaz de descrever como todo meu ser se transformou a partir daí, como experimentei uma sede ardente de veleidades mundanas, como o vício surgiu-me em formas sedutoras da mais elevada riqueza da existência. Não, não sou capaz de lhe explicar a maneira como isso tudo sucedeu! Em síntese, minha vida se converteu numa série infindável de crimes indignos.

"'Quando, apesar de meus ardis diabólicos, me traí, o abade me condenou à prisão perpétua. Transcorridas várias semanas no úmido e sufocante cárcere, eu maldisse a mim mesmo e à vida, insultei Deus e santos, foi aí que surgiu diante de mim Satanás circundado por um halo de claridade chamejante. Ele sugeriu que, se eu renegasse Deus e quisesse servi-lo, me libertaria. Aos prantos me atirei a seus pés, respondendo: 'Não é a Deus que venho servindo, você é meu Senhor! De suas flamas emana o prazer da existência!' De imediato os ares se agitaram em furacão, os muros vibraram como se trepidassem à violência de um terremoto, um som cortante silvou na prisão e as grades de ferro à janela caíram em pedaços no chão, e eu ergui-me projetado por um ímpeto invisível ao pátio exterior do mosteiro. A lua se desvelou nítida entre as nuvens e através de seus clarões resplandecia a imagem de Santo Antônio, situada perto da fonte no meio do jardim. Um medo indescritível dilacerava meu coração; arrojei-me contrito ante o santo, esconjurei o mal e supliquei misericórdia. Mas, em resposta, as nuvens escuras se espalharam e novamente bramiu a tormenta enfurecida pelos ares. Tombei inconsciente e voltei a mim dentro da floresta, onde vaguei ao deus-dará do delírio provocado pela fome e desesperança, onde você me encontrou!'

"Nesses termos relatou o monge essa história que me causou tão forte impressão que daqui a muitos anos ainda hei de poder contá-la, como eu fiz hoje, e repeti-la sem alterar uma única palavra. Desde aquela época o monge se comportou de maneira piedosa e gentil e nos conquistou a todos, portanto é ainda mais incompreensível que na noite passada sua loucura tenha voltado a se manifestar."

— Por acaso o senhor sabe de que mosteiro fugiu o infeliz? — indaguei.

— Ele nunca me disse — respondeu. — Tampouco perguntei. Salvo engano ele talvez seja o mesmo coitado que havia pouco tempo consistia no assunto preferido da corte, mesmo que ninguém pudesse supor o sujeito nas proximidades. Para preservá-lo, não quis delatar sua presença na corte.

— Mas a mim o senhor pode dizer — repliquei —, pois sou forasteiro e juro de pés juntos que guardarei o segredo a sete chaves.

— Saiba — continuou o guarda e monteiro — que a irmã de nossa princesa é abadessa do Convento de Cistercienses em ***. Ela tomara a seus cuidados o filho de uma mulher pobre, cujo marido deve ter tido certas relações misteriosas com nossa corte, e contribuíra para a educação do moço. Por inclinação ele veio a se tornar capuchinho e adquiriu reputação como pregador. Em suas cartas à irmã, a abadessa com frequência informava sobre o pupilo e mais tarde se mostrou desgostosa pela sua perda. Creio que pecou gravemente ao profanar uma relíquia sagrada e foi expulso do mosteiro, onde até então fora motivo de muito orgulho. Fiquei conhecendo essa história toda escutando certa vez a conversa entre o médico particular do príncipe e um cortesão. Por não conhecer a história a fundo, certas circunstâncias adicionais bem singulares que mencionaram não fizeram sentido e acabei por esquecê-las. Quando o monge me contou então a história de sua libertação do cárcere de outro jeito, como se tivesse acontecido com o auxílio de Satã, então eu considerei isso um delírio remanescente da antiga insensatez, e penso que o monge não é outro, senão o próprio irmão Medardo, a quem a abadessa destinou ao mosteiro para ser educado na religião, e a quem o Diabo seduziu com toda a sorte de pecados. Mas isso até o dia em que a justiça divina o infligiu com o castigo da demência indigna de um ser humano.

Assim que o monteiro pronunciou o nome Medardo, eu senti um frio percorrendo minha espinha; na verdade, toda a narrativa fora como um suplício de dardos mortais atingindo meu coração. O monge não estava mentindo, disso eu tinha certeza. Pois foi exclusivamente por ter tomado avidamente a beberagem infernal que recaíra na loucura herege e sacrílega. Mas eu mesmo me aviltara ao papel de mísero joguete nas mãos do poder maligno oculto, que me mantinha cativo por laços indissolúveis. E ainda que me julgasse livre, me movimentava apenas no interior de uma jaula em que ele me encerrara sem esperança de libertação.

Os bons ensinamentos do padre Cyrillus, que eu negligenciara, a aparição do conde e seu preceptor inescrupuloso, tudo me vinha à lembrança. Agora eu discernia a origem da súbita perturbação em minha alma, da reviravolta de meu temperamento. Minha conduta criminosa me cobria de infâmia, e essa vergonha visceral substituiu por ora o profundo arrependimento e a contrição que deveria experimentar por meio de justa penitência.

Submergi-me nesses pensamentos e mal ouvia o velho que, voltando às caçadas, me contava de um embate que vivenciara com caçadores clandestinos. A luz do crepúsculo decaía, nós chegamos junto ao arbusto onde deveriam estar as perdizes. O monteiro me instalou num posto, pedindo que não falasse ou me movesse muito, me limitasse a espreitar cuidadosamente com o fuzil engatilhado. Os monteiros se esgueiraram às suas posições, eu permaneci só na escuridão cada vez mais densa.

No meio daquela floresta sombria surgiram então imagens de minha vida. Vi minha mãe, a abadessa, elas me contemplavam com olhos cheios de reprovação. Euphemie, o rosto coberto por palidez cadavérica, resvalou ao meu lado e me encarou com seus olhos negros brilhantes. Ergueu a mão ensanguentada, me ameaçando. Oh, não! Eram gotas de sangue jorradas da ferida mortal de Hermoge! Soltei um grito de pavor!

No mesmo instante, escutei acima de mim um ruído de voluteios e batidas de asas, atirei ao acaso e acertei duas perdizes que caíram a meus pés.

— Bravo! — gritou o monteiro mais próximo, ao mesmo tempo em que abatia a terceira ave.

Tiros de fuzil soaram de todos os lados e os caçadores se reuniram, cada um carregando suas respectivas presas. Meu vizinho contou, não sem uma pitada de malícia disfarçada, que ao ouvir as aves esvoaçando sobre minha cabeça, eu me pusera a me debater e a berrar como se estivesse amedrontado, depois atirara a esmo sem mirar e, mesmo assim, tinha acertado duas perdizes. No lusco-fusco crepuscular ele julgara ter me visto mirando noutra direção, apesar disso eu conseguira abater as aves.

O monteiro-mor riu a valer do episódio e dos tiros que eu dera para me defender. E continuou pilheriando:

— De resto, meu caro, espero que o senhor seja um caçador honesto, e não um franco atirador pactuado com o Demo, porque se fosse assim mesmo atirando a esmo nunca deixaria de acertar o alvo.

A pilhéria do velho caçador, embora inocente, me causou vivo mal-estar e até meu feliz tiro certeiro naquele estado de agitação em que me encontrava e guiado pelo mero acaso, me encheu de pânico. Sentindo-me mais do que nunca duplo em minha pessoa, tudo em mim mesmo se me assemelhava dúbio e um calafrio íntimo cindia minha essência com uma potência destruidora.

Ao retornarmos ao pavilhão, Christian avisou que o monge se comportara com modos dóceis lá na torre. Ele não abrira a boca e recusara todo alimento.

— Não posso mais mantê-lo comigo! — refletiu o velho guarda. — Pois quem pode me garantir que sua insensatez aparentemente incurável não voltará a se expor depois de algum tempo, causando talvez dolo ou desgraça nesta casa. Amanhã de manhã bem cedo, Christian e Franz o levarão à cidade. Meu relatório sobre o caso está pronto há dias, recomendo que o internem num manicômio!

Encontrando-me sozinho no quarto, o fantasma de Hermoge veio me assombrar, e quando tentei tocá-lo aguçando o olhar ele se transformou no monge alucinado. Ambos se confundiram num único ser em meu pensamento, de modo semelhante à advertência do poder supremo que eu escutara à beira do precipício. Deparei com a rolha do garrafão jogada no chão; o monge o esvaziara até a última gota, e assim eu próprio estava livre da tentação de gozar seu conteúdo. Mas peguei o garrafão, que exalava um aroma embriagante e o atirei bem longe contra o muro do pátio pela janela aberta, a fim de eliminar de vez com os possíveis efeitos nocivos do nefasto elixir. Tranquilizei-me aos poucos. Readquiria coragem, na extensão em que me convencia de que minhas forças espirituais eram superiores às daquele monge, porquanto ele perdera a razão ao beber o mesmo vinho que eu.

Senti que esse destino medonho tangenciara por mim, e via no fato de o velho monteiro tomar o monge pelo desafortunado Medardo — por mim mesmo! —, uma admoestação de Deus evitando me deixar chafurdar na miséria sem consolação. Não era como se a doidice, sempre recorrente em meu caminho, se destinasse a me deixar entrever meu íntimo e a me advertir cada vez mais insistente contra o espírito maligno que, como eu acreditava, tomara corpo com os traços ameaçadores do pintor fantasmagórico?

A corte atraía-me irresistivelmente. A irmã de minha mãe adotiva, lembrei-me de ter visto seu retrato muitas vezes, se assemelhava muito à abadessa; ela me faria retomar a vida inocente e pura que outrora para mim se descortinava. Pois para tanto, em minha disposição atual, eu precisava para me salvar meramente de sua presença e das recordações que evocaria em mim. Queria deixar acontecer nossa aproximação como o destino aprouvesse.

Mal raiara o dia quando pude ouvir a voz do guarda-florestal embaixo, no pátio; eu deveria sair cedo com seu filho, portanto me enfiei apressadamente nas roupas. Diante da porta, uma carroça com cadeiras de palha esperava pronta para partir; trouxeram o monge, que com paciência se deixava levar com semblante descomposto e pálido feito defunto. Não respondia a perguntas, recusou-se a comer, sequer se importava com as pessoas ao redor. Ergueram-no à charrete e o amarraram com força, porque sua condição ainda deixava dúvidas, e ninguém podia se fiar na fúria ora contida, pois os ataques eram súbitos. Quando lhe ataram as mãos, torceu o rosto numa convulsão e gemeu suave. Sua condição me comoveu no fundo do coração; sentia que uma afinidade nos unia, talvez devesse minha salvação à sua perdição.

Christian e outro moço se aboletaram ao lado dele na carroça. No instante em que partiam, seu olhar pousou sobre mim; ele foi tomado por um aturdimento momentâneo; e quando então a carroça se afastava (nós a acompanhamos portão afora), sua cabeça se mantinha inclinada e o olhar fixo em mim.

— Veja só! — notou o velho caçador. — O modo como mantém os olhos fixos no senhor! Acho que sua presença na cozinha, com que ele não contava, provocou a irrupção daquele comportamento furioso, pois mesmo durante as boas fases ele permanecia retraído ao extremo e tinha a obsessão de que um estranho um dia haveria de vir matá-lo. A ideia da morte o apavora, muitas vezes a ameaça de matá-lo foi bem-sucedida e amainou seus acessos.

Fiquei aliviado vendo partir o monge que era o próprio reflexo de meu eu, um reflexo, porém, de traços desfigurados e terríveis. Antegozava a viagem à corte, pois tinha a impressão de que lá me seria retirado o fardo do pesado e nebuloso destino que me exauria. Inclusive eu acreditava que na corte seria possível me fortalecer, e quem sabe assim escapava às garras do poder hostil que vinha determinando minha vida.

Terminado o café da manhã, trouxeram a carruagem do monteiro--mor, limpa e atrelada a cavalos rápidos. Tive dificuldade de oferecer à mulher algum pagamento em troca da hospitalidade e às jovens simpáticas algum presente galante, que por acaso trazia comigo. Toda a família se despediu de mim com tanta amabilidade, como se eu fosse um velho conhecido da casa, o velho ainda zombou bastante de meu talento para a caça. Feliz da vida, segui meu caminho.

QUARTA PARTE
A vida na corte do príncipe

A residência do príncipe formava um gritante contraste com a cidade mercantil por onde eu passara. Quanto à dimensão, significativamente menor, ela possuía, contudo, uma arquitetura mais bela e coesa, mas suas ruas eram bastante desertas. Várias avenidas, ladeadas por árvores em forma de alamedas, estavam mais próximas de aleias de parques que ruas de vilarejo. Tudo era sossegado e solene, o silêncio reinante muito raro se deixava interromper pelo ruído de uma carruagem. Mesmo o modo de se vestir e as boas maneiras vigentes até entre os mais simples habitantes do lugar denunciavam uma elegância extrema, uma distinção requintada.

O castelo do príncipe não era mais que espaçoso, nem expressava um estilo arquitetônico grandioso, mas, concernente à elegância e às corretas proporções, era um dos edifícios mais belos que eu jamais vira em minha vida. Ao lado do castelo estendia-se um parque charmoso que o príncipe em sua liberalidade abria ao livre acesso e trânsito dos moradores do vilarejo para passeios.

Na pousada onde me hospedei, disseram que a família real costumava passear pelas alamedas do parque quase todas as tardes. Os moradores nunca perdiam a oportunidade de ver seus magnânimos soberanos. À hora mencionada apressei-me a ir ao parque, o príncipe saiu do castelo acompanhado pela esposa e um cortejo mínimo. Ah! Logo só tive olhos para a princesa, tão semelhante à minha mãe adotiva! A mesma majestade, a mesma graça nos movimentos, os mesmos olhos cintilantes de inteligência, a fronte ampla, o sorriso celestial! Talvez tivesse um talhe menos esbelto e fosse mais jovem que a abadessa. Entretinha-se carinhosamente com várias donzelas que também participavam do cortejo, enquanto o soberano absorvia-se entretido em animada discussão com um homem de aspecto compenetrado. Os trajes, os modos da família real, a sociedade que a acompanhava, tudo proporcionava a impressão geral de harmonia. Era visível que a serenidade e a dignidade despretensiosa dos moradores do vilarejo emanavam do ambiente da corte.

Por sorte eu estava perto de um homem vivaz, que satisfazia minha curiosidade e entremeava observações espirituosas. Quando a família real se retirou, ele me propôs um passeio dentro do parque, a fim de me apresentar as paragens mais acolhedoras do lugar, uma vez que eu era forasteiro. Aceitei com prazer o convite e com efeito constatei que ali reinava o espírito da nobreza e o bom gosto mais estritamente delicado.

Apesar disso, descobrindo gradativamente as construções dispersas no parque, eu notei com frequência que a intenção de imitar a forma clássica, modelo que tolera tão somente proporções grandiosas, tinha levado os arquitetos a realizarem construções tacanhas. Colunas ao estilo da antiguidade clássica, cujos capitéis quase podem ser tocados com a mão por um homem não muito alto, são naturalmente bastante ridículas. Como se não bastasse, a extremidade do parque exibia alguns monumentos góticos, opostos em estilo, que produziam um efeito bastante acanhado e infeliz devido às suas pequenas dimensões.

Creio que a imitação das formas góticas é talvez mais perigosa que o anseio ao antigo. Pois se é compreensível que o arquiteto, ao construir pequenas capelas, esteja limitado tanto pelas dimensões do projeto quanto pelo exíguo orçamento destinado à obra e, por conseguinte, esteja tentado a construir no estilo clássico, então não deveria abusar dos arcos ogivais, das colunas bizarras e das volutas. Isso só é indicado ao arquiteto guiado pela profunda inspiração que habitava os mestres da antiguidade helênica, que sabiam associar elementos a princípio arbitrários ou heterogêneos, redundando num todo engenhoso e impregnado de sentido.

Em síntese, o senso raro do espírito romântico é que deve conduzir os arquitetos no gótico, porque aqui não está em questão o sistema de linhas estáveis das formas antigas, a que pode se ater.

Compartilhei com meu companheiro de passeio essas observações. Ele concordou de todo com meu ponto de vista; só procurou desculpar os arroubos, argumentando que a falta de harmonia dos elementos advinha quase naturalmente da necessidade de variar a ornamentação de um parque e mesmo de erguer aqui e acolá abrigos para resguardo contra chuvas repentinas ou mesmo para descanso e repouso dos visitantes.

Objetei, ao contrário, que a todos aqueles templos e capelas minúsculos eu preferia os pavilhões despretensiosos, casas de troncos de madeira cobertas com telhados de palha dissimuladas em meio às aprazíveis folhagens, que poderiam sem problema servir a tais finalidades. Se fosse absolutamente o caso de empregar pedras e o trabalho de carpintaria, o construtor criativo limitado pelos custos e dimensões da obra tinha à disposição um estilo que se inclinava ao clássico antigo ou ao gótico, se abstendo entretanto de recorrer à imitação ridícula ou à pretensão de se igualar aos grandiosos modelos antigos; tão só almejar a graça que inspira benefícios à alma do homem que aprecia a arte.

— Concordo — respondeu meu acompanhante —, mas todas as instalações que vemos são criações do próprio príncipe, inclusive a concepção do parque. Tal circunstância ameniza qualquer crítica, pelo menos no que diz respeito aos cidadãos nativos. O príncipe é a pessoa mais dedicada que possa existir na face da Terra, desde sempre baseou sua administração no fundamento autenticamente patriótico de que os súditos não estão aí para servi-lo, muito antes, pelo contrário, ele está aí para servi-los. A liberdade de expressão, os baixos impostos e os preços acessíveis no mercado dos gêneros essenciais, a discrição da polícia, que sem alarde põe fim à insolência criminosa e está muito longe de atormentar os cidadãos ou forasteiros por um excesso odioso de zelo, a supressão de todo aparato militar ostensivo, a agradável atmosfera em que têm lugar ofícios e negócios: tudo isso tornará bastante satisfatória sua estada em nosso reino.

"Aposto que ninguém lhe perguntou por identidade ou condição, sequer o hospedeiro, que em outras cidades antes de transcorrido o primeiro quarto de hora já se aproxima solene com o imenso livro sob o braço, onde é preciso garatujar o próprio cartaz de procurado com pena tosca e tinta rala. Em suma, toda a organização de nosso pequeno reino, em que domina a verdadeira sabedoria da vida, deriva de nosso magnífico soberano, ao passo que antigamente, segundo contam, os homens eram atormentados pelo pedantismo parvo, uma espécie de reedição em formato de bolso da grande corte vizinha.

"O príncipe ama a ciência e a arte, com isso para ele todo artista habilidoso ou erudito espirituoso é bem-vindo, e o grau de conhecimento é o único ancestral que habilita ao círculo mais íntimo na corte. Mas justo na arte e na ciência do eclético governante se inseriu algo do pedantismo inculcado durante sua educação e agora se manifesta na predileção devota a alguma forma. Ele escreveu e descreveu aos arquitetos, com minúcia escrupulosa, cada detalhe das construções; cada mínimo desvio do modelo exposto, laboriosamente estabelecido através de pesquisas das obras antigas, o contrariava sobremaneira e assim acontecia, por exemplo, quando alguém se negava a submeter o desenho à outra proporção imposta pela redução. Dessas sucessivas eleições de tendências da arte, a que se afeiçoava, se ressente nosso teatro que sem se afastar da concepção original teve de somar elementos bem heterogêneos.

"As trocas do príncipe estão sujeitas à sua idiossincrasia, mas isso com certeza nunca trouxe prejuízo a alguém. Quando se tratava de planejar o parque, esteve apaixonado pela arquitetura e pela jardinagem, em seguida foi movido pelo ímpeto musical, a isso agradecemos a constituição de uma excelente orquestra. Depois se dedicou à pintura, em que demonstrou desempenho extraordinário. Mesmo nos entretenimentos cotidianos da corte se percebe o reflexo dessas variações. Outrora se dançava muito, agora se joga faraó[1] nos dias de recepção da corte, e o príncipe, sem ser de fato um jogador, se diverte com as singulares combinações da sorte; basta, no entanto, um impulso novo para que uma nova distração seja colocada na ordem do dia.

"O dissipar-se sem pejo de uma inclinação à outra é um caráter que outorgou ao bom príncipe censura de falta de profundidade de espírito e isso reflete sem distorções, como nas águas plácidas de um lago límpido, a imagem da vida. Creio que se comete uma injustiça com ele, pois é a grande vivacidade de espírito que permite a dedicação tão apaixonada a um ou outro impulso recebido sem prejuízo ou negligência de valores nobres. Por isso o senhor pode apreciar o jardim bem cuidado, a orquestra e o teatro que não deixam de ser incentivados com amplos recursos e nossa galeria de arte, enriquecida na medida do possível.

"No que tange à diversidade de divertimentos oferecidos na corte, eles não passam do animado complemento da vida, servindo de prazer e lazer a um príncipe ativo nos sérios e complexos assuntos de Estado."

Como nós caminhávamos por esplêndidos arranjos de arbustos e árvores, admirei a distribuição dotada de profundo senso paisagístico, ao que meu companheiro respondeu:

— Todas essas instalações, esses canteiros e combinações de plantas são obras de nossa bondosa princesa. Ela própria é uma talentosa paisagista e as ciências naturais constituem sua paixão. O senhor terá, portanto, árvores exóticas, flores e plantas raras, mas não expostas à exibição, porém ordenadas com profundo senso e repartidas de maneira tão natural, como se fossem plantas nativas brotadas sem intervenção do artifício humano. A princesa manifestou-se horrorizada contra todos os deuses e deusas, náiades e dríades[2] talhadas grosseiramente em pedra, que já abarrotaram o parque.

---

1. Faraó é um jogo de baralho surgido na França do século XVII, em que um dos reis do baralho representa o Faraó, a carta da sorte.
2. Náiades e dríades são ninfas, respectivamente das águas e das árvores.

É por isso que aquelas estátuas foram retiradas, e o senhor só poderá ver boas cópias helênicas que o príncipe, em virtude de recordações caras, queria decerto manter no jardim, mas a princesa — cuja sensibilidade intuiu o desejo íntimo do marido — soube dispô-las com habilidade, de maneira a produzirem maravilhoso efeito, mesmo naqueles que ignoram suas secretas constelações.

A tarde escurecera bastante, saímos do parque, meu guia aceitou o convite para jantar comigo na pousada e enfim se apresentou como intendente da galeria artística do principado.

Uma vez que durante a refeição nasceu entre nós certa familiaridade, eu exprimi meu vivo desejo de conhecer a família do príncipe. Ele respondeu que nada era mais fácil de realizar, pois qualquer forasteiro cultivado e instruído seria bem-vindo ao círculo da corte. Bastava para tanto visitar o mestre de cerimônias e solicitar audiência com o soberano. O trâmite diplomático de chegar ao príncipe me agradava, todavia, tanto menos, na medida em que eu tinha pouca esperança de poder subtrair-me de indagações do mestre de cerimônias concernentes a proveniência, classe e condição. Resolvi, por conseguinte, confiar no destino que talvez me mostrasse um caminho mais curto; e com efeito a ocasião não tardou a se apresentar.

Uma manhã, quando ao passear no parque por inteiro deserto àquela hora, encontrei o príncipe vestindo um simples gibão. Cumprimentei-o, não dando mostras de conhecê-lo, ele se deteve e entabulou conversa comigo, perguntando se eu era forasteiro. Confirmei, acrescentando ter chegado há alguns dias com intenção de logo seguir a viagem; o encanto do lugar, sobretudo a serenidade e a paz reinantes na região, porém, tinham me levado a permanecer mais tempo. Sendo uma pessoa autônoma, consagrada à arte e à ciência, cogitava me demorar ali boa temporada, porque me sentia muito interessado e atraído por todas aquelas redondezas.

Meu discurso parecia ter agradado ao príncipe, e ele se ofereceu ser meu cicerone pelas instalações do parque. Resguardei-me de revelar que na verdade já conhecera tudo e me deixei conduzir

QUARTA PARTE

por grutas, templos, capelas góticas e pavilhões, ouvindo pacientemente os comentários prolixos que o príncipe expunha ante cada monumento. Por todo o lado, ele enumerava os modelos a partir dos quais se projetara cada uma das construções, fazendo-me notar a precisão com que tinha sido executado um princípio preestabelecido. Estendeu-se, além disso, a respeito do espírito muito particular que norteara toda a ordenação do parque — e que deveria vigorar nos parques em geral.

Pediu minha opinião; louvei o encanto do local, a vegetação exuberante e viçosa, mas quanto às edificações não omiti as observações que fizera ao inspetor da galeria. Ele escutou-me com atenção, admitiu inclusive não rejeitar de todo alguns dos meus argumentos, mas interrompeu qualquer potencial discussão sobre o objeto dizendo que eu até poderia ter razão quanto ao ideal, mas tudo indicava meu desconhecimento da prática e do que dizia respeito à concretização de uma obra.

A conversa se enveredou pela arte, demonstrei ser bom conhecedor da pintura e da composição musical. Ousei contradizer-lhe os julgamentos que exprimiam inteligência e precisão e deixavam entrever uma educação artística superior à habitualmente de praxe entre aristocratas, embora fosse superficial o bastante para que ele pudesse ao menos pressentir a profundidade em que o artista busca a criação sublime, que nele acende a centelha divina da aspiração pela verdade. Meus julgamentos eram diferentes dos seus, para ele meus pontos de vista não representavam e provavam mais que um diletantismo não esclarecido pela experiência prática da realidade. Quis instruir-me sobre as verdadeiras tendências da pintura e da música, sobre as regras inerentes à composição dos quadros e das óperas. Aprendi em especial a respeito de colorido, vestuário, grupos piramidais, música séria e cômica, cenas escritas pela *prima donna*, os coros, efeitos, claro-escuros, iluminação etc.

Ouvi tudo sem interromper o príncipe, pois ele tinha vivo prazer nessa conversa. Por fim, cortou seu próprio assunto com a inesperada pergunta:

— O senhor joga faraó?

Respondi que não.

— É um jogo interessante — continuou —, e devido à evidente simplicidade das regras convém aos homens espirituosos. O jogador sai de si mesmo, melhor dizendo, tem condição de entrever as tramas e os enredamentos extraordinários que o poder secreto, a que chamamos sorte, tece com fios invisíveis. O ganho e a perda são dois parâmetros entre os quais se move a máquina misteriosa que pusemos em marcha, e que segue funcionando a seu próprio arbítrio. O senhor deve aprender esse jogo, ofereço-me para ser seu mestre.

Assegurei que até então não tinha sentido vontade de jogar nada e que me fora advertido que o jogo poderia ser extremamente perigoso e funesto.

— Ora, são ideias de pessoas simplórias!

O príncipe sorriu e continuou a falar me olhando fixo, de maneira capciosa:

— Mas o senhor talvez esteja me tomando por um jogador que tenta ludibriá-lo. Eu sou o príncipe! Se lhe apraz o ambiente aqui da residência, então fique e participe das reuniões em nossa sociedade, nas quais às vezes jogamos faraó. Não posso dizer que o jogo tenha corrompido alguém, mas deve conter um componente de seriedade que é seu fascínio, pois a sorte é indolente com quem não se compromete.

Disposto a abandonar minha companhia, virou-se uma vez mais e perguntou:

— Mas com quem tive a honra de falar?

Respondi que me chamava Leonard, erudito autodidata, não pertencia de modo algum à aristocracia, e por isso talvez não devesse fazer uso de seu delicado convite para participar do círculo da corte.

— Que aristocracia que nada! — exclamou com veemência.

— Conforme pude notar, o senhor é um homem muito instruído e inteligente. A ciência o enobrece e o torna digno de participar de nosso círculo. *Adieu*, senhor Leonard, até a vista!

E foi desse modo, então, que se concretizou meu desejo bem mais cedo e fácil do que supusera. Pela primeira vez em minha vida eu frequentaria uma corte, inclusive, de certa maneira viveria na corte, e em minha fantasia se mesclavam elementos de cabalas, discórdias, intrigas cortesãs, como em todas as histórias de aventuras conhecidas e criadas por espirituosos escritores de comédias e romances.

Segundo a literatura, o príncipe estaria necessariamente cercado por toda a sorte de espíritos malvados que o cegavam, sobretudo o mestre de cerimônias devia ser um sujeito vaidoso, sem gosto e orgulhoso de seus ancestrais; o primeiro-ministro, um criminoso cheio de cobiça e rancor, os valetes, por sua vez, seriam libertinos e sedutores. Na corte todo semblante deve decerto se mostrar afetado por traços de amizade, mas os corações não contêm mais que a pura mentira; as pessoas, ao que tudo indica, derretem-se em amabilidades e atenções, inclinam-se, curvam-se, mas são entre si inimigas irreconciliáveis, e cada indivíduo avança a perna traiçoeiramente tentando derrubar o outro de modo irreversível e por meio do acidente alheio obter vantagens até que, por sua vez, cai vítima de um estratagema semelhante ao que empregara. As mulheres da corte são feiosas, orgulhosas, intrigantes, apaixonadas por si mesmas; armam teias e ardis, delas é preciso se proteger como contra o fogo!

Assim se configurara a imagem da corte em minha imaginação quando na época do seminário eu lia a respeito; era para mim como se o Diabo ali pudesse fazer o que bem entendesse. Leonardus me falara a respeito das cortes que frequentara, mas seus relatos não correspondiam em nada aos meus preconceitos, isso fez com que eu conservasse certa insegurança ante a vida cortesã e eis que agora, tendo a chance de visitar uma corte real, aflorava de novo o receio. Não obstante, a vontade de me aproximar da princesa era uma espécie de voz incessante me dizendo em surdina que lá meu destino se decidiria. À hora combinada, portanto, lá estava eu não sem ansiedade no vestíbulo do palácio.

Minha estada bastante prolongada na cidade imperial e comercial servira para me despojar completamente das características que a vida monacal impingira a meus gestos e atitudes, de rigidez e falta de traquejo. De natureza flexível e constituição bem-feita, meu corpo se acostumara fácil aos movimentos livres e desenvoltos próprios do homem mundano. A palidez, que desfigura mesmo os belos semblantes dos jovens monges, desaparecera. Encontrava-me na idade da plenitude física, que corava minhas faces e resplandecia do brilho de meus olhos; meus cachos castanho-escuros dissimulavam qualquer vestígio de tonsura. Somava-se a isso o fato de estar trajando uma roupa fina e escura, muito elegante, condizente com o mais apurado gosto e comprada na cidade comercial. Meu aspecto não podia deixar de surtir impressão favorável na sociedade reunida, que, conforme atestou a deferência logo expressa nas atitudes de todos, mantendo-se nos limites da mais elevada cortesia não foi definitivamente indiscreta.

De acordo com minha teoria a respeito de príncipes, inspirada por novelas e comédias, quando no parque o soberano me confessara "sou o príncipe!" teria de ter desabotoado o gibão, deixando à mostra uma estrela brilhante. Segundo a mesma teoria, supunha que naquela ocasião todos os grandes personagens em torno do príncipe teriam que vestir trajes bordados e penteados de cerimônia. Assim, foi grande a minha admiração ao verificar que todos usavam vestimentas simples, mas de muito bom gosto. Constatei que minhas fabulações sobre a vida na corte correspondiam a preconceitos pueris; pelo que perdi meu embaraço. O soberano aproximou-se de mim e acabou por animar-me com as palavras:

— Vejam! Eis o Senhor Leonard!

E em seguida pôs-se a zombar do meu rigoroso julgamento artístico com relação ao seu parque.

As portas se abriram de par em par e a princesa entrou no salão, acompanhada somente por duas damas da corte. Tremi muito ante sua visão, com o brilho das luzes ela mais que nunca era a própria imagem de minha mãe adotiva! As damas da corte a rodeavam. Fomos apresentados e ela me contemplou com um olhar de assombro, que um ligeiro gesto íntimo traiu. Sussurrou algumas palavras que não compreendi, e se virou então para uma senhora idosa a quem disse algo, após o que a outra se inquietou e olhou-me fixo. Tudo isso se deu num átimo de segundo.

A sociedade foi aos poucos se dividindo em grupos mais ou menos numerosos, começaram conversações animadas, reinava pelo ambiente um tom de liberdade e espontaneidade, e mesmo que pairasse no ar a sensação de que estávamos na corte, na presença do príncipe, esse fato no entanto não tornava a atmosfera constrangedora. Não encontrei nenhuma figura que talvez pudesse coincidir com a imagem da corte que eu anteriormente nutrira. O mestre de cerimônias era um sujeito idoso, engraçado e cheio de alegria de viver, os valetes, uns moços prestimosos que nem de longe deveriam ter intenções traiçoeiras em mente. As duas damas pareciam ser irmãs, muito jovens e também insignificantes, mas seus vestidos felizmente eram distintos e despojados. Extraordinário era mesmo um homem pequeno de narinas bem abertas, olhos brilhantes e vivos, vestido de negro com a longa adaga de metal enfiada do lado do corpo. Transitava entre os grupos com incrível vivacidade, ora aqui, ora acolá, não permanecendo jamais numa roda, nem mantendo uma conversa, lançando em torno de si centelhas espirituosas em forma de anedotas sarcásticas, que irradiavam animação por onde passasse. Era o médico particular do príncipe.

A velha dama com quem a princesa trocara uma confidência soubera me manobrar de modo tão habilidoso que, antes que eu entendesse sua intenção, estávamos a sós ao lado da janela. Ela iniciou uma conversa comigo e, embora o tenha feito com muito tato, imediatamente traiu o propósito exclusivo de se inteirar das circunstâncias de minha vida. Eu estava preparado para esse gênero de interrogatório; convencido de que a versão mais simples se revela a saída menos perigosa nos casos semelhantes, limitei-me a lhe dizer que no passado estudara teologia, mas que agora, tendo recebido uma herança de meu rico pai, viajava por puro prazer. Meu local de nascimento eu transferi à Prússia polonesa, e pronunciei um nome tão bárbaro, prejudicial aos dentes e à língua, ferindo assim o ouvido da dama e arrefecendo-lhe completamente a vontade de pedir-me que o repetisse. Ela então me disse:

— Saiba, senhor, seu rosto aqui poderia evocar certas tristes recordações. E o senhor é mais do que talvez queira apresentar, uma vez que sua distinção não corresponde em absoluto com um estudante de teologia.

Depois de terem servido alguns refrescos, nós nos dirigimos à sala onde a mesa para o jogo de baralho fora preparada. O mestre de cerimônias fazia vezes de banqueiro. Tinham me dito que fizera um acordo com o príncipe, de modo que arrebanharia todos os ganhos, mas o soberano ressarciria as perdas, à medida que os fundos da banca minguassem. Os homens se juntaram em torno da mesa, com exceção do médico, que nunca jogava, em vez disso permanecia com as damas a quem o jogo tampouco interessava.

O soberano me chamou para ficar de pé ao lado dele, escolheria minhas cartas após me explicar sucintamente a técnica do jogo. As cartas não foram muito boas. O príncipe perdia e, seguindo à risca suas instruções, eu perdia cada vez mais; logo minha perda era considerável, porque um valete de ouro equivalia à menor carta. Meu saldo estava bastante desfalcado, comecei a imaginar o que aconteceria se gastasse os últimos luíses, e tanto mais funesto se me afigurava esse jogo que poderia arruinar-me de uma hora para a outra. Começava uma nova rodada, pedi ao príncipe que me permitisse jogar sozinho, já que eu, um jogador azarado, lhe carrearia perdas. O príncipe opinou sorrindo que talvez eu tivesse chance de recuperar as perdas se continuasse seguindo as instruções de um jogador experiente, todavia minha autoconfiança atiçara sua curiosidade a respeito de meu desempenho. Virei uma de minhas cartas sem vê-las, às cegas: era a dama.

Talvez seja ridículo mencionar isso, mas no rosto pálido e inerte da figura do baralho acreditei reconhecer os traços de Aurélia. Olhei fixamente a carta, mal podia disfarçar meu desassossego.

A questão do banqueiro, se as apostas tinham sido feitas, tirou-me do atordoamento. Sem refletir, retirei do bolso os últimos cinco luíses que ainda trazia comigo e apostei na dama. Ganhei! Continuei, depois disso, a fazer cada vez mais e mais altas minhas apostas na dama, à medida que ganhava. Sempre que eu tirava a dama, os outros jogadores diziam:

— Não é possível! Certamente agora a dama será infiel!

Mas as cartas dos adversários eram sempre piores.

— É um milagre, um fato inédito! — ecoava por todos os lados.

Enquanto isso, silencioso e absorto, a alma toda voltada a Aurélia, eu mal via o ouro que o banqueiro insistia em acumular diante de mim. Enfim, nas últimas quatro partidas a dama manteve-se imbatível, e meus bolsos estavam repletos de moedas de ouro. A sorte com a carta me rendera cerca de dois mil luíses, e não obstante estivesse livre do apuro financeiro, não pude evitar uma intuição sinistra. Pressagiava uma misteriosa relação entre o recente disparo a esmo que abatera a perdiz e minha sorte no jogo dessa noite. A meu ver era óbvio que não era eu, mas era a força misteriosa que invadira minha essência que produzia esses feitos prodigiosos; sentia-me reduzido a mero instrumento sem arbítrio de que essa força se servia com fins que eu próprio desconhecia.

Tomando consciência da dualidade que cindia meu cerne em feições opostas, criei coragem, compreendendo que se prenunciava em mim a germinação de uma força própria que, crescendo e se potencializando, resistiria em breve ao inimigo e o venceria. O retrato de Aurélia, sem cessar ofertado ante meus olhos, não poderia ser outra coisa senão a sedução nefasta do Maligno à ação insidiosa, e justamente esse abuso criminoso da imagem pura e amorosa me encheu de horror e desdém.

Em sombrio estado de ânimo, eu vagava de manhã pelo parque, quando encontrei o príncipe, que também costumava estar lá naquele horário para seu passeio habitual:

— Pois bem, senhor Leonard. O que achou do jogo faraó? O que pensa dos caprichos da sorte, que a princípio o despojou de tudo e em seguida o cumulou de ganhos? O acaso foi condescendente com o senhor, destinando-lhe a carta da sorte, mas mesmo na carta da sorte não se pode fiar cegamente.

Ele ainda se estendeu longamente acerca de sua noção de carta favorável, me explicou os raciocínios mais comprovados de domínio do acaso e encerrou dizendo que a partir de então eu com certeza perseguiria a sorte com mais afinco no jogo.

Respondi francamente que, ao contrário, estava firme na decisão de nunca mais tocar as cartas. O príncipe me fitou admirado, e eu continuei:

— Justamente minha prodigiosa sorte na noite de ontem motivou minha decisão, porque ela comprovou a veracidade de tudo o que ouvira sobre o risco e a influência do jogo funesto. Para mim foi uma premonição terrível o fato de que, ao tirar a esmo e às cegas aquela carta, ela tenha despertado uma recordação dolorosa. Fui manipulado por um poder estranho que me proporcionava ganho fácil de dinheiro com a sorte no jogo, como se ela me fosse inerente, como se me concentrando na imagem evocada em cores resplendentes a partir da carta inânime eu adquirisse a faculdade de comandar o azar e adivinhar seus mais intrincados segredos.

O príncipe me interrompeu:

— Compreendo. O senhor viveu um amor infeliz, a carta o fez reviver a imagem da amada. Isso para mim, o senhor me desculpe, soa bem ridículo, sobretudo quando imagino o rosto largo, pálido e engraçado da dama de copas que lhe caiu às mãos. Mas o senhor pensou naquele instante em sua amada, e ela lhe foi mais fiel e benéfica no jogo do que talvez o tenha sido na vida real. Entretanto não posso compreender o que há de espantoso e pavoroso nisso, bem antes ao contrário, penso que se a sorte o favorece o senhor deveria se dar por satisfeito. Aliás, se lhe afigura insólita a fatal relação entre a sorte no jogo e sua amada, isso não é necessariamente culpa do jogo, porém de seu estado de ânimo bem particular.

— É possível, honorável senhor — repliquei. — Mas é bem claro que o que torna o jogo tão funesto não é tanto o risco de ser lançado por uma perda considerável a uma situação arrasadora, mas mais que isso a audácia de se confrontar numa luta declarada com o poder secreto, que se arroja brilhando do seio da obscuridade e, qual falaciosa ilusão, nos atrai a uma região onde desdenhosa nos esmaga e nos reduz a pó. Precisamente a luta contra esse poder constitui a aventura sedutora que o homem por vontade própria empreende na ingênua autoconfiança e uma vez iniciada não é capaz de ceder, e mesmo no combate mortal nutre a esperança na vitória. Eis como concebo a paixão insensata dos jogadores de faraó e a depravação do espírito, que não é apenas simples consequência do prejuízo financeiro. Ainda que seja um aspecto secundário, o prejuízo também pode lançar a uma série de problemas inconvenientes, inclusive a se afundar na miséria aquele jogador menos ardoroso, ainda não imbuído do poder hostil, e que joga exclusivamente motivado pelas circunstâncias. Confesso, honorável senhor, que eu mesmo estive ontem a ponto de perder todo meu dinheiro de viagem.

O príncipe logo interveio:

— Eu teria sido informado e lhe cobriria o prejuízo, devolvendo-lhe em triplo a perda, pois não pretendo ver alguém se arruinando para meu deleite. Isso não aconteceria de maneira alguma comigo, uma vez que conheço bem meus jogadores e não os perco de vista.

— Justo esse controle, prezado senhor — repliquei —, suprime a liberdade do jogo e coloca empecilhos às conexões fortuitas, às quais o senhor assiste com interesse. Um ou outro jogador que se visse irresistivelmente atraído pela paixão do jogo não encontraria meios de escapar a essa vigilância, a fim de dar vazão ao vício para a própria perdição? O prezado senhor há de me perdoar a franqueza! Creio, porém, que toda forma de entrave à liberdade por caracterizar abuso e opressão é intolerável; já que se opõe de modo frontal às inclinações da natureza humana.

— Vejo que o senhor, mais uma vez, discorda de mim, senhor Leonard! — disse o príncipe. E se afastou rapidamente, expressando um ligeiro *adieu*.

Mal podia crer que manifestara minha opinião com tanta liberdade. Nunca tinha refletido o suficiente a respeito do jogo, embora amiúde tivesse sido um importante espectador dos jogos na cidade mercantil, para conferir às minhas convicções a clareza com que sem querer tinham escapado por entre meus lábios. Fiquei desolado por ter perdido a graça do soberano e o direito de participar do círculo da corte e poder me aproximar da princesa. Eu me enganara, contudo, porque na mesma tarde recebi um convite para assistir ao concerto na corte e, ao cruzar comigo, o príncipe se dirigiu a mim num tom amável e bem-humorado:

— Boa noite, senhor Leonard! Queira Deus que minha orquestra hoje se apresente com honra, e a música lhe agrade mais que o jardim!

A música era perfeitamente distinta, executada com maestria, mas depois considerei que a escolha das peças fora infeliz, uma destruía o efeito da outra. Sobretudo uma longa cena, cuja composição me pareceu se conformar a uma fórmula preconcebida, me aborreceu ao extremo. Guardei-me de manifestar essa sincera e íntima opinião, e felizmente não o fiz, considerando que pouco depois me disseram tratar-se de uma composição do soberano.

Sem muita consciência disso, movia-me de novo no círculo mais íntimo da corte e estava quase disposto a tomar parte no faraó, a fim de me reconciliar com o príncipe, mas para minha grande surpresa não se estabeleceu nenhuma banca, antes pelo contrário, tinham mudado as mesas de jogo de lugar. Entre as damas e os cavalheiros presentes, sentados em torno do príncipe, se iniciava uma conversa animada e inteligente. Eram contadas histórias divertidas, inclusive umas anedotas picantes. Meu talento de orador foi providencial, eu soube narrar com inspiração episódios de minha própria vida sob um véu de poesia romântica. Desse modo, pude atrair a atenção e o aplauso dos convivas. O soberano apreciava todavia o humorístico e, nesse gênero, ninguém superava o médico, cujas histórias e tiradas engraçadas eram infindáveis.

QUARTA PARTE

A roda de conversa assumiu um caráter diferente, um ou outro escrevera algo que queria ler ao grupo todo. Dessa maneira se revestiu em seguida do espírito de uma associação estético-literária bem organizada presidida pelo príncipe, em que cada um escolhia o tema que melhor lhe conviesse.

Um erudito muito profundo e versado em física surpreendeu-nos durante certo tempo com novas e interessantes descobertas no âmbito de sua ciência; mas se, por um lado, aquilo interessava à parcela do auditório que possuía conhecimentos científicos suficientes para compreendê-lo, por outro, entediava aquelas pessoas a quem o assunto era complexo e desconhecido. O próprio príncipe ao que tudo indicava seguia com dificuldade a teoria do professor, e esperava ansioso o desfecho. Finalmente o orador encerrou seu discurso, sobretudo o médico se alegrou muito e enalteceu com exclamações elogiosas, acrescentando que às ciências profundas deveria suceder algo que animasse os espíritos, sem nenhuma outra pretensão. Os débeis, que ante o poder da ciência que ignoravam tinham sido humilhados, consolaram-se, e mesmo no semblante do soberano perpassou ligeiramente um sorriso, comprovando que lhe agradava o retorno à vida cotidiana.

— Vossa Alteza não ignora — começou o médico, voltando-se para o príncipe — que durante minhas viagens jamais deixei de registrar com fidelidade num diário todos os acontecimentos divertidos que me sucederam, tais e quais se apresentavam na vida real, mas sobretudo aqueles referentes a sujeitos originais e cômicos com quem tenha cruzado. Pois bem, quero mesmo lhes contar uma dessas passagens do diário que, sem ser de grande relevância, é em minha opinião bastante engraçada. No curso da viagem que empreendi no ano passado, cheguei certa noite a um lindo vilarejo situado a quatro horas de B. Decidi me alojar numa hospedaria em que o proprietário acolheu-me com amabilidade. Exausto, fatigado da longa viagem, me joguei na cama assim que entrei no quarto, disposto a uma boa noite de sono profundo, mas devia ser uma hora da manhã quando fui despertado pelo som de uma flauta tocada bem perto de mim. Nunca na vida eu tinha ouvido um sopro semelhante. O tocador devia ter pulmões extraordinários, pois com um tom penetrante e estridente, que destruía totalmente o caráter melódico do instrumento, soprava sempre a mesma passagem com insistência; não é possível imaginar sons mais desagradáveis e horríveis. Xinguei e insultei o frenético musicista que me roubava o sono e perfurava os tímpanos, mas a passagem se repetia com a monotonia de um relógio a que se desse toda a corda, até que enfim ouvi um golpe surdo, como se atirassem algo contra a parede, depois tudo se aquietou e pude seguir dormindo em paz.

"Na manhã seguinte escutei vindo do andar de baixo da casa uma discussão barulhenta. Distingui a voz do hospedeiro e outra, de um homem que gritava sem cessar:

"'Maldita seja esta espelunca! Antes eu nunca tivesse entrado por essa soleira! Foi o Diabo que me conduziu até aqui, onde não se pode beber ou comer algo decente! Só se vende porcaria; além disso, os olhos da cara! Tome, tome seu dinheiro! *Adieu*! O senhor não porá mais os olhos em mim nesta hospedaria de meia pataca!'

"Com isso saltou rápido para fora da casa um homem macérrimo, trajando roupas cor de café e com uma peruca muito empoada de cabelo ruivo encimada por um chapéu marcial cinzento enfiado de lado, correu ao estábulo, e logo o vi sair ao pátio montando um cavalo lerdo e sair num moroso galope.

"Naturalmente tomei o homem por um forasteiro que se desentendera com o estalajadeiro e se fora; por isso foi grande a minha estupefação quando ao meio-dia, estando sozinho na sala da hospedaria, vi entrar com a peruca ruiva o tal personagem bizarro de terno cor de café, que saíra disparado pela manhã, e tomar um lugar à mesa posta sem a menor cerimônia.

"Era o rosto mais feioso e ao mesmo tempo grotesco que eu encontrara na vida inteira. Todo seu aspecto tinha algo de cômico sério e, assim, observando-o com atenção, mal se podia conter o riso. Comíamos juntos, e entre mim e o hospedeiro se estabeleceu uma conversa de poucas palavras sem que o estrangeiro que comia com avidez quisesse participar. De fato foi por pura crueldade, como constatei em seguida, que o hospedeiro, desviando habilmente a conversa ao tema de estereótipos nacionais, perguntou se eu conhecia uns irlandeses e se sabia algumas *bulls*.[3]

"'Claro!' respondi, enquanto me vinham à mente uma série de *bulls*.

"Contei aquela do irlandês que, ao lhe perguntarem por que calçara a meia do avesso, respondera cândido 'do lado direito tem um buraco!'. Lembrei-me também daquela ótima *bull* do irlandês que dormia, com o pé para fora do cobertor, ao lado de um escocês irascível. Vendo isso, um inglês que estava no quarto amarrou depressa ao pé do irlandês a espora que acabara de retirar da bota. Ainda dormindo, o irlandês retorna com o pé para debaixo do cobertor e fere o escocês com a espora; este acorda e dá um soco no irlandês. A partir disso tem início entre os dois um diálogo espirituoso:

"'Que diabo é isso? Por que você me esmurrou?'

"'Porque você me machucou com a espora.'

"'Como seria possível uma coisa dessas, se estou aqui na cama descalço?'

"'Mas aconteceu, olhe o que está fazendo!'

"'Deus me castigue por isso! Você tem razão! Não é que o maldito criado me puxou as botas e deixou a espora!'

"O hospedeiro deu boas gargalhadas, mas o forasteiro, que terminara a refeição e bebera num único gole um grande copo de cerveja, me olhou bem sério e disse:

"'É, o senhor tem razão, os irlandeses em geral são assim mesmo. Mas isso não está propriamente no povo, em si engenhoso e espirituoso, antes num maldito vento que sopra e contamina o sujeito de semelhantes besteiras que nem gripe, pois, veja o senhor, eu mesmo

---

3. *Bulls* são piadas sobre a ingenuidade do povo irlandês.

sou inglês, apesar de nascido e educado na Irlanda, por essa razão também acometido pela doença das *bulls*.'

"O hospedeiro riu ainda com mais vontade e sem querer eu acabei caindo na risada, pois nada poderia ser mais engraçado que o irlandês, ao falar das *bulls*, nos regalasse com uma das melhores! O forasteiro, longe de se ofender, arregalou os olhos, pôs o dedo suavemente sobre o nariz e disse:

"'Os irlandeses são na Inglaterra o importante tempero social que proporciona sabor. Eu mesmo sou bastante parecido com o personagem Falstaff[4], me sucede com frequência não apenas ser engraçado, senão também capaz de despertar a veia cômica dos outros, o que, aliás, nesses tempos insossos não é pouco mérito. O senhor acredita que nessa alma oca e seca de estalajadeiro cervejeiro se manifesta vez ou outra um espírito engraçado, basta eu dar azo? Mas esse taberneiro é bom no que faz. Não gasta seu escasso capital com prazeres, pede aqui e ali dinheiro emprestado dos ricos, cheio de segundas intenções. Se não está seguro de garantir vantagens para si justamente como agora, então se contenta em exibir o invólucro do livro principal, esse riso largo; é com esse riso que ele embrulha o espírito. Passem bem, senhores!'

"Assim dizendo, o personagem original saiu acelerado em direção à rua, e eu me apressei a perguntar ao dono da hospedaria quem era o tal sujeito.

"'Esse irlandês', disse o hospedeiro, 'se chama Ewson, por isso diz ser inglês, pois sua árvore genealógica tem raízes na Inglaterra. Ele reside há pouco tempo na cidade, chegou há coisa de vinte e dois anos. Eu era jovem e acabara de comprar esta hospedaria, comemorávamos meu casamento quando ele chegou também ainda jovem, mas já àquela época com peruca ruiva, chapéu cinzento e

---

4. Falstaff é um personagem bufão do teatro shakespeareano. Na sequência da história narrada pelo médico, Hoffmann resgata características inerentes ao personagem no drama histórico *Henrique IV*.

terno marrom-café do mesmo corte do atual. A caminho de volta à sua terra ele foi atraído pelo alegre ritmo da música do baile. Jurou que somente se aprende a dançar de verdade em navios, onde desde a infância o aprendia; para demonstrá-lo colocou uma corneta entre os dentes e tocou de maneira pavorosa, mas numa pirueta mais radical destroncou tão feio o pé que teve de ficar de repouso conosco até se restabelecer — a partir de então, nunca mais me deixou. Suas excentricidades me complicam a vida, no decorrer desses anos se desavém comigo todos os dias; se queixa do modo de vida, me acusa de explorá-lo, de cobrar preços exorbitantes, que não pode mais viver sem *roastbeef* e *porter*[5], arruma a mala, coloca sobre a cabeça as três perucas, uma em cima da outra, se despede de mim e parte montado no velho cavalo. Mas faz isso só para dar uma volta, pois ao meio-dia retorna pelo outro portal, se acomoda tranquilo à mesa de refeições e, hoje o senhor foi testemunha, come da intragável refeição por três homens famintos. Todo ano ele recebe uma vultosa soma. Então se despede de mim com tristeza, me chama de melhor amigo, derrama lágrimas a que as minhas se misturam, tanta a vontade de rir. Sentindo-se então com o pé na cova, escreve o testamento e, segundo diz, deixa a herança à minha filha mais velha, em seguida cavalga pausada e melancolicamente rumo à cidade. No terceiro, mais tardar no quarto dia, lá está ele, trazendo consigo dois ternos marrom-café, três perucas ruivas cada qual mais brilhante, seis camisas, um chapéu cinzento novo e outros apetrechos de toalete; presenteia minha filha mais velha, sua predileta, com um saquinho de guloseimas e a trata como uma criança, independentemente de ter ela completado há pouco dezoito anos. Nisso não pensa nem na permanência nem no regresso à sua terra. Acerta comigo a conta do jantar todas as tardes e o dinheiro

---

5. *Roastbeaf* é a designação em inglês para a receita de carne rosbife. *Porter* é um tipo de cerveja de alta fermentação, comum na Irlanda e na Grã-Bretanha entre os estivadores.

do café da manhã atira furioso ao balcão a cada manhã quando sai cavalgando para nunca mais voltar. Fora isso, é o homem mais bondoso do mundo, não perde oportunidade de distribuir presentes às minhas crianças, promove benfeitorias entre os pobres, o único que o senhor Ewson não tolera é o padre, porque esse, segundo soube pelo sacristão, certa vez trocou a moeda de ouro que ele depositara na caixinha dos pobres por uma simples de cobre. A partir de então o evita acima de tudo e nunca vai à missa, por isso o padre o taxa de ateu. É como eu falei, abusa de minha paciência e amizade por causa do gênio dos acessos de loucura. Ontem mesmo vindo para a hospedaria, já de longe escutei uma gritaria e reconheci a voz dele. Quando entrei em casa, o encontrei numa contenda violenta com a criada. Como se passa toda vez que fica bravo, tinha logo atirado longe a peruca, e lá estava ele, com a cabeça careca, sem gibão em mangas de camisa, segurando um grande livro em frente ao nariz da mulher, falando alto, maldizendo e apontando para ela qualquer coisa com o dedo. A mulher fincara as mãos firmes nas ancas e berrava, que fosse brigar em outra freguesia, homem malvado e ateu que era e assim por diante. Com muita dificuldade consegui apartá-los e chegar ao cerne da questão. O senhor Ewson pedira à criada que lhe providenciasse pão ázimo para lacrar carta; a mulher a princípio não entendeu patavina; depois lembrou que pão ázimo era o que se emprega na comunhão e, como ouvira o padre dizer que o senhor Ewson era um ímpio, achou que ele queria profanar a hóstia. Assim ela recusou e ele, pensando que tivesse somente pronunciado mal a palavra e não fora entendido, buscou imediatamente seu imenso dicionário inglês-alemão e demonstrava o que queria à mulher camponesa iletrada. No final das contas ele não falava senão inglês, o que a criada interpretou como palavrório ininteligível do Diabo. Minha intervenção é que veio evitar o corpo a corpo, nesse caso o irlandês talvez levasse a pior.'

"Interrompi o hospedeiro em sua história acerca do sujeito hilário para perguntar se fora talvez o senhor Ewson quem, tocando um terrível instrumento de sopro, me acordara no meio da noite passada e me irritara sobremaneira.

"'Ah, meu senhor!' respondeu o dono da casa. 'Essa é mais uma de suas excentricidades, com que quase me afugenta os hóspedes. Há três anos meu filho veio da cidade para cá; o menino tocava uma flauta excelente e concentrado praticava a música. Aí ao senhor Ewson ocorreu que antigamente também tocara flauta e não sossegou até comprar do Fritz por quantia considerável a flauta e uma partitura que o menino trouxera consigo. Totalmente desprovido de ouvido, de sensibilidade para música, ele começou muito zeloso a tocar a tal partitura. Mas não foi além do segundo solo do primeiro *allegro*, ali se deparou com uma passagem difícil, e essa única passagem há três anos ele vem soprando quase todo dia centenas de vezes seguidas, até que furibundo arremessa na parede primeiro a flauta, depois a peruca. Não há flauta que resista a semelhante manuseio, ele sempre precisa de uma nova, costuma ter umas três ou quatro à mão. Se quebra uma chavinha ou trinca o bocal, joga a flauta longe pela janela dizendo 'Maldição! Só mesmo na Inglaterra se fabricam instrumentos que prestam!'. O pior é que essa obsessão pela música o acomete de vez em quando no meio da noite, e ele então incomoda meus clientes no seu sono mais profundo. O senhor não vai acreditar: há quase tanto tempo quanto o irlandês, mora aqui em casa um médico inglês chamado Green! Green simpatiza com Ewson, tem lá também ideias extravagantes e humor estranho, ambos estão sempre brigando, mas um não pode viver sem o outro. Estou inclusive lembrando que o senhor Ewson me encomendou um ponche para mais tarde, para beber com o doutor Green e o bailio. Se o senhor deseja permanecer até amanhã de manhã, testemunhará esta noite a reunião de um trio composto pelas figuras mais originais que se possa imaginar.'

"Sua Alteza bem pode imaginar que adiar a viagem foi um prazer, porque eu tinha a esperança de ver senhor Ewson em sua glória.

"Tão logo anoiteceu ele entrou na sala e foi muito cortês, convidando-me a acompanhá-los no ponche, acrescentando que lamentava ter que me servir uma bebida por demais insossa por ali designada ponche. Somente na Inglaterra se bebia ponche, e como retornaria em pouco tempo, se eu um dia viajasse à Inglaterra, teria gosto em me mostrar o que era preparar um ponche requintado. Fazia uma ideia! Em seguida entraram os convidados. O bailio era um homenzinho rechonchudo e muito amável, de olhos felizes e brilhantes e nariz vermelho, o doutor Green, um homem robusto de meia-idade com rosto tipicamente inglês, vestido à última moda, ainda que um pouco negligente, lunetas sobre o nariz, chapéu sobre a cabeça.

"'Traga champanhe! Que meus olhos rubros se tornem!'[6], pediu, patético, ao mesmo tempo em que, avançando para o hospedeiro e puxando-o pela gola, o sacudia com violência. 'Cruel Cambises[7], diga logo! Que é d'as princesas? Cheira a café, não a bebida dos deuses!'

"'Deixe-me em paz, oh herói! Afaste-se de mim! Na cólera, seus vigorosos punhos as costelas me destroem!', gritou o hospedeiro.

"'Não o largo, antes qu'aroma exale, sentidos inebrie e bolhas criem! Não o largo antes disso, hospedeiro inútil, hospedeiro indigno!'

"Então Ewson se voltou furioso contra Green e gritou:

"'Miserável Green! Verde há de se tornar sua cara, isso sim, de vergonha e dor hão de lhe ranger os dentes, se não se abster de todo d'atitude infame!'

"Pensei que ia estourar briga e tumulto, mas, soltando o hospedeiro que se precipitou dali, disse o médico:

"'Se é assim me acalmo, retenho o duelo, anseio o elixir divino, que há de servir o digno Ewson!'

---

6. O personagem Ewson da história contada dentro do romance adquire a ironia de Falstaff na relação com *sack* (xerez, tipo de vinho parecido com o espumante). Na peça *Henrique IV*, por exemplo, Shakespeare atribui as seguintes falas ao personagem: "give me a cup of sack. I am a rogue if I drunk today", ademais: "let a cup of sack be my poison today".

7. Cambises foi um rei persa do século VI a.C., lendário devido à crueldade.

"E, sentando-se à mesa com pose de Cato[8], deu baforadas com o cachimbo de tabaco e evolou névoas de fumaça.

"'Não lhe parece que estivemos no teatro?', perguntou-me o cordial bailio. 'É que o doutor, que nunca tivera o hábito de ler livros alemães, por acaso encontrou lá em casa o Shakespeare de Schlegel.[9] A partir de então não deixa de interpretar, como diz ele, as melodias antigas e familiares com instrumento alheio. Certamente o senhor notou que até mesmo o hospedeiro se expressa no ritmo, pois o doutor, digamos, aplicou-lhe o jâmbico.'[10]

"O hospedeiro trouxe a imensa tigela de ponche fumegante. Embora tivessem jurado que aquilo não se podia beber, Ewson e Green esvaziaram litros e litros do detestável líquido. Entabulamos uma conversação morosa. Green se mostrava lacônico, enfiando comicamente vez ou outra uma palavra, por mero pretexto de contradizer. O bailio falou entre outros assuntos do teatro da cidade; afirmei ser o ator excelente protagonista.

"'Discordo plenamente', interveio o doutor. 'O senhor não acha que deveria interpretar, isso sim, seis vezes melhor para fazer jus aos aplausos?'

"Tive de convir, de fato era verdade, mas acrescentei que de uma interpretação seis vezes melhor prescindia o ator que desempenhava o papel de pai terno de uma maneira tão miserável.

"'Não penso assim!', replicou o doutor Green. 'O ator está dando tudo de si! O que pode o pobre fazer contra a natural propensão à má interpretação? Conforme os parâmetros da mediocridade, diria que chegou às raias da perfeição, e isso é louvável! É elogiável.'

"O bailio estava sentado entre os dois e se limitava a usar do talento para atiçá-los a exprimir toda a sorte de extraordinárias besteiras

---

8. Marcus Porcius Cato Uticensis (95-46 a.C.) representa um exemplo de estoicismo.
9. August Wilhelm von Schlegel (1767-1845) traduziu dezessete dramas de Shakespeare, que mais tarde foram editados por Ludwig (1773-1853) e Dorothea Tieck (1799-1841) e Von Baudissin (1789-1878). Essa tradução se mantém como referência importante.
10. O *blank verse* empregado por Shakespeare é um pentâmetro jâmbico.

e opiniões disparatadas, como um fármaco estimulante. A conversa prosseguiu nesses termos até que o concentrado ponche começou a surtir efeito. A partir disso, o humor de Ewson serenou-se, a veia cômica aflorou e com timbre desafinado ele entoou cantorias patrióticas; arremessou pela janela peruca e gibão, passou a dançar burlescamente com molejos bizarros, e a cena era de rolar de tanto rir. O doutor permanecia sério, mas tinha visões singulares. Fez de contrabaixo a tigela do ponche, tentava com todo o empenho friccionar as cordas, a colher como arco, para acompanhar as canções de Ewson. Só desistiu do intento a custa dos protestos do hospedeiro. O bailio, cada vez mais ensimesmado, acabou se afundando numa poltrona no canto da sala e chorando copiosamente. A um sinal do hospedeiro, eu me aproximei do choroso magistrado e indaguei a causa de tamanho sofrimento.

"'Ai, ai! Meu senhor!', soluçava. 'O príncipe Eugênio[11] era um bravo general, mas mesmo sendo um príncipe corajoso e heroico acabou morrendo no final das contas. Ai, ai!'

"Ele explicava tudo isso aos prantos, a ponto de lágrimas abundantes lhe escorrerem pelo rosto. Na medida do possível tentei consolá-lo da perda do valente príncipe do passado distante, mas em vão. O doutor Green nesse meio-tempo pegara a tesoura espevitadeira e sem cessar trincava o ar no vão da janela aberta. Sua intenção não era outra senão limpar a claridade da lua, que se espraiava no ambiente. Ewson esperneou, gritou, parecia estar possuído por demônios, até que finalmente conseguiu ser atendido pelo criado que lhe trouxe um enorme candelabro, talvez desnecessário numa noite de lua.

"'Bem, cavalheiros, podemos ir!'

"O doutor estacou na frente do jovem e, soltando rolos de fumaça do cachimbo bem diante do seu nariz, recitou:

---

11. Príncipe Eugênio de Saboia (1663-1736), embora francês, comandou o exército austríaco dos Habsburgos e conquistou vitórias em guerras contra os turcos e os franceses.

"'Sejais bem-vindos, amigo! Sois vós o personagem Quince, que traz o luar, o cão e a ramagem de espinhos?[12] Limpei os raios da lua, seu moleque, por essa razão é intenso o clarão! Boa noite a todos! Creio que exagerei ao beber do xarope maldito! Boa noite, nobre estalajadeiro, boa noite, meu caro Pílades!'[13]

"Ewson protestou, disse que não permitiria que se fossem antes do romper da aurora ou lhes quebraria o pescoço, mas ninguém lhe deu atenção. Em vez disso o criado saiu amparando sob um braço o doutor, sob o outro o bailio que não cessara de lamentar a morte do príncipe Eugênio, e seguiram cambaleantes pelo caminho rumo à casa do bailio. Com dificuldade, conseguimos levar o extravagante Ewson para o quarto, ele ainda quis tocar flauta horas a fio, não me deixou pregar os olhos naquela noite e assim foi somente dentro da carruagem, no dia seguinte, que eu pude enfim me restabelecer da noite maluca que tive na hospedaria."

A narrativa do médico particular foi amiúde interrompida por gargalhadas gostosas, talvez um pouco mais escandalosas do que convinha ao decoro da corte. O príncipe aparentemente se divertia bastante.

— Apenas uma personagem o senhor ao que tudo indica camuflou demais ao segundo plano do quadro, estou falando da sua própria. Aposto que seu humor, uma vez ou outra pérfido, estimulou o louco Ewson e o patético médico a tantos absurdos, teria sido o senhor mesmo o elemento fármaco estimulante a agitar o grupo, certamente não foi um papel desempenhado pelo pobre bailio.

— Posso afirmar, Alteza — replicou o médico —, que o clube composto desse trio de malucos originais estava perfeitamente

---

12. Peter Quince era um dos atores da peça encenada na corte de Atenas por ocasião das bodas de Teseu e Hipólita, dentro da peça de Shakespeare *Sonho de uma noite de verão*, escrita por volta de 1590. No prólogo do original, é descrito da seguinte maneira: "This man, with lanthorn, dog, and bush of thorn, presenteth moonshine."
13. Tendo anteriormente mencionado Orestes neste mesmo romance, o escritor se refere agora ao seu interlocutor dentro do mito grego da amizade: Pílades e Orestes.

constituído, qualquer intervenção alheia teria destruído a harmonia. Para permanecer na alegoria musical, os três homens, qual cantores com diferentes tipos de vozes consoantes em volume e tom, se apoiavam no percurso musical, perfazendo a mais pura sonoridade melódica; o estalajadeiro se introduzia de sétima.

E, assim por diante, continuamos a versar disso e daquilo, até o momento quando, como de costume, a família real se retirou para seus aposentos e a sociedade da corte se dispersou em clima muito bem-humorado. Eu me sentia à vontade, cheio de alegria de viver naquele novo ambiente.

Quanto mais me entrosava na vida calma e agradável da residência e da corte, quanto mais me destinavam um espaço, que eu vinha conquistando com honra e mérito, menos refletia o passado ou a possibilidade de mudar as circunstâncias do tempo presente. O soberano dava mostras evidentes de uma simpatia especial por mim, e sutis alusões me levaram a deduzir que desejava se assegurar de minha presença em sua proximidade, de um jeito ou de outro.

Não se pode negar que certa uniformidade de formação, inclusive certa conduta padronizada de interessar-se igualmente pelas artes e pelas ciências, conduta adotada na corte e que se estendia à residência, terminaria depois de um tempo de convivência naquele círculo por entediar um homem espirituoso e habituado à liberdade incondicional; apesar disso, se por um lado a estreiteza de horizontes imposta pelas limitações da corte me enfastiava, por outro me era muito conveniente, tendo em vista meu costume de submeter-me a formas de vida determinadas, que ao menos regulam a vida exterior. Decerto minha antiga vida monacal contribuía nesse sentido, ainda que de forma inadvertida.

Embora o príncipe me distinguisse entre todos, embora eu fizesse tudo com a intenção de chamar a atenção da princesa, ela mantinha-se fria e reservada. Inclusive estava certo de que minha presença a incomodava de modo especial, pois era visível seu esforço por trocar comigo algumas palavras amáveis, como fazia com os demais.

QUARTA PARTE

Eu era mais bem-sucedido com as damas que a rodeavam; minha aparência sem dúvida exercera uma impressão favorável, e por me encontrar sempre naquelas rodas de pronto adquiri a prodigiosa educação do gênero mundano conhecido por galantaria, cujo segredo consiste em conferir às maneiras afáveis da conversação a flexibilidade corporal superficial, adaptável a qualquer momento e lugar. Trata-se da rara virtude de nada falar à força de expressões significativas e despertar entre as mulheres um respaldo e um bem-estar inexplicável. Daí se deduz que propriamente a galantaria, na acepção mais elevada do termo, não se restringe às toscas lisonjas, não obstante o fato de que a interessante tagarelice soe semelhante a um hino de louvor aos ouvidos do objeto da adoração, mas pressupõe, todavia, que tudo é proveniente do fundo da alma. Por conseguinte, as mulheres adquirem pouco a pouco autoconsciência e, mirando o reflexo do próprio eu, irradiam satisfação.

Quem poderia naquelas circunstâncias intuir o monge em mim?

O único terreno que continuava se revestindo de perigo para mim talvez fosse a igreja, onde me seria difícil abster dos hábitos de devoção que assimilara no mosteiro, caracterizados por um ritmo específico, cuja cadência é bem distinta dos demais.

O médico do príncipe era o único que resistira à marca padrão, com o qual todos da corte tinham sido igualmente cunhados como moedas; por esse motivo me cativou, e a simpatia era recíproca, pois ele sabia muito bem que, nos primeiros tempos ali passados, eu formulara uma oposição e minhas observações muito francas tinham sensibilizado o soberano, suscetível às duras verdades, e prescreveram de uma vez por todas o odioso jogo faraó.

Assim ocorreu que nós dois sempre conversávamos, abordando ora ciência e arte, ora nossas visões de mundo. O médico também venerava a soberana, insistia em dizer que somente graças a ela o príncipe renunciava às vezes a projetos de mau gosto, que era ela quem conseguia distraí-lo de certo enfado que o levava a se interessar superficialmente pelas coisas; e ela o fazia com sutileza, o estimulava com novidades, ou seja, colocando-lhe nas mãos um jogo inocente. Na oportunidade lamentei que a soberana, sem que eu pudesse adivinhar a causa, dava sinais de sentir intolerável mal-estar em minha presença. Estávamos em seus aposentos, por isso o médico se levantou e buscou na escrivaninha um pequeno retrato que ele passou às minhas mãos, pedindo-me que o olhasse com atenção. Eu o fiz; fui tomado de espanto ao reconhecer exatamente meus traços no semblante do homem representado na pintura. Bastariam o acréscimo da barba, obra-prima de Belcampo, uma simples mudança de penteado e de trajes — pintados, naquele caso, à moda ultrapassada —, e o retrato poderia ser considerado meu. Manifestei minha constatação sem rodeios ao médico.

— Justo essa similaridade surpreende a princesa e a inquieta cada vez que ela se aproxima do senhor, pois sua fisionomia lhe evoca reminiscências de um episódio consternador que há anos abalou a corte com violento golpe. O médico meu antecessor, falecido há anos e de quem fui discípulo científico, me relatou o episódio que afetou a família do soberano; ao mesmo tempo ofertou-me a imagem que representa Francesko, naquela ocasião o favorito do príncipe. O trabalho, o senhor pode observar, constitui autêntica obra-prima, cujo autor, um artista estrangeiro muito singular então morador da corte, desempenhou na tal tragédia o papel principal.

Enquanto contemplava o retrato, certas premonições confusas se agitavam em meu peito, em vão eu tentava compreendê-las. Tudo me levava a crer que esses acontecimentos me revelariam as secretas conspirações nas quais eu estava envolvido, e tanto mais, portanto, insisti com o médico que me confiasse tudo o que minha fortuita semelhança com Francesko parecia me autorizar a sabê-lo.

— Compreendo — disse-me ele — que uma circunstância tão estranha atice sua curiosidade e, mesmo não me agradando falar do assunto que até hoje, pelo menos a meus olhos, mantém-se coberto por um véu misterioso que não quero definitivamente desvendar, lhe contarei tudo o que sei. Muitos anos se passaram e os protagonistas se retiraram do palco. Somente a recordação persiste, surtindo um efeito maléfico. Peço-lhe, jamais revele a quem quer que seja o que ouvirá a seguir.

Prometi guardar segredo, e o médico começou sua narrativa nos seguintes termos:

— Na ocasião em que nosso príncipe se casou, seu irmão retornou de uma longa viagem na companhia de um pintor e de um homem a que chamava de Francesko. Mas era sem dúvida um alemão. O irmão recém-chegado era um dos homens mais formosos de que se ouvira falar; o fato já bastaria para realçá-lo ante nosso príncipe, se não o superasse também em vitalidade e inteligência. Ele causou uma impressão extraordinária sobre a jovem princesa, que aparentava uma exuberância quase exagerada; o esposo era um tanto frio e a tratava com formalidade. Por sua vez, o belo príncipe se sentiu atraído pela jovem e maravilhosa esposa do irmão. Sem conceber a ideia de uma ligação pecaminosa, tiveram, no entanto, de ceder à irresistível atração mútua que lhes inflamava a vida sentimental, como se a simples chama de um nutrisse a paixão do outro, fundindo dois seres num uno.

"Apenas Francesko podia ser em todos os sentidos alçado à comparação com o amigo: ele suscitava na irmã mais velha de nossa princesa a mesma impressão que o príncipe suscitava na cunhada. Em breve ele teve consciência desse trunfo e soube tirar partido com astúcia e transformar a inclinação da princesa em pouco tempo num amor ardente e profundo.

"Nosso príncipe estava demasiado convencido da virtude da esposa para desprezar pérfidas indiscrições, malgrado o atormentasse a tensa relação com o irmão. Somente graças a Francesko, que lhe conquistara a afeição em virtude da sabedoria, da prudência e da circunspecção, lhe foi possível manter a serenidade. O soberano queria promovê-lo a um dos mais altos cargos na corte, mas ele se contentava com os privilégios secretos de ser o favorito e o amor da princesa.

"A vida na corte girava tão bem quanto possível, em meio a esses fios entrançados, mas apenas às quatro pessoas enlaçadas por cadeias secretas do coração era dada a bem-aventurança no Eldorado do amor que elas tinham criado e que excluía todos os demais.

"Nesse entretempo, talvez por um convite discreto do príncipe, surgiu na corte, rodeada de muita pompa, uma princesa italiana que antes fora cogitada para esposa do jovem soberano, pois durante uma viagem à corte do pai dela ele lá se hospedara e à época lhe manifestara sincera afeição. Ela devia ser excepcionalmente encantadora, a graça em pessoa, do que dá testemunho um magnífico retrato exposto na galeria.

"Sua presença encheu de vida a corte abatida por um tédio sombrio, ela conseguiu eclipsar tudo e todos, inclusive a soberana, sem excetuar a irmã. O comportamento de Francesko se modificou sobremaneira logo após a chegada da italiana. Era como se uma angústia enigmática consumisse a plenitude de seu viço, converteu-se numa pessoa taciturna, reservada, negligenciava sua bem-amada princesa. O irmão do príncipe também tornou-se meditativo, invadido por emoções a que não era capaz de resistir. Para nossa soberana, a vinda da italiana foi uma punhalada no peito. Quanto à sua irmã, de natureza propensa às ilusões mais ternas, junto com o amor de Francesko perdia a felicidade da vida; os quatro afortunados e dignos de inveja se perderam em desgosto e tristeza.

"O irmão do príncipe foi o primeiro a se restabelecer: tendo em conta a austera virtude da cunhada, não pôde resistir aos encantos da sedutora estrangeira. O amor inocente e sincero devotado à princesa soberana sucumbiu então ao prazer irresistível que a cativante italiana lhe auspiciava e, assim, sucedeu que ele não tardou a envolver-se mais uma vez em vínculos de que acabara de se libertar.

"Quanto mais o jovem príncipe se abandonava a esse amor, mais singulares advinham as atitudes de Francesko, que quase não era visto na corte, porém passeava solitário, melancólico, e com frequência se ausentava da residência semanas a fio. Ao contrário, o esquisito e arredio pintor se deixava ver mais assiduamente do que nunca, dedicava-se sobretudo ao trabalho no ateliê que a italiana lhe destinara em casa. Pintou-a várias vezes com uma beleza de expressão incomparável; ele parecia não gostar de nossa princesa, não queria de modo algum retratá-la, em vez disso, retratou a princesa italiana com notável verossimilhança e magnificência sem que ela tivesse posado uma única vez.

"A italiana demonstrava tamanha atenção ao artista, e ele por seu turno a tratava com tal galantaria e intimidade, que o príncipe se encheu de ciúmes. Ao encontrá-lo certo dia no ateliê, olhando enfeitiçado nos olhos da italiana e sequer percebendo sua entrada, pediu-lhe com muita franqueza que fizesse a gentileza de não pintar mais ali e que procurasse um novo estúdio. O pintor sacudiu o pincel com tranquilidade, depois sem dizer palavra tirou o quadro do cavalete. Muito despeitado, o príncipe arrebatou-lhe o quadro das mãos pretextando que em conta do primor, a obra lhe cabia por direito. Sempre conservando a calma e o sangue-frio, o artista pediu licença para dar os últimos retoques na pintura. O príncipe retornou o quadro ao cavalete. Após alguns minutos, o pintor o devolveu, e sorriu malicioso quando o príncipe se assustou com o rosto horrivelmente desfigurado em que se transformara o retrato. Então o pintor foi saindo devagar da sala, mas sob o umbral da porta ainda se voltou, encarou o príncipe com um olhar sério e penetrante, e advertiu solene e grave: 'Agora você está perdido!'

"Tudo isso se passou na ocasião em que a italiana havia sido declarada oficialmente noiva do jovem príncipe, alguns dias antes da cerimônia do casamento. E ele atribuiu tanto menos importância à conduta do pintor, tendo em vista que esse tinha reputação de sofrer de vez em quando uns acessos de loucura. Diziam que se mantinha sentado em seu pequeno quarto dias inteiros encarando uma grande tela esticada, e assegurava que estava ocupado em quadros esplendorosos; assim ele esqueceu a corte e por ela foi esquecido.

"As bodas do príncipe com a italiana foram celebradas no palácio do irmão mais velho com toda a pompa; a soberana se resignara ao seu destino e abrira mão do capricho que não poderia mesmo concretizar; a princesa mais velha ressurgira transfigurada, porque seu caro Francesko retornara mais esfuziante e animado que nunca. Os noivos ocupariam a ala do castelo que o soberano mandara decorar especialmente para ambos. Enquanto se concentrava nessa ocupação, ele estava em seu elemento natural: era visto o tempo todo rodeado de arquitetos, pintores, tapeceiros ou folheando grandes livros, desdobrando planos, projetos e arcabouços, em parte traçados por ele próprio, cuja consecução nem sempre acabava dando tão certo. Nem o príncipe, tampouco a noiva, pudera ver a obra concluída antes da celebração do casamento, quando o soberano então conduziu ambos em cortejo solene às luxuosas instalações decoradas com muito requinte e luxo. Um baile realizado no esplêndido salão que se assemelhava a um jardim florido encerrou a festa.

"À noite ouviu-se na ala do príncipe um ruído abafado, que pouco a pouco foi se tornando mais barulhento, até que acordou o próprio soberano. Pressentindo uma desgraça, ele saltou da cama e se precipitou acompanhado pela guarda à afastada ala nova; entrando no largo corredor se deparou com o irmão que vinha sendo carregado: fora encontrado em frente à porta do aposento nupcial assassinado por uma facada no pescoço. Imagine o senhor o horror do soberano, o desespero da princesa italiana e o luto profundo e lancinante da soberana!

"Tão logo readquiriu a temperança, o soberano começou a investigar como o crime poderia ter sido cometido, como o assassino poderia ter fugido pelos corredores cercados de guardas. Procuraram em todos os cantos e possíveis esconderijos, mas as buscas foram infrutíferas. O valete que até então assistira o príncipe, contou que lhe iluminara o caminho até a ala nupcial. Segundo relatou, o príncipe fora acometido por pressentimento angustiante, tornara-se agitado e andava ao largo em seu gabinete; finalmente trocara de roupa e lhe ordenara caminhar à frente com um candelabro à mão até o vestíbulo do apartamento da noiva. Lá, tomara-lhe o candelabro e o mandara retornar. Mal ele, o valete, saíra do vestíbulo, escutara um grito rouco, uma pancada e o tilintar metálico do candelabro caindo. Voltou no mesmo instante correndo e sob uma luz que se mantivera acesa no chão vira o príncipe que jazia ante a porta do aposento nupcial e, ao lado dele, divisara uma pequena faca ensanguentada; de imediato rompeu a gritar por socorro.

"Pelo relato da esposa do desafortunado príncipe, logo após a saída das damas de companhia, ele entrara no aposento com impetuosidade e apagara todas as luzes, permanecera com ela cerca de meia hora e logo saíra. A morte teve lugar minutos mais tarde.

"Quando todas as suposições acerca da autoria do assassinato foram aventadas e não se chegava a pistas que pudessem identificar o criminoso, entrou em cena uma das damas de quarto da italiana. Ela estivera num quarto contíguo, cuja porta entreaberta lhe permitira ser testemunha daquele fatídico encontro entre o pintor e o príncipe, e contou com todas as circunstâncias do quadro e da ameaça. Ninguém duvidou que o pintor lograra se enveredar castelo adentro de maneira insidiosa e matara o jovem príncipe. Tinha consequentemente de ser detido incontinenti, mas há dois dias sumira de casa, ninguém conhecia seu paradeiro, as investigações foram inúteis.

"A corte caiu em luto profundo compartilhado por toda a residência. Naquela ocasião, Francesko, novamente visitante assíduo do círculo da corte, foi quem vez ou outra conjurou das sombrias nuvens uns raios de sol no seio da família.

"A princesa italiana sentiu que estava grávida, ficou evidente que o assassino do esposo incorporara uma figura semelhante à da vítima, a fim de cometer o abuso nefasto; ela retirou-se a um castelo remoto de nosso soberano. Desse modo o nascimento passaria despercebido e assim, pelo menos, o fruto do crime infernal não seria revelado ao mundo pela indiscrição de criados, que conheciam os acontecimentos da noite de núpcias, e não prejudicaria a memória do infeliz esposo.

"Durante o período de luto o amor de Francesko com a irmã da soberana adquiriu mais intensidade e intimidade, bem como se fortaleceram os laços de amizade do casal de soberanos para com ele. O soberano havia longo tempo tomara conhecimento do segredo de Francesko, logo não pôde seguir resistindo às instâncias da esposa e da cunhada, e consentiu com um casamento secreto entre os dois. O rapaz estava prestes a assumir um alto grau militar numa corte longínqua e pretendia em seguida tornar oficial e pública a união com a irmã mais velha da soberana. Isso tudo fora possível graças às boas conexões de nosso soberano com a outra corte.

"O dia do casamento chegou. Nosso príncipe e sua esposa, acompanhados de dois homens fidedignos da corte (meu antecessor era um deles), deveriam ser as únicas testemunhas das bodas na pequenina capela do palácio real. Um único valete, enfronhado no segredo, vigiava à porta.

"O par estava em frente ao altar, o confessor do soberano, um sacerdote muito digno, depois de uma missa breve, começou a pronunciar as fórmulas de praxe. De repente Francesko empalideceu e com os olhos fixos em uma das colunas do canto da capela gritou com voz rouca: 'O que você quer de mim?'

"Apoiado a uma das colunas do canto estava o pintor, em trajes estranhos e desconhecidos em nosso reino, com uma capa de cor roxa estranhamente jogada sobre os ombros, e seus olhos negros e cavernosos cravavam em Francesko um olhar cadavérico. A noiva estava a ponto de desmaiar; todos estavam subjugados pelo horror, só o padre ficou bem calmo e perguntou ao noivo: 'Por que a presença desse homem o apavora, se sua consciência é pura?'

Então o noivo, que estava ajoelhado, se levantou impetuoso e saltou sobre o pintor com uma pequena faca na mão, mas antes de alcançá-lo caiu sem sentidos lançando um lamento desolador. O pintor sumiu atrás das colunas. Todos despertaram do estupor e passaram a ajudar o pobre Francesko, tombado ali aparentemente sem vida. A fim de evitar escândalo, ele foi carregado pelos dois homens fidedignos aos aposentos do soberano. Ao voltar a si, insistiu em ser levado à sua casa e se recusou a responder as perguntas do príncipe concernentes aos misteriosos incidentes que tinham tido lugar na capela.

"Francesko fugiu da cidade na manhã seguinte, levando os preciosos presentes que acumulara graças à prodigalidade do soberano e de seu irmão. O nosso príncipe ainda tentou por todos os meios investigar possíveis pistas sobre o segredo da aparição espectral do pintor. A capela possuía apenas duas portas, sendo que a primeira situava-se entre os aposentos centrais do castelo e uma abóbada lateral do altar, a segunda ficava no outro extremo, na extremidade do largo corredor que conduzia ao altar da capela. Essa entrada fora vigiada pelo valete, a fim de que nenhum curioso se aproximasse; a outra estivera trancada, desse modo se manteve incompreensível como o pintor pôde ter surgido e sumido da capela.

"Quanto à faca que brandira contra o pintor, mesmo quando inconsciente Francesko a manteve, segurando-a compulsivamente sem soltar. O valete que guardara a porta da capela (o mesmo que ajudara o jovem príncipe a vestir-se durante a noite de núpcias) afirmou que era a mesma faca que jazia no solo perto do corpo de seu amo. Ele a reconhecia, uma vez que a empunhadura de prata brilhante chamara sua atenção.

"Pouco tempo após esses episódios estranhos, chegaram notícias da princesa gestante. Bem no dia em que Francesko deveria ter se casado, ela dera à luz um menino e falecera logo em seguida ao parto. O soberano lamentou a morte da princesa italiana, não obstante o enigma da noite de seu casamento de certa maneira tivessem pesado um pouco, levantando contra ela suspeitas provavelmente infundadas. O filho, fruto do ato ignominioso, foi educado num país distante sob o nome de conde Viktorin. A princesa (refiro-me à irmã da soberana), destruída em seu íntimo pelos horríveis acontecimentos que tinham marcado tão indelevelmente o último período de sua vida, escolheu a vida no claustro. O senhor deve saber com certeza, ela é abadessa do Convento de Cistercienses em ***.

"Outra aventura, também repleta de componentes estranhos e enigmáticos, também ligada à história de nossa corte, é o caso recente que sucedeu no castelo do barão F. e vem dispersando a família, semelhante ao que se deu outrora aqui na família de nosso soberano. A abadessa, compadecendo-se da miséria de uma pobre mulher que acompanhada de um garotinho regressava de uma peregrinação à Tília Sagrada, resolveu..."

Neste ponto uma visita interrompeu a narrativa do médico particular do soberano, e logrei disfarçar a tormenta que me fustigava o íntimo. Em minha alma estava perfeitamente óbvio que Francesko era meu pai, ele assassinara o príncipe com a mesma faca com que eu matei Hermoge! Decidi partir em poucos dias à Itália e escapar finalmente do círculo no qual a força maligna e hostil me confinara. Naquela mesma noite frequentei a sociedade da corte. Falava-se muito de uma senhorita ilustre e belíssima que chegara no dia anterior à cidade e se apresentaria hoje pela primeira vez como dama de companhia da soberana.

As portas se abriram, a soberana entrou seguida da estrangeira. Eu imediatamente reconheci Aurélia.

SEGUNDO VOLUME

PRIMEIRA PARTE
A reviravolta

Em que criatura humana não desperta uma vez na vida o maravilhoso mistério do amor guardado bem íntimo no peito! Quem quer que seja e leia no futuro estas páginas, evoque o momento mais iluminado de sua vida. Busque na memória a acalentadora imagem feminina caminhando ao seu encontro, o próprio espírito do amor. Você acreditava naquele instante não se reconhecer senão nela, e somente ela sabia refletir o *seu* próprio eu de essência superior, o eu verdadeiro. Você recorda ainda o sussurro das fontes, o farfalho das folhagens e a brisa suave do crepúsculo falando dela, de seu amor? Consegue ver como as flores pousam os olhos ternos e cálidos sobre os seus, portando dela alento de amor e calor?

E ela vinha ao seu encontro. Queria pertencer-lhe de corpo e alma. Você a envolveu inteiramente, tomado por desejo candente, alheio ao mundo quis consumir-se de paixão! Mas o mistério não se consumou, certa força possante e sombria o arrastou com violência de volta à Terra, no instante quando almejava alçar-se junto com ela ao longínquo paraíso que o atraía. Antes mesmo de ousar nutrir esperança, a tinha perdido. Todos os sons e vozes se silenciaram e você ouvia apenas a queixa plangente da solidão gemendo terrível pelo Universo desértico e ermo.

Você, leitor desconhecido! Se semelhante sofrimento indizível um dia estraçalhou seu coração, então é capaz de compreender o lamento inconsolável do monge envelhecido que, recordando na cela escura o tempo luminoso de seu amor, banha o árduo leito com lágrimas de sangue, e cujos suspiros moribundos ressoam na noite calma através dos obscuros corredores do mosteiro.

Mas também você, que pressente comigo a afinidade de nossas almas, você também crê que a suprema bênção do amor, a consumação do mistério, se dá com a morte. Eis o que vaticinam vozes proféticas, cujas graves reverberações provieram de eras ancestrais não mensuráveis pelas dimensões temporais humanas. Como nos mistérios celebrados pelos filhos da natureza, a morte é para nós a consagração do amor!

Um raio perpassa meu peito, minha respiração se ofega, o pulso acelera, o coração palpita ansioso, querendo explodir em meu seio! Vá até ela! Vá até ela! Enlace-a contra o peito com a violência de uma paixão alucinada! Por que resistir, desventurada? Ao poder que a une a mim com laços indissolúveis? Você não era minha para a eternidade?

Dessa vez eu pude controlar minha imensa paixão melhor que antes, quando a vislumbrara pela primeira vez no castelo do barão. Além disso, todos os olhares se voltavam a ela, logo não foi difícil circular pelas rodas de pessoas indiferentes sem que reparassem especialmente em mim, ou ao menos se dirigissem a mim, o que me teria sido insuportável, porque tudo que eu queria era vê-la, ouvi-la e nela me concentrar.

Não vá dizer que o vestido simples é que valoriza a verdadeira beleza de uma jovem! A toalete feminina exerce um charme misterioso a que nós dificilmente podemos resistir. Nela, os atributos da genuína essência se exaltam mais esplendorosos e belos, e talvez nisso consista sua profunda natureza, assim também as flores só exibem sua plenitude no momento em que florescem exuberantes e multicores. Ao contemplar pela primeira vez a bem-amada vestida com a mais refinada elegância, você não percebeu um inexplicável frêmito percorrendo-lhe o corpo todo? Pareceu-lhe outra pessoa, mas inclusive isso só fez aumentar a excitação. Uma vibração de gozo e desejo inefáveis o fez estremecer quando furtivamente você estreitou-lhe a mão!

Eu nunca tinha visto Aurélia senão em simples vestidos caseiros. Hoje, conforme o costume da corte, ela apresentava-se em trajes de gala. Como estava linda! Que inexprimível o encantamento e a suave volúpia que me arrebatavam em sua presença!

Mas foi então que o espírito maligno me perturbou e alçou a voz a que, complacente, dei ouvidos:

— Veja bem, Medardo! — instigava-me ele. — Está notando o domínio que você exerce sobre o destino; que a sina, se submetendo a seus caprichos, não faz outra coisa a não ser entrelaçar com habilidade os fios urdidos por você mesmo?

Do círculo de cortesãs participavam mulheres que podiam ser consideradas primorosas beldades, mas diante do encanto arrebatador de Aurélia todas empalideciam sem cor. Um entusiasmo sem par animava os mais indolentes, mesmo no caso dos mais idosos, rompia-se o fio das conversas triviais da corte, onde importam apenas as palavras às quais se pode atribuir algum sentido superficial. De um momento para o outro, era um divertido espetáculo ver cada um se esforçando visivelmente em disputa para se mostrar mesmo em seu melhor desempenho aos olhos da bela estrangeira.

Aurélia acolhia as homenagens com olhos baixos, enrubescendo com graça suave. Mas assim que o soberano e outros senhores mais velhos juntaram-se ao seu redor, e moços jovens e belos se aproximaram dela com timidez e palavras amáveis, ela mostrou um pouco mais de desembaraço e espontaneidade. Sobretudo um major do corpo de guarda soube angariar-lhe particularmente a atenção, de modo que em pouco tempo davam a impressão de estarem entrosados numa conversação alegre. Esse major, eu sabia, tinha a reputação de favorito das mulheres. Com muita leveza e meios aparentemente inocentes, conseguia despertar sentido, graça, e ser envolvente. Seu bom ouvido lhe permitia perceber as ressonâncias mais sutis e o levava a, ligeiro feito músico talentoso, fazer vibrar ao bel-prazer acordes harmoniosos. Assim a vítima iludida acreditava estar ouvindo apenas os tons percutidos dentro do próprio coração.

Eu não estava muito longe de Aurélia, que aparentemente nem me vira. Queria ir até ela, mas cadeias férreas me arrestavam, mantinham-me inerte. Olhando mais uma vez o major, era como se fosse Viktorin ao lado de Aurélia. Então soltei uma risada cruel e sarcástica:

— Ei, seu infame! Será que o leito fundo da Cadeira do Diabo era tão macio, que um ardor impudente o faz desejar agora levar a amante do monge?

Não estou bem certo de ter realmente pronunciado essas palavras, mas escutei minha própria risada e creio ter despertado de um sono profundo, quando o velho mestre de cerimônias tocou minha mão com brandura, e perguntou:

— Qual é o motivo de tanta alegria, caro senhor Leonard?

Um frio gelado me paralisou! Não tinham sido literalmente ao pé da letra essas mesmas palavras que me dirigira o padre Cyrillus, no instante quando flagrou meu sorriso sacrílego?

Balbuciei hesitante qualquer coisa inteiramente fora do contexto. Senti que Aurélia não estava mais ali por perto, porém não tive a audácia de procurá-la com os olhos, saí atravessando o salão resplendente de luz. Sem dúvida, todo meu ser deve ter irradiado uma impressão sinistra, pois observei como todos se afastavam acanhados enquanto eu mais saltava que descia os degraus da majestosa escadaria.

Eu evitei a corte, porque me parecia impossível rever Aurélia sem trair o segredo guardado a sete chaves em minha alma. Passeava solitário pelos campos e florestas, meus pensamentos todos voltados para Aurélia. A convicção de que uma obscura fatalidade atara seu destino ao meu se fortalecera mais e mais; e que o que às vezes se me assemelhava pecado criminoso não passava do cumprimento de irrevogável e eterna sentença do céu.

Encorajando-me com essas ideias, cheguei a rir do perigo que correria se Aurélia reconhecesse em mim o assassino de Hermoge. Em minha opinião, todavia, a probabilidade era bastante improvável.

Que miseráveis me pareciam agora aqueles rapazes com seus modos frívolos, envidando esforços para agradá-la, ela que me pertencia de corpo e alma, e cujo mais leve sopro de vida estava suspenso à existência que tinha em mim! Que significavam a meus olhos os condes, barões, valetes e oficiais em vistosos uniformes e galas douradas, brasões e ordens, senão minúsculos insetos enfeitados, que eu, se me aborrecessem, esmagaria com punho vigoroso? Surgirei ante todos eles com o hábito de monge, carregando nos braços Aurélia em trajes de noiva, e a orgulhosa e hostil princesa soberana há de preparar, ela mesma, o leito nupcial do monge triunfante, que ela despreza.

Nutrindo pensamentos dessa índole, gritei várias vezes a plenos pulmões o nome de Aurélia, rindo e rugindo em desvario. Mas logo a tempestade enfurecida se amainava. Aquietava-me e readquiria a fleuma para tramar projetos de aproximação.

Certo dia eu perambulava pelo parque, ponderando maquinações se seria prudente ir ao sarau que o soberano anunciara, quando alguém tocou meu ombro, vindo de trás. Voltei-me e deparei-me com o médico particular da corte:

— Permita-me, senhor, medir-lhe o pulso!

Sem mais meandros, olhando-me fixamente nos olhos, ele tomou meu braço.

— O que significa isso? — perguntei, assombrado.

— Não muito! — continuou. — Anda rondando por essas bandas uma insensatez qualquer, quieta e discreta, assaltando como bandidos os homens, e surpreendendo-os de tal maneira de sua tocaia que nada lhes resta a fazer a não ser berrar aos quatros ventos, ainda que às vezes isso soe em forma de risadas delirantes. Entretanto, talvez seja um mero fantasma, o diabólico louco, ou uma febre benigna com acesso de calor súbito, por isso dê-me o pulso, meu caro!

— E lhe asseguro, meu senhor, não entendo aonde o senhor pretende chegar com essas palavras!

Assim reagi, mas o médico segurava meu braço e media as pulsações com o olhar erguido ao céu. Um, dois, três. Seu comportamento era para mim um enigma, insisti, pedindo-lhe que me dissesse o que queria afinal:

— O senhor então não sabe, caro Leonard, que recentemente colocou toda a corte perplexa e em polvorosa? A esposa do mestre de cerimônias está desde aquela noite sofrendo esquisitas convulsões. Quanto ao presidente do consistório, vem se ausentando das magnas sessões, considerando que o senhor, meu caro, espavorido e impune, teve o prazer de tropeçar nos pobres pés afetados pela gota, de modo que sentada numa poltrona ela ainda lança consideráveis lamentos pelas dolorosas pontadas! Tudo isso aconteceu quando o senhor, tomado de estranho rompante, saiu do salão depois de rir alto e sem motivo aparente, deixando os convivas horrorizados e de cabelos ouriçados.

Naquele momento, rememorando a cena com o mestre de cerimônias, eu disse que me lembrava perfeitamente de ter rido, aquilo não podia ter surtido efeito tão grotesco conforme afirmava, pois ele ainda me perguntara impassível que motivo tinha eu para me alegrar daquele jeito.

Mas o médico continuou:

— Ora, isso não quer dizer nada, o mestre de cerimônias é um sujeito impávido que nem liga para o Diabo em pessoa! Ficou lá em calma *dolcezza*, embora o mencionado presidente do consistório assegurasse que o Demônio de fato rira por seu intermédio, senhor Leonard, o que levou a bela Aurélia a ser acometida de vívido horror e espanto, tendo sido inútil o empenho dos presentes no sentido de tranquilizá-la; ela teve de nos privar de sua companhia para desespero de diversos cavalheiros em que o fogo do amor esfumaçava as perucas arrepiadas! No instante em que o senhor ria tão docemente, Aurélia gritou "Hermoge" com um tom penetrante de cortar o coração. Ora, o que quer dizer isso! Somente o senhor poderia talvez sabê-lo. O senhor, apesar de tudo, senhor Leonard, é um homem simpático, inteligente e sensato, não me arrependo de ter lhe confiado a estranha história de Francesko, pois lhe servirá de proveitosa lição.

O médico seguia segurando bem firme meu braço e me olhando direto nos olhos. Soltando-me bruscamente, eu disse:

— Não sei interpretar seu discurso singular, meu senhor. Mas preciso confessar que vi Aurélia assediada pelos cavalheiros elegantes, cujo ardor o senhor muito comicamente descreveu: "começava a enfumaçar as perucas topetudas". Veio-me, contudo, naquele momento rasgando-me a alma uma amarga reminiscência da juventude e, invadido pelo sarcasmo irônico com relação ao comportamento imbecil de certas pessoas, tive de rir involuntaria e abertamente. Sinto muito se causei tanta desgraça sem querer e expio minha culpa me desterrando da corte por algum tempo. Espero que Aurélia e a soberana me perdoem.

— Oh, querido senhor Leonard! — respondeu o médico. — Às vezes temos esses estranhos rompantes, mas podem ser domados se o coração é puro.

— Quem pode se vangloriar de coração puro aqui na Terra? — perguntei com voz rouca.

De um momento para o outro, o médico alterou o tom e o jeito de olhar, e falou suave e sério:

— O senhor me parece mesmo doente. Está com aspecto pálido e descaído, os olhos fundos e de um vermelho febril... o pulso está acelerado... a voz soa apagada... será que lhe prescrevo algo?

Quase imperceptivelmente, respondi:

— Veneno!

— Rá, rá! As coisas chegaram a esse ponto? Ora, vejamos, ao invés de veneno, eu prescreveria um medicamento eficaz, a companhia da sociedade para entreter. Mas também poderia ser... É estranho, mas... talvez...

Indignado, gritei impaciente:

— Peço, meu senhor, que não me atormente com o suplício desses discursos fragmentados e incompreensíveis, mas vá direto ao assun...

— Ora, pare com isso! — interrompeu-me o médico. — Equívocos estranhos acontecem, senhor Leonard. Estou quase certo de que, às vezes, fundamentados em impressões fugazes construímos preconceitos que minutos mais tarde pudessem se reduzir talvez a nada. Eis que vêm vindo Aurélia e a soberana, aproveite a coincidência casual e peça desculpas pelo seu procedimento... Na verdade...

Meu Deus! Na verdade não passou de uma risada... evidentemente foi uma risada extravagante. Que é que se pode fazer se algumas pessoas de nervos mais suscetíveis se assustaram? *Adieu*!

O médico saiu dali com sua característica vivacidade.

A soberana e Aurélia surgiram descendo a aleia. Estremeci, tentei me sobrepujar, reunindo todas as minhas forças. Pensei comigo mesmo, após as palavras enigmáticas do médico, que precisaria simplesmente afirmar minha posição. Audacioso, andei em direção às duas. Aurélia nem bem me olhou nos olhos caiu como se morta, lançando um grito surdo. Quis socorrê-la, mas a soberana me descartou com um gesto de aversão e horror, gritando por socorro.

Saí correndo pelo parque, como se tivesse sido açoitado pela fúria e por demônios. Tranquei-me em meu quarto e joguei-me no leito, rangendo os dentes de ódio e desespero. A tarde foi caindo, anoiteceu, então ouvi o ruído da porta da frente se abrindo, muitas vozes murmurando e cochichando entre si, confusas. A escada trepidou e senti que vinham subindo hesitantes. Enfim, bateram à porta, e ouvi a ordem para abrir em nome da lei. Sem ter consciência do que me ameaçava, naquele instante acreditei estar perdido. A fuga é a salvação, pensei, e escancarei a janela. Divisei homens armados em frente à casa, um dos quais logo me viu:

— Aonde o senhor pensa que vai? — perguntou, e, ato contínuo, derrubaram a porta do meu quarto.

Vários homens entraram; pela claridade da lanterna que vinham portando, identifiquei soldados da polícia. Mostraram-me um mandado de prisão expedido pelo juiz criminal; qualquer resistência teria sido estúpida. Meteram-me no interior de um carro, parado em frente a casa. Quando cheguei ao local que devia ser meu destino, perguntei onde estávamos e recebi a resposta:

— Nos cárceres do forte castelo.

Estava ciente de que ali eram detidos durante os processos os criminosos perigosos. Não demorou muito tempo, trouxeram minha cama e o guarda indagou se desejava algo mais para meu conforto. Respondi-lhe que não, e finalmente fiquei sozinho. A prolongada ressonância de passos a distância, de trancamentos e destrancamentos de portas se perdendo ao longe, me deram a entender que me encontrava num dos calabouços mais profundos do castelo.

De modo inexplicável a mim mesmo, durante a viagem bastante prolongada eu me tranquilizara e, numa espécie de aturdimento de todos os meus sentidos, não distinguira as imagens que desfilavam ao lado do caminho, senão através de um halo de cores pálidas, quase apagadas. Não pude conciliar o sono, mas sucumbi à inconsciência que paralisava meu espírito e minha imaginação.

Ao acordar com o dia bem claro me vieram paulatinamente à lembrança o incidente e o lugar em que fora trancafiado. Mal tomaria o calabouço abobadado muito similar à cela monacal, onde jazia, por uma prisão, se a pequena janela não fosse munida de fortes grades de ferro e fosse tão alta que mesmo estendendo a mão não a alcançava, muito menos conseguia assomar a ela.

Somente alguns parcimoniosos raios solares incidiam dentro do cômodo; senti intensa curiosidade por explorar o lugar onde estava e para isso empurrei minha cama à parede da janela e coloquei a mesa em cima. Estava prestes a subir naquele andaime improvisado, quando o guarda entrou e controlou intrigado o meu propósito. Perguntou-me o que eu pretendia fazer, respondi que queria apenas olhar pela janela. Voltou em silêncio mesa, cama e cadeira a seus lugares e fechou a porta. Não transcorrera ainda uma hora e ele retornou acompanhado de dois homens; eles me conduziram através de corredores intermináveis, escada abaixo, escada acima, até que entramos em uma sala pequena, onde o juiz criminal me aguardava.

A seu lado se sentava um homem jovem a quem ele em seguida passou a ditar em voz alta todas as respostas que eu dava às questões que me vinham sendo colocadas. Sem dúvida eu deveria agradecer a cortesia com que o juiz me tratava à estima e à boa reputação que durante muito tempo eu desfrutara na corte. O fato me convenceu também de que minha detenção fora motivada só por suspeitas e suposições de Aurélia. O juiz solicitou dados sobre minhas condições de vida anteriores àquela data; pedi-lhe que antes de mais nada me desse uma razão para a súbita detenção; respondeu que no momento certo eu seria suficientemente informado sobre o crime do qual era acusado. Por ora, tratava-se de conhecer as mínimas circunstâncias de minha vida anteriores à minha chegada à corte, e acrescentou que era seu dever lembrar, ao tribunal não faltavam meios de controlar a veracidade de minhas palavras, portanto seria conveniente ater-me com rigor à verdade.

A advertência do juiz, um sujeito miúdo e arruivado, que me falava com uma rouca e ridícula voz de sapo enquanto esbugalhava os olhos castanhos, veio bem a calhar, pois me prevenia a retomar o fio em meu depoimento e ir tecendo exatamente a partir das indicações de nome e origem que eu dispusera ao chegar à corte. Por outro lado, além do mais, eu devia evitar tudo que se destacasse, me concentrando em banalidades da vida cotidiana, transferindo-a a um espaço distante e vago para fazer com que as sondagens se tornassem complexas e complicadas. Naquele instante recordei um jovem polonês meu contemporâneo no curso do seminário e decidi me apropriar do arcabouço e das circunstâncias bem simples de sua biografia. Com essa disposição eu comecei nos seguintes termos:

— Pode ser que me acusem de um grave delito. Durante algum tempo vivi sob os olhos do soberano e de toda a cidade; no período de minha estada não foi cometido crime nenhum pelo qual eu tivesse de responder como autor ou cúmplice. Em consequência disso, deve ter um forasteiro me acusando de um crime cometido antes de minha chegada, já que me sinto isento de qualquer culpa. Talvez uma infeliz semelhança tenha despertado suspeita sobre mim, nesse sentido, é tanto mais duro constatar que a partir de suposições desprovidas de fundamento e a partir de ideias preconcebidas venham me tratando plenamente convencidos de meu crime e me encarcerem numa prisão de alta segurança. Por que não me confrontam com o acusador negligente, talvez mal-intencionado? Com certeza porque não passa de algum imbecil que...

— Devagar, devagar, senhor Leonard! — coaxou o juiz. — Modere seu palavreado, caso contrário pode vir a ofender gravemente alguma personalidade bem conceituada, e a pessoa estrangeira que o senhor reconheceu, senhor Leonard, ou senhor... (ele mordeu rapidamente o lábio), não é negligente, tampouco imbecil, porém... Não fosse o bastante, recebemos notícias relevantes de...

Nomeou uma região, onde se localizavam as propriedades do barão F., e tudo se esclareceu para mim. Naturalmente Aurélia reconhecera em mim o monge assassino de seu irmão. Ora, o monge era, entretanto, o célebre pregador Medardo do Mosteiro de Capuchinhos em B. Como tal o identificara Reinhold, e o próprio o admitira. A abadessa sabia que Francesko era pai de Medardo: minha semelhança com ele, que desde o primeiro momento inquietara a soberana, transformou em quase certeza a suposição, possivelmente objeto de correspondência entre as irmãs. Era ainda possível que tivessem buscado se informar no Mosteiro de Capuchinhos em B., e a partir dali, seguindo pistas com atenção, concluíram pela coincidência de minha pessoa com o irmão Medardo. Refleti na hora sobre tudo isso e constatei a situação perigosa em que me encontrava.

O juiz parolava sem cessar, e isso foi providencial, nesse meio-tempo me veio finalmente à memória o nome do vilarejo polonês que eu dera à dama da corte como meu lugar de nascimento, e que havia muito tempo viera tentando lembrar. Portanto, logo que o juiz encerrou seu sermão com a grosseira admoestação para que eu começasse sem rodeios a descrever minha vida até então, tomei a palavra:

— Meu nome é Leonard Krczynski, e sou filho único de um nobre que vendeu seus bens a fim de estabelecer-se em Kwiecziczewo.

— Como? O quê? — perguntou o juiz, e ao mesmo tempo se esforçava debalde para repetir tanto meu suposto nome quanto o do mencionado local de nascimento.

O taquígrafo não tinha a menor ideia de como tomar nota dessas informações no protocolo, tive de escrevê-las, eu mesmo, no livro.

Depois continuei:

— O senhor pode ver, meritíssimo, é difícil para a língua dos alemães a pronúncia consonantal de meu nome, e nisso consiste a razão pela qual eu, tão logo aqui cheguei, desprezei meu sobrenome e fiz-me chamar apenas pelo prenome Leonard. Quanto à minha vida, nenhuma terá sido igualmente modesta. Meu pai, instruído autodidata, aprovava minha clara inclinação para os estudos, e naquela época queria enviar-me à Cracóvia, a um eclesiástico aparentado com nossa família, Stanislaw Krczynski, quando faleceu. Ninguém se preocupou comigo, vendi os parcos bens que me restavam, reembolsei algumas dívidas, e me dirigi à Cracóvia com tudo que legara meu pai. Lá, estudei vários anos, sob a orientação de meu parente. Então me mudei para Danzig e Königsberg. Tempos depois, uma atração irresistível me levou a empreender uma viagem ao sul. Tinha a esperança de sobreviver com o restante de minha módica herança e, quem sabe, poder lecionar numa universidade. Mas aqui, meus planos quase foram por água abaixo, porém a situação logo foi contornada quando um ganho considerável no jogo faraó do soberano me permitiu prolongar a agradável estada, para mais tarde, segundo eu tinha em mente, prosseguir minha viagem à Itália. Algo de extraordinário que valesse a pena ser contado não aconteceu em minha vida. No entanto, preciso ainda acrescentar que eu poderia com maior facilidade provar a indubitável veracidade de meu depoimento, se um acaso estranho não me tivesse feito perder minha carteira contendo meu passaporte, meu itinerário e outros papéis que serviriam a esse fim.

O juiz se exasperou ostensivamente, fixou os olhos em mim, e me perguntou quase sarcástico que casualidade fora essa que legitimara minha situação, como eu argumentava. Contei-lhe o seguinte:

— Muitos meses atrás, eu estava a caminho daqui, pelas montanhas próximas. A maravilhosa primavera e a beleza romântica da região me animaram a fazer o trajeto a pé. Fatigado, parei certo dia no albergue de um vilarejo; encomendara um refresco e retirei um papel da carteira, a fim de anotar qualquer coisa da qual me recordara. A carteira estava à minha frente, em cima da mesa. Logo depois irrompeu a galope um cavaleiro, cujos trajes e aspecto singulares despertaram minha curiosidade. Ele entrou na sala, pediu uma bebida e sentou-se à mesa em frente a mim, olhando-me com modos sombrios e taciturnos. Aquela presença me incomodou, saí da sala. Alguns instantes mais tarde por sua vez, o cavaleiro pagou ao estalajadeiro e tornou a sair a galope, me cumprimentando fugazmente. Eu já pretendia retomar meu caminho, quando lembrei que largara a carteira sobre a mesa do albergue. Entrei e a encontrei no mesmo lugar em que a depositara. Só no dia seguinte, ao pegá-la de novo, descobri que não era a minha, mas provavelmente a do estranho que deve ter embolsado a minha por distração. Na carteira havia apenas anotações sem sentido para mim e várias cartas dirigidas ao destinatário de nome conde Viktorin. Essa carteira com seu conteúdo devem estar entre meus pertences, a minha continha, como eu disse, meu passaporte, o itinerário e além disso, me ocorreu agora há pouco, inclusive minha certidão de batismo. Tudo isso eu perdi na troca.

O juiz me mandou descrever da cabeça aos pés o forasteiro que mencionara, e não deixei de tecer um hábil retrato juntando na figura características da aparência do conde Viktorin e minhas próprias, no momento quando fugia do castelo do barão F. O juiz não cessava de me interrogar a respeito dos detalhes do episódio e, na medida em que contestava tudo de maneira satisfatória, a imagem se arredondava em meu espírito e eu mesmo passei a crer em minhas palavras não incorrendo mais no risco das contradições.

Com razão julguei de bom alvitre ter tentado inserir na trama uma personagem imaginária que justificasse a posse da correspondência da carteira dirigida ao conde. No futuro essa personagem poderia, conforme exigissem as contingências, vir a representar tanto Medardo em fuga quanto o conde Viktorin.

Mas nisso pensei ademais que talvez entre as cartas de Euphemie estivessem cartas contendo esclarecimentos acerca dos planos do conde Viktorin de se disfarçar de monge e aparecer no castelo. Isso naturalmente poderia trazer complicações e confundiria o curso real dos acontecimentos. Minha imaginação prosseguia fecunda, e quando o juiz me interrogou, eu via sem parar surgirem disponíveis em meu espírito sempre novos recursos para desembaraçar-me das suspeitas, e assim acreditei ter me safado do pior.

Uma vez que os fatos concernentes à minha vida em geral estavam devidamente discutidos, pensava eu, esperava que o juiz se concentrasse nos crimes que me eram imputados, mas não foi o caso. Ao contrário, ele indagou por que razão eu tentara fugir da prisão. Assegurei que isso jamais me passara pela cabeça. Ao que tudo indicava, o testemunho do guarda que me flagrara buscando alcançar a janela me contradizia. O juiz ameaçou me encadear se reincidisse na tentativa de fuga. Fui levado de volta à cela.

Tinham retirado a cama e preparado em seu lugar, sobre o chão, um monte de palha; a mesa fora parafusada, e em vez da cadeira encontrei um tamborete baixo. Três dias transcorreram sem que perguntassem por mim, eu via somente o rosto casmurro de um velho carcereiro que me trazia comida e à noite acendia os lampiões. Então foi diminuindo a tensão que me invadia, como se precisasse ser valente para lutar num combate de que dependia minha sobrevivência. Abandonei-me a tristes e sombrios devaneios, tudo me era indiferente, inclusive a imagem de Aurélia se esvaíra. O espírito combativo não levou muito a se recompor, mas somente para fazer-me vivenciar mais forte a sensação mórbida e doentia perpetrada no ambiente do calabouço e a que eu não tinha de fato condições de resistir. Não conseguia mais dormir. Os estranhos reflexos projetados na parede e no teto pela luz bruxuleante e turva do lampião representavam aos meus olhos toda a sorte de fisionomias mordazes; apagava a luz, enfiava o rosto no travesseiro de palha, mas os abafados gemidos dos prisioneiros e o ruído de suas cadeias que retiniam ressoavam ainda mais terríveis através do silêncio sinistro da noite.

Às vezes, tinha a impressão de estar escutando os gritos moribundos de Euphemie e de Viktorin.

— Tenho eu, por acaso, culpa da perdição a que incidiram? Não foram vocês próprios, miseráveis, que se entregaram ao meu braço vingador?

Assim os desafiei gritando alto, mas nisso fez-se ouvir um longo e profundo suspiro agonizante reverberando pela abóbada, e grunhi com brutalidade selvagem:

— É você, Hermoge! A hora da vingança se aproxima!... Não tem mais salvação!

Certa noite, talvez a nona, eu estava estendido no chão frio do cárcere, meio inconsciente, tomado de pavor e medo. Naquele instante percebi com nitidez uma batida insinuante e regular abaixo de mim. Apurei a audição, as batidas prosseguiam e confundiam-se com risadas esquisitas provenientes da terra! Ergui-me e com um salto passei ao leito, mas não cessavam de bater, rir e lamentar. Enfim uma voz chamou bem, bem baixo, mas também aterrorizante, rouca, balbuciante:

— Me-dar-do! Me-dar-do!

Uma corrente gelada perpassou meus membros. Reunindo minha coragem, gritei:

— Quem é você? Quem está aí?

O riso tornou-se mais distinto, o gemido, o lamento, a batida, tudo mais abafado:

— Me-dar-do... Me-dar-do...

Saí do leito, reunindo todas as minhas energias:

— Quem quer que esteja rondando por aqui qual fantasma, apresente-se em forma visível, frente a frente, para que eu possa vê-lo! Ou então pare de uma vez com essas batidas e risadas insensatas!

Gritei assim em meio às trevas espessas, mas, bem sob meus pés, recomeçaram as batidas, agora mais fortes, e um balbucio as acompanhava:

— Ri, ri, ri!... Ri, ri, ri!... Ir-mão-zi-nho... Ir-mão-zi-nho... Me-dar-do... a-bra... a-bra... va-mos... pas... se... ar... na... flo-res-ta!

Agora soava a voz abafada em meu íntimo, voz com a qual me familiarizava; eu a ouvira antes, mas tanto quanto me lembrava, não assim fragmentada e balbuciante. Com pavor, pensei ter escutado minha própria voz. Involuntariamente e querendo verificar se de fato procedia a suspeita, balbuciei:

— Me-dar-do... Me-dar-do!

Então percutiu de novo a risada, agora sarcástica, sardônica:

— Ir-mão-zi-nho..., ir-mão-zi-nho..., re-co-nhe-ceu-me? A-bra, en-tão! Va-mos pas-se-ar na flo-res-ta!

— Pobre demente! — respondeu a voz saindo de dentro de mim, rouca e terrível. — Não posso lhe abrir a porta, não podemos sair juntos pela floresta, pelos livres e límpidos ares primaveris, pois, assim como você, estou preso no fundo calabouço!

Escutei um lamento de desespero naquele instante, as batidas foram se amainando e enfim reinou silêncio.

A manhã surgiu pela janela. A fechadura rangeu e o carcereiro--chefe, que eu nunca vira antes, entrou:

— Durante essa noite, havia barulhos e vozes provenientes dessa cela. O que aconteceu aqui?

— Tenho o hábito de falar alto enquanto durmo — respondi, tão calmo quanto me foi possível —, e mesmo acordado entabulo conversas comigo mesmo. Espero que tenha o direito de fazê-lo.

— Provavelmente — continuou o carcereiro-chefe — o senhor está ciente de que qualquer tentativa de fuga ou de comunicação com outros detentos é punida com severidade.

Asseverei que não tinha a menor intenção de empreender algo do gênero.

Horas mais tarde me conduziram ao tribunal. Lá encontrei não o juiz que me interrogara da primeira vez, mas outro, bastante jovem e conforme comprovei à primeira vista superior ao antecessor em inteligência e perspicácia. Caminhou em minha direção e com um gesto amável me convidou a tomar assento.

Ainda o vejo com perfeição ante meus olhos. Para sua idade, ele era bem corpulento, quase careca, usava óculos. Em sua personalidade se refletia uma bondade e uma afabilidade que, exatamente por essa razão, eu pressenti quão difícil deveria ser para os criminosos resistirem ao seu charme e à sua sagacidade, a não ser que fosse um mais empedernido. Ele lançava as questões com sutileza, num tom quase de conversação, mas elas tinham sido ponderadas com cautela e formuladas com precisão, de modo a exigir respostas objetivas.

— Antes de qualquer coisa, preciso perguntar-lhe — assim iniciou — se tudo o que o senhor informou a respeito de sua vida procede de fato ou se agora, após meditar, o senhor não terá se lembrado de alguma particularidade relevante que queira acrescentar?

— Já disse tudo o que tinha a dizer a respeito da minha modesta existência.

— O senhor teria, por acaso, convivido com religiosos... com monges?

— Sim, na Cracóvia... Danzig... Frauenburg... Königsberg. Nessa última cidade, com o clero secular ligado à Igreja: o cura e o vigário.

— O senhor, no primeiro depoimento, não mencionou nada de uma estada em Frauenburg.

— Porque não considerei que valia a pena mencionar uma breve estada de oito dias naquele ponto da viagem, entre Danzig e Königsberg.

— Portanto, o senhor nasceu em Kwieczizewo?

Essa pergunta, o juiz me formulou de chofre, em polonês e, como se não bastasse, em polonês padrão todavia com muita naturalidade. De fato, eu fiquei um pouco confuso por um instante, mas superei o embaraço, me recordei dos rudimentos do idioma que aprendera no seminário com meu amigo Krczynski. Respondi:

— Na pequena propriedade de meu pai, em Kwieczczewo.

— Qual era o nome da propriedade?

— Krczinievo, patrimônio da família.

— Para uma pessoa de nacionalidade polonesa, o senhor não se expressa em polonês fluente. Para dizer a verdade tem um sotaque bastante alemão. Como se explica isso?

— Há muito tempo venho falando apenas alemão. Mesmo na Cracóvia, meu convívio era intenso com alemães que queriam aprender comigo o polonês; imperceptivelmente devo ter-lhes assimilado o dialeto, tão fácil se assimila um sotaque provinciano, esquecendo o melhor e mais genuíno da língua.

O juiz me encarou, um sorriso iluminou-lhe o semblante; em seguida ele se voltou em direção ao protocolante e ditou uma frase em surdina. Distingui com clareza as palavras: "visivelmente embaraçado", e eu queria acrescentar algo sobre meu precário polonês, quando ele perguntou:

— O senhor já esteve em B.?

— Nunca!

— O caminho de Königsberg até aqui poderia fazê-lo passar por essa localidade, não é mesmo?

— Vim por outro caminho.

— O senhor conheceu algum monge capuchinho do mosteiro de B.?

— Não, não conheci!

O juiz fez soar uma sineta e deu instruções ao oficial de justiça que entrou. Logo em seguida, abriu-se uma porta, e estremeci de susto e inquietude, ao ver entrando o padre Cyrillus. O juiz perguntou:

— O senhor conhece esse homem?

— Não conheço... nunca o vi antes.

Então Cyrillus forçou a vista dirigida a mim, aproximou-se mais, juntou as mãos e bradou em alto e bom tom, enquanto lágrimas abundantes rolavam-lhe pelas faces:

— Medardo, irmão Medardo! Por Jesus Sagrado, como posso reencontrá-lo nessas condições, seduzido pelo pecado demoníaco. Irmão Medardo, volte a si, confesse, se arrependa... A bondade divina é infinita!

O juiz pareceu se mostrar insatisfeito com as palavras de Cyrillus, voltou-se então ao padre para interrogar:

— O senhor reconhece nesse homem o monge Medardo do Mosteiro de Capuchinhos de B.?

— Isso é tão verdadeiro quanto minha súplica de que Deus me leve para o céu! — respondeu Cyrillus. — Não posso crer em nada além de que esse homem é Medardo; embora esteja vestindo roupas laicas, ele é o jovem que sob meus olhos entrou no noviciado no Mosteiro de Capuchinhos de B. e recebeu a consagração dos votos. No entanto, Medardo tinha um sinal vermelho em forma de cruz do lado esquerdo do pescoço, e se esse homem...

O juiz o interrompeu, virando-se para mim:

— O senhor vê, tomam-no pelo irmão Medardo do Mosteiro de Capuchinhos de B. E justamente a esse Medardo são imputados crimes graves. Se o senhor não é o irmão Medardo, nesse caso lhe será fácil prová-lo, tendo em vista que aquele Medardo possui uma cicatriz característica no pescoço. O senhor — se suas informações estiverem corretas — não pode tê-la. Eis uma excelente ocasião para prová-lo. Descubra o pescoço!

— Não é necessário — repliquei, sereno. — Uma inexorável fatalidade me proporcionou fiel semelhança com o acusado monge Medardo. Pois eu tenho realmente a marca de uma cruz vermelha do lado esquerdo do pescoço.

Era verdade! A ferida que me fizera a cruz de diamantes da abadessa deixara uma profunda cicatriz vermelha em forma de cruz que o tempo não conseguira apagar.

— Descubra o pescoço! — repetiu o juiz.

Eu o fiz, então Cyrillus gritou alto:

— Santa Mãe de Deus! É essa, é essa a marca da cruz! Medardo... Ah, irmão Medardo, você renunciou completamente à salvação eterna dos Céus?

Chorando muito e um tanto inconsciente, tombou sentado numa cadeira.

— O que o senhor tem a dizer sobre as afirmações desse venerável padre? — perguntou o juiz.

Nesse momento, uma espécie de raio fulgurante me atingiu; todo o desencorajamento que ameaçava me abater se eclipsou. Ah, pobre de mim! Era o renegado em pessoa me segregando ao ouvido:

— Que podem uns famigerados contra a potência de seu espírito? Você vai renunciar a Aurélia?

Passei a falar num tom virulento, conferindo à minha voz um acento irônico e sarcástico:

— Esse monge desmaiado na cadeira é um velho estúpido e débil, que em fantasia desvairada de decrépito me confunde com um capuchinho perdido de seu mosteiro, com quem eu talvez tenha uma fugaz semelhança.

O juiz mantivera até aquele momento uma atitude plácida sem alterar o olhar e o timbre de voz. Pela primeira vez, naquele momento seu rosto assumiu um ar sombrio e uma gravidade insólita e penetrante, ele se levantou e me olhou diretamente nos olhos com expressão indagadora. Devo admitir que inclusive o brilho daqueles óculos infundia um medo aterrorizante. Não pude seguir falando, pois o desespero tomou conta de mim, ergui o punho fechado e bati à fronte, gritando:

— Aurélia!

— O que significa esse nome? — perguntou, peremptório, o juiz.

— Um destino sinistro vem me sacrificando à morte ignominiosa — respondi surdamente. — Mas sou inocente, com certeza... sou inocente... Me soltem... Tenham compaixão... Sinto a loucura se apoderando de mim através de nervos e veias. Deixem-me ir em paz!

O juiz, agora calmo e imperturbável, ditou ao protocolante frases ininteligíveis para mim. Por fim ele leu uma ata em que constava a descrição detalhada do interrogatório, contendo minhas respostas e os complementos do padre Cyrillus. Tive de assinar meu nome, então exigiu que eu escrevesse algo em alemão e em polonês. Assim o fiz. Ele então pegou a folha escrita em alemão e a passou ao padre Cyrillus, nesse ínterim restabelecido, perguntando:

— Essa letra apresenta semelhanças com a do irmão Medardo?

— É exatamente a mesma letra, nas mínimas nuanças.

Assim respondeu Cyrillus e se virou para mim. Ele queria falar alguma coisa, um olhar do juiz recomendou silêncio. O juiz ficou observando com cuidado a folha em que eu escrevera em polonês, depois veio andando até perto de mim e disse num tom categórico e autoritário:

— O senhor não é polonês. O texto está totalmente errado, cheio de erros gramaticais e ortográficos. Nenhuma pessoa de nacionalidade polonesa escreveria assim, ainda que fosse bem menos instruída do que o senhor.

— Eu nasci em Krcziniewo, sou polonês, sim. Admitamos, porém, que não o seja, e circunstâncias secretas me obriguem a abjurar condição social e nome, não sei por que isso me converteria no capuchinho Medardo que, se compreendi direito, fugiu do Mosteiro de Capuchinhos de B.

Cyrillus me interrompeu:

— Ah! Irmão Medardo, nosso venerável abade não o enviou a Roma, confiando em sua fidelidade e piedade? Irmão Medardo! Pelo amor de Deus! Não siga negando por mais tempo o mistério sagrado do qual se investiu e vem agora renegando!

— Peço encarecidamente que não me interrompa! — ordenou o juiz.

Depois, voltando-se para mim ele falou:

— Devo chamar sua atenção para o fato de que a digna declaração desse respeitável monge fortalece as suspeitas de que o senhor seja de fato o irmão Medardo, por quem o tomam. Tampouco posso ocultar que o senhor se confrontará com várias outras testemunhas que o identificam sem dúvida com o citado monge. Entre essas testemunhas há uma em particular que, se é certo o que pressupõem, o senhor tem motivos para temer. Inclusive em meio aos seus pertences foram descobertos vários objetos que ratificam os crimes de que o senhor é acusado. Finalmente não tardarão a chegar notícias concernentes às suas pretensas relações familiares em Posen, que nos serão encaminhadas pelo tribunal daquela comarca. Digo-lhe tudo isso com mais franqueza do que me permite a função, a fim de que o senhor se convença do quão pouco eu conto com uma manobra para fazê-lo confessar a verdade, se as suspeitas tiverem fundamento. Prepare-se como quiser; se o senhor for de fato o acusado Medardo, então, creia-me! O olho do juiz perscrutará em tempo seus segredos mais recônditos; assim, o senhor está bastante ciente dos crimes que lhe impugnam. Se o senhor efetivamente for Leonard Krczynski por quem se apresenta, e um capricho especial da natureza lhe conferiu até mesmo a cicatriz particular, tornando-o similar ao irmão Medardo, é evidente que o senhor próprio encontrará com facilidade um recurso para demonstrar com clareza sua identidade. Tive a impressão de que o senhor estava com o estado de ânimo muito alterado, por essa razão interrompi a sessão, concedendo-lhe tempo para amadurecer suas reflexões. Após todos os acontecimentos do dia não lhe falta matéria para processar.

— Então o senhor acredita que minhas informações sejam falsas? Pensa que sou o monge fugitivo, Medardo? — indaguei, ansioso.

Com uma vênia ligeira o juiz se despediu:

— *Adieu*, senhor Krczynski! — E me levaram de volta ao cárcere.

As palavras do juiz se cravaram em meu coração como lanças dardejantes. Todas as minhas alegações me pareciam, nesse momento, desmoronar desprovidas de substância e totalmente frágeis. A pessoa com quem eu deveria me ver frente a frente e a quem eu provavelmente tinha razões para temer devia sem dúvidas ser Aurélia. Seria capaz de suportá-lo?

Vinha refletindo acerca do objeto suspeito encontrado entre meus pertences; senti um golpe no peito ao lembrar-me de que, ainda daquela época do castelo do barão F., eu possuía um anel com o nome de Euphemie que trouxera comigo na fuga e o alforje de Viktorin, amarrado com minhas cordas de capuchinho! Eu estava perdido! Em desespero, andava de um lado para o outro no cárcere.

Nesse instante, pensei ouvir alguém sussurrando ao meu ouvido:

— Ei, seu tolo! Por que está se acovardando? Esqueceu o Viktorin?

Gritei:

— A derrota não é certa, mas a vitória, isso sim!

Meu cérebro raciocinava em ebulição! Antes eu tivera a ideia de que talvez tivessem sido detectadas nas cartas de Euphemie pistas sobre a aparição de Viktorin como monge. Apoiando-me nessa hipótese, eu queria uma saída para um pretenso encontro com o conde ou com Medardo, por quem me tinham. Por meio de hábeis alusões, recontaria então a aventura no castelo de desfecho tão trágico, como se a conhecesse por intermédio de alguém, me introduzindo feito um inocente que por coincidência se parecia com ambos esses homens. Era necessário sopesar tudo em pormenores; decidi, portanto, redigir o romance que deveria me salvar! Deram-me o material para escrever que eu solicitara sob o pretexto de precisar determinadas circunstâncias biográficas ainda não mencionadas. Trabalhei concentrado até à noite. Enquanto escrevia, minha fantasia se exacerbava e tudo gradativamente adquiria forma semelhante a um primoroso poema, a teia de mentiras sem fim, com que tinha a esperança de velar a verdade aos olhos do juiz, se estendia cada vez mais sólida e enredada.

O sino do castelo acabava de tocar as doze badaladas da meia--noite, quando se fizeram entender, suaves e longínquas, as batidas que na véspera tinham me incomodado. Não quis atribuir importância, porém mais e mais alto soavam as batidas em intervalos regulares, mais uma vez entremeadas por risadas e gemidos. Dei um murro na mesa, bem enfático:

— Silêncio aí embaixo!

Pensei que assim encorajaria a mim mesmo, naquele momento em que o medo me apavorava. Mas o riso pérfido ecoou forte pela abóbada, e ouvi o balbucio:

— Ir-mão-zi-nho... Ir-mão-zi-nho... Que-ro vê-lo, vê-lo! A-bra, a-bra!

Começaram então a raspar, a cavar e a arranhar perto de mim, cada vez mais nítidos eram os ruídos de cadeias, em sucessão as mesmas risadas e os gemidos de sempre. Entrementes algo parecendo queda de massas pesadas retumbava ao mesmo tempo, surdamente.

Levantei-me com o lampião na mão, foi quando algo se moveu sob meus pés. Afastei-me e vi como, no lugar onde eu estivera agora há pouco, uma pedra do piso se deslocava. Eu a desencaixei e a retirei por completo sem esforço. Um clarão tétrico entrou pela abertura, um braço nu com uma faca reluzente na mão se estendeu ao meu encontro. Tomado de horror, recuei, tremendo. Escutei ao mesmo tempo uma voz vinda das profundezas da terra:

— Ir-mão-zi-nho! Ir-mão-zi-nho! Me-dar-do... es-tá a-qui! Vá! Fu-ja... para a... flo-res-ta, a... flo-res-ta!

Fugir, salvar-me; superei no mesmo instante todo o terror, tomei a faca que a mão me estendia e comecei atentamente a raspar a argamassa entre as pedras do pavimento. O que estava embaixo pressionava para cima com força. Quatro, cinco pedras retiramos, e jaziam ao lado, quando dali do fundo se ergueu até a cintura um homem nu que me encarou fixo com seus olhos espectrais e um sorriso de demente.

A claridade do lampião incidiu-lhe em cheio sobre o rosto: reconheci a mim mesmo! Perdi os sentidos!

Uma viva dor no braço tirou-me do esmorecimento! Havia muita luz em torno de mim, o carcereiro-chefe segurava na minha frente uma lanterna ofuscante, pela abóbada reverberavam sons de correntes e golpes de martelo. Estavam ocupados em me fundir a ferros. Além das algemas nos pés e nas mãos, fui sustido à parede também por uma forte corrente em torno da cintura.

— Agora o senhor provavelmente deixará de pensar em fugas! — disse o carcereiro-chefe.

— O que foi que ele fez? — perguntou um aprendiz de ferreiro.

— Então você não sabe, Jost? — respondeu o carcereiro-chefe. — A cidade inteira não fala de outro assunto. É um maldito capuchinho que matou três pessoas, já apuraram tudo. Em poucos dias teremos grande gala, aí as engrenagens vão funcionar!

Não pude ouvir mais nada, perdi de novo os sentidos e a faculdade de discernir. À custa de bastante esforço pude recuperar-me do aturdimento. Permaneci longo tempo na escuridão. Enfim, uns fracos raios de sol penetraram na abóbada de apenas 1,80 metro de altura, só agora eu constatava, para meu pavor, que tinham me transferido de cárcere.

Estava morrendo de sede. Estendi a mão à bilha de água que estava do meu lado, qualquer coisa úmida e viscosa deslizou pela minha mão, e vi um sapo repugnante e moroso sair pulando da água. Num gesto de nojo e asco, deixei cair a bilha.

— Aurélia! — gemi, tomando consciência da indescritível miséria que se abatia sobre mim.

— Eis aí! Para isso as mentiras e o fingimento no tribunal? Todos os artifícios falsos de hipocrisia demoníaca? Para isso, para prolongar em mais algumas horas a vida atormentada e arruinada? O que você pretende, nefando? A possessão de Aurélia? Mas ela só seria sua ao preço de um crime abominável! Pois sempre, mesmo se você lograr fazer o mundo crer em sua mentirosa inocência, ela sempre verá em você o odioso assassino de Hermoge, e não lhe dedicará mais que desprezo. Miserável, estúpido louco, onde estão agora os planos megalômanos, a fé inabalável em seu poder sobrenatural com que queria governar a seu arbítrio até mesmo o próprio destino? Você nem sequer é capaz de matar o verme que vem sugando mortalmente a vitalidade de seu coração. Ainda que o braço da justiça lhe permita viver, ainda assim estará perdido em ignomínia e desespero!

Lamentando em voz alta, me atirei ao monte de palha e senti nesse instante uma pressão ao peito, talvez proveniente de um objeto duro no interior do bolso de minha camisa. Levei a mão ao ponto e retirei do bolso uma pequena faca. Nunca, desde que estava na prisão, eu possuíra faca, muito provavelmente era aquela que meu sósia fantasmagórico me oferecera. Levantei-me com esforço e sustive o objeto à luz de um dos raios claros que incidiam ali pela pequena abertura. Vi cintilar a brilhante empunhadura revestida de prata. Insondável destino! Era a faca com que eu matara Hermoge e que umas semanas antes vinha julgando perdida. Aí sim, renascia em meu íntimo com intensidade a esperança de salvação e consolo ante a maldição.

A maneira incompreensível pela qual a faca viera parar em minhas mãos se me assemelhava a um sinal enviado pelo Poder Eterno sobre o modo de expiar meus crimes e merecer, com o sacrifício de minha vida, a reconciliação com Aurélia. Como um raio divino de puro fogo, reacendeu-se, então, a chama do amor por Aurélia, todo o amor impuro deu lugar ao puro. Acreditei vê-la com os olhos de outrora, ao confessionário da igreja do mosteiro. "Com certeza o amo, Medardo, mas você não o compreendeu! Meu amor é a morte!", assim sussurrava e murmurava agora a voz de Aurélia em torno de mim. Tomei a firme decisão de confessar voluntariamente ao juiz a estranha história de meus desvarios e me entregar à morte.

O carcereiro entrou trazendo-me uma refeição melhor que a que eu costumava receber e uma garrafa de vinho.

— Ordens pessoais do soberano! — disse ele, enquanto punha a mesa que um dos ajudantes carregara e abria a cadeia que me mantinha preso à parede.

Pedi-lhe que comunicasse ao juiz minha intenção de prestar novo depoimento e revelar coisas que vinham me pesando dolorosamente no peito. Ele prometeu transmitir o recado, mas fiquei aguardando em vão que viessem me buscar para o interrogatório. Não vi mais ninguém, até o rapaz ajudante vir, quando anoiteceu, a fim de acender o lampião que pendia dum extremo da abóbada. Sentia como nunca uma calma profunda, mas estava também exaurido e não tardei a pegar no sono.

Nisso, fui conduzido a uma longa sala abobadada e escura, e nela havia uma fila de clérigos vestidos de batinas pretas, sentados ao longo da parede em cadeiras com elevados espaldares. Em frente a eles o juiz se sentava a uma mesa forrada com uma toalha vermelho-sangue e tinha ao lado um dominicano vestindo hábitos da ordem.[1] O juiz declarou enfático e solene:

— A partir de agora seu caso está submetido ao tribunal de justiça da Inquisição tendo em vista que você, monge renitente e pecador, abjurou nome e condição. Francesko, nome religioso Medardo, responda: que crimes você cometeu?

---

1. Desde o século XIII, os dominicanos assistiam o tribunal de Inquisição.

Quis confessar publicamente todos os pecados e crimes que cometera, mas para meu grande espanto, minhas palavras não correspondiam em absoluto com o que eu queria dizer. Em vez de me confessar seriamente e me arrepender, me perdi num discurso disparatado e impreciso. Então, falou o dominicano, postado diante de mim em sua descomunal estatura, me perpassando com um olhar fulminante e acusador:

— À tortura com o monge criminoso contumaz!

As estranhas personagens sentadas ao redor da sala se levantaram, estenderam os braços apontados em minha direção e gritaram em uníssono com uma voz rouca e aterrorizante:

— À tortura com ele!

Puxei a faca e esfaqueava meu coração, mas o braço tomava outro rumo sem que eu pudesse comandá-lo, e ela se cravou em meu pescoço, exatamente em cima da cicatriz vermelha em forma de cruz, e se quebrou em caquinhos como se fosse vidro sem ao menos me ferir.

Nesse momento, os ajudantes do carrasco me agarraram e empurraram-me escada abaixo às profundezas de um subterrâneo de abóbadas baixas. O dominicano e o juiz me seguiram. Esse, mais uma vez, exigiu minha confissão. Novamente tentei fazê-lo, mas apesar de meus esforços o que eu pensava estava em desacordo e não condizia com minhas palavras; contrito, humilde e pleno de vergonha, eu confessava os crimes do fundo de minha alma, mas meus lábios exprimiam coisas desconexas. A um aceno do dominicano os carrascos me despiram por completo, ataram-me ambas as mãos juntas às costas e, quando me içaram, pensei que as articulações iriam quebrar-se e romper-se. Padecendo de dor atroz, soltei berros lancinantes e acordei.

A dor nas mãos e nos pés persistia ainda, ela provinha das pesadas correntes que me prendiam mas, além disso, sentia uma pressão sobre as pálpebras e não conseguia abrir os olhos. Por fim, pareceu que, de chofre, fora aliviado de um fardo na fronte, soergui-me vivamente: um dominicano estava em pé diante de meu leito de palha. Meu sonho convertia-se em realidade, o sangue gelou em minhas veias! Inerte como uma coluna, de braços cruzados, o monge me olhava com olhos negros e sem brilho. Reconheci o horrível pintor e recaí meio exangue no leito.

Talvez tenha sido uma mera ilusão de meus sentidos extremamente excitados devido ao pesadelo? Ajuntando toda minha coragem, aprumei-me, porém imóvel estava lá o monge e seguia me olhando com um olhar cavernoso.

Desesperado e tomado pelo pânico, gritei:

— Homem abominável!... Suma daqui!... Não!... você não é humano! É o Diabo em pessoa e quer condenar-me eternamente ao pecado! Suma! Maldito! Suma!

— Pobre insensato, míope! Não sou quem pretende encadeá-lo com cadeias indestrutíveis! Nem quero desviá-lo da obra sagrada para a qual o Poder Eterno o conclamou. Medardo! Pobre míope e insensato! Espantoso, horrível eu devia aparecer a você, quando sem reflexão ousou olhar a fossa aberta da danação eterna. Eu o advertia, mas você não me compreendeu! Venha, chegue perto de mim!

O monge falou tudo isso num tom de tristeza profunda e pungente; seu olhar que sempre me inspirava temor se tornara suave e brando, e mais amenas suas feições do rosto. Uma melancolia indizível me comoveu; qual um legado do Poder Eterno, a fim de amparar-me, consolar-me de minha infinita miséria, surgia agora o pintor dantes horrível. Levantei-me do leito e me aproximei dele: não era um fantasma, pude tocar seu hábito. Ajoelhei-me, sem pensar, e ele colocou a mão sobre minha cabeça, como se me concedesse a bênção.

Então, imagens magníficas inundaram meu espírito em cores luminosas. Ah! Via-me na floresta sagrada! Era o mesmo lugar onde em minha tenra infância o peregrino vestido de modo estranho me trouxera a criança prodigiosa. Quis avançar uns passos, quis entrar na igreja que avistei logo adiante. Ali eu poderia (assim pensei), através da penitência e do arrependimento, obter a remissão para todos os meus pecados. Mas eu não me movia, não podia discernir, não tinha consciência de meu próprio "eu". Foi quando uma voz surda e cavernosa me exortou com um lema: "o pensamento é a ação". As imagens oníricas se dissiparam, o pintor é quem pronunciara as palavras.

— Ser incompreensível, era mesmo você? Naquela trágica manhã na igreja dos capuchinhos de B.? Na cidade mercantil e agora de novo?

— Pare! — interrompeu-me o pintor. — De fato, era eu em todas as partes. Estava a seu lado para salvá-lo da condenação e da ignomínia, mas seu espírito se mantinha impenetrável! Para sua própria salvação, a obra para a qual foi eleito deve ser levada a bom termo.

— Ah! — gritei, angustiado. — Por que você não reteve meu braço quando eu, em minha ensandecida impiedade, ah! O jovem...

— Eu não tinha o poder — contrapôs o pintor. — Não faça tantas perguntas! Pode ser arriscado querer antecipar as decisões do Poder Eterno... Medardo! Você caminha rumo a um objetivo... Amanhã!

Um calafrio me percorreu o corpo, pois acreditei ter compreendido com exatidão a que o pintor se referia. Ele estava a par e aprovava o suicídio que eu decidira cometer. Foi andando lenta e silenciosamente à porta do cárcere.

— Quando o verei de novo?

— Ao fim! — respondeu, virando-se uma vez mais em minha direção. Sua voz solene e poderosa reverberou na abóbada.

— Amanhã, então?

A porta se fechou sem ruídos sobre os gonzos, o pintor tinha sumido.

À primeira luminosidade da aurora, entrou o carcereiro-chefe com seus ajudantes, e eles libertaram minhas mãos e pés machucados pelos grilhões. Segundo disseram, eu logo seria levado para prestar depoimento. Imerso em meditações, investido na ideia de minha morte, fui subindo à sala de audiências do tribunal de justiça. Minha confissão, eu a tinha concebido e ordenado em pensamento, de modo que apresentaria ao juiz um relato curto que conteria, porém, a condensação de todos os pormenores.

O juiz veio rápido ao meu encontro, acredito que meu aspecto devia estar bastante desfigurado, pois ao se deparar comigo, o amável sorriso que pairava em seu semblante se transformou numa expressão contrafeita de compaixão. Tomou minhas mãos e me levou com delicadeza a me sentar em sua poltrona. Olhou-me nos olhos e então anunciou lenta e solenemente:

— Senhor Krczynski! O senhor está livre! A investigação foi suspensa por ordem do príncipe soberano. Confundiram-no com outra pessoa, e a confusão se deveu à extraordinária semelhança entre o senhor e o outro sujeito. Sua inocência está comprovada com clareza, com muita clareza! O senhor está livre!

Tudo zumbia e dava reviravoltas ao redor de mim. A silhueta do juiz cintilava reflexos multiplicando-se em centenas de propagações através da névoa obscurecida. Tudo sumiu em meio às trevas espessas.

Senti enfim que me massageavam a fronte com água-forte, por instantes retornei do estado de inconsciência em que mergulhara. O juiz leu para mim um breve protocolo em que relatava que me comunicara a suspensão do processo e a soltura da prisão. Assinei em silêncio, não estava em condições de falar. Uma sensação inexplicável, que me aniquilava desde a essência de meu ser, impedia qualquer alegria em meu coração. Todas as vezes que o juiz me olhava com bondade sincera, tocando no fundo de minha alma, eu sentia ter chegado o momento indicado, uma vez que acreditavam em minha inocência e queriam me libertar, de confessar abertamente todas as maldades cometidas e de cravar a faca no peito. Eu queria falar... O juiz parecia desejar que eu finalmente saísse dali. Fui saindo, ele veio me seguindo e me confidenciou à meia-voz:

— Queria agora que soubesse, estou me demitindo do cargo de juiz. Quando o vi pela primeira vez, fiquei bastante interessado no processo. Por mais que (o senhor próprio tem de admitir) as aparências o incriminassem, eu ao mesmo tempo desejava ardentemente que o senhor, de fato, não fosse o monge horrível e criminoso por quem o tomavam. Dando os trâmites por findos, preciso lhe confessar que... O senhor não é polonês... o senhor não nasceu em Kwiecziczewo. O senhor não se chama Leonard Krczynski.

Sereno e autoconfiante, respondi:

— Não!

— Tampouco o senhor é um eclesiástico? — perguntou também o juiz, mas abaixando o olhar, talvez com a intenção de evitar me constranger com seu olhar inquiridor.

Meu sangue fluía agitado.

— Ouça bem, meritíssimo...

— Cale-se! — interrompeu-me. — Não diga mais nada. O que suspeitei à primeira vista se confirma. Vejo que nesse caso regem conjunturas enigmáticas, e que o senhor está pessoalmente intrincado num misterioso arranjo do destino que envolve certas figuras proeminentes da corte. Não cabe a mim me imiscuir mais a fundo na história, e consideraria uma indiscrição pretender que o senhor me revele algo sobre sua pessoa, sobre suas muito particulares ligações e relações biográficas. Mas o que o senhor acha de deixar tudo o que ameaça sua tranquilidade e ir embora? Após todos os acontecimentos, prolongar sua permanência neste lugar não lhe seria benéfico.

Nem bem o juiz terminou sua fala, foi como se todas as nuvens negras que pesavam sobre mim se dissipassem de imediato. Eu reconquistava o direito à existência e o ânimo de viver circulava ardorosamente por meus nervos e veias. Aurélia! De súbito, pensei nela! E seguiria adiante meu caminho, deixando-a naquele lugar? Exalei um profundo suspiro:

— Renunciar a ela?

O juiz olhou-me impressionado e logo disse:

— Ah, agora creio compreender! Queira Deus, senhor Leonard, que o fatal pressentimento que me sobrevém neste instante com nitidez não venha a se cumprir.

Tudo se transformara em meu íntimo. Todos os resquícios de arrependimento tinham desaparecido. Foi sem dúvida quase insolência criminosa de minha parte dirigir-me ao juiz com frieza hipócrita para perguntar:

— O senhor, contudo, me julga culpado?

Bem sério, o juiz replicou:

— Permita-me, senhor, que eu guarde comigo minhas convicções aparentemente fundamentadas em uma intuição muito vivaz. Ficou constatado com todos os requisitos formais que o senhor não pode ser o monge Medardo, porque Medardo está bem aqui e, além de ter sido reconhecido pelo padre Cyrillus que se deixara enganar pela incrível similaridade, ele não nega que é o capuchinho. Com isso sucedem pouco a pouco evidências que o eximem de todas as suspeitas. Tanto mais sou naturalmente levado a crer que o senhor se sente livre de culpa.

Um oficial de justiça veio chamar o juiz, pelo que a conversa ficou interrompida justo quando começava a me torturar.

Fui até minha casa e reencontrei tudo como deixara. Meus papéis tinham sido confiscados, agora jaziam sobre a escrivaninha num pacote lacrado. Dei falta da carteira de Viktorin, do anel de Euphemie e da corda do hábito de capuchinho. Isso significava que minhas suposições procediam. Não tardou a aparecer um criado da corte, trazendo um bilhete com a letra do soberano, dentro de um recipiente ricamente incrustado com pepitas de ouro:

> Nós o tratamos bem mal, senhor Krczynski, mas nem eu tampouco meu tribunal temos culpa. Toda sua aparência apresenta incrível semelhança com um sujeito criminoso; felizmente tudo se esclareceu a seu favor. Envio-lhe uma prova de simpatia e nutro a esperança de revê-lo em breve.

A graça do soberano me era tão indiferente quanto seu presente; uma sombria tristeza, embotando meu espírito e me deprimindo era a sequela dos rigores do calabouço. Eu carecia de alguns cuidados físicos e, assim, acolhi com prazer a visita do médico. Os assuntos concernentes à saúde foram examinados com rapidez. Então o médico introduziu outro tema:

— O senhor não acha que foi de fato um curioso capricho do destino que, justo quando tudo levava a crer que o senhor era o desprezível monge, causador de tantas desgraças na família do barão F., ele surja em pessoa aqui na cidade e o livre das suspeitas?

— Devo confessar que ainda não fui informado das minúcias relacionadas com minha liberação. O juiz mencionou superficialmente e por alto que o procurado capuchinho Medardo, com quem tinham me confundido, fora encontrado nas imediações.

— Não foi encontrado, porém trazido amarrado numa carroça e por coincidência na mesma ocasião em que o senhor também chegou. Lembro que certa vez estava prestes a lhe contar dos episódios prodigiosos que há uns anos tiveram lugar cá na corte e algo nos cortou. Lembro que ia começar a relatar o incidente do maligno Medardo, filho de Francesko, e os crimes hediondos que cometeu no castelo do barão F. Retomo, portanto, o fio da meada no mesmo ponto em que nos interromperam. O senhor sabe que a abadessa do Convento de Cistercienses de B. acolheu um dia calorosamente uma pobre senhora com seu filho, recém-chegados da peregrinação à Tília Sagrada.

— A mulher era a viúva de Francesko, e o menino era precisamente Medardo — interrompi.

— Exato, mas como o senhor pode saber?

— Por uma série bastante estranha de coincidências, inteirei-me das complicadas circunstâncias a respeito da vida do capuchinho Medardo. Conheço bem a história e tudo o que se passou no castelo do barão F.

— Mas como?... Quem lhe contou?

— Um sonho vívido manifestou a mim todas essas imagens.

— Está brincando?

— De modo algum! De fato, sucedeu como se eu tivesse escutado em sonho a história de um coitado que, ao bel-prazer dos caprichos de forças obscuras, foi sendo movido de um crime a outro. Quando viajava para cá e estava na floresta, o postilhão errou o caminho. Cheguei à casa do guarda-florestal e lá...

— Ah, entendi! Lá o senhor conheceu o monge?
— Foi isso mesmo! Mas ele era um insensato.
— Mas acho que agora não é mais. Naquela época ele teve laivos de lucidez e confidenciou-lhe tudo?
— Não foi bem assim. No meio da noite, desavisado de minha chegada ao pavilhão do guarda-florestal, ele entrou em meu quarto. Assustou-se bastante com nossa assombrosa semelhança. Tomou-me por seu duplo, cuja visão anunciava que sua morte estava próxima. Balbuciou, gaguejou confissões. Involuntariamente por estar cansado da viagem eu fui vencido pelo sono e tenho a impressão de que o monge seguiu falando sereno e contido, de fato não sei quando tem início o sonho. Creio me lembrar de ouvi-lo afirmando que tinha matado Euphemie e Hermoge, mas que o assassino de ambos era o conde Viktorin.
— Estranho, muito estranho... Por que o senhor não contou essa história ao juiz?
— Eu não poderia imaginar que o juiz atribuiria crédito a esse relato, pois tudo soaria para ele com certeza muito fabuloso. O senhor acha que de algum modo o prodigioso seria admissível a um esclarecido tribunal criminalístico?
— Acho meio lógico que o senhor tivesse suposto logo que o confundiam com o monge, então deveria ter designado o tal homem como Medardo.
— Certamente. Sobretudo depois que um velho tolo que se chama talvez Cyrillus insistiu a todo o custo em reconhecer em mim seu irmão de mosteiro. Mas eu não poderia imaginar que o monge louco seria Medardo ou que o crime confessado pudesse se relacionar com a matéria de meu processo.
— O guarda-florestal, todavia, me dissera que o homem jamais lhe revelara seu nome. Como puderam descobri-lo?
— Por um simples acaso. Não sei se o senhor sabe, o monge vivera algum tempo na casa do guarda-florestal. Parecia estar restabelecido, quando surpreendentemente foi mais uma vez acometido por acessos de insanidade tão perniciosos, que o guarda se viu na

obrigação de trazê-lo à cidade, onde foi internado num manicômio. Lá, ele permanecia sentado dia e noite com o olhar inerte feito estátua. Não dizia uma única palavra e tinha de ser alimentado, já que era incapaz de mover a mão. Diferentes meios empregados para tirá-lo dessa espécie de catalepsia foram infrutíferos, aos meios violentos não era entretanto possível recorrer sem o risco de levá-lo a novos delírios furiosos. Há alguns dias, o filho primogênito do guarda esteve na cidade e foi ao hospício para fazer uma visita ao monge. Estava cheio de compaixão pelo lamentável estado do infeliz, quando na saída encontrou o padre Cyrillus do Mosteiro de Capuchinhos de B., que por acaso passava pela cidade. O rapaz lhe dirigiu a palavra e lhe pediu que visitasse o pobre irmão de ordem encarcerado, pensando que os bons conselhos e a bênção de um religioso da congregação talvez pudessem lhe ser benéficos. Ao se deparar com o monge, Cyrillus recuou assustado: "Santa Mãe de Deus! Medardo, pobre Medardo!", gritou. No mesmo instante, os olhos do monge se reanimaram. Ele se levantou, mas caiu logo prostrado no solo com um grito abafado. Cyrillus, junto com aqueles que tinham assistido à cena, foi logo ter com o presidente do tribunal para relatar tudo. O juiz, também encarregado de conduzir o processo contra o senhor, caminhou com Cyrillus até o hospício, onde acharam o monge muito abatido, mas livre dos ataques. Dessa feita ele então confessou ser o irmão Medardo do Mosteiro de Capuchinhos de B. Por sua vez Cyrillus assegura que o equívoco devera-se à espantosa semelhança do senhor com Medardo. Mas, após conhecer o outro no manicômio, acrescentou, ele podia perceber nítidas diferenças entre ambos, quanto ao jeito de falar, ao modo de olhar, aos gestos.

Também constataram do lado esquerdo do pescoço a famosa cicatriz que suscitou tanta polêmica no curso do seu processo. Mais tarde, interrogaram o monge sobre os episódios que tiveram lugar no castelo do barão F. Ele respondeu com voz apagada e quase inaudível: "Eu sou um criminoso desprezível e infame. Estou consternado com meus atos vis. Ah! Deixei-me arrastar pelas tentações, perdi a mim mesmo e a minha alma imortal!... Tenham piedade!... concedam-me um tempo!... tudo... quero confessar tudo." Inconformado com o desenrolar dos fatos, o soberano ordenou imediatamente que cancelassem o processo impetrado contra o senhor e o pusessem em liberdade. Essa é, portanto, a história de sua libertação. Quanto ao monge, foi transferido ao cárcere.

— E confessou tudo? Assassinou Euphemie e Hermoge? E o conde Viktorin?...

— Pelo que sei, darão início precisamente hoje ao processo criminoso contra o monge. Mas no que se refere ao conde, tenho a impressão de que tudo aquilo que em nossa corte se relaciona com esses eventos está fadado a permanecer obscuro e insondável.

— Sinceramente eu não consigo imaginar os vínculos entre os episódios que sucederam no castelo do barão F. e o drama familiar da sua corte.

— Na realidade me refiro mais às pessoas que desempenharam papéis de protagonistas em ambas as situações, não aos eventos em si mesmos.

— Como assim?

— O senhor se lembra ainda com exatidão de minha narrativa da tragédia que provocou a morte do príncipe caçula?

— Claro!

— Não ficou evidente que Francesko amava a italiana com paixão proibida e criminosa? Que foi ele próprio quem se insinuou ao quarto do jovem e o apunhalou sorrateiramente? Pois esse Francesko foi pai de Medardo e de Viktorin. E Viktorin desapareceu sem deixar vestígios, todas as investigações acerca de seu paradeiro deram em nada.

— O monge o atirou ao precipício Cadeira do Diabo! Maldito seja o vil fratricida!

Quando eu proferi essa exclamação com veemência, escutei um ruído suave, bem suave, das batidas da horrível aparição fantasmagórica que me surgira no calabouço. Inutilmente eu tentava combater o pavor que me invadia. O médico, pelo jeito, não estava ouvindo as batidas, nem a luta que se travava dentro de mim, e prosseguia:

— O quê? O monge admitiu mesmo ter matado Viktorin?

— Admitiu. Pelo menos foi o que pude deduzir de suas expressões entrecortadas, e se as relacionamos com o sumiço de Viktorin, somos levados a concluir que foi bem como se passou. Maldito seja o vil fratricida!

O ruído das batidas aumentou. Entendi gemidos e lamentos, um ligeiro riso soou pelo aposento, como se dissesse:

— Medardo, Medardo... Ri, ri, ri... Socorro!

Sem atinar para tanto, o médico continuava falando sem cessar:

— Há um mistério muito peculiar pairando acerca da origem de Francesko. É quase certo um vínculo de parentesco com a casa do príncipe. Segura é a informação de que Euphemie é filha de...

Um golpe assombroso fez soltar os gonzos da porta que se abriu com violência, e uma risada estridente reverberou nos ares:

— Ro, ro, ro... Irmãozinho! — gritei, desvairado. — Ro, ro, ro! Venha, então... venha, logo... se quiser brigar comigo... O mocho celebra as bodas, subamos juntos ao telhado para nos batermos em duelo! Quem derrubar o adversário é rei, e tem direito a beber sangue!

O médico tocou meu braço e perguntou:

— O que o senhor tem? O que foi? O senhor está doente... sim, gravemente enfermo. Já para a cama! Depressa!

Eu encarava a porta aberta para ver se meu terrível duplo não entraria por ali, mas não via nada e assim pude me restabelecer do susto selvagem que se apoderara de mim, me cravando suas garras geladas.

O médico insistia, convencido de que meu mal era pior do que supunha, e atribuía minha enfermidade às atribulações e alterações de ânimo provocadas pela vida no cárcere e pelo processo. Eu tomei os remédios que prescreveu. Porém, mais que suas artes de cura, o que contribuiu decisivamente para minha melhora foi o fato de não ouvir mais as batidas. Por isso pensei que o pavoroso duplo tivesse finalmente me abandonado.

Numa manhã o sol primaveril espalhou alegremente os raios dourados pelo meu quarto. A doce fragrância das flores vinda da janela rescendia pelo ambiente. Encheu-me o inexprimível desejo de respirar ao ar livre e, desobedecendo às prescrições médicas, saí em direção ao parque.

Lá, as árvores e as matas saudaram com farfalhos e sussurros o convalescente de uma enfermidade crônica. Aspirei os ares a plenos pulmões, me sentindo despertar de um longo sonho, e suspiros profundos foram a linguagem inefável, a expressão de meu bem-estar, que juntei à sinfonia de alegres gorjeios de pássaros e jubilosos zumbidos de insetos de todas as espécies.

Ao atravessar uma aleia de plátanos espessos e sombrios, tudo, não somente o passado recente, mas a vida inteira desde a saída do mosteiro, me sobreveio feito um pesadelo. Nessa reminiscência eu estava no jardim dos capuchinhos de B. Dos longínquos arbustos lá adiante de mim se destacava uma elevada cruz, aonde eu sempre ia suplicar com candente fervor que me fosse concedida a graça da fortaleza para resistir às tentações.

A cruz, naquele instante, parecia consistir a meta a que devia aspirar em peregrinação e, jogando-me ao solo, expiar e me arrepender do pecado de conceber sonhos criminosos imaginados pelo Diabo para me ludibriar. Eu avançava com mãos postas erguidas, o olhar fixo na cruz. Cada vez mais forte soprava o vento. Acreditei perceber os cânticos dos irmãos, mas eram somente sons maravilhosos que a brisa produzia ao agitar as ramagens das árvores, revelando assim outros estranhos rumores da floresta. Sem respiração por causa do vento, precisei me deter esgotado e apoiar-me num tronco, a fim de evitar cair ali na terra. Entretanto, um ímpeto me propulsou em direção à cruz. Reuni outra vez minhas energias e fui seguindo vacilante, mas só consegui alcançar um assento coberto de musgo, situado bem diante do arbusto. Uma exaustão mortal paralisou subitamente meus membros. Assemelhando-me a um idoso enfraquecido, eu me agachei devagarzinho, com um gemido surdo tentei desabafar meu peito oprimido.

Bem perto de mim, ouvi um murmúrio na alameda... Aurélia!

No momento imediato à lembrança, eis a própria Aurélia diante de mim!

Lágrimas dolorosas de tristeza rolavam de seus olhos celestes, mas em suas lágrimas também cintilava esplendoroso brilho. Ela tinha a indescritível expressão do desejo ardoroso, e semelhante expressão não lhe era habitual. Mas o olhar cheio de amor do ser misterioso que viera um dia ao confessionário, do mesmo modo que estava sempre em meus sonhos mais diletos, se impregnava do mesmo ardor.

— Você poderá me perdoar um dia? — sussurrou.

Arrojei-me a seus pés, alucinado por um encantamento inominável. Segurei-lhe as mãos.

— Aurélia! Aurélia!... Por você o martírio... a morte!

Senti que me alçavam com brandura. Aurélia inclinou-se pousando a face junto a meu peito, perdi-me nas delícias de seus beijos apaixonados sobre meu rosto. Assustada por um ligeiro estalido ali próximo, ela se soltou de meus braços. Não ousei detê-la.

— Cumprem-se os meus desejos e a esperança! — disse, com voz emocionada, antes de partir.

Logo em seguida eu vi a soberana surgindo na alameda. Enfiei-me mata adentro em meio às ramagens e foi nesse momento que me dei conta, com estranheza, que tomara um tronco fino e ressecado por um crucifixo.

Não me sentia mais extenuado, os beijos de Aurélia insuflaram em mim nova vitalidade. Agora era como se tivesse descoberto de maneira clara e louvável o segredo de minha existência. Ah! Era belo o segredo do amor se revelando em sua glória e esplendor! Encontrava-me no ponto culminante da vida; iniciava-se naturalmente uma descendente para que se realizasse o destino urdido pelo poder superior.

Esse momento ficou marcado em minha vida qual sonho celeste e me envolveu numa aura de graça, tanto que comecei a registrar por escrito os acontecimentos posteriores a essa visão de Aurélia. A você, leitor desconhecido que um dia lerá estas páginas, peço que evoque aqueles tempos luminosos de sua própria vida, assim compreenderá o lamento miserável e sem consolo do monge envelhecido no arrependimento e na penitência e compartilhará seu sofrimento. Agora lhe peço uma vez mais, deixe aquele tempo irradiar seu íntimo, e não será necessário estender-me sobre a maneira como o amor de Aurélia iluminou todo meu cerne e minha aura, como meu espírito contemplou a vida com mais vigor, porque eu mesmo vivia de fato, e como a bem-aventurança do céu me cobria, a mim, pleno de divino entusiasmo. Nenhum resquício de pensamento tenebroso povoava minha alma. O amor de Aurélia me purificava de todos os pecados. Inclusive germinou em meu seio a convicção de que não fora eu o criminoso desalmado do castelo do barão F., que abatera Hermoge, mas sim o monge louco com o qual cruzara na casa do guarda-florestal, ele fora o autor do crime hediondo. Tudo o que confessara ao médico particular do soberano não era a meu ver mentira, eu julgava, ao contrário, firmemente, que se tratava do desenrolar literal e misterioso de um caso a meu ver por inteiro incompreensível.

O soberano me recebeu como um velho amigo que se crê perdido e se volta a encontrar. Sua atitude cordial ilustrava a partir disso o tom com que todos deviam se harmonizar; somente a soberana, não obstante se mostrasse mais suave que antes, mantinha-se séria e retraída.

Aurélia se comportava comigo com uma espontaneidade ingênua, seu amor não era uma culpa que tinha de ser camuflada aos olhos do mundo, muito menos eu podia dissimular o mínimo que fosse o sentimento que me fizera renascer. Todos percebiam minha intimidade com Aurélia, porém se faziam de desentendidos, porque liam na atitude do príncipe a maneira como ele, não exatamente favorecia, mas aceitava nosso amor de maneira tácita e silenciosa.

Assim, pois, passei a vê-la com frequência, inclusive sem testemunhas. Tomava-a nos braços, ela correspondia a meus beijos, mas percebendo o tremor de sua casta timidez, eu não dava vazão a meus desejos pecaminosos; toda a intenção maliciosa perecia no calafrio que se insinuava em meu coração. Ela não dava mostras de pressentir ameaças no ar; de fato não existia nenhuma ameaça, porque sempre que estávamos sentados a sós lado a lado no quarto, quando seu encanto celestial resplendia mais forte que nunca e um desejo de amor sensual queria inflamar meu peito, ela me olhava com suavidade e pureza, e era como se o céu permitisse ao pecador arrependido permanecer na Terra em meio aos santos. Não era Aurélia, era Santa Rosália em pessoa. Atirei-me a seus pés e exclamei:

— Ah, piedosa santa! Pode o amor terreno comover seu coração?

Então ela me dava a mão e dizia com sua voz mais meiga e carinhosa:

— Ah, não sou nenhuma santa, apenas devota, e o amo com ternura!

Passaram vários dias sem que nos víssemos. Ela viajara acompanhando a soberana numa visita a um castelo de lazer não muito distante. Não pude suportar a saudade e fui visitá-la. Cheguei à noite e uma camareira que encontrei no jardim me informou em que quarto se instalara. Pé ante pé eu abri a porta e fui entrando sem me anunciar. Um delicioso aroma de flores inundava o ar e turvava meus sentidos. As recordações me vinham à mente em turbilhões, como sonhos obscuros! Não era esse o quarto de Aurélia no castelo do barão F. onde... Tão logo o pensamento ocorreu-me, pareceu se elevar atrás de mim uma desfigurada imagem, "Hermoge!", bradou a voz em meu peito. Aterrorizado eu corri adiante, a porta do gabinete estava simplesmente encostada. Aurélia se ajoelhava de costas para mim e voltada para um tamborete em cima do qual havia um livro aberto. Cheio de medo e aflição, ainda voltei o olhar sem querer para trás — nada vi! —, então exultei um tanto eufórico:

— Aurélia! Aurélia!

Ela se virou depressa, mas antes que tivesse tempo de se levantar, eu estava aos seus pés e a enlaçava com amor.

— Leonard, meu bem-amado! — sussurrou.

Um desejo devastador e pecaminoso ferveu em meu íntimo. Lânguida ela repousava em meus braços, seus cabelos presos em tranças tinham se soltado e caíam em cachos exuberantes sobre meus ombros, o seio jovem arfava. Ela suspirou com sutileza — então não me reconheci mais!

Ergui-a com violência e ela pareceu fortalecida. Seus olhos irradiavam insólito fulgor, devolveu meus beijos fogosos com paixão. Atrás de nós ressoou um possante alvoroço de asas, um som penetrante, semelhante a um grito angustiado de alguém diante da morte, ecoou pelo aposento:

— Hermoge! — bradou Aurélia, e perdeu os sentidos em meus braços.

Aturdido pelo horror lívido, saí a correr embalado! No vestíbulo me vi frente a frente com a soberana que retornava de um passeio. Olhou-me séria e orgulhosa, e disse:

— Surpreende-me bastante vê-lo aqui, senhor Leonard!

Tentando dominar minha perplexidade naquele instante, reagi num tom quase mais firme do que mandava o decoro ao afirmar que às vezes lutamos em vão contra emoções intensas, mas com frequência seriam justo os impulsos aparentemente inconvenientes os ditados pela mais alta conveniência.

Enquanto me apressava através da noite tenebrosa para chegar à cidade, tive a impressão de estar acompanhado e de que uma voz me cochichava ao pé do ouvido:

— Sempre... sem-pre... si-go... jun-to... con...si...go, ir-mão--zi-nho... ir-mão-zi-nho... Me-dar-do!

Mas se olhava em torno de mim, no entanto, ficava evidente que o fantasma do duplo existia apenas em minha imaginação. Por mais que tentasse, não havia como me livrar da impressão assombrosa. Finalmente senti como se fosse necessário abordá-lo e conversar com ele, contando que mais uma vez eu fora tolo e me deixara sobressaltar pelo pobre Hermoge; Santa Rosália, dizia eu, logo deveria ser minha, toda minha, pois para isso era monge e fora consagrado. A essas palavras, meu duplo ria, suspirava do seu modo peculiar, e balbuciava:

— Mas... lo... go!

Eu o sossegava:

— Calma! Vamos com calma, meu jovem! Tudo ficará bem. Não acertei Hermoge direito, ele possui uma maldita cruz no pescoço, como nós dois, mas minha faca se mantém amolada e afiada!

— Ri, ri, ri! A... cer... te... bem... da... pró... xi... ma!

Ciciava meu duplo; e esse murmúrio perdurava e se perdia no fragor do vento matinal, impelido pelo fogo purpúreo que chegava ardendo do lado leste.

Mal acabara de entrar em casa, quando fui chamado a comparecer à presença do príncipe. Ele veio muito amável em minha direção:

— De fato, senhor Leonard! — começou ele nossa conversa.

— O senhor conquistou minha alta consideração e simpatia. Não posso lhe esconder que a inicial boa-vontade para com o senhor se transformou em afeição e amizade sincera. Não gostaria de perdê-lo, gostaria de vê-lo feliz! Por outro lado, devemos-lhe todo o tipo de indenização pelo seu padecimento. O senhor sabe, senhor Leonard, quem foi o único causador do malfadado processo?

— Não, venerável senhor.

— A baronesa Aurélia! O senhor se surpreende? Sim, ela mesma, meu caro senhor Leonard. A baronesa (riu alto), ela o confundiu com um capuchinho! Por Deus! Se o senhor for um capuchinho, então é o mais charmoso de que se tem notícia! Diga a verdade, senhor Leonard, o senhor é de fato uma peça de mosteiro?

— Venerável príncipe, eu não sei que fatalidade maligna é essa que sempre quer fazer de mim um monge...

— Ora, deixe disso! Não sou um inquisidor! Seria somente lamentável se algum voto sagrado o cerceasse. Direto ao assunto! O senhor não gostaria de vingar-se do mal que a baronesa lhe causou?

— Em que peito humano poderia alojar-se semelhante intenção maldosa contra o encantador ser celestial?

— O senhor ama Aurélia?

Essa questão colocou-me o soberano de repente, olhando-me sério e perspicaz dentro dos olhos. Permaneci em silêncio, enquanto levava a mão ao peito numa deferência. O príncipe continuou:

— Sei muito bem! O senhor amou Aurélia desde o momento quando ela pela primeira vez adentrou o salão com a princesa. Ela corresponde ao seu amor e com um ardor de que não julgava a suave Aurélia capaz. Ela vive inteiramente para o senhor, a soberana me informou tudo. O senhor acredita que, após sua detenção, ela se abandonou a um estado de ânimo tão abatido e desanimado, que ficou acamada à beira da morte? Naquela ocasião ela o confundia com o assassino do irmão, por isso tanto menos compreendíamos seu estado de dor. Ela já o amava! Bem, senhor Leonard, ou melhor, senhor Kcrzynski, o senhor pertence à nobreza, pretendo vinculá-lo à nossa corte de uma maneira que o agradará. O senhor se casa com Aurélia. Em alguns dias nós celebraremos o noivado. Eu mesmo representarei o papel de pai da noiva...

Permaneci mudo, dilacerado por sentimentos contraditórios. Antes de se retirar, o soberano me saudou bastante satisfeito:

— Adeus, senhor Leonard!

Aurélia, minha esposa! Mulher de um monge criminoso! Não! A maldita fatalidade não podia estar tramando aquilo para ela, qualquer que fosse o destino que lhe tenha fadado! Essa rejeição se impôs sobre os demais pensamentos, triunfando contra tudo que se lhe tentasse opor. Precisava, intuía eu, tomar uma urgente decisão para contornar aquilo, mas em vão sopesava alternativas de me separar dela que não fossem doídas. A ideia de não tornar a vê-la me era insuportável, mas a ideia de ligar-me a ela na condição de esposo me enchia de uma repugnância inexplicável. Nitidamente eu tinha o pressentimento de que, no momento quando o monge criminoso estivesse ante o altar do Senhor para zombar de maneira sacrílega dos votos sagrados, a figura do pintor estrangeiro voltaria a se apresentar, mas não ameno e consolador como na prisão, e sim terrível, profetizando vingança e ruína, como no casamento de Francesko; e me lançaria a uma condição de miséria atemporal, eterna. Bem no fundo do peito, a voz da consciência aconselhava:

— Aurélia tem de ser sua! Tolo, imbecil! Como pode cogitar e ousar mudar o destino traçado?

E depois voltou a gritar:

— Ajoelhe-se, ajoelhe-se na poeira, cego criminoso. Nunca ela poderá ser sua. É a própria Santa Rosália que você almeja enlaçar em amor terreno!

Cindido pelas espantosas tensões contraditórias que me levavam a oscilar de um lado ao outro, já não sabia o que pensar, nem o que fazer para escapar da ameaça de algum tipo de perda. Esmaecera o ditoso estado de espírito que não me fazia rememorar minha vida inteira, mesmo o fatal período no castelo do barão F., senão como mero pesadelo.

Um triste desalento me dominava, me considerava um criminoso vulgar. Tudo o que dissera ao juiz ou ao médico não passava de mentira boba e mal inspirada; não fora uma voz interior que se fizera ouvir, conforme de hábito eu tentava me persuadir.

Mergulhado em meus próprios pensamentos, a atenção toda voltada para mim e sem escutar o que se passava em redor, eu vagava pela rua. Os gritos de um cocheiro e os estrépitos da carruagem me despertaram dos devaneios, esquivei-me rapidamente para o lado. A carruagem da soberana passou ao largo, o médico fez uma fugaz inclinação atrás da portinhola e me acenou amigavelmente. Eu o segui até sua casa, lá ele saltou do carro e me puxou pelo braço, enquanto entrávamos:

— Acabo de ver Aurélia, precisamos conversar!

Subimos à sua casa. Lá, ele disse:

— Olhe só o que o senhor fez! Seu imprudente! Surgiu como um espectro diante de Aurélia, a pobre de nervos suscetíveis adoeceu com o susto!

O médico viu que empalideci.

— Convenhamos, não é tão grave. Ela está agora em condições de passear pelo jardim e amanhã regressará com a soberana à residência. Aurélia falou muito do senhor, senhor Leonard. Ela tem sentido uma saudade imensa de revê-lo e quer se desculpar, pois acredita ter lhe dado uma impressão ingênua e tola.

Rememorando nosso encontro, eu não conseguia compreender a interpretação de Aurélia.

O médico deu-me claramente a entender que estava ciente dos planos do soberano a meu respeito. Através de sua costumeira vitalidade que a todos contagiava desenvolveu a conversa num tom divertido de pilhéria e não tardou a conseguir me arrancar do humor deprimido em que mergulhara. Descreveu-me por exemplo a cena de Aurélia no quarto, como um menino que não pode se reaver após um pesadelo, com olhos semicerrados e brilhantes de lágrimas, estendida sobre a cama, a cabeça apoiada na mão e se queixando de visões doentias. Ele repetiu as palavras da moça tímida, imitou sua voz entrecortada por leves suspiros; e, à medida que representava o quadro em tons de gracejo, sabia valorizar o conjunto com traços luminosos de audaciosa ironia, tanto que eu era capaz de vê-lo perfeitamente se desenrolar vívido ante meus olhos. Ademais à maneira de contraste ele incluía às vezes a gravidade da princesa, o que também me divertiu muitíssimo.

Finalmente, perguntou:

— Ao instalar-se na residência, o senhor por acaso chegou a imaginar que vivenciaria aqui tantas experiências extraordinárias? Antes foi o absurdo mal-entendido que o levou às mãos do tribunal de justiça, agora a verdadeiramente invejável sorte que lhe prepara o amigo príncipe!

— De fato eu devo admitir que a acolhida amigável do soberano desde o primeiro momento me sensibilizou. Mas percebo que tenho inspirado hoje em dia mais respeito e atenção do soberano, concomitantemente da corte, isso se deve com certeza à injustiça da qual fui vítima.

— Não se deve somente a isso, mas também à outra circunstância que o senhor deve adivinhar.

— Com certeza!

— O senhor é chamado simplesmente de senhor Leonard como dantes, porque prefere a informalidade, mas todos agora estamos a par de sua ascendência nobre, considerando que as notícias solicitadas em Posen confirmaram suas informações.

— Mas isso pode ser relevante e influir na consideração que gozo junto ao soberano e ao círculo da corte? Quando o príncipe me conheceu e me convidou a participar do círculo, objetei que minha origem era burguesa, ao que ele replicou: a ciência me enobrecia e me qualificava a compartilhar sua companhia.

— Ele assim crê, realmente, coqueteando com espírito ilustrado as artes e as ciências. O senhor pôde constatar na corte a presença de eruditos e artistas de origem burguesa. É raro, todavia, conhecer entre esses burgueses que frequentam a corte aquelas pessoas dotadas de maior sensibilidade, que emanam da alma a leveza e a serenidade espiritual e podem se alçar acima das mediocridades graças à ironia superior. Esses burgueses permanecem à margem dos círculos da corte.

"Mesclada à sincera boa vontade de se apresentar despido de preconceitos, o comportamento do nobre para com o burguês mantém um certo quê similar à condescendência, à tolerância do que é inconveniente. Isso não suporta nenhum homem que em seu legítimo orgulho sente perfeitamente como na sociedade da corte *ele* é quem deve tolerar e perdoar o mau gosto e a pobreza de espírito.

"O senhor mesmo é um aristocrata, senhor Leonard, mas, sei bem, foi educado para os assuntos de natureza científica e intelectual. Sem dúvida é por isso que o senhor é o primeiro nobre no círculo da corte em que não distingo características nobres na acepção pejorativa do termo.

"Talvez o senhor esteja propenso a acreditar que exprimo lugares-comuns, preconceitos decorrentes de alguma experiência pessoal infeliz, mas não é o caso. Eu próprio pertenço a uma das categorias sociais que excepcionalmente não só é tolerada, mas chega mesmo a ser protegida e amparada. Nesse sentido, médicos e confessores são autênticos soberanos: regem o corpo e a alma, por conseguinte, fazem jus à classificação de nobres. Não é melhor que a indigestão e a condenação eterna possam incomodar menos o cortesão? Quanto aos confessores, minha teoria tem validade apenas para os católicos. Os pregadores protestantes, pelo menos no meio rural, são meros servidores domésticos: após comover um pouco a consciência de seus generosos senhores, sentam-se humilhados a um canto da mesa e desfrutam vinhos e assados.

"De modo geral é difícil abolir preconceitos arraigados, mas o que falta quase sempre é boa vontade para aceitar a verdade. Isso tornaria possível a mais de um nobre se conscientizar de que só a nobreza lhe permite pretender assumir uma posição que doutro modo ninguém neste mundo lhe concederia o privilégio de ocupar.

"A arrogância a respeito de ancestrais e títulos constitui nos dias atuais, quando cada vez mais importam os valores intelectuais, um fenômeno altamente bizarro que beira as raias do ridículo. Desde os tempos da cavalaria, das guerras e armas, formou-se uma casta que se dedica com exclusividade a defender as demais classes, e a subordinação dos protegidos aos senhores protetores é uma consequência natural. Que o sábio se vanglorie de sua ciência, o artista, de sua arte, o artesão, o comerciante, de seus respectivos ofícios, vá lá! Mas 'vejam', diz o cavaleiro, 'eis que vem vindo um inimigo tenaz, a quem vocês ignorantes na guerra não podem resistir, mas eu, beligerante experiente, portando a espada de batalha, me coloco entre as partes, e o que é para mim um jogo e até mesmo alegria salva suas vidas, seus bens e propriedades'.

"Asseguro-lhe, porém, que a força bruta tende a se extinguir do mundo, cada vez mais é o espírito que está criando e impulsionando e deixa manifesta sua potência acima do restante. Há de chegar o dia quando ficará evidente que o braço forte, a espada ligeira e a armadura não bastarão para triunfar sobre as metas espirituais. Inclusive a guerra e os exercícios de armas se submetem à orientação do espírito nos dias atuais. Pouco a pouco, cada pessoa não poderá contar com ninguém além de si mesmo; de seus recursos intelectuais e espirituais deverá retirar o que lhe outorgue valor aos olhos deste mundo, ainda que o Estado possa lhe oferecer algo de seu brilho exterior e ofuscante.

"É sobre um princípio exatamente oposto que se sustenta a arrogância de ancestrais originários da cavalaria, e uma única frase o justifica e fundamenta: 'Meus ancestrais eram heróis, por conseguinte eu também sou um dito herói!' De quanto mais longe se remonta a origem, tanto melhor, pois quando se enxerga fácil donde provém o senso de heroísmo do vovô, ou como o título de nobreza lhe foi conferido, então ele não é tão merecedor de crédito ou confiança, é o que acontece com o maravilhoso que se decifra com facilidade. Tudo mais uma vez está relacionado ao heroísmo e à força física. Porque fortes e robustos têm filhos semelhantes, pelo menos via de regra, e da mesma maneira se transmite através das gerações o valor e o espírito bélico. Manter pura a casta guerreira era, por essas razões, uma necessidade imperiosa da época da cavalaria. Para uma mulher fidalga não era de pouca monta dar à luz um gentil-homem a quem o pobre mundo burguês suplicaria: 'Por favor, não nos devore! Proteja-nos de outros fidalgos!'

"A regra não se aplica à inteligência, sucede muitas vezes que pais bem sábios procriem filhinhos estúpidos. Tendo em vista que nossa época substituiu os valores físicos pelos psíquicos, a aristocracia do sangue azul e da força pela aristocracia do intelecto e do espírito, talvez seja mais meritório descender de Leibniz que de Amadis de Gaula ou de qualquer cavaleiro da Távola Redonda[2], se alguém quiser provar a nobreza hereditária.

"Sob esse impulso avança o espírito do tempo a passos largos e a condição da nobreza orgulhosa se vangloriando de ancestrais torna-se cada vez mais degradante. Daí provém sem dúvida a atitude indelicada que adotam principalmente contra burgueses apreciados no mundo e no Estado; essa atitude que mistura o reconhecimento das virtudes e o desprezo condescendente pode ser motivada por sentimentos reprimidos de inferioridade, se pensarmos que os nobres intuem como as frivolidades ultrapassadas de um tempo remoto

---

2. Gottfried W. Leibniz (1646-1716) foi um filósofo, cientista, matemático alemão. Amadis de Gaula: personagem homônimo e protagonista do romance de cavalaria *Amadis de Gaula*, do século xv. Os cavaleiros da Távola Redonda eram os homens que tinham a honra da mais elevada ordem da cavalaria na corte do rei Artur (Reino Unido). Conforme a versão da história, o número varia de 12 a 150 integrantes.

perderam seu prestígio aos olhos dos sábios, e elas se escancaram aos poucos em toda sua nudez. Graças a Deus, numerosos são os aristocratas, homens e mulheres, que reconhecem o espírito do tempo e se elevam com os potenciais recursos oferecidos pela arte e pela ciência a voos grandiosos. Eles serão os autênticos a se rebelarem contra a degradação."

A digressão do médico me transportou a um domínio até então desconhecido. Nunca me ocorrera pensar na nobreza e em sua relação com a burguesia. O médico particular da corte não suspeitava que eu antigamente pertencera à segunda categoria, à qual segundo seu raciocínio não afetava o orgulho aristocrático. Não fora eu, por acaso, o confessor predileto venerado pelas famílias mais nobres de B.? Continuando a refletir sobre isso, reconheci que eu próprio influíra uma vez mais em meu destino ao mencionar o nome Kwiecziczewo àquela dama da corte, fato que deu origem à minha nobreza e à ideia do soberano de fazer-me esposar Aurélia.

A soberana retornara. Apressei-me para ver Aurélia, que me recebeu com encantadora timidez virginal. Estreitei-a em meus braços e nesse instante acreditei piamente que ela poderia ser minha mulher. Ela estava mais terna e afetuosa que de costume. Seus olhos estavam marejados de lágrimas, sua voz tinha o tom de súplica melancólica, semelhante ao gênio da criança mimada quando irrompe a birra que lhe censuram. Pensei em nosso encontro durante a visita de lazer ao castelo, instei-a a contar-me o que a aterrorizara naquela situação. Ela se calou e abaixou os olhos, mas como se impunha em mim o pensamento de meu execrável duplo, pedi mais alto:

— Aurélia! Por todos os santos! Que imagem terrível você vislumbrou nessa noite às nossas costas?

Ela olhou-me atônita e cada vez mais fixamente. Depois, de chofre, se levantou como se tivesse a intenção de fugir, porém permaneceu no mesmo lugar, tapando os olhos com as mãos.

— Não, não! Não pode ser ele!

Eu a abracei com carinho, e ela apoiou-se em mim, esgotada.

— Quem? Quem não pode ser ele? — perguntei, com ardor, mas adivinhava de antemão o que ela poderia estar pensando.

— Ah, meu amigo, meu bem-amado! — disse, em voz baixa e melancólica. — Será que você me tomará por louca exaltada, se eu lhe contar todos, realmente todos os tormentos que tenho penado em meio à intensa felicidade desse amor tão puro? Um sonho pavoroso se repete em minha vida e essas imagens assustadoras vêm se interpondo entre nós dois desde o primeiro dia em que o vi. Naquela noite quando você entrou sorrateiro em meu quarto, senti o hálito gelado da morte me envolvendo. Saiba, desse mesmo modo como você me surpreendeu, um monge desvairado se ajoelhara outrora a meu lado, a fim de abusar da sagrada oração com fins infames. Quando rondava ao meu redor feito animal selvagem espreitando a presa, assassinou meu irmão! Ah, e você não imagina... os traços... a voz... a semelhança! Não me pergunte mais nada!

Aurélia inclinou-se para trás e se recostou um pouco no canto do sofá, apoiando a cabeça sobre as mãos. Mais exuberantes do que nunca, se pronunciavam os contornos de seu corpo juvenil. Eu estava ante ela, meus olhares lascivos abandonavam-se ao gozo infinito do desejo, mas contra o prazer se debatia o sarcasmo demoníaco de meu coração:

— Você é um desgraçado infeliz, vendido a Satã! Você conseguiu então escapar desse monge que lhe tentou durante a oração? Pois agora ela é sua noiva... sua noiva!

Nesse instante esmaiu de meu peito o amor que eu sentia por Aurélia, amor purificado por luz celeste no dia em que me safei da prisão e da morte, quando então a revi no parque. Um único impulso me estimulava: a perdição daquela mulher seria o ponto fulgurante de minha existência.

Chamaram Aurélia de parte da princesa. Claramente eu percebia que a vida de minha bem-amada devia ter relações que me afetavam e se me mantinham ainda desconhecidas, no entanto, não encontrava meios de descobri-las, uma vez que Aurélia, apesar de minha insistência, não queria me esclarecer o sentido da última expressão que lhe escapara. O acaso me permitiu ter acesso àquilo que ela pretendia silenciar.

Um dia eu estava na sala do funcionário que se encarregava de encaminhar ao correio a correspondência particular do palácio. Ele estava ausente no momento preciso quando a criada de quarto de Aurélia entrou no aposento com uma carta espessa que ela depositou sobre a mesa, junto às outras missivas ali amontoadas. Com um olhar furtivo ao destinatário sobrescrito, certifiquei-me de que a correspondência fora escrita pela mão de Aurélia à abadessa, irmã da soberana princesa. Um pressentimento me sobreveio à mente como um raio: tudo que consistia em mistério para mim fazia parte do conteúdo daquela carta. Antes que o funcionário tivesse retornado, eu partira carregando-a comigo às escondidas.

Ei, monge! Ou você aí, imerso na atividade mundana e que espera tirar de minha biografia lição e advertência, leia as páginas seguintes, leia a confissão feita pela jovem piedosa e casta, regada com as lágrimas de um pecador arrependido e desesperado. Que a bondade dessa alma possa despertar em seu coração consolação e luz, no momento do pecado e da maldade.

Aurélia à abadessa do Convento de Cistercienses em ***

Minha boa e cara Mãe!

Com quais palavras devo então lhe anunciar que sua criança está feliz, e a figura macabra que qual espectro ameaçador se insinuara em minha vida, tolhendo-me a alegria, destruindo minhas esperanças, finalmente foi rechaçada pelo feitiço divino do amor. Mas no momento sinto um peso muito grande em meu coração; quando você honrava comigo a lembrança de meu infeliz irmão e de meu pai, morto pelo desgosto, e me consolava no estado lastimável, eu não lhe abri o coração como na sagrada confissão. Talvez porque eu não pudesse, até o dia de hoje, revelar o segredo obscuro que oculto no fundo do peito. Um poder macabro e maligno tenta simular diante de mim a suprema felicidade de caráter ilusório; dotando-a com uma figura espectral. Vi-me obrigada a oscilar de um lado ao outro, tendo a impressão de viver num oceano encrespado de ondas furiosas, arriscando-me a sucumbir irremediavelmente. Mas, através de um milagre, o céu veio em meu auxílio, justo quando eu estava prestes a tombar de vez na miséria desvalida.

A fim de lhe contar tudo, preciso remontar ao tempo de minha primeira infância, quando fora inserido no meu coração o germe que no decurso de toda a minha vida veio se desenvolvendo para minha desventura. Eu talvez tivesse três ou quatro anos, quando certa vez, numa bela primavera, estava no jardim do castelo brincando com Hermoge. Colhíamos flores de todas as espécies e meu irmão se deixou convencer a trançar comigo grinaldas de flores do campo, com que eu me enfeitava.

— Agora vamos mostrar à mamãe! — disse, depois de me cobrir inteira usando as coroas.

Mas Hermoge se levantou de um salto e gritou com voz grosseira:

— Vamos ficar aqui mesmo, menina! Nossa mãe está no gabinete azul conversando com o Diabo!

Embora não soubesse o que ele queria dizer com aquilo, fiquei paralisada de medo e comecei a choramingar baixinho.

— Sua boba! Por que você está chorando? Mamãe conversa todos os dias com o Diabo, ele não faz mal nenhum!

Nada respondi. Tive receio de Hermoge, de sua cara brava, de sua voz rouca. Na ocasião nossa mãe já estava bem enferma, sofria convulsões frenéticas que a deixavam prostrada num estado cataléptico. Nós dois, Hermoge e eu, éramos retirados de perto quando começavam os ataques. Eu reclamava muito se nos afastavam dali, e meu irmão resmungava, falando consigo mesmo:

— O Diabo é que fez isso!

Desse modo, nasceu em meu espírito infantil a noção de que nossa mãe entabulava alguma relação com uma espécie de espectro maldoso e feio, não podia conceber o Diabo de outra forma, ainda não estava enfronhada na catequese cristã.

Um dia, numa situação em que ficara sozinha, experimentei a estranha sensação de medo que me paralisava, não me permitia fugir. De súbito me dera conta de que estava justamente no gabinete azul onde, segundo a afirmação de Hermoge, nossa mãe costumava entreter-se com o Diabo. A porta se abriu, mamãe entrou pálida como a morte e veio se sentar diante de uma parede nua. Com voz surda e queixosa a ouvi chamar:

— Francesko! Francesko!

Nisso, algo rangeu e se moveu atrás da parede, esta deslizou e deixou visível um belo quadro retratando um homem admiravelmente vestido com uma capa violeta. O porte e o semblante do homem me causaram uma impressão indelével, soltei um profundo suspiro de arrebatamento, mamãe se virou ao perceber enfim minha presença, e exclamou:

— O que você quer aqui, Aurélia? Quem a trouxe?

Mamãe, cujo temperamento tinha por costume demonstrar bondade e ternura, estava, ao perguntar isso, exasperada como eu jamais a vira. Pensei que seria minha culpa, em meio às lágrimas, balbuciei:

— Ah! Deixaram-me sozinha, eu não queria ficar aqui!

Ao notar que o quadro não estava lá, fiquei triste:

— Ah! Onde está o belo quadro, onde está o retrato tão bonito!

Mamãe me suspendeu, abraçou-me com carinho, e respondeu:

— Você é minha menina querida, mas o quadro não deve ser visto por mais ninguém, agora também ele sumiu para sempre.

Não encontrei ninguém confiável para falar sobre esse fato, somente a Hermoge eu disse certa vez:

— Escute, maninho! Não é com o Diabo que a mamãe conversa, mas sim com um homem bonito. Ele além do mais não passa de uma estampa surgindo na parede quando ela o chama.

Com os olhos fixos à sua frente, Hermoge resmungou:

— O Diabo pode adquirir a aparência que desejar, disse o reverendo, mas é verdade, ele não faz mal à mamãe!

Senti um frio percorrer minha espinha, supliquei ao meu irmão que não tornasse a mencionar o nome do Diabo.

Fomos morar na capital, o quadro sumiu de minha lembrança, só ressurgiu quando, após a morte da mamãe, nós voltamos a habitar no castelo das montanhas. A ala onde se situava o gabinete azul não era ocupada; lá se situavam os aposentos de mamãe onde nosso pai não podia adentrar sem se emocionar com recordações muito dolorosas. Numa restauração do edifício, mais tarde, fez-se necessário abrir aqueles cômodos. Entrei no gabinete azul justamente quando os pedreiros se ocupavam em desmontar o assoalho de madeira.

Tão logo um deles levantou uma tábua do meio do aposento, ouviu-se um rangido atrás da parede e ela deslizou-se sobre si mesma deixando visível a imagem em tamanho natural do homem desconhecido. Em seguida, acharam um pino no solo que, ao ser pressionado, punha em movimento uma engrenagem dentro da parede que deslocava parte do revestimento.

Então, revivi no aposento a recordação de minha infância: mamãe estava mais uma vez diante de mim, derramei lágrimas ardentes, mas não conseguia desviar o olhar do magnífico homem desconhecido que me contemplava do quadro com olhos plenos de vida. Contaram provavelmente a meu pai tudo o que se passara, ele chegou ainda enquanto eu olhava a imagem; bastou um relance de olhos para que ele fosse logo tomado de pavor, e murmurou como se para si mesmo, mal movendo os lábios:

— Francesko! Francesko!

Depois se dirigiu aos trabalhadores e ordenou firmemente:

— Tirem já o retrato da parede, enrolem a tela e entreguem-na a Reinhold!

Tive a impressão de que não voltaria a ver o glorioso e belo homem, tão deslumbrante ele se impunha naquela indumentária, parecendo reinar no mundo dos espíritos, não obstante um retraimento insuperável me reteve de pedir a meu pai que não destruísse a pintura. Alguns dias mais tarde, porém, se esvaneceu por completo o forte impacto que a visão da imagem causara em meu íntimo.

Anos mais tarde, eu completara catorze anos e continuava sendo uma menina moleca e irreflexiva, de sorte que formava um curioso contraste em comparação com Hermoge, sempre solene e sério, levando papai a comentar que seu filho era como uma menina comportada, enquanto eu, um garoto turbulento. Em pouco tempo, isso se modificaria. Meu irmão começou com paixão e ardor a se dedicar aos exercícios de cavalaria. Somente vivia para batalhas, seu espírito estava repleto de imagens de combates e, tendo em vista os prenúncios de guerra, pediu permissão a papai para ingressar no serviço militar.

Quanto a mim, nessa mesma ocasião, sentia-me mergulhada num estado de ânimo inexplicável que veio logo depois a turbar todo meu ser. Um profundo mal-estar, talvez proveniente da alma, minava com violência a pulsação de minha vida, espalhando-se por todas as minhas fibras. Com frequência eu estava prestes a desmaiar, além de ser suscetível a toda a sorte de visões e sonhos bizarros. Nas visões eu contemplava um céu radiante, pleno de gozo e bênçãos, malgrado meus olhos permanecessem cerrados, semelhantes aos de uma criança sonolenta.

Sem saber o porquê, ora minha disposição era mortalmente melancólica, ora exuberante e serena. A mínima contrariedade estimulava minhas lágrimas; o langor desconhecido que me inundava à exaustão induzia tremores convulsivos em meus membros. Meu pai atinou para meu lastimável estado anímico, atribuiu-o a uma excitação nervosa e recorreu à ajuda de um médico, que me prescreveu vários medicamentos, sem que nenhum deles surtisse o efeito desejado. Eu mesma não sei como sucedeu, mas de uma hora para a outra emergiu em minha lembrança de modo vívido o retrato do desconhecido, parecendo que ele estava perto de mim, olhando-me com pena:

— Ah! Será que morrerei? O que é isso que me aflige tanto?

Assim me dirigi à visão onírica, e o homem respondeu-me sorrindo:

— Você me ama, Aurélia! Eis o motivo de sua dor! Mas será que você pode quebrar os votos de quem a Deus se consagrou?

Para meu espanto só agora me dava conta de que ele trajava o hábito dos capuchinhos!

Reuni todos os meus esforços para despertar daquele torpor desprovido de energia. Acabei conseguindo. Eu estava firmemente convencida de que esse monge não provinha senão de um jogo ludibriante de minha imaginação fértil; percebi com clareza o mistério do amor se revelando a meu coração!

Sim! Eu amava aquele desconhecido com toda a força de um sentimento inédito, com toda a paixão e a devoção de que é capaz o coração jovem. Nos instantes de meditação e devaneio, quando acreditava estar vendo o desconhecido, minha condição ao que tudo indicava atingia sua fase mais aguda. A partir de então fui melhorando aos poucos, meus nervos se acalmaram. Somente a presença imutável daquela imagem, o extravagante amor por um ser fantástico que vivia dentro de mim, somente isso me impregnava do aspecto de uma sonhadora. Eu me silenciava sempre, sentava-me com as outras pessoas, mas sempre ausente. Absorvida em meus pensamentos, não prestava atenção ao que se falava ao meu redor e na maioria das vezes dava respostas incoerentes, o que levou a sociedade a considerar-me uma simplória.

No quarto de meu irmão, vi sobre a mesa um livro diferente. Eu o abri, era um romance traduzido do inglês: *O monge!*[3] Um calafrio gelado me despertou ainda mais a curiosidade, ao recordar que o homem desconhecido a quem eu amava era monge. Nunca poderia supor que o amor a alguém consagrado a Deus consistia num pecado, mas eis que de repente ocorreu-me a pergunta proferida pela visão de meus sonhos:

— Mas será que você pode quebrar os votos de quem a Deus se consagrou?

Pela primeira vez essas palavras me feriam ao tocar com seu peso em meu peito. Imaginei que o livro talvez pudesse orientar-me de algum modo. Levei-o comigo, comecei a ler, a história prodigiosa

---

3. *Ambrosio, or The Monk*, escrito por Matthew Gregory Lewis (1775-1818) em 1796, é um romance gótico que obteve enorme êxito; a tradução ao alemão é publicada logo no ano seguinte, em 1797. A influência de Lewis neste romance é flagrante.

arrebatava-me, mas após o primeiro crime, quando o terrível monge de pecado em pecado se mostrava cada vez mais amaldiçoado, até concluir firmando um pacto com o mal, um horror tomou conta de mim e lembrei-me do resmungo de Hermoge: "Nossa mãe está conversando com o Diabo!"

Acreditei então que, semelhante ao monge do livro, o desconhecido era um aliado do Diabo, tentando me seduzir. Nem com isso consegui conter o amor que sentia por ele.

Na ocasião percebi que há um tipo de amor pecaminoso e a aversão que me inspirava contra esse sentimento me transformou numa criatura singularmente irritável. Muitas vezes quando na presença de um homem, se apoderava de mim um sinistro desconforto, porque de súbito pensava que era o monge através de artimanhas querendo me abordar e me atrair para a perdição.

Reinhold retornou de uma viagem e contou-nos histórias curiosas de um capuchinho chamado Medardo, célebre por todos os lados graças ao talento de pregador, ele próprio o ouvira deslumbrado em ***. Lembrei-me do monge personagem do romance e um presságio fixo foi se tornando mais nítido, de que o temido e tão amado personagem de meus sonhos seria aquele Medardo. Não sei por que esse pensamento me foi intolerável, e meu estado de fato piorava sensivelmente quando tentei resistir contra a ideia. Mergulhei num mar de devaneios e sonhos. De modo inútil, entretanto, buscava esquecer a imagem do homem desconhecido; uma criança infeliz, eu era incapaz de renunciar ao amor pecaminoso que nutria por um monge consagrado a Deus.

Foi nesse período que um padre veio visitar nosso pai, como às vezes costumava fazer. Ele se estendeu bastante a respeito das múltiplas tentações do Diabo e algumas palavras me atraíram a atenção, quando descrevia a condição desoladora do espírito jovem a que o Maligno tentava aceder e que interpunha débil resistência. Meu pai acrescentou algo como se estivesse se referindo a mim. Apenas uma determinação resoluta, complementou enfim o padre, uma confiança inquebrantável não só nas pessoas que prezamos em amizade especial, mas também na religião e nos servidores da Igreja, poderia trazer salvação.

Essa pregação indireta me levou a decidir buscar o amparo da Igreja e a aliviar meu peito repleto de contrição através da sagrada confissão. Bem cedo, na manhã do dia seguinte, resolvi ir à igreja do mosteiro, já que nos encontrávamos na capital e nossa casa localizava-se na vizinhança. Eu passara uma noite angustiante e agitada. Mil imagens torturantes e apavorantes me atormentaram de uma forma nunca dantes vista ou imaginada; no meio delas surgia o monge estendendo-me a mão como se viesse me socorrer, e gritava: "Diga que me ama e se livrará de toda a agonia." Então precisei sem querer confessar: "Sim, Medardo, eu o amo!" e desapareceram os fantasmas do Inferno! Finalmente, de manhã, eu me vesti e encaminhei-me à igreja.

A luz matinal penetrava em raios coloridos pelos vitrais multicores, um irmão leigo varria os corredores. Não longe da porta lateral por onde eu entrara havia um altar consagrado à Santa Rosália. Ali, rezei uma breve oração, depois me dirigi ao confessionário e lá dentro vi um monge. Socorro, Santo Deus! Era Medardo! Não tinha nenhuma dúvida, uma misteriosa intuição me dizia! Então, uma angústia e um amor insensatos me invadiram, porém constatei que somente a coragem inabalável poderia me salvar. Eu confessei a ele meu amor pecador por um consagrado, aliás, mais ainda! Deus eterno! Naquele instante, tive a impressão de já ter muitas vezes, em meu desespero irremediável, amaldiçoado os laços sagrados que encadeavam meu bem-amado, e o confessei:

— É você, é justamente você, Medardo! Ah, nem sei o quanto o amo!

Essas foram as últimas palavras que pude pronunciar. Mas agora um suave consolo religioso fluía feito bálsamo celeste dos lábios do monge, que de súbito não se assemelhava mais a meu bem-amado. Logo, um velho e respeitável peregrino me amparou nos braços e me conduziu com passos lentos através das longas fileiras de bancos da nave até a porta principal da igreja. Ele me dizia palavras sábias e sublimes, tanto que eu precisei adormecer como criança embalada por tons doces e amáveis. Perdi a consciência.

Quando acordei, jazia vestida no sofá de meu quarto.

— Graças a Deus e a todos os santos, a crise passou! Ela se restabelece! — sussurrou uma voz bem perto de mim.

Era o médico, que dizia essas palavras a meu pai. Segundo me relataram, eu fora encontrada de manhã num estado de paralisia similar à morte, e eles temeram que fosse um ataque de nervos.

Você pode perceber, mãe querida e bondosa, a confissão com o padre Medardo não passara de um sonho vívido motivado por minha excitação. Mas Santa Rosália, de quem sou devota, a quem sempre imploro em oração e cuja imagem surgiu algumas vezes em meus sonhos, enviou-me essas visões, a fim de me salvar das ciladas armadas pelo Maligno. O amor insensato que eu nutria pela figura ilusória vestida com o hábito de monge esvaeceu-se de meu coração. Eu me restabeleci logo e passei doravante a gozar a vida com alegria e desenvoltura.

Mas, justo Deus, de novo o execrado monge teve de ferir-me fatalmente. Tomei o Medardo confessor do meu sonho por um monge que estivera em nosso castelo:

— Esse é o Diabo com quem nossa mãe conversava, proteja-se, proteja-se! Ele está atrás de você! — me advertia constantemente o pobre Hermoge.

Ah! Eu nem carecia daquela advertência! Desde o primeiro instante, quando ele me olhara com olhos cintilantes de desejo impuro e também em seguida quando invocou Santa Rosália com expressão fingida de êxtase, aquele monge me era repugnante e asqueroso.

Você sabe das atrocidades que se sucederam, minha bondosa e querida mãe. Mas devo confessar-lhe que noutro sentido ele era tanto mais perigoso, na extensão em que incitou em meu coração um sentimento similar àquele que experimentara quando pela primeira vez se insinuou em mim a ideia do pecado, e eu tive de lutar contra as tentações do demônio?

Em certos momentos, pobre cega eu fui, confiei na eloquência fervorosa e hipócrita do monge. Mesmo porque eu tinha a impressão de ver irradiando dele uma centelha celeste, capaz de acender em mim o amor puro e divino. Mas numa dessas ocasiões ele tentou com ardilosas seduções, inclusive se aproveitando do fervor exaltado de minha beatitude, atiçar um ardor impregnado de volúpia.

Os santos a quem eu rezava fervorosa me enviaram então meu irmão, um anjo da guarda.

Imagine, querida mãe, o horror que senti quando ao me apresentar aqui na corte se aproximou de mim um homem, em quem no primeiro instante julguei reconhecer o irmão Medardo, embora vestisse roupas seculares. Desmaiei ante aquela visão. E ao despertar nos braços da princesa, eu balbuciei agitada:

— É ele, é ele! O assassino de meu irmão!

— Sim, é ele! — disse a princesa. — É o monge Medardo que fugiu do mosteiro e tirou o hábito! Sua incrível semelhança com Francesko, seu pai...

Socorro, Deus do céu! Enquanto escrevo esse nome, golfadas de calafrios circulam através de meus membros. O quadro de minha mãe era o retrato de Francesko... A fisionomia ludibriante do monge tormentoso possuía exatamente os mesmos traços!

Medardo! Eu o reconhecia qual o semblante entrevisto ao confessionário, a aparição do meu sonho milagroso! Medardo é filho de Francesko, o Franz que você, minha bondosa mãe, tratou de elevar na religião, e acabou sobrevindo à vida de pecados e de crimes.

Que relação teria minha mãe com aquele Francesko para manter em segredo seu retrato e, à sua contemplação, abandonar-se às lembranças de uma época venturosa? Por que razão Hermoge se referia ao retrato como ao Diabo, o mesmo retrato que deu origem à minha perdição? Perco-me imersa em presságios e dúvidas. Santo Deus! Será que escapei do poder maligno que me retinha em suas redes?

Não, não posso continuar escrevendo, pressinto um envolvimento de brenhas espessas e nenhuma esperança brilha para me mostrar amigavelmente a senda em que eu devo caminhar!

(Alguns dias depois)

Não! Nenhuma dúvida sombria deve turvar meus felizes dias de sol no futuro. Soube que o venerável padre Cyrillus lhe informou com detalhes, querida mãe, da guinada prejudicial ao processo de Leonard, por minha precipitação entregue às mãos do austero tribunal de justiça. Que o verdadeiro Medardo foi capturado, que sua loucura talvez fingida logo tenha se curado de todo, que ele então confessou seus crimes, que agora aguarda a pena merecida e... isso é suficiente! O destino nefasto do criminoso, que na infância lhe foi tão caro, feriria dolorosamente seu coração!

Não havia outro assunto na corte, senão o processo fatídico! Tinham Leonard por um bandido empedernido e renitente, porque negava tudo. Deus poderoso! Algumas conversas eram para mim golpes de punhal, pois uma intangível intuição me persuadia:

— Ele é inocente! Isso ficará claro como o dia!

Senti uma imensa compaixão por ele; precisei admitir a mim mesma que sua imagem evocava em mim emoções e sentimentos cujo sentido era demasiado evidente. Sim! Amava-o com tanta intensidade, embora aos olhos do mundo ele ainda fosse considerado ominoso. Um milagre deveria nos salvar a ambos, a ele e a mim! Eu morreria tão logo Leonard tombasse pelas mãos do carrasco.

Ele é inocente, me ama, logo será todo meu. Assim se desfaz o vago pressentimento de minha primeira infância, a presença pérfida e hostil que um dia me perturbou, se transforma em vida e me cobre de felicidade.

Oh, bondosa mãe, conceda a mim sua bênção, conceda-a também a meu bem-amado! Ah! Se sua filha bem-aventurada pudesse ao menos chorar lágrimas de grande alegria ao seu peito!

Leonard é muito parecido com aquele Francesko, apesar de ser mais alto. Ademais, se distingue dele e de Medardo por um traço característico de nacionalidade (você sabe que ele é polonês). Que cretina fui eu a ponto de tomar, mesmo por um minuto, o nobre Leonard, espirituoso e sábio, pelo monge sacrílego! Mas é ainda tão forte a pavorosa impressão da cena brutal no castelo das montanhas que, muitas vezes, meu amor entra de modo inesperado e me olha com seu olhar brilhante — ah! o olhar é idêntico ao de Medardo — um involuntário receio me acomete e me arrisco a magoar meu amado com um comportamento pueril.

Creio que a bênção de um sacerdote é o único meio de conjurar as obscuras figuras que persistem projetando sombras hostis sobre minha vida. Inclua-nos, a mim e a Leonard, em suas fervorosas orações, querida mãe!

O príncipe deseja que as bodas se realizem em breve; informo-lhe o dia, a fim de que você possa no momento pensar na filha amada, na data solene e decisiva de sua vida... etc.

Eu lia e relia sem cessar a carta de Aurélia. Parecia que o espírito celestial que dela se irradiava fulgurante penetrava ao fundo de minha alma e seu puro raio dissolvia de todo o fogo ímpio do pecado.

Ao rever Aurélia senti um temor sagrado, não ousei mais acariciá-la impetuoso como antes. Ela observou minha conduta diferente, eu confessei arrependido o roubo da carta dirigida à abadessa; admiti meu remorso, mas fora impulsionado por uma força a que não pudera resistir. Afirmei que justamente a visão no confessionário teria surgido para me mostrar até que ponto nossa união correspondia à vontade divina.

— Sim, moça piedosa e generosa! Eu, da mesma maneira, tive um sonho prodigioso, no qual você declarou seu amor, mas eu era um monge aniquilado pela fatalidade, o coração em frangalhos pelas mil torturas infernais. A você, somente a você eu amava com inominável ardor, mas o amor era um sacrilégio. Uma dupla maldade pesava sobre ele, pois eu era um monge e você, Santa Rosália.

Chocada, Aurélia me interrompeu:

— Meu Deus! Meu Deus! Trata-se de um segredo complexo e impenetrável perpassando nossas vidas. Ah, Leonard! Não toquemos jamais o véu que recobre esse segredo; quem pode imaginar o espanto e o horror ali ocultos. Sejamos bondosos e estejamos juntos e fiéis em nosso amor, assim nós resistiremos ao poder maligno, cujos espíritos talvez nos ameacem com hostilidade. Que você tenha lido minha carta, bem, isso precisou acontecer! Ah! Reconheço que deveria ter me aberto com você, nenhum mistério deve pairar entre nós dois. E mesmo assim eu tenho a sensação de que você luta contra alguma influência perniciosa que um dia imiscuiu-se em sua vida, e uma timidez sem razão de ser não lhe deixa manifestá-la. Seja sincero, Leonard! Imagine o quanto uma confissão espontânea aliviaria seu coração e o deixaria brilhar no vivo clarão de nosso amor.

Ouvindo as palavras de Aurélia, senti com profunda dor como o espírito embusteiro me habitava, e como instantes antes eu enganara de maneira afrontosa a menina tão piedosa; e tendo em vista que a culpa crescia mais e mais como algo extraordinário, adveio a compulsão de contar tudo a Aurélia e, não obstante, manter seu amor.

— Aurélia, mulher santa que me salvou...

Bem nesse ponto entrou a soberana e de repente seu olhar me lançou de volta ao inferno dos pensamentos maldosos. Agora ela precisava tolerar minha presença! Permaneci ali e me apresentei petulante e insolente como noivo de Aurélia.

Em geral, apenas nos momentos quando me encontrava a sós com Aurélia eu conseguia me livrar dos maus pensamentos.

Uma noite, minha mãe me apareceu, sua presença era tão real que eu queria segurar sua mão, mas constatei que a imagem consistia em mera névoa perfumada.

— Por que uma ilusão tão enganosa? — me revoltei inconformado.

Dos olhos de mamãe rolavam lágrimas cintilantes e cristalinas que se convertiam em estrelas prateadas e refulgentes, donde pingavam gotas luminosas que escorreram em volta de minha cabeça, configurando os traços circulares de uma auréola de santidade, mas uma mão em soco, escura e feia, vinha a cada instante romper o contorno que se formava.

— Você, que nasceu inocente de qualquer pecado — disse mamãe, doce —, terá sua energia esmorecido a ponto de você nem poder resistir à tentação de Satanás? Enfim eu consegui enxergar o fundo de seu coração, agora que me livrei do fardo terreno. Levante-se, Franziskus! Quero enfeitá-lo com laços e flores, porque chegou o dia de São Bernardo, você deve voltar a ser o menino bondoso!

Revivi o impulso de entoar feito outrora um cântico de louvor aos santos, mas vociferações aterrorizantes soaram no interstício, meu cântico se transformou em uivo selvagem e véus de bruma espessa cobriram a mim e à visão de minha mãe.

Muitos dias após essa aparição, o juiz do tribunal veio falar comigo no meio da rua. Ele me abordou cordialmente, depois me informou:

— O senhor está sabendo que novas dúvidas surgiram no processo do capuchinho Medardo? O julgamento, que bem provavelmente decidiria pela sentença de morte, estava bem encaminhado quando mais uma vez ele apresentou sintomas de demência. Recentemente o tribunal teve notícia da morte da mãe de Medardo; quando lhe dei a conhecer, ele riu alto e com uma voz que afugentaria o mais resoluto espírito, resmungou: "Rá, rá, rá! A princesa de... (designou a esposa do irmão assassinado do soberano príncipe) morreu há muitos anos." Estão fazendo novos exames médicos, acreditam, porém, que a loucura do monge é simulada.

Indaguei o dia e a hora da morte de minha mãe! Comprovei a premonição de que no instante em que eu tivera a visão ela falecera. Abalou com força meu espírito e meu coração saber que mamãe, a quem eu esquecera de todo, se tornaria a mediadora entre mim e a pura alma celeste que seria a minha.

Mais calmo e contido, eu tinha a impressão de que, somente agora, compreendia melhor o amor de Aurélia. Como se ela fosse uma santa protetora, eu não queria mais viver sem sua presença. Por ela não tentar mais desvendar meu segredo, tudo passou a ser unicamente para mim um enigma indecifrável, traçado por caprichos de forças superiores.

O dia escolhido pelo soberano para a celebração do casamento chegara. Aurélia queria contrair matrimônio pela manhã bem cedo, ante o altar de Santa Rosália, na igreja do convento vizinho. Atravessei a noite em vigília e, após muito tempo, pela primeira vez, rezando com fervor. Ah! Eu estava cego! Não percebia que a prece por meio da qual eu pretendia fortalecer-me contra o pecado consistia em crime infernal!

Quando fui buscar minha noiva, ela se aproximou vestida de branco e adornada com rosas perfumadas, em formosura angelical. O vestido e o penteado tinham um estilo singularmente antigo e me levaram a evocar alguma antiga reminiscência. Mas foi com um profundo tremor que de súbito ocorreu-me à memória o quadro do altar, diante do qual em poucos minutos nós deveríamos nos unir em casamento. A imagem representando o martírio de Santa Rosália, que trajava um vestido igual ao de Aurélia! Foi-me difícil dissimular a espantosa impressão que o quadro me provocava. Com um olhar que prometia todo um éden de amor e bem-aventurança, Aurélia estendeu-me a mão, eu a estreitei ao peito. Com um beijo enlevado de pureza, experimentei uma vez mais a nítida sensação de que só por seu intermédio eu poderia salvar minha alma.

Um servidor anunciou que Sua Majestade estava pronta para nos receber. Aurélia desvestiu as luvas, eu lhe ofereci o braço. Aí a camareira notou que o cabelo estava em desalinho, se afastou por uns instantes, a fim de pegar um grampo. Esperávamos diante da porta, o atraso contrariava visivelmente a noiva.

Nesse momento, sucedeu um rumor no final da rua e se fizeram ouvir gritos confusos, o estrépito de uma carroça morosa e grosseira e o tropel de cavalos. Corri à janela! Em frente ao palácio se encontrava a charrete conduzida pelo ajudante do carrasco, dentro dela estava o monge sentado de costas, defronte ao condenado um capuchinho orava com ele em voz alta e fervorosa.

O homem estava desfigurado pela palidez do medo mortal e pela barba desgrenhada — eu, porém, conhecia com precisão os traços da fisionomia de meu horrendo duplo. Assim que a carroça, impedida de prosseguir pela aglomeração das pessoas em seu entorno, se pôs de novo em movimento, ele elevou o olhar ensandecido em minha direção e, rindo e uivando, exclamou:

— Noivo, noivo... venha... subamos ao telhado... ao te-lha-do... Cômica marcha nupcial... O bufão celebra o casamento... Nós lutaremos... Quem derrubar o adversário se torna rei e tem direito ao sangue!

Respondi aos gritos:

— Homem abominável... O que você quer... O que você quer de mim?

Aurélia me enlaçou com ambos os braços, tirou-me de perto da janela, aos gritos:

— Pelo amor de Deus! Pelo amor da Virgem Maria... Eles conduzem Medardo... o assassino de meu irmão, à morte... Leonard... Leonard!

Foi então que os demônios do Inferno despertaram e se ergueram em mim com a violência que lhes fora impelida através do maldito pecador sacrílego. Agarrei Aurélia com uma ferocidade que a fez estremecer.

— Rá, rá, rá... mulher estúpida e doida... eu... eu, seu amante, seu noivo, sou Medardo... o assassino de seu irmão... você, noiva do monge, quer que a condenação eterna se abata sobre seu noivo? Rô, rô, rô!... eu sou rei... bebo seu sangue!

Saquei a faca mortífera, cravei-a em Aurélia, que deixei tombar ao chão; uma golfada de sangue jorrava sobre minha mão. Precipitei-me escada abaixo, abrindo caminho pela multidão até a carroça, agarrei o monge e o derrubei ao solo.

Aí, em meio à confusão, me seguraram. Mas, furioso, eu me debati, brandindo a faca para todos os lados, soltei-me e escapuli correndo, embora me acossassem, senti-me ferido de lado por algo cortante, empunhando a faca com a direita e distribuindo socos, a esmo, com a esquerda, logrei alcançar as proximidades do muro do parque e o saltei com um pulo colossal.

— Assassino... assassino, segurem o assassino! — continuava a gritar a turba me perseguindo às costas.

Ouvi rangidos de ferragens, tentavam arrebentar o portão aferrolhado do palácio. Fugi correndo sem cessar. Cheguei à beira do largo fosso que separava o parque da floresta vizinha... Com uma cabriola possante, estava do outro lado e seguia embalado através da floresta, até cair exausto sob uma árvore.

Era noite profunda quando acordei daquele estado de completa letargia. Um único pensamento dominava minha alma: fugir, fugir qual bicho escorraçado. Levantei-me, mas mal avançara uns passos, quando um homem saiu do meio do mato, saltou às minhas costas e passou a me apertar com força descomunal o pescoço. Inutilmente eu procurava me desvencilhar, me atirei à terra, esfolava minhas costas contra os troncos das árvores, tudo em vão. O homem ria e chicaneava cínico. Então a lua surgiu iluminando através da espessa escuridão dos pinheiros e, ao clarão, eu distingui o pavoroso rosto pálido de morte do monge; o pretenso Medardo, o duplo, me olhava fixo com a mesma expressão medonha que me demonstrou da carroça quando eu assomara à janela.

— Ri... ri... ri... Irmãozinho... irmãozinho... estamos sempre juntos... não o largo... por nada no mundo... Estou vindo... do patíbulo... Queriam acionar as engrenagens...

Dessa maneira ria e uivava o fantasma amaldiçoado, enquanto eu, fortalecido pelo terror que sentia, dava saltos violentos, feito um tigre sendo estrangulado por gigantesca serpente! Eu me arrojava com fúria contra troncos e rochedos ásperos, senão para matá-lo, pelo menos para feri-lo gravemente e obrigá-lo a me soltar. Mas ele gargalhava cada vez mais forte, e eu próprio é que me sentia lacerado pelas mais atrozes dores. Tentei descerrar suas mãos entrelaçadas como em nós sob meu queixo, pois a força do monstro ameaçava sufocar-me. Enfim, após enfurecida luta, ele tombou de súbito, mas eu mal me distanciara alguns passos, ele mais uma vez me atracou, pulando-me às costas, cacarejando e gargalhando, ora balbuciando palavras medonhas! De novo os esforços selvagens, de novo livre! De novo, a garganta asfixiada pelo apavorante espectro. É impossível precisar exatamente quanto tempo eu debandei pelas florestas sombrias perseguido pelo duplo. Tenho a impressão de que a fuga se prolongou por meses a fio, sem que eu pudesse beber ou comer.

Apenas de um momento eu me recordo com clareza, depois me esvaí em total inconsciência. Instantes antes eu acabara conseguindo me desembaraçar de meu monstruoso duplo justo quando incidiu um vívido raio de sol e com ele sons puros e suaves ressoavam até mim, atravessando a floresta. Distingui os sinos de um mosteiro soando as matinais.

— Você matou Aurélia!

O pensamento súbito me arrebatou com os braços gelados da morte, eu desmaiei sem sentidos.

SEGUNDA PARTE
A penitência

Um suave calor expandiu-se em meu íntimo. Eu então comecei novamente a sentir a circulação e a fluência da vida que se difundia em minhas veias; a sensação converteu-se em pensamento, mas meu eu estava cindido em cem feições. Cada um desses fragmentos era autônomo em uma vida consciente particular, em vão a cabeça comandava os membros, vassalos infiéis que se recusavam a submeter-se à sua autoridade. Agora os pensamentos das partes isoladas começaram a girar como pontos luminosos e seu constante movimento se tornou mais e mais rápido, criando um círculo de fogo, que diminuía conforme acelerava a velocidade, até que adquiriu um formato de esfera ígnea e se manteve. Dela se despendiam coriscos ardentes de flamas purpúreas.

— Meus membros recobram vida, eu estou despertando!

Assim pensei com nitidez, mas no mesmo instante uma dor lacerante me perpassou, sons cristalinos de sino soaram aos meus ouvidos.

— Fugir, fugir para bem longe, para bem longe! — gritava a mim mesmo.

Queria me levantar ligeiro, mas voltava a cair alquebrado.

Somente então pude abrir os olhos. Os sons de sino perduravam reverberando, acreditei estar ainda na floresta, mas qual não foi minha surpresa ao observar os objetos que me rodeavam e ao tomar consciência de mim.

Usando o hábito da congregação dos capuchinhos, eu jazia sobre um colchão bem macio. O quarto era modesto e alto. Algumas cadeiras de vime, uma mesinha e uma cama simples eram as únicas peças do mobiliário. Compreendi que meu estado inanimado perdurara tempo considerável e que nessas condições fora transportado de um jeito ou de outro a um mosteiro destinado a acolher pessoas enfermas. Talvez minhas roupas estivessem rasgadas, por isso tinham me dado uma batina provisória.

Do perigo que me ameaçara provavelmente eu estava livre. Essa suposição me tranquilizou bastante, assim resolvi aguardar os acontecimentos que sucederiam, porque podia presumir que mais cedo ou mais tarde alguém viria assistir os doentes. Sentia-me muito fraco, mas não tinha dores.

Tinham transcorrido somente alguns instantes desde que restabelecera a consciência, quando eu ouvi passos que pareciam vir se aproximando ao longo de um corredor. Abriram minha porta e vi dois homens: um em roupas laicas, outro com o hábito da ordem dos irmãos de caridade. Achegaram-se ao leito sem falar, o de trajes laicos me fitou com olhos penetrantes e surpresos:

— Eu voltei a mim, senhor! — falei com voz fatigada. — Graças sejam dadas ao céu que me despertou para a vida! Mas, onde estou? Como vim parar aqui?

Sem responder-me, o leigo se virou para o eclesiástico e disse em italiano:

— É de fato assombroso, o olhar modificou-se, a linguagem agora está clara, embora extenuada... talvez tenha sido uma crise aguda.

O eclesiástico respondeu:

— Tenho a impressão de que não há dúvida quanto à melhora.

— Tudo dependerá, a partir de agora, de sua reação nos próximos dias. O senhor não entende alemão suficiente para conversar com ele? — perguntou o leigo.

— Infelizmente não! — respondeu o religioso.

Foi quando intervim:

— Entendo e falo italiano. Digam-me onde estou e como vim parar aqui?

O leigo, um médico, pelo que pude depreender, exclamou em tom de alegre surpresa:

— Ah, assim é melhor! O senhor se encontra, venerável senhor, num lugar onde tudo será feito para a recuperação de sua saúde.

Trouxeram-no para cá há três meses em condições alarmantes. O senhor estava bem doente, sob nossa assistência e nossos cuidados, porém, vejo que o senhor está se encaminhando para o completo restabelecimento. Se tivermos sorte e formos bem-sucedidos no tratamento, o senhor poderá retomar tranquilamente seu itinerário, pois conforme entendi, o senhor estava a caminho de Roma?

Perguntei ainda:

— Cheguei até aqui vestido com essas roupas que estou usando?

— Naturalmente! — respondeu o médico. — No entanto, não se preocupe com nada, com o tempo o senhor saberá de tudo. No momento, nada é mais importante para o bem de sua saúde que o repouso.

Ele tocou meu pulso, o padre trouxera nesse entretempo uma tigela fumegante, que me ofereceu:

— Beba esse caldo, e diga-me em seguida o que acha que é.

Depois de beber, respondi:

— É um caldo de carne bem revigorante!

O médico sorriu, satisfeito e dirigiu-se ao padre:

— Bom, muito bom!

Ambos me deixaram.

Vi que não me enganara, eu me alojava de fato num hospital público. Alimentavam-me com comidas fortes e medicamentos fortificantes, de modo que após três dias já estava em condições de me levantar. O padre abriu uma das janelas. Um ar tépido e magnífico, como eu nunca inalara, recendeu pelo quarto. Em frente ao edifício havia um jardim; belas árvores exóticas vicejavam e floresciam em cores vibrantes, uma parreira espraiava-se abundante ao longo dos muros. Mas era principalmente o céu de um azul profundo que me impressionava, semelhante à visão de um mundo longínquo e mágico.

— Onde estou? — perguntei, cheio de encantamento. — Os santos me dignaram a habitar o reino dos Céus?

O padre sorriu contente, enquanto respondia:

— O senhor está na Itália, meu irmão, na Itália!

Meu espanto foi total, instei junto ao padre que me contasse as circunstâncias exatas de minha chegada a esse lugar, mas ele remeteu-me ao médico. Esse sim, finalmente, me relatou que havia três meses um indivíduo estranho me trouxera e insistira que me acolhessem, cuidassem de mim naquele hospital administrado por irmãos de caridade.

Conforme eu recuperava as energias, podia observar como o médico e o clérigo entabulavam comigo conversas cada vez mais frequentes e, sobretudo, davam-me a oportunidade de me estender sem pressa nas narrativas. Meus amplos conhecimentos nos mais diversos domínios do saber me forneciam suficiente matéria. O médico me incentivou a fazer anotações escritas a respeito de certos aspectos; em seguida ele as lia em minha presença e se mostrava bem satisfeito. Contudo eu reparava que, em vez de elogiar meu trabalho, ele se limitava a tecer comentários curtos: "com efeito... está indo bem... não me enganei... excelente, excelente". Apenas em determinadas horas do dia me era permitido passear pelo jardim. Lá, me deparava com criaturas humanas terrivelmente desfiguradas, de uma palidez cadavérica e descarnadas, semelhantes a esqueletos; os irmãos de caridade os assistiam.

Certa vez estava eu lá fora caminhando, já tinha a intenção de retornar ao quarto, quando encontrei um homem comprido e magro, vestido com um singular casaco de cor ocre, sendo conduzido por dois religiosos. Após cada passo ele dava um pinote grotesco e soltava um longo e penetrante assovio. Admirado com a cena eu estaquei, mas o religioso que me acompanhava quis me tirar rapidamente do jardim, dizendo:

— Vamos, vamos, caro irmão Medardo! Isso não é para o senhor!
— Por Deus! — exclamei. — O senhor sabe meu nome?

A veemência de minha expressão pareceu ter inquietado meu acompanhante.

— E por que não haveria de saber seu nome, reverendo? O homem que o aportou o informou e consta do registro do manicômio literalmente: Medardo, monge do Mosteiro de Capuchinhos de B.

Um calafrio me percorreu da cabeça aos pés. Quem quer que fosse o homem que me trouxera, por mais enfronhado que estivesse em meu horrível passado sigiloso, não devia ter más intenções, pois ele cuidara de mim e me deixara livre.

Um dia, ao assomar à janela e inspirar fundo o ar cálido e inebriante que, fluindo por todo meu ser, me insuflava nova vida, vi de repente um homenzinho ressecado com um minúsculo chapéu de pontas sobre a cabeça, trajando um gibão puído, desbotado e amarfanhado, que vinha adentrando o edifício aos saltos e trotes. Ao avistar-me ele agitou o chapeuzinho no ar e mandou beijos com a mão. O sujeito me era familiar, porém eu não conseguia distinguir ao certo os traços de seu rosto, e em seguida ele sumiu por sob as copas das árvores do jardim, sem que eu atinasse sobre sua identidade.

Não demorou muito, bateram à minha porta, eu abri e a figura que eu vira havia pouco no jardim entrava agora em meu quarto.

— Schönfeld! — admirei-me ao reconhecê-lo. — Como você veio parar aqui, Santo Deus!

Era aquele peruqueiro da cidade mercantil, que na ocasião me salvou da perigosa enrascada.

— Ai, ai! — suspirou, enquanto seu rosto se contraía muito engraçado num muxoxo desgostoso. — Como vim parar aqui, respeitável senhor, não poderia ter sido de outro modo, senão jogado, lançado pela maldita fatalidade que persegue todos os gênios! Por causa de um assassinato, tive de fugir.

Eu o interrompi espantado:

— Por causa de um assassinato?

— É, por causa de um assassinato! — confirmou. — Num momento de cólera matei a suíça esquerda do mais jovem conselheiro mercantil da cidade, e feri gravemente a direita.

De novo o interrompi:

— Peço-lhe, pare de palhaçadas, seja pelo menos uma vez razoável e conte-me uma história coesa, caso contrário vá e me deixe em paz.

— Ei, meu caro irmão Medardo! — começou de súbito bem sério. — Mal se recuperou e já começa a me comandar! Não sabe, mas bem que me tolerou por perto quando jazia doente. Eu era seu companheiro de quarto e dormia naquela cama.

Confuso, indaguei:

— O que você quer dizer com isso? Como você chegou ao nome Medardo?

— Tenha a bondade de olhar a ponta direita de seu hábito — pediu, sorrindo.

Assim o fiz e estaquei petrificado de assombro e horror, ao descobrir o nome Medardo bordado na bainha. Observando o hábito mais detidamente, pude perceber outros sinais característicos que não me deixaram dúvidas de que estava usando a mesma batina que na fuga do castelo do barão F. eu escondera num tronco oco.

Schönfeld notou meu desconforto e riu cheio de cumplicidade. Apontando o dedo em riste e pondo-se na ponta dos pés, me olhou direto nos olhos. Surpreso, permaneci calado. Então ele falou em voz baixa e modos sensatos:

— Vossa Reverência está estranhando a bela vestimenta que o reveste. Não há por quê, ela está assentada às mil maravilhas, melhor que o terno refinado e escuro, muito elegante, confeccionado com apurado gosto pelo meu compenetrado amigo Damon.

"Eu, eu... o desconhecido e proscrito Pietro Belcampo fui quem cobriu sua nudez com esse traje, irmão Medardo! Sua condição quando o encontrei não era das melhores, pois em vez de gibão... *spencer*[1]... fraque inglês, se vestia exclusivamente com o próprio pelo. Para não falar do penteado, um estilo fora de questão. Porque o senhor mesmo não hesitou em imiscuir à minha arte e à minha obra, a Caracalla, o pente de dez pontos com o qual a natureza dotou à extremidade de seus punhos."

---

1. *Spencer* era um casaquinho masculino curto que ia até a cintura, em moda no século XIX.

— Basta de tolices, Schönfeld! — impacientei-me bruscamente.
— Basta de tolices!

— Aqui na Itália meu nome é Pietro Belcampo! — interrompeu-me, colérico. — Pietro Belcampo! E saiba, Medardo: eu sou a própria loucura que o persegue sem cessar por todas as partes, a fim de amparar sua razão. Queira você reconhecê-lo ou não, apenas na loucura recuperará saúde, pois a razão é uma condição miserável, estreita em si, ela pende de um lado ao outro igual a uma criança frágil, prescinde da sustentação, do tempero da loucura, que a ajuda a se orientar no bom caminho, nós dois enveredamos pelo caminho certo e viemos parar no hospício, irmão Medardo!

Estremeci ao me lembrar das figuras que eu entrevira, do homem saltitante com o casaco ocre, não pude deixar de admitir sem problemas o fundamento das explanações do demente Schönfeld.

— Sim, meu irmãozinho Medardo! — continuou em voz alta, gesticulando muito. — A loucura surge na Terra na figura de soberana rainha dos espíritos. A razão não é mais que administradora indolente, incapaz de enxergar o que transcende os horizontes de seu limitado reino. Por puro tédio, estimula os soldados a se exercitarem no campo de Marte, mas eles só podem dar tiros às cegas quando o inimigo invade seu território. Mas a loucura, autêntica rainha popular, entra triunfante ao som de trombetas e tambores: viva! Viva! Atrás dela os brados de júbilo e regozijo! Os vassalos se inquietam nos assentos onde a razão os confinou, se recusam a permanecer mais tempo de pé, assentados ou deitados conforme lhes exige o preceptor pedante, que no controle dos números arrola: "Veja, a loucura enlevou, levou e alienou meus melhores discípulos. É, agora eles são alienados!" Mero trocadilho, irmãozinho Medardo. Jogo de palavras que o maluco emprega pra anelar cachos e imagens.

Novamente fiz uma intervenção no discurso desatinado de Schönfeld.

— Mais uma vez, mais uma vez. Eu lhe peço que, se for possível, renuncie ao desvario insensato e me conte como veio parar aqui e o que sabe desta roupa que estou vestindo.

Enquanto dizia essas palavras, eu o segurei firme com ambas as mãos e o obriguei a se sentar numa cadeira. Pareceu sossegar-se depois de baixar os olhos e inspirar fundo. Foi aí que começou a contar com voz baixa e calma:

— Salvei sua vida pela segunda vez. Fui eu que o ajudou a escapar da cidade mercantil, assim como fui eu quem o trouxe para cá.

— Pelo amor de Deus, por todos os santos! Onde você me encontrou? — perguntei, largando suas mãos.

Mas nesse instante ele se ergueu de súbito e com olhos chispantes, berrou raivoso:

— Ora, irmão Medardo! Se não o tivesse carregado sobre meus ombros, miúdo e fraco que sou, seus membros teriam sido esmagados pela engrenagem.

Comecei a tremer e recuei aniquilado, tombando numa cadeira. A porta se abriu e o religioso que me prestava assistência acudiu aflito:

— Como o senhor entrou aqui, quem lhe deu permissão para entrar nesse quarto?

Assim, rude, ele interpelou Belcampo, ao que o outro se pôs a choramingar com voz suplicante:

— Ah, reverendo senhor! Não consegui mais resistir à vontade de conversar com meu amigo, a quem salvei de um iminente perigo mortal!

— Diga-me, caro irmão — perguntei ao religioso, reassumindo meu ânimo —, é verdade que esse homem me trouxe para cá?

Ele hesitou.

— Agora eu já sei onde me encontro — continuei. — Suponho que cheguei num estado mais deplorável que se possa imaginar, mas vocês devem ter atestado, por ora, que me recuperei completamente. Não vejo razão, portanto, para não conhecer tudo o que vêm silenciando, com a intenção de me poupar de irritações ou suscetibilidades.

— De fato! — aquiesceu o eclesiástico. — Esse homem o trouxe ao nosso hospício, isso foi há cerca de três meses ou pouco mais. Pelo que ele nos contou, o achou no bosque localizado a três milhas daqui, que separa nosso território do país de ***. Num primeiro momento pensou que o senhor estivesse morto. Depois atentou à sua semelhança com o irmão Medardo do Mosteiro de Capuchinhos de B., que conhecera anteriormente quando o monge, a caminho de Roma, passara pela cidade onde ele morava. O senhor estava num estado da mais completa prostração. Andava, se fosse conduzido, permanecia parado, se não recebesse comando, se sentava e se deitava, se alguém o impulsionasse. Tive de alimentá-lo à força. Sons confusos e incompreensíveis, era tudo que proferia. Seus olhos, embaçados, sem vida. Belcampo não o abandonava, mas, ao contrário, foi um guarda fiel. Ao fim de quatro semanas, o senhor sofreu um acesso de fúria louca e nessas condições foi necessário transferi-lo à ala mais afastada e adequada. O senhor apresentou um comportamento selvagem e animalesco, não pretendo lhe descrever em detalhes a condição cuja lembrança talvez lhe possa ser penosa. Após quatro semanas se restabeleceu de repente o quadro de apatia intensa, o senhor acabou despertando são e salvo.

Durante o relato do monge, Schönfeld se sentara e apoiara a cabeça na mão, como se mergulhado em profundas meditações.

— É — recomeçou a falar —, eu sei que às vezes sou um maluco extravagante, mas a atmosfera do manicômio, prejudicial às pessoas razoáveis, me fez um bem danado. Começo a refletir acerca de mim mesmo e considero isso um presságio promissor. Se existo apenas na medida em que tenho consciência, então é uma simples questão do consciente retirar a máscara de palhaço, e eis que surjo eu, um sólido cavalheiro. Oh, Deus! Mas um peruqueiro genial não é *per se* e em si um doido inveterado? Ora, a extravagância protege de toda demência, e eu posso lhe assegurar, senhor reverendo, que mesmo quando sopra o vento norte-nordeste sei distinguir perfeitamente torre de igreja de poste de luz.

— Se é assim — objetei —, então o prove, contando-me com calma como os fatos se desenrolaram, como me encontrou e me trouxe até aqui.

— Pois é o que pretendo fazer — respondeu Schönfeld. — Embora o reverendo senhor ensaie caretas de preocupação. Mas permita-me, irmão Medardo, que eu me dirija a meu protegido com uma forma de tratamento coloquial.

"Na manhã seguinte à noite quando você próprio fugiu, o pintor estrangeiro desapareceu também por sua vez, de maneira inexplicável, com o completo acervo de seus quadros. Por mais que o clamor do mistério tenha gerado sensação, não tardou a se diluir da memória da sociedade ao fragor de novos escândalos.

"Após a divulgação da história acerca do assassinato no castelo do barão F., entretanto, nem bem os tribunais emitiram mandado de prisão contra o monge Medardo do Mosteiro de Capuchinhos de B., todos se recordaram que o pintor na última noite mencionara o episódio e reconhecera em você o irmão Medardo. Suspeitaram que eu o tivesse auxiliado na fuga, e o proprietário do hotel onde você se hospedara confirmou a suspeita. Perseguiram-me, queriam me prender.

"Não foi nada difícil tomar a decisão de abandonar a vida miserável que havia tempos vinha me oprimindo. Resolvi vir à Itália, país onde abundam os abades e as perucas exuberantes. Durante a viagem eu o divisei certa vez na residência do príncipe de ***. Falava-se de seu casamento com Aurélia e da execução do monge Medardo. Também vi o monge.

"Bem, seja lá quem for, é você que considero de uma vez por todas o verdadeiro Medardo. Cruzei seu caminho, mas você não me percebeu. Dias depois abandonei a capital, a fim de prosseguir viagem.

"Após um longo trajeto me dispus a atravessar, ao despontar da aurora, uma floresta densa que se estendia diante de mim. Aos primeiros raios do sol crepuscular ouvi ruídos provenientes de uma cerrada folhagem e um homem de cabelo e barbas esgaforinhados mas de vestimentas alinhadas, saltou sobre mim e fugiu apavorado. Possuía um olhar selvagem e desvairado; fora um ínterim tão fugaz, que não consegui vê-lo direito. Avancei um pouco mais e qual não foi meu espanto ao me deparar bem a meus pés com uma figura humana nua, esticada no solo.

"Supus que se tratasse de um homicídio e o fugitivo seria o assassino. Debrucei-me sobre o homem nu e o reconheci, notei que respirava e arfava penosamente. Ao seu lado encontrei esse hábito monacal que você está usando agora. Com dificuldade, consegui vesti-lo e arrastá-lo comigo pelo caminho afora.

"Depois de um bom tempo, você enfim recobrou a consciência, mas logo caiu no estado de prostração que o irmão descreveu há pouco. Foi preciso muito esforço para levá-lo adiante. Por essa razão aconteceu de anoitecer e eu nem bem alcançara o albergue situado no meio da floresta. Larguei-o ali caído na pradaria em sono embriagado e entrei para buscar bebida e comida.

"No interior da pousada estavam uns dragões de ***. A proprietária me contou que eles eram encarregados de perseguir as pistas de um monge até a fronteira. O sujeito que queriam prender fora acusado de um crime grave em ***, estava prestes a ser executado quando escapou de maneira incompreensível.

"Eu considerava um mistério imperscrutável a sua proeza de fugir da cidade e conseguir chegar até ali sem ser pego. Certo de que você era o procurado Medardo tomei as cautelas para livrá-lo do perigo iminente que pairava sobre sua pessoa. Acabamos por cruzar sem percalços a fronteira através de trilhas sinuosas e, depois de muito caminhar, chegamos a esta instituição. Fomos ambos acolhidos, porque eu declarei que não queria deixá-lo. O estabelecimento lhe garantia segurança, evidentemente não cederiam a um tribunal estrangeiro um paciente enfermo a quem tivessem oferecido asilo. Durante o período em que compartilhamos o quarto para que eu pudesse assisti-lo de perto, seus cinco sentidos deixavam bastante a desejar. Tampouco dos movimentos de seus membros havia o que se gabar. Noverre e Vestris[2] sentiriam profundo desprezo por você, porque sua cabeça pendia caída sobre o peito, e se alguém tentava

---

2. Jean-Georges Noverre (1727-1810) foi um dançarino e coreógrafo francês, que revolucionou o rígido balé da corte. Auguste Vestris (1760-1842), também dançarino e coreógrafo francês, era chamado de "deus da dança".

endireitar sua postura, você se revolvia como bola desconjuntada. Seu talento oratório também inspirava dó, você se limitava a proferir monossílabos, durante horas intermináveis se limitava a dizer 'hu, hu' e 'me... me', o que me levou a deduzir que a vontade e o pensamento não se conjugavam, quase cheguei a crer que os dois rebeldes vagabundeavam a belprazer, voavam ao léu.

"Por fim você passou por uma fase engraçadíssima, quando pulava pelos ares e berrava de euforia, rasgando a roupa do corpo, ansioso pela liberdade de qualquer entrave à natureza. Seu apetite..."

— Pare com isso, Schönfeld! — interrompi o horrível manganão. — Pare! Já me informaram acerca da pavorosa situação em que estive imerso. Graças sejam dadas à infinita misericórdia de Nosso Senhor! Graças sejam dadas à poderosa intercessão dos santos por eu ter recobrado a saúde!

— Eh, honorável reverendo... — replicou Schönfeld. — O que foi feito dela? Estou me referindo à função particular do espírito que designamos consciência e nada mais é que a maldita faina de um condenado cobrador, fiscal-assistente ou sub-controlador-adjunto que instalou infame escritório na saleta do sótão e embirra a cada mercadoria que quer sair: "Hum, hum! Exportação proibida... A produção fica no país!" As mais belas joias são enfiadas na terra como vulgares sementes de grãos, na melhor das hipóteses gerarão beterrabas e, na prática, prensando o bruto de mil quintais se extrai o líquido de um quarto de onça de um açúcar detestável. Re, re!

"Antes de mais nada, importa estabelecer relações comerciais com a inaudita cidade de Deus lá do alto, onde tudo é glória e brilho. Deus do céu! Senhor! Eu teria atirado ao trecho mais fundo do rio meus caros e valiosos pós de arroz *à la Maréchal*, ou *à la Pompadour*, ou *à la reine de Golconde*[3], se pelo menos pudesse adquirir no mercado uma porção mínima que fosse de pó solar de

---

3. Hoffmann faz uma alusão ao conto "Aline, rainha de Golconda", de 1761, do escritor francês Stanislas Jean de Boufflers (1738-1815), cujo conteúdo foi várias vezes musicado.

procedência especial para empoar perucas de sábios professores e condiscípulos, a começar pela minha própria! Que estou dizendo?

"Se meu Damon, em vez de revesti-lo com fraque cor de pulga, tivesse lhe destinado, meu mais respeitável entre os veneráveis monges, um terno de verão daqueles com que os burgueses ricos e ostentadores se cobrem para ir à missa aos domingos, tudo teria acontecido diferente, concernente ao decoro e à dignidade. Mas como o fez o mundo o tomou por *glebae adscriptus* vulgar e ao demônio por um *cousin germain*!"[4]

Schönfeld se levantara e caminhava, saltitava melhor dizendo, de um canto para o outro dentro do quarto, fazendo gestos e caretas esquisitas. Como de costume, estava com a corda toda e se inflamava de bizarrice em bizarrice; pensando acalmá-lo, eu o tomei por ambas as mãos e falei:

— Você está pretendendo ocupar meu lugar neste hospício? Não pode ficar um minuto sem palhaçadas, adotar uma atitude séria e sensata?

Ele sorriu de modo estranho:

— As coisas que eu falo quando estou possuído pelo Espírito são tão delirantes?

— Justamente nisso consiste a desgraça! A máscara burlesca esconde no mais das vezes verdades profundas, mas você põe tudo a perder e rebusca tudo com adornos grotescos, que o mais límpido e articulado pensamento se torna ridículo e insignificante, semelhante a um traje esfarrapado, repleto de manchas. É o próprio bêbedo incapaz de andar em linha reta, oscilando e pulando de um lado para o outro! Não tem rumo certo.

— O que é rumo? — me interpelou Schönfeld, sereno, e, sorrindo, perguntou: — O que é isso, rumo ou direção, venerável capuchinho? Direção pressupõe a meta que nos orienta a direção. O senhor está convicto da sua própria meta, caro monge? Não receia

---

4. *Glebae adscriptus*: expressão sinônima de servo, escravo; *cousin germain*: primo de sangue.

que vez ou outra tenha consumido pouco cérebro de gato e, ao contrário, excedido noite adentro com a bebida alcoólica, pelo que agora, que nem telhador tomado de vertigem no alto da torre, tem vista embaralhada e perde o prumo? Além do mais, capuchinho, desculpe minha condição, já que trago em mim o burlesco como agradável tempero, a pitada de pimenta espanhola na couve-flor refogada. Sem isso, o artista dos cabelos não passa de lamentável personagem, pobre insosso, que traz na manga privilégios, sem saber usá-los para a alegria e o prazer.

O clérigo tinha nos observado com atenção, olhando ora para mim, ora para o careteiro Schönfeld. Não entendera patavina do diálogo, porque falávamos em alemão. A certa hora ele se ergueu e nos interrompeu:

— Os senhores me perdoem, meus caros! É meu dever, porém, colocar ponto-final nessa prosa que a nenhum dos dois fará bem. Vocês continuam ambos fragilizados demais, meus irmãos, para ficar discorrendo tanto sobre coisas do passado, o que lhes desperta reminiscências possivelmente dolorosas. Aos poucos o senhor poderá se informar dos fatos e, quando estiver são e receber alta do manicômio, seu amigo com certeza o seguirá acompanhando. Ademais, o senhor possui — acrescentou dirigindo-se a Schönfeld — uma expressão física ao falar que, aos olhos de quem ouve, a trama da narrativa adquire rasgos de vida e realidade. Pode até ser que o considerem doido lá na Alemanha e, mesmo na Itália, devem confundi-lo com um talentoso truão, mas em minha opinião o senhor faria sucesso se tentasse a carreira no teatro cômico.

Schönfeld encarou o clérigo com olhos arregalados, em seguida ele se ergueu na ponta dos pés e, colocando as mãos ao alto da cabeça, comentou em italiano:

— Voz do espírito! Voz do destino! Eu a ouço falar por intermédio do honorável monge! Belcampo... Belcampo... você não pode ignorar sua autêntica vocação! Está decidido!

Dito isso, deu uma pirueta e sumiu pela porta. Na manhã seguinte veio me ver, pronto para partir de viagem:

— Vejo que você está inteiramente restabelecido, caro irmão Medardo. Não precisa mais de minha assistência e companhia. Partirei, me deixarei guiar pelo chamado da vocação interior... Adeus! Mas antes e pela última vez, permita-me praticar consigo minha arte, ofício que agora a meu ver é um tanto quanto medíocre!

Empunhou tesoura e pente e, entre mil trejeitos e fanfarronices espirituosas, pôs em ordem minha tonsura e minha barba. A presença daquele homenzinho, apesar da fidelidade devota, se tornava sinistra, fiquei contente quando ele enfim partiu.

Os fortificantes prescritos pelo médico tinham surtido bom efeito. Meu rosto adquirira cor saudável e com os passeios cada vez mais longos eu ia reconquistando forças. Estava convencido de que tinha condições de empreender uma viagem a pé; por isso deixei aquela instituição que aos doentes psíquicos podia ser benéfica, mas aos sãos, inquietadora e cruel.

Tinham me sugerido uma peregrinação a Roma, assim eu de fato resolvi empreendê-la e tomei o caminho indicado no desenho do roteiro como sendo o que levava àquela cidade.

Embora meu espírito estivesse perfeitamente sadio, sentia um parcial entorpecimento da consciência e da sensibilidade, o que lançava uma sombra velada a cobrir todos os sentimentos, os pensamentos, que surgiam em meu íntimo, de maneira que tudo se me afigurava insosso, cinzento sobre cinzento. Sem uma recordação precisa do passado, encontrava-me absorvido de todo pela preocupação com o instante presente.

Meus olhos não cessavam de perscrutar os longínquos horizontes, sondando onde poderia me apresentar e solicitar um pouco de alimento e um canto para pernoite e, se as almas generosas enchiam com abundância meu alforje e meu cantil, alegrava-me e murmurava maquinal uma prece. Mesmo em espírito, me rebaixara à condição miserável e estúpida de monge mendicante.

Em semelhante estado eu atingi enfim o grande mosteiro de capuchinhos que se situava num local ermo, cercado apenas por suas próprias dependências, a poucas horas de Roma. O mosteiro acolhia com certeza os irmãos da congregação; contava com um banho e um bom repouso restaurador. Aleguei que após terem fechado o mosteiro onde morava, na Alemanha, decidira empreender aquela peregrinação e desejava ser admitido em qualquer outro mosteiro da ordem. Com a amabilidade peculiar aos monges italianos, eles me hospedaram com todo o conforto. O prior esclareceu que se algum cumprimento de promessa não me obrigasse à peregrinação, me seria permitido ficar no mosteiro como forasteiro o quanto me aprouvesse.

Era o momento das vésperas, os monges se dirigiam ao coro, entrei na igreja. A esplêndida e ousada arquitetura da nave me encheu de admiração, mas meu espírito inclinado ao terreno não pôde se elevar como em geral acontecia desde o tempo de minha primeira infância, quando contemplava a igreja da Tília Sagrada. Depois de fazer minhas orações ante o altar-mor, andei pelas alas laterais olhando as pinturas que, como de costume, representavam os martírios dos santos a quem os altares são consagrados.

Meus passos me levaram enfim a uma capela lateral, cujo altar estava magicamente iluminado pelos raios solares que incidiam nos vitrais das janelas. Quis observar a pintura do quadro, subi os degraus da escadaria. Era Santa Rosália! A fatídica ermida que se sustinha ao altar da capela de nosso mosteiro. Ah! Eu via Aurélia! Minha vida inteira, mil sacrilégios, meus atos maldosos, Hermoge, o assassinato de Aurélia. Tudo se amalgamou num único e terrível pensamento, e ele perpassou qual ferro pontiagudo e incandescente meu cérebro. Meu peito, veias e fibras de meu ser provocavam dor atroz do suplício mais cruel! E a morte não vinha lenir!

Lancei-me ao chão; em furioso acesso de desespero, rasguei minha batina. Por toda a igreja soaram meus uivos desconsolados:

— Estou condenado! Estou amaldiçoado! Não há graça, não há misericórdia nesse mundo ou noutro! Ao Inferno, irei ao Inferno! A danação perpétua cairá sobre mim, vil pecador que sou!

Alguém me levantou, os monges estavam na capela, diante de mim se postava o prior, um venerável ancião de cabelos brancos. Fitava-me imbuído de gravidade e indizível doçura. Tocou minhas mãos. Era um santo, pleno de compaixão celeste sustendo no ar o condenado acima das chamas do fogo infernal em que incidiria.

— Você está doente, meu irmão! — disse o prior. — Queremos levá-lo de volta ao mosteiro, lá poderá repousar!

Beijei cheio de respeito suas mãos, a fímbria do hábito. Não conseguia falar. Somente profundos suspiros de angústia delatavam o tenebroso sofrimento de minha alma despedaçada. Conduziram-me ao refeitório, a um aceno do prior os monges se retiraram, ficamos a sós.

— Meu irmão! — começou a falar. — Você parece ter a consciência pesada de pecados, só o arrependimento mais profundo e mais desesperado de um crime pavoroso pode se manifestar dessa maneira excessiva. Mas imensa é a clemência do Senhor, potente e revigorante a intercessão dos santos. Tenha confiança! Confesse a mim seus pecados e, se fizer penitência, a Igreja lhe dará a consolação!

Naquele momento era como se o prior fosse o velho peregrino da Tília Sagrada, e ele seria a única criatura no enorme e vasto universo a quem eu deveria revelar minha vida repleta de pecados e ofensas. Ainda incapaz de proferir qualquer palavra, me arrojei ao chão poeirento aos pés do velho senhor:

— Estarei na capela do mosteiro! — disse, em tom solene, e se afastou.

Minha decisão estava tomada, corri ao seu encontro, ele se sentara na cadeira do confessionário, deixei-me conduzir ao que o Espírito me levava irresistivelmente: confessei tudo... tudo!

Implacável foi a penitência que o prior me infligiu. Expulso da igreja e banido como leproso das reuniões comunitárias, jazia na cripta dos mortos, sustentava minha sobrevivência a custa de ervas insípidas fervidas em água, açoitando-me, penitenciando-me com instrumentos de martírio inventados por uma crueldade cheia de requintes e não elevando a voz, senão para acusar a mim mesmo, para suplicar em oração de arrependimento a salvação do fogo do Inferno, cujas chamas ardentes eu já sentia a consumir meu coração. Mas quando o sangue escorria das cem feridas, quando a dor me devorava queimando feito cem picadas de escorpiões peçonhentos e, enfim, a natureza sucumbia até o sono envolvê-la com seus braços, protegendo-a como criança impotente, então ressurgiam as perniciosas imagens do pesadelo e elas me levavam a recomeçar os tormentos mortais.

Minha vida inteira se desenrolava ante meus olhos num espetáculo odioso. Via Euphemie em sua exuberância, ela se aproximava de mim, mas eu gritava alto:

— O que você quer de mim, infame? Não! O Inferno não tem poder sobre mim!

Então ela abria suas vestes e o arrepio da condenação me atingia. Seu corpo se convertera num esqueleto ressecado, mas dentro do esqueleto se contorciam enroladas umas nas outras inumeráveis serpentes, e estendiam suas cabeças, suas línguas de fogo em minha direção.

— Me largue! Suas serpentes me mordem o peito ferido... Querem ceifar o sangue de meu coração... mas então eu morro! Então eu morro... A morte me livrará de sua vingança — assim eu berrava desconsolado.

O fantasma seguia uivando:

— Minhas serpentes podem se nutrir do sangue de seu coração... mas você não sentirá a dor, pois não é esse seu suplício. Seu suplício está em seu íntimo e não o mata, pois você vive nele. Seu suplício é a lembrança do pecado e a lembrança é eterna!

Depois o ensanguentado Hermoge surgia, mas diante dele Euphemie fugia, e ele deslizava ante mim, apontando com o dedo em riste a cicatriz em formato de cruz ao meu pescoço. Eu queria rezar. Rumores, gemidos confundiam meu espírito. Pessoas que vira em outros tempos, me vinham agora deformadas em grotescas caricaturas. Cabeças, de cujas orelhas brotavam pernas de gafanhoto, se arrastavam ao meu redor sorrindo maliciosas; aves estranhas e corvos com rostos humanos voluteavam ruidosamente pelos ares. Reconheci o mestre de orquestra de B. e sua irmã, ela rodopiava numa valsa alucinada, o irmão a acompanhava tangendo as cordas do violino em que seu próprio peito se convertera. Com horrível rosto de lagarto, Belcampo vinha montado em asqueroso verme alado em minha direção, queria pentear minha barba com um pente de ferro ardente, o que por sorte minha não conseguiu.

A celeuma atingia o delírio. As figuras se apresentavam cada vez mais extraordinárias, de minúsculas formigas dançantes com pés humanos à ossada de um cavalo com olhos brilhantes esticada ao longo, cuja pele se transformara num xairel e em cima dele havia um cavaleiro com luminosa cabeça de coruja. Sua couraça era um copo sem fundo, seu capacete, um funil virado! A diversão do Inferno chegou à apoteose!

Ouvia os sons de minha própria gargalhada, mas o riso feria meu peito e as dores se faziam ardentes, as úlceras sangravam em profusão. Nisso, uma imagem de mulher resplandecia, a corja se dispersava — ela vem a mim! Ah, é Aurélia!

— Estou viva e sou toda sua! — declarou a aparição.

Então os pensamentos sacrílegos despertavam em mim! Louco de desejo selvagem a estreitei num abraço. Recobrei minha força, mas logo ardia meu peito, cerdas ásperas arranhavam meus olhos, e Satã ria com estridência:

— Agora você me pertence!

Despertei lançando gritos lancinantes, logo meu sangue jorrava das chagas abertas pelo açoite de espinhos, e com ele eu me fustigava em desespero sem consolo. Pois mesmo os crimes culposos do pensamento, todo pecado em pensamento exige penitência redobrada.

Finalmente transcorreu o período de rigorosa expiação determinada pelo prior, eu subi da cripta dos mortos, para submeter-me aos exercícios de mortificação que agora me eram impostos lá no mosteiro, mas em cela isolada dos irmãos.

Logo, diminuindo a severidade da penitência, me foi permitida a entrada à igreja e ao coro dos irmãos. Mas no meu entendimento não bastava o tipo da nova mortificação recomendada, que deveria consistir exclusivamente em flagelação diária. Recusei com firmeza todos os alimentos melhores que me ofereciam, dias inteiros permanecia deitado no frio chão de mármore ante a imagem de Santa Rosália, me martirizava da maneira mais cruel na cela solitária, porque acreditava ser possível silenciar meu espantoso tormento interior por intermédio das torturas exteriores.

Era inútil, as visões engendradas em minha imaginação ressurgiam sem dar-me sossego. Estava à mercê de Satã pelo que ele então me torturava com escárnio e me tentava ao pecado. A rigorosa penitência e a perseverança com que a cumpria chamou a atenção dos monges. Eles me admiravam com temor reverente, e eu os ouvia cochichar entre si:

— É um santo!

Essa palavra surtia em mim um efeito desagradável, pois me recordava com vivacidade o instante fatal na igreja de capuchinhos de B., quando possuído por delírio presunçoso eu desafiei o pintor que me encarava fixamente: "Sou Santo Antônio!"

A última fase de penitências prescritas pelo prior chegou ao fim sem que eu me arrefecesse de me torturar, malgrado minha natureza estivesse prestes a sucumbir ao padecimento. Meus olhos estavam baços, meu corpo machucado era mera carcaça ensanguentada. Cheguei ao ponto de me manter horas a fio estirado no chão sem ser capaz de me levantar senão dependendo do auxílio alheio.

O prior mandou me chamar à sua sala.

— Você sente a alma aliviada graças à severa penitência, meu irmão? Está coberto pela consolação divina?

— Não, meu reverendo! — respondi, numa angústia sombria.

— Meu irmão — replicou o prior com voz mais forte —, tendo em vista sua confissão de uma série de pecados funestos, infligi--lhe a pena mais rígida em obediência às leis da Igreja. Pelas leis, o malfeitor que não cai nas mãos da justiça e arrependido confessa seus crimes a um servidor do Senhor deve manifestar a sinceridade de seu arrependimento também através de ações tangíveis. Deve voltar o espírito inteiramente aos valores celestiais e castigar a carne, a fim de que o martírio terreno contrabalanceie o prazer demoníaco dos delitos.

"Em sintonia com célebres doutos da Igreja creio, porém, que os sofrimentos atrozes que a penitência impõe não reduzem sequer um dedo dos pecados do penitente, se ele concentra confiança exagerada nas virtudes do sofrimento e com isso se vê digno da graça do perdão divino. Nenhuma razão humana é capaz de perscrutar como o Eterno pondera nossos atos; perdido será quem, mesmo livre de todo verdadeiro pecado, se julga insolente à altura de entrar no reino dos Céus através da ação piedosa meramente ostensiva. E o penitente que, após cumprir exercícios de expiação, acredita ter suprimido o pecado do coração prova que seu arrependimento interior não é sincero.

"Quanto a você, caro irmão Medardo, apesar da penitência, não sente consolação. Isso demonstra a grandeza de seu arrependimento. Cesse logo, eu lhe peço, todas as flagelações, a partir de agora. Alimente-se melhor e não evite a companhia dos outros monges!

"Saiba, irmão Medardo, conheço melhor que você mesmo todas as implicações prodigiosas de sua vida misteriosa. Uma fatalidade, de que você não conseguiu escapar, outorgou a Satã poder sobre sua pessoa que, ao pecar, era mero instrumento. Não imagine todavia que seria, contudo, menos culpado aos olhos do Senhor, pois lhe fora dada a força necessária para lutar contra o Diabo e vencê-lo. Em que coração humano não irrompe o mal, contrapondo resistência ao bem? Sem esse embate não existiria a virtude que é simplesmente a vitória do princípio do bem sobre o do mal; a recíproca também procede, o pecado surge do triunfo do mal. Antes de tudo saiba que você se acusa de um crime que cometeu apenas em intenção. Aurélia vive! No acesso de loucura selvagem, você se feriu, o sangue da própria ferida era o que escorria pelas suas mãos... Aurélia vive... estou certo disso."

Prostei-me de joelhos, alcei as mãos postas ao alto em oração! Suspiros profundos escapavam do meu peito e as lágrimas brotavam de meus olhos.

— Saiba, além disso — continuou o prior —, que o velho pintor estrangeiro de quem você falava na confissão, desde que me lembro, tem sempre rendido visitas ao nosso mosteiro, e talvez retorne em breve. Ele me confiou a guarda de um livro que contém diversos desenhos e relata uma história a que volta e meia acrescentava mais linhas quando nos visitava sem avisar. O pintor nunca me proibiu de passar o livro às mãos de outra pessoa, porquanto eu, tanto mais voluntariamente, o passarei a você, e também por considerá-lo meu dever mais sagrado. Por meio da leitura desse livro, você descobrirá estranhos encantamentos que determinaram seu próprio destino tão insólito que ora o conduzia a um mundo elevado pleno de visões maravilhosas, ora à vida mais infame.

"Diz-se que o maravilhoso se extinguiu da face da Terra, mas eu não creio nisso. Milagres acontecem. Pois se às vezes nos recusamos a designar com esse nome os fatos mais prodigiosos que nos cercam diariamente sob o pretexto de que observamos e atribuímos toda uma série de eventos às regras do eterno retorno de caráter cíclico, não é menos verdade que às vezes se introduzem nesses ciclos fenômenos acidentais. Isso põe a perder nossa perspicaz previsão e, por não sermos capazes de concebê-lo, em nossa obstinada cegueira, não acreditamos no que vemos. Em virtude de nossa relutância, denegamos ao nosso olhar interno a vidência, muito sutil para se projetar na grosseira superfície do olho externo. Considero o pintor estrangeiro um dos fenômenos extraordinários que extrapolam toda e qualquer regra estabelecida, chego a duvidar que seu aspecto físico corresponda ao que designamos real. Uma coisa é certa: ninguém pôde observar nele as funções vitais essenciais da vida. Tampouco o vi escrever ou desenhar, embora o livro que ele aparentemente lia contivesse após suas passagens pelo mosteiro mais folhas escritas do que antes. Outro fato estranho. Todo o conteúdo do livro, meros rabiscos confusos, esboços indistintos eu atribuía à imaginação fértil de um pintor, e eles somente se tornaram compreensíveis e legíveis quando você, meu caro irmão Medardo, me revelou sua vida em confissão.

"Não quero lhe manifestar de antemão os meus pressentimentos acerca do pintor. Você mesmo é que vai decifrá-lo, ou talvez o segredo se desvele a você por si mesmo. Caminhe, fortaleça-se e, se em poucos dias você se sentir edificado em espírito, receberá de minhas mãos o livro prodigioso do pintor estrangeiro."

Conformei-me à vontade do prior, passei a comer junto com os irmãos, renunciei às mortificações e me limitei a orar com fervor ante os altares dos santos. Ainda que da chaga do meu coração o sangue jorrasse ininterrupto, e nada amenizasse o sofrimento que me doía dentro do peito, pelo menos tinham sumido os pavorosos pesadelos. Uma vez ou outra, quando jazia exangue e insone no duro leito, percebia que asas de anjo agitavam com brandura o ar em torno de mim. Então eu via a suave imagem de Aurélia, felizmente em vida; seus olhos repletos de lágrimas exprimiam compaixão divina, ela se inclinava sobre mim, pousava a mão sobre minha cabeça, como num gesto de amparo. Depois minhas pálpebras cerravam pesadas de modo ligeiro, fugaz e restaurador, e o sono impregnava nova energia vital em minhas veias.

Quando o prior notou que meu espírito recuperava o vigor, ele me entregou o livro do pintor e recomendou que o lesse com atenção em sua cela. Abri o livro e a primeira coisa que atraiu meu olhar foram os desenhos apenas sugeridos e depois executados com jogos de sombra e luz: eles representavam os afrescos da Tília Sagrada. Não senti o mínimo de suspense ou espanto, a mínima aspiração de resolver rápido o enigma. Não! Para mim não existia enigma algum. Há muito eu sabia o que o livro do pintor continha, conhecia todo o conteúdo. E o que o pintor escrevera nas últimas páginas do livro, numa letra miúda e mal legível, eram meus sonhos, minhas intuições, só que descritos em traços tão claros e diretos como eu jamais teria admitido.

Nota inserida pelo editor

O irmão Medardo prosseguiu neste ponto seu relato sem voltar a se referir ao que encontrara no livro do pintor, contando como se despediu do abade, conhecedor de seu segredo, e dos amáveis irmãos, como peregrinou a Roma, se ajoelhando e rezando por todos os lugares por onde passava, ante os altares de São Pedro, São Sebastião e São Lourenço, em São João de Latrão e Santa Maria Maior etc., como chamou inclusive a atenção do papa e como, finalmente, lhe foi atribuída reputação de santidade, o que o levou a deixar Roma, tendo em vista que agora de fato se convertera em pecador arrependido e se sentia convicto de que não passava disso. Nós, e eu estou pensando em mim e em você, caro leitor, sabemos no entanto muito pouco dos sonhos e das intuições do irmão Medardo, para que nos seja possível, sem ler as notas do pintor, apreender o vínculo semelhante a um único nó que reúne os fios esparsos e embaraçados de sua história. Melhor analogia seria dizer que nos falta o foco, donde provém a miríade de raios multicores divergentes. O manuscrito do bendito capuchinho consistia num velho pergaminho amarelado e enrolado, e este pergaminho escrito em letra miúda e quase ilegível excitou mais minha curiosidade, na medida em que parecia pertencer a uma mão bastante original. Após grande esforço, me foi possível decifrar as primeiras letras, palavras, e minha estupefação foi imensa quando depreendi que a história contada no livro do pintor era aquela de que falara Medardo. O texto estava escrito em italiano antigo, num estilo similar ao da crônica, e continha inúmeros aforismos. O tom soava em alemão bastante rude e pungente, similar ao ruído de vidro se quebrando; não obstante, foi preciso inserir aqui a tradução para a compreensão do todo. Eis, portanto, mas antes, não sem experimentar um sentimento de tristeza, tenho que fazer uma observação: A família principesca, de que provinha Francesko, tão frequentemente mencionado aqui, vive ainda na Itália, assim como os descendentes do príncipe, em cuja residência esteve Medardo. Com isso seria inconveniente citar nomes. E ninguém poderia ser menos hábil e mais desastrado no mundo inteiro que aquele que passa a você, prezado leitor, às suas mãos, esse livro, quando se trata de inventar nomes, sobretudo levando em conta que já existem nomes verdadeiros e sua sonância é bela e romântica. O mencionado editor pensou que ajudaria muito empregar os títulos: o príncipe, o barão e assim por diante, mas agora quando o velho pintor esclarece as relações familiares mais intrincadas e misteriosas, constata que as designações genéricas não são suficientemente explícitas. Ou teria de se ver obrigado a ornar e orlar com figuras rebuscadas, com notas e com apontamentos a literatura simples do pintor. Eu assumo o papel de editor e lhe peço, prezado leitor, que antes de prosseguir a leitura memorize bem o seguinte: Camillo, príncipe de P., surgiu como o ancestral da família da qual descende Francesko, pai de Medardo. Theodor, príncipe de W., é o pai do príncipe Alexander von W., em cuja corte Medardo esteve. Seu irmão Albert[5], príncipe de W., se casou com a princesa italiana Giazinta B. A família do barão F., que possui o castelo nas montanhas, é familiar, e unicamente precisamos acrescentar que a baronesa F. procede da Itália, uma vez que era a filha do duque Pietro S., um filho do duque Filippo S. Tudo irá se aclarando, meu caro leitor, se você retiver na memória esses poucos nomes e letras iniciais dos sobrenomes. E eis agora, em vez da sequência da história:

O pergaminho do velho pintor

... e sucedeu que a República de Gênova fortemente assediada pelos corsários argelinos teve de apelar ao grande herói naval Camillo, príncipe de P., a fim de que pudesse intervir com quatro galeões bem armados e equipados numa incursão contra os audaciosos piratas. Camillo, ávido de feitos gloriosos, escreveu imediatamente a seu filho primogênito Francesko, pedindo ao jovem que regressasse e governasse o principado em sua ausência. Francesko exercitava

---

5. Equívoco do escritor: esse é o príncipe Johann.

a pintura na escola de Leonardo da Vinci. O entusiasmo pela arte se apoderara dele por completo, de modo que não podia pensar em outra coisa. Com isso, ele tinha pela arte uma consideração mais elevada que por honras, esplendor e brilho deste mundo; qualquer outra atividade humana era a seu alvitre busca indigna de futilidades vãs. Ele não podia abandonar a arte, nem o mestre, em idade avançada, e assim respondeu ao pai que sabia manejar o pincel, mas não o cetro, e queria permanecer ao lado de Leonardo. Então o velho príncipe Camillo se enfureceu, julgou seu filho ingrato e leviano, e mandou fiéis servidores com ordens explícitas de trazê-lo de volta. Mas Francesko persistiu resistente em sua recusa. Declarou que a seus olhos um príncipe cercado de toda a pompa do trono, comparado a um bom pintor, não era mais que uma pobre criatura, e que os maiores feitos bélicos não passavam de jogos cruéis e vulgares, comparados à criação do pintor, que representa o puro reflexo do espírito divino que habita o artista. Com isso, Camillo, o herói dos mares, entrou em violenta cólera e jurou repudiar Francesko e assegurar a sucessão do trono ao filho mais jovem, Zenóbio. Francesko se mostrou plenamente satisfeito com a decisão do pai. Por um ato oficial estabelecido com solenidade, renunciou à sucessão do trono em favor do irmão caçula. Foi assim, então, que quando o velho Camillo perdeu a vida num combate rude e sangrento contra os argelinos, Zenóbio foi chamado a assumir o poder, enquanto Francesko, por sua vez, renegando classe e nome, se fez pintor e passou a viver na penúria com a magra pensão anual que o irmão regente lhe destinava. Em outros tempos, Francesko fora um jovem orgulhoso e arrogante, somente o velho Leonardo soubera domar seu temperamento rebelde. E quando Francesko abriu mão da condição de príncipe, converteu-se no filho piedoso e fiel de Leonardo. Assistiu o ancião no acabamento de grande número de obras importantes, e ocorreu que o discípulo, alçando-se à altura do mestre, se tornou uma celebridade e pôde pintar diversas imagens para altares e ermidas em igrejas e mosteiros. O velho Leonardo deu-lhe lealmente a mão e foi seu conselheiro, até morrer, após uma vida bem longa. Nessa época, qual um fogo por muito contido a duras penas, o orgulho e a arrogância de outrora ressurgem no temperamento do jovem Francesko. Ele se considerava o maior pintor de sua geração e, associando a perfeição artística que alcançara à sua ascendência, chamava-se a si mesmo de "príncipe dos pintores". Ao velho Leonardo agora se referia com desdém e, afastando-se do estilo simples e piedoso, criou uma nova forma de arte que ofuscava os olhos da massa com a suntuosidade dos personagens e a faustuosa exuberância cromática. Os louvores excessivos o transformavam num artista cada vez mais vaidoso e presunçoso. Aconteceu que, em Roma, passou a frequentar uma sociedade de jovens rapazes que levavam uma vida dissoluta e devassa e, sempre desejoso de ser o primeiro em tudo o que empreendia, não tardou a ser na selvagem tormenta do vício o mais intrépido navegador. Seduzido pelo brilho falaz e enganador do paganismo e tendo Francesko como mentor, esses jovens fundaram uma sociedade secreta em que, desprezando o cristianismo de maneira ímpia, imitavam costumes dos antigos gregos e celebravam bacanais e sacrilégios em companhia de mulheres despudoradas. Havia pintores entre eles mas, sobretudo, escultores que se voltavam somente à arte antiga e zombavam de tudo o que os artistas novos vinham criando e executando com magnificência, inflamados pelo cristianismo para a glória da fé. Com exaltação profana, Francesko pintou muitos quadros retratando o mundo falacioso dos mitos. Ninguém sabia compor melhor e com tamanha verossimilhança a voluptuosidade lasciva das personagens femininas, na medida em que ele se inspirava em modelos vivos para alcançar a carnação e em antigas esculturas de mármore para a concepção de forma e proporção. Em vez de examinar, como anteriormente, nas igrejas e mosteiros as obras maravilhosas consagradas à unção religiosa, feitas pelos mestres antigos, e deixar a alma se infundir no fervor artístico, agora ele se dedicava a copiar, infatigável, as ilustrações dos ludibriadores deuses pagãos. Nenhuma imagem, entretanto, marcara com impressão tão indelével e profunda seu trabalho, quanto a de uma famosa figura de Vênus que não lhe saía da lembrança. A pensão anual que o irmão Zenóbio lhe instituíra se atrasou certa vez mais que o costume e, assim, sucedeu que em meio à vida turbulenta e pródiga, que não queria abandonar, Francesko se viu numa fase de prementes apuros financeiros. Por sorte, lembrou que havia tempos um mosteiro de capuchinhos lhe ofertara um preço exorbitante para pintar o retrato representando a Santa Rosália. Atraído pelo dinheiro, ele resolveu aceitar e executar a obra rapidamente, apesar da repugnância contra todos os santos cristãos. Teve a ideia de representar a santa nua e de dar ao corpo e ao rosto forma semelhante à da Vênus que o obcecava. O esboço foi muito bem-sucedido. Os companheiros hereges elogiaram com entusiasmo a nefasta concepção de Francesko: colocar na igreja dos monges religiosos, em vez de uma santa cristã, um ídolo do paganismo. Mas quando o jovem começou a pintar, imagine, tudo se configurava diferentemente do que ele de antemão concebera. Um espírito poderoso subjugou o espírito da mentira depreciável que o dominava. A face de um anjo procedente do reino dos Céus se destacava aos poucos entre os cúmulos de névoas escuras. Como se fosse de súbito invadido pelo medo de profanar a santidade e ser condenado então no Juízo Final do Senhor, Francesko não ousou completar o rosto, e o corpo desnudo ele cobriu com castas vestimentas, uma túnica vermelho-escura com pregas graciosas e um manto azul celeste. Em seu pedido escrito ao pintor, os monges capuchinhos explicitavam apenas que o quadro deveria retratar, por exemplo, um episódio memorável da biografia da santa. Justamente por isso, Francesko a esboçara no centro da composição, mas depois ele começou a pintar enlevado pela inspiração toda a sorte de personagens dispostos como que por milagre em torno dela, que se prestavam com primor a representar o martírio da santa. Francesko estava inteiramente absorvido pela obra, ou talvez fosse o quadro que se convertera num espírito poderoso e o envolvia com braços vigorosos e o sustinha acima da vida mundana e sacrílega que vinha levando até então. Não era, todavia, capaz de terminar a fisionomia da santa, e isso se transformou para ele num tormento infernal, que com espinhos pontiagudos perfuravam o âmago de seu ser. Esquecera de todo a Vênus, mas era como se visse o velho mestre Leonardo a seu lado, que o olhava com expressão de desapontamento e dizia com voz triste e preocupada: "Ah! Bem que gostaria de ajudá-lo, mas não devo! Antes de tudo você precisa abandonar os instintos pecaminosos e rogar com franco arrependimento e humildade pela intercessão da santa contra quem vem cometendo blasfêmia." Os jovens rapazes, cuja companhia Francesko negligenciara durante essa temporada, vieram certo dia visitá-lo no ateliê e o encontraram-no jazendo no leito semelhante a um doente sem forças. Mas, ao queixar-se de seu sofrimento, da maneira como um espírito maldoso o detinha impotente, e o incapacitava ao acabamento da pintura de Santa Rosália, então eles riram e debocharam alto: "Ei! Meu irmão, como você pôde, pois, se deixar abater a tal ponto? Venha, façamos libações a Esculápio e à amável Higeia[6] para pôr de pé esse pobre enfermo." Os jovens trouxeram vinho de Siracusa, com o que encheram seus cálices, e diante do quadro inacabado fizeram oferendas de libações aos deuses pagãos. Mas assim que começaram a se embriagar e ofereceram vinho a Francesko, ele se recusou a beber e não quis compartilhar do festim dos fogosos companheiros, malgrado os brindes em honra da Dama de Vênus! Um entre eles exclamou: "Esse tolo pintor está de fato mal. A doença afetou-lhe de tal modo o cérebro e os membros do corpo, que preciso buscar um médico!" Cobriu-se com a capa, embainhou a adaga à cintura e se dirigiu à porta da casa. Poucos instantes, porém, tinham se passado, quando ele novamente entrou e disse: "Olá, vejam! Sou eu próprio o médico que pretende curar o infeliz doente." O moço queria sem dúvida alguma dramatizar as passadas e as atitudes de um médico velho: mancava de um lado para o outro com os

---

6. Nos antigos cultos romanos, era comum a oferenda de uma libação, gole derramado no chão em honra de uma divindade. Esculápio era o deus grego da cura e sua filha Higeia, a deusa da saúde.

joelhos entortados e contraíra com singularidade os músculos do rosto em rugas bem cavadas, de modo a obter a aparência de um ancião extremamente feioso, e os companheiros riam a valer e caçoavam: "Reparem nas caretas de erudito desse doutor!" O médico se aproximou do enfermo Francesko e falou com voz grosseira e em tom repreensivo: "E então, pobre Diabo! Tenho de tirá-lo de uma vez dessa melancólica impotência! Ei, deplorável aprendiz, que aspecto pálido e doentio é esse? Assim não agradará à Senhora Vênus! Pode ser que Dona Rosália o aceite, se você se recompuser! Tome, pobre de espírito, sorva umas gotas de minha droga miraculosa. Levando em conta que quer retratar santos, pode ser que minha beberagem restabeleça suas energias, é um vinho procedente da adega de Santo Antônio." O suposto médico tirara do interior de sua capa uma garrafa e agora a destampava. Do frasco ascendeu uma fragrância entorpecente que embriagou e transportou os rapazes à sonolência; eles tombaram nas poltronas e adormeceram. Francesko, porém, numa fúria imperiosa arrancou-lhe das mãos o frasco e, ávido, bebeu fartos goles ao gargalo: "Saúde!", riu o jovem que ora readquiria sua bela feição e seu passo viril. Em seguida ele despertou do sono pesado em que tinham mergulhado os companheiros, e eles titubearam juntos escadas abaixo. Assemelhando-se ao Vesúvio, que com um rugido selvagem lança chamas devoradoras, da mesma maneira se arrojavam naquela ocasião as lavas incandescentes do íntimo de Francesko. Todas as histórias pagãs que pintara noutros tempos surgiam luminosas ante seus olhos; acreditava vê-las vívidas e gritava com voz orgástica: "Venha você também, minha bem-amada deusa, você deve viver e ser minha, ou me consagrarei aos deuses do Inferno!" Nisso, pôde ver a Dama de Vênus, que bem perto do quadro lhe acenava amigavelmente. Saltou do leito e começou a pintar o semblante de Santa Rosália, convencido da própria capacidade de lhe conferir com exatidão aquele rosto sedutor. Ora ele tinha, todavia, a impressão de que a mão se negava a obedecer sua vontade; o pincel com efeito se afastava da névoa que velava o rosto da santa e deslizava involuntariamente às feições dos homens bárbaros que a circundavam. A despeito disso, os traços celestiais de Santa Rosália foram se definindo cada vez mais nítidos até que, de súbito, a imagem contemplou o criador com uma expressão no olhar tão intensa e viva, que ele caiu ao chão como se um raio o tivesse fulminado de modo mortal. Ao recobrar um pouco os sentidos, se levantou com esforço, mas não se atreveu a pousar o olhar sobre o quadro em virtude do medo; porém, se esgueirou com a cabeça abaixada para junto da mesa, sobre a qual se encontrava a garrafa de vinho do médico, e bebeu um longo gole. Aí, revigorou-se e voltou-se, a fim de contemplar a pintura. À frente de Francesko estava a imagem pronta até o último retoque, e não era o rosto de Santa Rosália, mas o rosto da bem-amada Dama de Vênus que o olhava sorrindo debordando amor e sedução. O jovem se inflamou no mesmo instante de desejos impuros e carnais. Levado por instintos, uivou alucinado, recordando-se do escultor pagão Pigmaleão[7], cuja biografia narrara num retrato, e implorou da Deusa de Vênus, como aquele, um alento de vida à sua obra-prima. Logo, com efeito, teve a impressão de que a santa adquiria certo movimento, mas, ao tentar abraçá-la, reparou que ela não era senão uma tela morta. Ele desgrenhava os próprios cabelos e gesticulava decepcionado, como alguém que estivesse possuído pelo Demônio. Francesko permaneceu dois dias e duas noites em meio ao desespero. No terceiro dia, quando se postava feito uma coluna petrificada olhando o retrato, a porta do ateliê se abriu e atrás dele se fez ouvir um farfalhar de vestes femininas. Ao virar-se, viu uma mulher em que reconheceu o original de seu quadro. Esteve a ponto de perder os sentidos ante aquela imagem, que criara a partir de sua mais íntima fantasia e segundo uma estátua de mármore, que agora via em carne e osso numa formosura inimaginável. A sensação beirava então um estremecimento, quando olhava o quadro que parecia o fiel reflexo da

---

7. Reza o mito que o rei da ilha de Chipre, o habilidoso escultor Pigmaleão, apaixonou-se por uma estátua feminina que criara, e pediu a Afrodite que concedesse vida à imagem. A deusa do amor satisfez-lhe o desejo.

mulher desconhecida. Aconteceu com ele o efeito que costuma surtir a aparição milagrosa de um espírito: sua língua travou e sem palavras ele caiu de joelhos aos pés da mulher, erguendo a ela as mãos em atitude de prece. Mas a mulher o levantou sorrindo e lhe disse que ela, ainda como criança, se lembrava de vê-lo com frequência, quando era discípulo do velho Leonardo, e lhe dedicara a partir de então imenso amor. Como recentemente abandonara os pais e a família, e tomara sozinha o caminho a Roma, vinha revê-lo, pois uma intuição sutil lhe segredava que ele correspondia tanto ao seu amor, que a vontade de encontrá-la o tinham inspirado a pintar seu retrato. Ela confirmava que tudo era a pura verdade. Francesko sentiu que se ligava a essa mulher misteriosa por uma afinidade espiritual que o levara, de fato, a produzir a obra-prima, bem como a nutrir por ela um amor insensato. Abraçou-a, cheio de paixão, e quis conduzi-la logo à igreja, para que um padre os unisse até a eternidade em sagrado matrimônio. À proposta ela retrocedeu horrorizada e respondeu: "Querido Francesko, você não era um artista atrevido que jamais se deixava prender pelos laços da Igreja cristã? Você não se devotou de corpo e alma à folia inebriante da antiguidade clássica e aos seus deuses favoráveis à alegria? Que importa nossa união aos tristonhos sacerdotes que exaurem a existência se lamuriando em ambientes soturnos; celebremos a festa do amor em júbilo!" Francesko se deixou seduzir pelas palavras da jovem mulher. Assim aconteceu que na mesma noite o artista celebrou a festa das bodas com a mulher estrangeira, de acordo com os ritos pagãos e em companhia dos jovens displicentes e levianos que afirmavam ser seus amigos. A mulher trouxera consigo uma caixa com joias preciosas e moedas de ouro, pelo que Francesko abandonou a arte e durante muito tempo pôde gozar a vida de deleites em sua companhia. A mulher ficou grávida, e sua beleza floresceu mais realçada em luz e esplendor, e ela se assemelhava à própria encarnação da imagem pintada da Vênus. Francesko mal cabia em si de tão intensa felicidade. Um gemido pungente, abafado, atravessou a noite e despertou Francesko. Quando ele se ergueu sobressaltado e com o lampião na mão espiou a esposa no leito, ela dava à luz um menino. Os serviçais domésticos tiveram de correr e buscar a parteira e o médico. Francesko tomou a criança do seio da mãe, mas no mesmo instante a mulher soltou um grito medonho e apavorante e se dobrou como se empurrada por braços fortes. A parteira que chegava com a ajudante e, logo em seguida, o médico se aproximaram para assistir a mãe dando à luz. Mas retrocederam pasmos, pois a mulher estava rígida e morta, o pescoço e o peito desfigurados por manchas azuis repugnantes e, em vez do rosto jovem e belo, viram um rosto pavoroso, desfeito em rugas, de olhos esbugalhados. Aos gritos possessos das duas parteiras, acorreram os vizinhos pressurosos, que tinham especulado e falado coisas esquisitas sobre a mulher estranha. O estilo de vida luxuriosa que ela levava com o marido escandalizava todos, estavam querendo denunciar junto ao tribunal da Inquisição a união despudorada sem bênção sacerdotal. Agora, ao se depararem com o aspecto deformado da defunta, ficou evidente que estivera mancomunada com Satã, que provavelmente sobre ela tinha plenos poderes. Sua beleza não fora mais que uma aparência ilusória obtida à custa de sortilégios malignos. Todos os que tinham acorrido fugiram apavorados, ninguém se atrevia a tocar a morta. Francesko atinou com quem estivera envolvido e foi tomado por indizível angústia. Conscientizou-se de todos os seus atos vis e a sentença do Juízo Final começava a se cumprir cá já na Terra, levando em conta as chamas ardentes do Inferno em seu peito.

No dia seguinte se apresentou a ele um enviado do tribunal da Inquisição com beleguins, com ordem de prendê-lo, mas ele sentiu ressurgindo a coragem e o brio, abriu caminho com a adaga e fugiu. A uma segura distância de Roma, descobriu uma gruta, onde se refugiou, completamente exausto. Sem noção do que fazia, enrolara o bebê recém-nascido numa capa e o carregara consigo. Dominado por uma fúria incontida, quis arremessar às pedras a criatura nascida do ventre da esposa demoníaca, mas assim que a levantou, a criança exprimiu gemidos doídos de súplica, e ele se comoveu por sincera compaixão, depositou o menino sobre o musgo macio e lhe deu algumas gotas do suco de uma laranja que trazia no bolso. Tal como um eremita penitente, Francesko passou várias semanas nessa caverna, longe da vida desregrada e pecadora de sacrilégios, e rezando aos santos com fervor. Mais que a todos os outros, suplicava à Santa Rosália, a quem ofendera gravemente, que intercedesse por ele diante do Senhor. Uma tarde estava ele no meio da mata a orar de joelhos e a contemplar o pôr do sol no mar que se encrespava a oeste em ondas de fogo, mas tão logo as chamas empalideceram e se transformaram em neblina noturna, percebeu um halo rosado de luar nos ares, que aos poucos se delineava. Cercada por anjos e ajoelhada sobre uma nuvem, teve a visão de Santa Rosália, que num murmúrio suave rezou: "Senhor, perdoe o homem que em sua fragilidade e impotência não soube resistir às tentações de Satã." Pelo éter rosado cruzavam raios cintilantes e pela abóbada celeste retumbavam surdos trovões: "Que pecador foi tão abominável como este? Não terá perdão, nem paz no túmulo, enquanto se perpetuar a estirpe pecadora que engendrou o crime!" Francesko caiu aniquilado na poeira, agora soube bem que sua amaldiçoada sentença fora ditada e que uma fatalidade o perseguiria inexorável aonde quer que fosse. Partiu, sem pensar no bebê dentro da caverna, e viveu na mais penosa miséria, por não se sentir capaz de pintar. Às vezes lhe advinha a ideia de ter de executar magníficos quadros para glorificar a religião cristã. Imaginava o desenho e o colorido de grandes painéis que representariam episódios santos concernentes à Virgem Maria e à Santa Rosália. Mas como executar semelhantes projetos, se não possuía sequer um escudo para comprar telas e tintas, e mal supria a mísera subsistência à custa de minguadas esmolas que lhe dispensavam às portas de igrejas. Então aconteceu que, quando certa vez estava numa dessas igrejas, fixava os olhos na parede nua e pintava em devaneios, duas mulheres cobertas de véus se aproximaram, e uma delas lhe dirigiu a palavra com suave voz angelical: "Na longínqua Prússia, lá onde os anjos do Senhor depositaram uma efígie da Virgem Maria sobre uma árvore de tília, foi construída e consagrada à santa uma igreja que continua desprovida dos ornamentos da pintura. Mude-se para lá! No exercício da arte, recolha-se em sagrada meditação, sua alma sofredora há de encontrar paz e conforto divinos." Quando Francesko ergueu os olhos para reparar as mulheres, notou que tinham se convertido em feixes de luz sutis e radiantes, pela igreja exalavam aromas de rosas e lírios. Imediatamente compreendeu quem eram elas, pelo que se dispôs a iniciar já na manhã seguinte a peregrinação. Ainda na tarde do mesmo dia, um dos lacaios de Zenóbio que o vinha procurando havia tempos enfim o localizou, pagou-lhe a pensão correspondente aos dois últimos anos e o convidou à corte do príncipe, seu senhor. Francesko declinou o convite. Somente uma modesta quantia guardou para si, o restante distribuiu entre os pobres, e pôs-se a caminho da longínqua Prússia. Sua rota de viagem o conduziu a Roma. Próximo à cidade ele alcançou o mosteiro de capuchinhos que encomendara a pintura de Santa Rosália. Viu que tinham dependurado o quadro no altar, mas, observando detidamente, concluiu que se tratava de mera cópia de sua obra. O original, lhe contaram, os monges não expuseram devido aos estranhos rumores acerca do pintor fugitivo. Dentre os bens do artista constava esse quadro, e dele o mosteiro se apropriou para vendê-lo logo em seguida ao Mosteiro de Capuchinhos em B., tendo antes encomendado uma cópia para si. Após árdua peregrinação, Francesko chegou ao Mosteiro Tília Sagrada na Prússia Oriental e cumpriu a missão que lhe fora incumbida pessoalmente por Nossa Senhora. Recobriu as paredes da igreja com pinturas primorosas, de maneira tão esplêndida que sentiu em si com muita evidência o espírito da graça começando a surtir efeito. Conforto do Céu penetrava o seio de sua alma. Um belo dia, o conde Filippo S., no decurso de uma caçada em uma região remota e selvagem, foi subitamente flagrado por uma borrasca violenta. A tempestade rugia através dos precipícios, a chuva caía a cântaros, feito um novo dilúvio que viesse sucumbir criaturas humanas e animais. Foi aí que o conde Filippo S. descobriu uma caverna onde se abrigou junto com o cavalo que a princípio empacou, recusando-se a entrar. Nuvens tenebrosas tinham coberto o horizonte, pior ainda reinava no interior da funda gruta a escuridão absoluta, e o conde que nada distinguia em vão tateava o que ruidava e rumorava ao pé de si. Assustado ante a suspeita de que talvez a caverna fosse um antro de bichos ferozes, puxou a espada para se resguardar de um possível ataque. Assim que a tempestade amainou e os raios de sol clarearam o esconderijo, viu com estupefação a seu lado no leito de musgo macio um garotinho nu, que o fitava com olhos vivos e brilhantes. Perto da criança estava um cálice de marfim contendo umas gotas de vinho cheiroso que o menino sorveu com avidez. O conde soou a corneta, pouco a pouco se reuniram seus acompanhantes, que tinham encontrado abrigo noutros cantos. Sob a ordem do conde todos ficaram aguardando o retorno da pessoa que deixara a criança na gruta, que provavelmente retornaria para buscá-la. Mas quando a noite chegou, o conde desistiu: "Não posso deixar aqui um menininho assim indefeso. Eu o levarei comigo e tornarei meu ato público, para que os pais ou quem quer que o tenha deixado na gruta saiba e venha reclamá-lo." Dito e feito. Semanas, meses e anos se passaram e ninguém se manifestou. Através do santo batismo o conde dera ao menino que encontrara o nome de Francesko. Este crescia a olhos vistos e se tornava um jovem extraordinário, tanto pela beleza quanto pela lucidez, e por suas raras virtudes o conde o amava como um filho. Por não ter descendentes, pensava em convertê-lo em herdeiro de toda a sua fortuna. O rapaz acabara de completar vinte e cinco anos quando o conde Filippo se enamorou ardentemente feito imbecil por uma moça pobre e bonita. Desposou-a, embora estivesse bastante idoso e ela na flor da idade. Francesko foi logo tomado pela concupiscência de possuir a condessa-madrasta. Apesar de piedosa e leal, e de não querer quebrar a promessa de fidelidade, a mulher se sentiu por fim cativada, depois de tenaz insistência e inclusive do emprego de artifícios diabólicos por parte do jovem sedutor. Ela abandonou-se à paixão e retribuiu a generosidade do conde com desprezível ingratidão e traição. As duas crianças, o conde Pietro e a condessa Angiola, que o velho Filippo apertava contra o peito cheio de amor e orgulho paternal, eram fruto do pecado mantido sempre oculto dele e do restante do mundo.

Levado por um chamado de meu espírito interior, fui ver meu irmão Zenóbio, e o aconselhei: "Renunciei ao trono e, mesmo se você morrer antes de mim sem deixar filhos, pretendo permanecer como um pintor pobre e continuar a levar uma existência recolhida em meditação e na prática de minha arte. Nosso principado, todavia, não deve cair em mãos estranhas. Aquele Francesko que o conde Filippo S. educou é meu filho. Fui eu que em fuga desvairada o deixei na caverna, onde o conde um dia o encontrou. Na borda do cálice de marfim está gravado nosso brasão, mais que isso, porém, a aparência do jovem fala por si e é a prova cabal da descendência de nossa estirpe. Por isso, meu caro Zenóbio, acolha-o por filho, faça dele seu sucessor!"

As dúvidas de Zenóbio concernentes à questão, se o jovem Francesko nascera de uma união legítima, foram sanadas por meio de uma certidão de adoção sancionada pelo papa que consegui mandar lavrar, e assim sucedeu que a vida de adultério e delitos de meu filho teve fim e, pouco tempo depois, ele gerou do matrimônio legal um filho a quem chamou Paolo Francesko. A genealogia de criminosos que é a nossa se proliferava, por conseguinte, através de crimes. Mas não poderia o arrependimento de meu filho talvez expiar os pecados que eu cometera? Via-me diante dele como o próprio tribunal do Senhor, seus mais recônditos pensamentos me eram familiares e lia nele com clareza o que ao mundo permanecia oculto, e tudo o apreendia por essa voz interior que falava em mim cada vez mais precisa, elevando-me acima das ondas bramantes da vida, permitindo-me descortinar ampla e profundamente, sem que essa visão onipotente me arrebatasse à morte. A ausência de Francesko provocou a morte da condessa. Só então ela se arrependeu dos seus erros, e não pôde superar o combate que se travava em seu coração entre o amor pelo homem que a seduzira e o remorso pelo adultério cometido.

O conde Filippo chegou aos noventa anos de idade, morreu idoso senil. O seu suposto filho Pietro mudou-se com a irmã Angiola à corte de Francesko, que sucedera Zenóbio ao trono. O noivado de Paolo Francesko e Vittoria, princesa de M., foi celebrado em meio ao luxo e à pompa, mas assim que Pietro vislumbrou a noiva em sua plena formosura, foi tomado de um amor apaixonado por ela e sem atentar aos riscos buscou conquistar seus favores. Esse assédio, porém, passou despercebido a Paolo Francesko, ele próprio perdidamente enamorado pela irmã de Pietro, Angiola, sendo que ela repulsava suas insinuações com frieza. Vittoria se afastou da corte, alegando que queria cumprir uma promessa antes do casamento, em silenciosa solidão. Só retornou um ano mais tarde. As bodas teriam lugar; em seguida à festa o conde Pietro e a irmã pretendiam voltar ao seu reino. O amor que Paolo Francesko sentia por Angiola fora constantemente atiçado pela resistência inabalável e contínua que ela lhe opusera; esse amor se degenerara em furioso desejo animalesco que ele dominava imaginando o deleite de violá-la. Assim sucedeu que pela mais ignominiosa depravação, Paolo Francesko traiu o santo dia do próprio casamento, ao irromper no quarto de Angiola e, tendo antes lhe ministrado ópio no banquete de bodas, satisfazer seus pervertidos impulsos, sem despertá-la. O ato amoral de Francesko quase a levou às portas da morte e ele, torturado pelo remorso, confessou tê-la violentado. Num primeiro acesso de ira, Pietro quis apunhalar o traidor, mas deixou cair o braço, sem força, ao pensamento de que a vingança precedera o crime. Com efeito, a pequena Giazinta, princesa de B., que aos olhos do mundo era considerada sobrinha de Vittoria, fora fruto da relação secreta entre Pietro e a noiva de Paolo Francesko. Pietro retornou com Angiola à Alemanha, onde ela deu à luz um menino, a quem chamaram Franz e educaram com todo o cuidado. Angiola, que era inocente, se consolou no final das contas e superou as sequelas do ultraje de que fora vítima. Floresceu novamente em graça soberba e beleza. O príncipe Theodor de W. lhe devotou amor intenso e foi correspondido de coração. Pouco depois se casaram; na mesma ocasião o conde Pietro desposou uma moça alemã e com ela teve uma filha, ao passo que Angiola concebeu dois filhos do príncipe. Embora tivesse a consciência límpida, Angiola se abandonava com frequência a sombrios devaneios quando em meio a um sonho recordava a vil atitude de Paolo Francesko. Às vezes pressentia que o pecado cometido em estado de inconsciência viria a ser objeto de castigo e a vingança sobreviria a ela e a seus descendentes. Tampouco a confissão ou a integral absolvição do sacerdote pôde tranquilizá-la. Uma inspiração celestial lhe veio certa vez, depois de longos anos de tormento: a ideia de que deveria revelar tudo ao marido. A despeito da difícil luta que seria para si mesma admitir o crime cometido pelo inescrupuloso Paolo Francesko, jurou solenemente a audácia da confissão que a aliviaria e de fato cumpriu a promessa que fizera. Perplexo, o príncipe Theodor escutou a história da infâmia, sua alma estremeceu e o ódio contido pareceu ameaçar também a esposa inocente. Em virtude disso ela resolveu passar alguns meses num castelo distante. Durante a ausência de Angiola, o príncipe serenou os amargos sentimentos que o corroíam, chegando enfim à decisão não somente de se reconciliar com a esposa amada, mas também de, sem que ela soubesse, se ocupar da educação de Fran. Após a morte do príncipe e de sua esposa, o segredo a respeito da origem de Fran ficou conhecido apenas por Pietro e pelo jovem príncipe Alexander de W. Nenhum dos descendentes do pintor se assemelhava tanto em aparência e em temperamento àquele Francesko educado pelo conde Filippo como o jovem Fran. Um rapaz admirável, dotado de raras qualidades de espírito ardente e vivo. Que os pecados cometidos pelo pai e pelos ancestrais não lhe sejam imputados! Que ele resista às malignas tentações de Satã! Antes que o príncipe Theodor morresse, seus dois filhos, Alexander e Johann, viajaram à maravilhosa Itália. Lá, em Roma, menos alguma desavença aberta entre ambos, senão exclusivamente as inclinações distintas e os anseios diferentes foram as causas de sua separação. Alexander esteve na corte de Paolo Francesko e sentiu pela filha deste e de Vittoria um grande amor e sonhou desposá-la. O príncipe Theodor rechaçou a possibilidade da união com repulsa veemente, o que o jovem príncipe não foi capaz de compreender. Foi, por tal motivo, somente após a morte de Theodor, que o príncipe Alexander se casou com a filha de Paolo Francesko. O príncipe Johann, por sua vez, conheceu a caminho de casa seu irmão Fran e, considerando que lhe agradara bastante a companhia do novo amigo, de cujo íntimo parentesco nem de longe suspeitava, não quis se separar dele. Fran foi a razão por que Johann se deteve mais tempo na Itália, em vez de regressar à corte do irmão. O destino eterno e insondável determinou que ambos, o príncipe Johann e Fran, vissem ao mesmo tempo Giazinta, filha de Vittoria e Pietro, e por ela se apaixonassem perdidamente. O crime germina! Quem é capaz de resistir aos poderes tenebrosos?

Os crimes e pecados de minha juventude foram terríveis, sem dúvida, mas a intercessão da Virgem Maria e de Santa Rosália me salvou da danação eterna e me permitiu sofrer cá na Terra os tormentos do Inferno, até que a estirpe criminosa se extinga, não dê mais frutos. Eu, que disponho do domínio sobre forças espirituais, me sinto oprimido pelo fardo das questões terrenas. Eu, que pressinto segredos de um porvir funesto, sou ofuscado pelo esplêndido, mas enganoso, brilho desse mundo. Meu olhar sem vida se perde na contemplação de imagens que lhe escapam e não é capaz de compreender sua essência mais profunda! Muitas vezes enxergo o fio que o poder das trevas segue a tecer e a enredar, opondo-se à salvação de minha alma. Então, em minha ingenuidade, creio ser capaz de tocá-lo, rompê-lo. Mas preciso me resignar. Devo sem cessar me submeter à penitência, ao arrependimento, e suportar o martírio que me é imposto para expiação de meus crimes. Eu consegui desviar o Príncipe Johann e Fran de Giazinta, mas Satã está preparando a perdição de Fran, nada o livrará dessa sina.

Fran e o príncipe Johann se hospedaram no castelo onde residia o conde Pietro com a esposa e a filha Aurélia, que acabara de completar quinze anos. Bem como em Paolo Francesko, o pai criminoso, despertara a flama do desejo libertino ao ver Angiola, assim também o fogo da volúpia proibida incendiou seu filho, quando ele pela primeira vez encontrou a doce menina Aurélia. Empregando uma gama de artifícios diabólicos, soube seduzir a seus laços a piedosa ainda florescente na juventude. E ela se entregou com toda sua alma; sucumbiu antes mesmo que a noção do pecado lhe germinasse no coração. Quando se tornou impossível manter em segredo a situação, Fran, cheio de desespero pela ofensa que cometera, jogou-se aos pés da mãe e confessou tudo.

Mesmo o conde Pietro não tendo incidido em crime semelhante, ele teria matado Fran e Aurélia. Sua esposa deixou, sem embargo, que Fran sentisse sua cólera justa e sob a ameaça de revelar ao conde Pietro aquela conduta indigna o expulsou para sempre do convívio dela e da filha seduzida. A condessa logrou afastar a filha dos olhos do conde Pietro, e a moça deu à luz uma filhinha num lugar remoto. Mas Fran não podia aceitar a ordem de não rever Aurélia, acabou descobrindo onde ela se escondia. Apressou-se a visitá-la, entrou na casa exatamente no instante quando a condessa, desacompanhada dos serviçais, sentava-se junto à cama da filha, segurava no colo a netinha de apenas oito dias. Espantada ante a inesperada irrupção do desalmado, a condessa se levantou e ordenou que ele se retirasse imediatamente do aposento:

— Fora!... Fora daqui!... Senão estará perdido, o conde Pietro está ciente de sua vilania! — gritou, para amedrontar Fran, empurrando-o porta afora.

Isso o fez enfurecer-se feito o Diabo, arrancou-lhe a filha dos braços, impingiu no peito da condessa um soco tão forte que ela caiu de costas, e então fugiu. Aurélia, que perdera a consciência, despertou de uma prostração passageira e comprovou que a mãe estava morta, na queda ela batera a cabeça numa caixa de ferro e o golpe fora mortal.

Fran tinha a intenção de matar a menina. Ao anoitecer embrulhou-a nuns panos e pretendia sair da casa, quando percebeu gemidos abafados, aparentemente provindos de um quarto do porão.

Parou, sem pensar apurou os ouvidos e voltou suavemente para perto donde vinham os gemidos. Foi quando uma mulher em quem reconheceu a governanta da baronesa S., em cuja casa ele estava morando, saiu se lamentando com tristeza. Perguntou-lhe o motivo do choro.

— Ai, meu senhor! — respondeu a mulher. — Minha desgraça é certa. Agora há pouco a pequena Euphemie estava sentada em meu colo, rindo e dando gritos de alegria, e imagine, de um minuto para o outro deixou pender a cabeça e morreu! Tem manchas azuis na testa e me culparão por tê-la deixado cair!

Fran entrou rápido no quarto e, ao ver a menina morta, compreendeu que o destino queria que sua filha continuasse vivendo, pois ambas eram muitíssimo parecidas quanto ao semblante e à constituição. A governanta, provavelmente não tão inocente no acidente com a criança como argumentava e subornada por uma vultosa recompensa, consentiu na troca. Ele enrolou a criança morta nos panos e a lançou ao rio. A filha de Aurélia foi educada como a filha da baronesa S., com o nome de Euphemie, e o segredo de seu nascimento permaneceu velado ao mundo. A infeliz não ingressou no seio da Igreja por não ter recebido o sacramento do sagrado batismo, uma vez que a menina cujo falecimento lhe dera a vida tinha sido anteriormente batizada. Aurélia se casou, transcorridos alguns anos, com o já mencionado barão F. Duas crianças, Hermoge e Aurélia, foram os frutos desse matrimônio.

O poder eterno do Céu autorizou que, quando o príncipe pensou em ir com Francesko (assim ele denominava o amigo, com o nome em italiano) à cidade residência do irmão príncipe, eu me aproximasse deles e pudesse acompanhá-los. Com meu braço forte, queria reter o suscetível Francesko assim que se avizinhasse da beira do abismo aberto à sua frente. Tola pretensão para o pecador impotente que eu era, que nem conquistara a graça ante o trono do Senhor!

Francesko assassinou o irmão após ter cometido com Giacinta uma impiedosa traição! O filho de Francesko é o infeliz menino a quem o príncipe educou sob o nome de conde Viktorin. O assassino pretendeu outrora se unir em casamento com a bondosa irmã da soberana, mas consegui evitar tamanho desaforo no instante preciso em que seria consumada a união aos pés de um altar sagrado.

Para inspirar arrependimento em Fran era de fato necessária aquela profunda miséria em que mergulhou depois de escapar torturado por seus pecados sem expiar. Afetado pelo desgosto e pela doença, encontrou durante a fuga um camponês que o acolheu amigável. A filha do camponês, moça serena e generosa, se enamorou perdidamente do forasteiro e se esmerou em desvelos. Assim aconteceu que Fran, uma vez recuperado, correspondeu ao amor da jovem, e eles foram unidos pelo sacramento das núpcias. Graças à sua inteligência e aos seus conhecimentos, ele pôde refazer a vida e incrementar o patrimônio do pai, mesmo antes uma monta considerável. Daí em diante, gozou de imenso bem-estar terreno. Mas incerta e vã é a felicidade que favorece o pecador enquanto não se reconcilia com Deus! Fran recaiu de novo na mais penosa pobreza, e sua indigência se tornou letal, porque sentiu suas forças físicas e espirituais se definharem devido a uma dolência enfermiça. Sua vida foi um contínuo exercício de penitência. O céu por fim lhe enviou um raio consolador. Ele deveria peregrinar à Tília Sagrada, lá o nascimento de seu filho seria o anúncio da graça do Senhor.

Na floresta que circunda o Mosteiro Tília Sagrada eu me apresentei à aflita mãe que chorava ao lado do menino recém-nascido órfão de pai. Tentei animá-la com palavras de consolo. A infinita graça divina se revelou na criança nascida no santuário bendito da Virgem! Muitas vezes sucedeu de o próprio Menino Jesus aparecer a ele e insuflar-lhe no peito infantil a chispa do amor.

Em batismo a mãe atribuiu à criança o nome do pai! Será você, Francesko, o que, nascido em lugar sagrado, expiará com o comportamento piedoso os atos pecaminosos de seus antepassados e lhes concederá a paz nos túmulos? Longe do mundo e de suas seduções o menino deverá se consagrar exclusivamente ao celestial. Será padre! Assim prenunciou à mãe de Francesko o homem santo que tanto consolo propiciou à minha alma. E essa devia ser a profecia da graça que me ilumina com luz maravilhosa e faz com que eu possa enxergar ao fundo de mim mesmo a imagem viva do porvir.

    Vejo o jovem travando um combate mortal com o poder das trevas que o persegue munido de arma terrível!... Ele tombará, mas uma mulher divina alçará sobre sua cabeça a coroa da vitória! Será Santa Rosália; será ela que o salvará! Tanto tempo quanto me consentir a eterna força celeste, estarei ao lado do menino, do jovem e do homem, com a intenção de protegê-lo, e o farei até o ponto onde minhas forças permitirem. Ele será como...

Nota inserida pelo editor

    A partir daqui, caro leitor, a escritura do velho pintor praticamente borrada se torna tão indecifrável, que seguir lendo se converte em tarefa inviável. Retornemos, pois, ao manuscrito do estranho capuchinho Medardo.

TERCEIRA PARTE
Retorno ao mosteiro

A situação chegou ao extremo ponto de eu não poder me mostrar nas ruas de Roma, sem que um ou outro indivíduo saído do meio da multidão se curvasse com humildade à minha frente e me pedisse a bênção. É possível que os rigorosos exercícios de penitência a que continuava me submetendo viessem causando sensação no espírito daquela gente, mais certo é que minha estranha aparição para os romanos, povo de fantasia vivaz, talvez tenha, sem que eu suspeitasse, imediatamente se promovido a uma espécie de lenda religiosa de um herói. Enquanto jazia nos degraus do altar abismado em profundas meditações, com frequência eu era despertado por suspiros angustiados e murmúrios de orações sussurradas em voz baixa, e tomava consciência de estar circundado por fiéis ajoelhados que imploravam minha intercessão. Como havia tantos anos no claustro dos capuchinhos, escutava as pessoas exclamarem atrás de mim: *il Santo*! E a dor de mil golpes de punhal trespassava meu coração.

Quis sair de Roma. Qual não foi meu espanto, porém, quando o prior do mosteiro em que me alojava me comunicou que o papa me convocava à sua presença. Assaltaram-me sombrios pressentimentos de que talvez o poder maligno intentasse mais uma vez se apropriar de mim e me encadear com suas correntes funestas, não obstante reuni minha coragem e à hora combinada me dirigi ao Vaticano. O papa, um homem bastante instruído e ainda em todo vigor da idade, me recebeu, estava sentado numa poltrona ricamente ornamentada. Dois belos meninos vestidos de religiosos lhe serviam água gelada e ventilavam o local para mantê-lo fresco com enormes leques de plumas, tendo em vista o excesso de calor daquele dia.

Com humildade, me acerquei dele e me ajoelhei, fazendo a reverência de praxe. Ele me examinou com olhar perspicaz que ao mesmo tempo exprimia benevolência, e, em vez da severa seriedade que acreditei antes à distância ler em seu rosto, um suave sorriso iluminava todos os seus traços. Interrogou-me donde vinha e o que me trouxera a Roma, em suma, informações pessoais. Depois se ergueu e me disse:

— Mandei lhe chamar, porque me falaram de sua rara devoção... Por que, monge Medardo, você faz exercícios de penitência publicamente nas igrejas mais frequentadas? Crê desse modo se passar aos olhos de todos por um eleito de Nosso Senhor e se fazer adorar pelos fanáticos? Se isso procede, sonde seu coração e se pergunte de que natureza se constitui a essência que o leva a agir desse modo. Se você não é puro ante o Senhor e ante mim, Seu representante na Terra, então padecerá um fim miserável, monge Medardo!

O papa falou essas palavras com voz segura e penetrante; e seus olhos brilhavam como raios pungentes. Pela primeira vez, desde muito tempo, não me sentia culpado do pecado de que me acusavam. Não foi, portanto, nada surpreendente que me mantivesse todo soberano de mim mesmo, mais que isso, comecei a conversar com entusiasmo ao pensamento de que minha penitência era ditada por um sentimento de contrição bem sincera. Parecendo inspirado, pude responder da seguinte maneira:

— Santo Vigário de Deus, o senhor com certeza tem o poder de ler o fundo de meu coração, por certo está ciente do fardo indizivelmente pesado de meus pecados e reconhece a sinceridade de meu arrependimento. Longe de mim a vil hipocrisia! Longe de mim o ambicioso desejo de iludir o povo de maneira infame! Oh, Santo Pai, permita ao monge penitente revelar a Sua Santidade em breves palavras os crimes de sua vida, mas, por outro lado, me permita também falar da existência que iniciei em profundo arrependimento e contrição!

Assim comecei em seguida a falar, a relatar-lhe minha vida inteira da maneira mais concisa possível e sem nomear pessoas. O papa prestava uma atenção crescente. Adiantou-se na poltrona e apoiou a cabeça na mão. Depois olhou o chão ensimesmado, de chofre se levantou. Com as mãos enlaçadas uma na outra e com o pé direito adiantado, como se quisesse vir até mim, me fitou fixo com olhos ardentes. Quando terminei, voltou a se assentar:

— Sua história, monge Medardo — disse ele —, é a mais estranha que escutei em minha vida. Você de fato acredita na influência manifesta, visível, de um poder maldoso que a Igreja denomina Diabo?

Quis responder, mas o papa prosseguiu:

— Você crê de fato que o vinho que bebeu, depois de tê-lo roubado do relicário, o levou a cometer seus crimes?

— Similar à água carregada de eflúvios venenosos, o vinho fortificou a semente do mal que existia em meu íntimo, de modo que pôde germinar e crescer! — respondi.

O papa se manteve silencioso uns instantes e logo continuou com uma atitude impregnada de seriedade e concentração:

— Como, o que aconteceria se a natureza aplicasse ao âmbito espiritual as regras que regem nosso organismo físico, e assim toda semente pudesse engendrar com exclusividade outra de igual espécie?... Se, como a força contida na seiva da árvore em crescimento colore de verde as folhas, inclinação e vontade se transmitissem implacavelmente de geração em geração, negando todo o livre-arbítrio? Existem famílias de assassinos, de ladrões... O pecado original seria hereditário! E a maldição, eterna e imutável, pesando sobre gerações de ímpios, jamais seria permeável a qualquer sacrifício expiatório!

— Se o nascido de um pecador deverá necessariamente pecar a seu turno em virtude do temperamento herdado, não existe pecado. — interrompi o papa.

— Ao contrário! — disse ele. — Pois o Espírito Eterno criou um gigante capaz de domar e encadear a fera cega que provoca a cólera dentro de nós. Consciência é o nome do gigante. De sua luta contra a fera que habita nosso íntimo nasce o livre-arbítrio. Sua vitória se chama virtude, e a fera é o pecado.

O papa se calou por um instante, em seguida seu rosto se irradiou e ele disse com voz suave:

— Você acredita, irmão Medardo, que seja conveniente ao Vigário de Cristo perder-se em evasivas com você acerca da virtude e do pecado?

Respondi:

— Santo Pai, o senhor concedeu a este servidor uma honra, ao participar-lhe sua profunda visão do ser humano. Sim, creio ser conveniente falar de uma luta que há muito tempo rendeu à Sua Santidade uma vitória implacável e gloriosa.

— Você tem boa opinião a meu respeito, irmão Medardo — disse o papa. — Ou está convencido de que a tiara papal é o louro que me proclama ao mundo herói e vencedor?[1]

— É verdade que é grandioso ser rei e governar um povo. A partir de uma posição elevada, tudo ao redor pode parecer se concentrar de modo compacto e, assim, ser mais mensurável. Justamente pela posição elevada pode se desenvolver a faculdade prodigiosa da visão total que se manifesta no príncipe nato.

O papa interveio:

— Você julga então que mesmo os príncipes desprovidos de espírito e vontade possuem uma milagrosa sagacidade que, passando oportunamente por sabedoria, os levaria a se impor junto ao povo? Mas qual é a relação disso com nosso assunto?

— Antes de tudo — respondi —, eu queria evocar o caráter divino dos príncipes, cujo reino é deste mundo, depois da consagração divina do representante de Deus. O Espírito do Senhor ilumina os altos dignitários cardeais encerrados de maneira enigmática em conclave. Isolados uns dos outros, cada um num aposento, imerso em fervorosa meditação, uma fecunda claridade celestial resplandece o espírito ávido de acolher a revelação. Um único nome ressoa,

---

1. Como símbolo de autoridade e de seus poderes, o papa usa a tiara tripla ou *triregnum*, composta por três coroas e arrematada por um globo encimado por uma cruz. Há explicações diversas para as três coroas. Uma delas as atribui às funções que o papa exerce: sacerdote, rei e mestre; outra interpretação as relaciona aos poderes: temporal (como chefe de Estado soberano), espiritual (chefe da Igreja) e moral (superior aos outros poderes do mundo).

como um hino cantando os louvores do Poder Eterno através de lábios entusiasmados. A decisão do Senhor que elege seu digno representante na Terra será anunciada em linguagem humana. Eis porque, Santo Padre, sua tiara cuja tripla coroa proclama o mistério de Nosso Senhor que reina sobre todos os mundos, é na realidade o laurel que o torna, sim, um herói, um vencedor. Seu reino não é deste mundo, além disso, o senhor foi chamado a reinar em todos os reinos da Terra, reunindo os membros da Igreja invisível sob o estandarte do Senhor. O poder temporal que lhe foi dado é somente o trono resplendente de pompa celestial.

— Você admite, irmão Medardo — me interrompeu o papa —, você admite que tenho motivos para estar satisfeito com o trono que me foi conferido. E minha Roma florescente é adornada por uma pompa celestial, você não deixará de perceber, pois seus olhos não são totalmente cegos às coisas deste mundo... Não, estou certo de que não são! Você é um bravo orador e meu espírito não permaneceu insensível às suas palavras. Nós nos entenderemos muito bem!... Fique aqui!... Em alguns dias talvez se torne prior, e mais tarde eu poderia torná-lo confessor... Vá... Comporte-se com modos menos extravagantes nas igrejas; à condição de santo não há mesmo de se alçar, o calendário está cheio deles! Vá!

As últimas palavras do papa me deixaram estupefato, bem como suas atitudes em geral, que contrastavam com a imagem que forjara em meu íntimo do mais alto dignitário da Igreja cristã, a quem havia sido outorgado o poder de ligar e desligar[2] tantas coisas. Não restava dúvida de que considerara minhas palavras referentes ao caráter altamente divino de sua vocação adulação fútil e sutil. Ele pressupusera que eu queria me perfilar santo e que eu, ao constatar sua

---

2. No original, *zu binden und zu lösen*, alusão a Mateus 16:19 e 18:18. Em português: "E eu te darei as chaves do reino dos Céus; e tudo o que ligares na Terra será ligado nos Céus, e tudo o que desligares na Terra será desligado nos Céus." Nesses versículos, Jesus concede autoridade a Pedro e, indiretamente, também, aos outros apóstolos.

interdição, tentaria conquistar de outro modo prestígio e influência. Quanto a essa possibilidade ele consentia, por qualquer razão particular que eu ignorava.

Esquecendo que antes de ter sido convocado pelo papa eu estava firmemente determinado a deixar Roma, decidi prosseguir com meus exercícios espirituais. Mas só bem no fundo do peito sentia-me movido a me devotar de modo pleno ao celestial. Sem querer, durante a oração eu rememorava o passado. A imagem de meus pecados empalidecera, a meu espírito apenas se apresentava a brilhante carreira a que eu adentrava, já que um príncipe me tornava seu favorito, e nela poderia prosseguir se me tornasse o confessor do papa; quem sabe a altura a que poderia me alçar! Assim sucedeu que de modo natural, e não em obediência às ordens do papa, negligenciei os exercícios de piedade e os substitui por perambulações pelas ruas de Roma.

Um dia, atravessando a Praça de Espanha, vi um grupo de pessoas em torno das caixas de um modesto teatro de marionetes. Ouvi a divertida potoca do Polichinelo[3] e as explosivas gargalhadas do público. Ao final do primeiro ato sucedeu um intervalo para a preparação do segundo. A cortina subiu, o jovem Davi surgiu munido de bodoque e de um saco cheio de pedras. Com movimentos burlescos, prometeu que venceria o gigante Golias e salvaria Israel. Ouviu-se então um zumbido e um rugido se aproximando. O gigante Golias se apresentou ao público com uma cabeça monstruosa.

Qual não foi minha surpresa quando, à primeira vista, reconheci nos traços do Golias o bizarro Belcampo! Logo abaixo da cabeça ele escondera por meio de um dispositivo um pequeno corpo com braços e pernas. Seus ombros e braços ficavam ocultos pela cortina que fazia as vezes de manto do gigante. Este, fazendo estranhas caretas e se movimentando com tiques burlescos, proferia um discurso arrogante, que Davi cuidava de interromper uma

---

3. Polichinelo é a máscara do guloso e descarado personagem teatral na *commedia dell'arte*.

vez ou outra com risadas suaves. O público ria a mais não poder, e eu, singularmente interessado na nova personificação encarnada por Belcampo, deixei irromper também minha risada, cujo hábito eu perdera havia muito tempo. Voltava a experimentar um prazer infantil. Ah, minha risada com frequência não era mais que uma espécie de crispação convulsiva que impõe ao coração sincero um tormento!

O combate com o gigante foi precedido de prolongada discussão em que Davi demonstrou com arte e erudição, porque teria de aniquilar o terrível adversário. Belcampo fez com que todos os músculos de seu rosto se contraíssem: era como se pólvora crepitante se espalhasse pelos traços de seu rosto. Ao mesmo tempo os pequenos braços de gigante tentavam abater o infinitamente minúsculo Davi que com habilidade se safava, surgindo ora aqui, ora ali, inclusive sob uma prega da capa do gigante. Mas, por fim, a pedra arrojou bem na testa de Golias e o derrubou. Caem as cortinas. Prossegui rindo cada vez mais às gargalhadas, fascinado pelo gênio de Belcampo, quando alguém tocou docemente meu ombro. Era um abade que estava do meu lado, que me disse:

— Fico satisfeito ao ver que o senhor, venerável reverendo, não perdeu o gosto pelas alegrias deste mundo. Após testemunhar o modo como o senhor se entregava aos seus singulares exercícios de meditação, quase cheguei a crer que não seria capaz de se divertir com essas tolices.

A essas palavras do abade, achei que ele pretendesse levar-me a me envergonhar de meu bom humor e, por isso, respondi sem pensar, do que viria a me arrepender mais tarde:

— Creia-me, senhor abade, a quem foi bom nadador nas águas agitadas da vida, nunca faltará a força para emergir de uma corrente turbulenta e erguer sua cabeça com coragem.

O abade me encarou com olhos cintilantes:

— Ei! O senhor encontrou a perfeita metáfora e a empregou com primor. Agora julgo conhecê-lo por completo e admirá-lo do fundo de minha alma!

— Não sei, meu senhor, como um pobre monge penitente pode ser capaz de suscitar sua admiração.

— Excelente, meu reverendo! Reassumiu seu papel! O senhor é o dileto do papa?

— Foi do agrado de Sua Santidade me honrar com sua atenção. Eu o venerei submisso conforme a dignidade que a grandeza eterna confere a ele, constatando que seu coração guarda a virtude intacta e pura, com a qual o céu o cobriu.

— Pois bem, fiel vassalo do trono três vezes coroado, cumpra sua função valorosamente. Mas creia-me! O atual representante de Nosso Senhor sobre a Terra é uma pérola de virtude... se o comparamos a Alexandre vi![4] Talvez quanto a isso você tenha estimado errado. Porém, siga representando seu papel, tudo de bom e divertido dura pouco. Passe bem, meu reverendo!

Soltando risadas sarcásticas e estridentes, o abade se afastou dali, me deixando paralisado. Se eu relacionava suas últimas palavras com o que eu próprio constatara a respeito do papa, ficava evidente que o pontífice não era absolutamente o vencedor coroado após triunfar sobre a fera, como eu havia suposto. E por terrível que pudesse dar a entender, eu tinha de admitir que minha penitência, pelo menos para boa parte do público de iniciados, constituía um simples meio hipócrita de conquistar melhores honrarias. Ferido até o cerne de meu ser, retornei ao mosteiro e rezei com fervor na igreja solitária. Então caiu a venda de meus olhos! Reconheci logo que o poder funesto quisera mais uma vez me tentar e prender-me em suas tramas. Ao mesmo tempo, pude reconhecer minha debilidade pecadora e o castigo divino.

A fuga rápida era o único meio de me salvar, e isso me levou a decidir pela partida imediata logo no dia seguinte. Era quase noite quando à porta do mosteiro a campainha soou com insistência. Poucos instantes mais tarde, o irmão que estava de porteiro entrou em minha cela e anunciou que um homem singularmente

---

4. Alexandre vi (1430-1503), papa a partir de 1492, ficou conhecido pela falta de escrúpulos.

vestido demandava ver-me sem demora. Dirigi-me ao locutório, era Belcampo que, com seu jeito maluco, veio pulando em minha direção, me abraçou com ambos os braços e puxou-me a um canto:

— Medardo — começou a dizer, ligeiro e loquaz —, faça o que quiser para evadir-se, mas a loucura o acompanha nas asas do vento sul ou do sudoeste ou pouco importa de onde. Vai agarrá-lo! Por mínimo que a barra de sua batina encoste a beira do precipício, ele o sugará de vez. Oh, Medardo, reconheça a potência da amizade, reconheça o valor do amor. Tenha fé em Davi, em Jonas[5], querido capuchinho!

— Admirei muito sua atuação no papel de Golias! — intervim na loquacidade do charlatão. — Mas vá logo dizendo de que se trata, o que o trouxe aqui?

— O que me trouxe a você? O que me trouxe aqui? O amor insensato por um capuchinho cuja cabeça lavei certa vez, um que lançava ao redor moedas de ouro e de sangue, frequentava a companhia de renegados sórdidos e após crimes mortais quis desposar a mulher mais bela do mundo e se ajustar aos costumes burgueses, ou melhor, aristocratas.

— Pare com isso! Seu doido varrido! Com muito esforço eu expiei tudo o que você me censura com ironia impiedosa.

— Oh, reverendo! A ferida profunda feita pelo inimigo ainda está tão sensível? — disse Belcampo. — Pois bem! A cura não está completa. Eu me comportarei com brandura e bravura, bom menino, quero me controlar, não saltarei mais, nem física nem espiritualmente. Quero dizer-lhe apenas, querido capuchinho, se o amo com ternura, é sobretudo pela sua extravagância sublime! É necessário que o princípio da folia se expanda e floresça sobre a Terra, tanto quanto for possível. Ele nos salva dos perigos a cujos caprichos estamos expostos. Na tenda das marionetes, flagrei uma conversa a

---

5. Segundo várias passagens de livros bíblicos, Jonas, filho do rei Saul, era muito amigo do jovem Davi, que mais tarde venceu o gigante Golias. Essa relação de amizade tornou-se lendária.

seu respeito, o papa pretende elevá-lo à dignidade de prior deste mosteiro de capuchinhos e nomeá-lo confessor. Fuja de Roma quanto antes, porque há punhais apontados em sua direção, conheço o valente que quer expedi-lo ao reino celestial. Você está atravessando o caminho do dominicano atual confessor do papa e contrariando os projetos de seus partidários. Amanhã é preciso que você já esteja longe daqui.

Essas novas informações condiziam perfeitamente com as palavras do abade desconhecido. Tamanha era minha estupefação, que nem dei mais atenção ao extravagante Belcampo que me abraçara uma e outra vez. Ele enfim se despediu de mim com munhecas e trejeitos esquisitos.

Devia ser mais de meia-noite, quando pude ouvir abrirem a porta externa do mosteiro e uma carruagem rodou sobre o pátio de pedras. Pouco depois, ouvi um ruído no corredor, e alguém bateu à porta de minha cela. Abri, e pude ver o padre zelador, seguido de um homem que usava uma carapuça e segurava uma tocha:

— Irmão Medardo! — chamou o zelador. — Um moribundo requer seu auxílio espiritual na hora suprema, ele gostaria de receber do senhor a extrema-unção. Cumpra os deveres de sua função e siga esse homem. Ele o conduzirá aonde o solicitam.

Um frio percorreu minha espinha. O presságio de que pretendiam me levar à morte invadiu-me. Porém, eu não tinha o direito de me negar a fazer o que pediam, então segui o homem disfarçado. Ele abriu a porta do coche e me ajudou a subir. No interior havia dois homens que abriram espaço, e me acomodei entre eles. Perguntei aonde me levavam e quem desejava receber os santos óleos justamente de mim. Nenhuma palavra! Foi no maior silêncio que o carro prosseguiu atravessando várias ruas.

Pelos ruídos do exterior, acreditei me orientar que tínhamos saído de Roma, mas logo distingui que cruzávamos um dos portões da cidade, e mais uma vez rodávamos numa rua calçada. Por fim o coche se deteve, bem depressa amarraram minhas mãos, enfiaram um capuz vendando meu rosto.

— Não acontecerá nada de mal ao senhor! — sossegou-me uma voz rude. — O senhor guarde segredo a respeito do que vir e ouvir, senão esteja certo de sua morte imediata!

Tiraram-me da carruagem, ferrolhos soaram, um portão rangeu sobre gonzos mal engraxados. Me conduziram por longos corredores e, depois, escada abaixo, sempre mais abaixo, cada vez mais ao fundo. O ruído de passos me convenceu de que nos encontrávamos sob aposentos abobadados, cujo odor putrefato de cadáveres revelava sua destinação. Por fim, chegamos. Desataram minhas mãos e retiraram a minha carapuça.

Por certo o ambiente era amplo e abobadado, parcamente iluminado por um lampião. Ao meu lado estava um homem que ocultava o rosto, provavelmente o mesmo que me trouxera, em torno de mim se sentavam monges dominicanos em bancos baixos. Recordei-me do pesadelo de outrora, no cárcere, agora tinha a certeza de minha morte sob tortura. Mas me mantive calmo, rezando do fundo do meu coração com fervor, não pela salvação, mas por um fim misericordioso.

Após alguns instantes de silêncio angustiante e sombrio, um monge veio até mim e disse com voz embotada:

— Medardo, nós julgamos um membro de sua congregação. A sentença deverá ser a execução. Do senhor, um homem consagrado, ele espera a absolvição e o consolo à hora da morte! Vá e cumpra seu dever!

O homem encapuçado que estava ao meu lado me tomou pelo braço e continuou me acompanhando adiante por um estreito corredor, e penetramos uma cela minúscula. Sobre um leito de palha amontoado num canto, jazia um corpo esquelético e pálido, coberto com uns trapos. O encarapuçado depositou o lampião que trouxera sobre a mesa de pedra no centro do cômodo e se retirou. Eu me aproximei do prisioneiro, ele se virou com dificuldade em minha direção. Fiquei paralisado ao reconhecer o irmão Cyrillus. Um sorriso celestial clareou seu semblante:

— Então os abomináveis servidores do Inferno que aqui habitam não me enganaram. — começou a falar com voz extenuada. — Por eles soube de você, meu caro irmão Medardo, de sua estada em Roma. E como ansiava vê-lo porque cometi consigo uma grande injustiça, prometeram-me que o trariam na hora da minha morte. É chegado o momento, mantiveram a palavra.

Ajoelhei-me aos pés do piedoso e venerável ancião e o conjurei a me contar, sobretudo, como era possível ele estar no cárcere e condenado à pena de morte.

Cyrillus me contou:

— Meu caro irmão Medardo, eu não poderei lhe descrever meu infortúnio e minha miséria terrena, antes de confessar meu arrependimento e de você promover minha reconciliação com Deus pelo mal que lhe causei! Você sabe que eu e nosso mosteiro chegamos a julgá-lo um pecador nefasto. Acreditávamos que você cumulava sobre si os crimes mais horríveis e o excluímos de todas as nossas comunidades. Mas passou, foi apenas um instante fatal, quando o Diabo botou-lhe a faca ao pescoço e o afastou dos lugares sagrados e o conduziu ao convívio com a vida pecaminosa do mundo. Apropriando-se de seu nome, trajes e aparência, um farsante hipócrita cometeu os crimes e por pouco não o conduziria à ignominiosa pena de morte. O Poder Eterno por milagre esclareceu que se você pecou ligeiramente desejando romper os votos, não obstante, é inocente de todos os crimes mortais. Retorne ao nosso mosteiro, Leonardus e os irmãos o acolherão com alegria e ternura, a você, que julgavam perdido. Oh, Medardo...

O velho, bastante debilitado, caiu desmaiado. Resistindo à emoção despertada em mim por suas palavras que pareciam anunciar qualquer acontecimento extraordinário que fosse, e só pensando nele, na salvação de sua alma, tentei, sem outra ajuda além de uma suave compressão em sua testa e sobre o peito, modo usual em nossa ordem de reanimar agonizantes, fazer com que voltasse a si. Cyrillus não demorou a se recuperar e confessou, ele, o santo homem, junto a mim, reles pecador!

Mas enquanto eu dava a absolvição ao ancião, cujos maiores delitos consistiam em meras dúvidas que haviam surgido de vez em quando, foi como se incendiasse em meu íntimo um espírito do céu por obra do Poder Eterno e Supremo, e eu fosse um simples instrumento, o órgão encarnado de que se servia esse poder para falar aqui na Terra àquele homem que ainda não se apartara de sua alma.

Cyrillus elevou ao céu os olhos, plenos de fervor, e exclamou:

— Oh, meu irmão Medardo! Suas palavras me reconfortaram! Bem-aventurado eu encaro a morte, à qual me destinam os infames inquisidores!

Os dominicanos tinham fechado um círculo, ao centro desse círculo puxaram o ancião, que precisou se ajoelhar sobre um montinho de terra ali depositado. Colocaram-lhe um crucifixo nas mãos. No sacerdócio da extrema-unção me adiantei encaminhando-me ao meio do círculo e orei em voz alta. Um dominicano me agarrou pelo braço, forçando-me a retroceder. Naquele instante, eu vi uma espada brilhar na mão de um dominicano, e a cabeça ensanguentada de Cyrillus rolou aos meus pés. Caí desmaiado.

Quando recobrei os sentidos, jazia num quarto pequeno, similar à cela monástica. Um dominicano se aproximou e disse com um sorriso sarcástico:

— O senhor levou um grande susto, meu irmão! Contudo, teve motivo para se alegrar por poder compartilhar com seus próprios olhos um belo martírio. Pois não é assim que devemos designar a morte bem-merecida de um monge de sua ordem? Vocês não são todos santos?

Respondi:

— Não somos santos, mas em nosso mosteiro nunca assassinamos um inocente! Deixe-me ir. Cumpri minha missão com alegria! O espírito do ditoso há de estar comigo, se eu tombar em mãos de assassinos cruéis!

— Não duvido — replicou o dominicano — de que o falecido irmão Cyrillus permanecerá ao seu lado numa situação dessas! Mas o senhor, caríssimo irmão, não estaria confundindo execução com assassinato? Esse homem ofendeu gravemente o Santo Vigário de

Deus, e foi o próprio quem ordenou essa morte! Mas o velho deve ter lhe contado tudo em confissão, por isso não precisamos nos delongar no assunto. O melhor que o senhor tem a fazer é tomar essa bebida para se fortificar e se refrescar.

Ao dizer essas palavras, o dominicano estendeu-me um cálice de cristal que continha um vinho espumante aromático de cor vermelho-escura. Não consigo dizer agora que intuição me veio de súbito, ao levar o cálice aos lábios. Em todo o caso, estou certo de que percebi o aroma daquele vinho que me fora ofertado por Euphemie na noite fatídica. Sem pestanejar, quase sem pensar direito, o despejei pela manga esquerda de minha batina, enquanto mantinha a mão esquerda diante de meus olhos, aparentemente ofuscado pela claridade da luz.

— Passe bem! — gritou o dominicano, me empurrando grosseiro para fora.

Jogaram-me num coche, que para minha surpresa estava vazio, e partimos.

Os sustos da noite, a tensão do espírito, a tristeza profunda que eu sentia pela morte do infeliz Cyrillus me abateram a um estado de atordoamento, logo não opus resistência quando me retiraram da carruagem e me enxotaram porta afora de modo bastante rude.

O dia despontava, me achei caído à porta do mosteiro de capuchinhos. Levantei-me e puxei a sineta. O porteiro ficou espantado com meu aspecto descaído e descomposto, suponho que tenha relatado ao prior acerca de meu estado, porque esse depois da missa matinal veio à minha cela me ver com ar preocupado.

Às suas perguntas limitei-me a responder sem precisão, que a morte do homem que eu tive de assistir fora demasiado terrível e me afetara intensamente, mas não pude continuar conversando em virtude de uma pungente dor que sentia no braço esquerdo, era tão intensa que de repente me obrigou a gritar! O cirurgião do mosteiro veio me ver, arrancaram a manga do hábito colada à pele e descobriram meu braço todo corroído e dilacerado por uma substância cáustica.

— Queriam que eu bebesse vinho, eu o despejei pela manga... — gemi, meio inconsciente por causa da dor lancinante!

— O vinho continha veneno cáustico — esclareceu o cirurgião, se apressando a aplicar uma pomada que ao menos aplacou a dor insuportável.

Graças à habilidade do médico e aos cuidados atenciosos que o prior me fez dispensarem, o braço, que a princípio cogitaram amputar, foi salvo. No entanto, a carne estava corroída até o osso, e toda a flexibilidade da articulação ficara prejudicada com a cicuta hostil.

O prior me disse:

— Desconfio que circunstâncias por pouco não lhe custaram a perda do braço. O piedoso irmão Cyrillus sumiu de nosso mosteiro e de Roma de maneira incompreensível. E o senhor também, querido irmão Medardo, estará irrevogavelmente perdido, se não abandonar Roma sem demora. Enquanto o senhor estava enfermo, sondaram várias vezes um tanto quanto suspeitosos acerca de seu estado. A vigilância e a fidelidade dos irmãos o salvaguardaram da morte na própria cela. Semelhante à primeira impressão que tive do senhor, de que era um sujeito incomum envolvido em vínculos funestos, desde o início desta curta estada em Roma, certamente contra sua vontade, o senhor vem atraindo demasiada atenção a ponto de certos segmentos desejarem se desembaraçar de sua presença. Retorne ao seu país, ao seu mosteiro! E a paz do Nosso Senhor esteja consigo!

Eu estava consciente de que enquanto permanecesse em Roma minha vida correria risco, mas à lembrança dos crimes cometidos, cujos remorsos nem a mais rígida expiação tinha amenizado, se somava então o padecimento físico do braço atrofiado. Não me preocupei, por conseguinte, em prolongar minha existência torturante e dolorosa, de que poderia me livrar como de um fardo pesado, se alguém me propiciasse a morte rápida. Aos poucos me acostumava à ideia de perecer de uma morte brutal, inclusive eu considerava a possibilidade de um martírio glorioso conquistado pela minha severa expiação. Eu me imaginava saindo pela porta do mosteiro e uma figura sombria me trespassava de chofre com um punhal. O povo se juntava em torno do cadáver ensanguentado:

— Medardo! O piedoso e penitente Medardo foi assassinado! — clamavam pelas ruas.

A multidão acorria cada vez mais compacta, desolada, lamentando em choro convulsivo a perda do defunto. As mulheres se ajoelhavam e com lenços brancos enxugavam a ferida, de onde o sangue jorrava. Uma delas via a cicatriz da cruz ao meu pescoço, e exclamava:

— Ele é um mártir! Um santo! Eis a marca do Senhor que traz ao pescoço!

Então todas caíam de joelhos. Feliz daquele que podia tocar o santo, que podia ao menos roçar seu manto! Rapidamente trouxeram um féretro, e depositaram o corpo, o cobriram com flores e, em cortejo triunfal ao som de cânticos e preces, jovens rapazes carregavam-no até São Pedro!

Assim fantasiava minha imaginação uma cena que representava em cores vibrantes minha glorificação terrena. Sem intuir, sem ao menos suspeitar que o espírito maligno do orgulho almejava novamente tentar-me, decidi permanecer em Roma, após meu completo restabelecimento e seguir minha vida de sempre para assim sofrer a morte gloriosa, ou quem sabe, arrancado pelo papa de meus inimigos, alcançar uma alta dignidade eclesiástica.

Minha forte e robusta constituição me ajudou a aguentar as dores atrozes, e consegui enfim superar os efeitos nocivos da substância infernal que a partir da epiderme tentara aniquilar-me até o fundo de meu ser. O médico me prometeu pronto restabelecimento. Na verdade, só sentia uns delírios que precediam de hábito meu sono, quando eu experimentava bruscas mudanças de temperatura, entre calafrios e acessos de suor. Era justo nesses instantes que, obcecado pela fantasia de meu martírio, eu via a mim mesmo em geral sendo sacrificado por um golpe de punhal no peito. Agora, entretanto, a visão se modificara, e em vez de ver-me, como normalmente, estendido na Praça de Espanha, e depois cercado pela multidão a proclamar minha santidade, eu jazia solitário numa alameda do jardim no Mosteiro de Capuchinhos em B.

Em vez de sangue, jorrava do corte aberto um líquido nojento e incolor, e uma voz dizia:

— O sangue derramado, é ele o sangue de um mártir? Quero clarear e dar cor à água impura e, desse modo, será coroado pelo fogo que triunfou sobre a luz!

Fora eu mesmo que pronunciara essas palavras. Tão logo tive consciência de estar apartado de meu eu defunto, compreendi que eu próprio era o pensamento imaterial de meu ser. Não levei tempo para reconhecer-me também como o tom vermelho que paira no éter. Elevei-me acima dos picos das montanhas resplendentes. Queria entrar no castelo natal pelo portal dourado de nuvens crepusculares, mas raios, logo metamorfoseados em víboras flamejantes, cruzaram a abóbada celeste, e eu desmoronava do alto feito a névoa úmida e sem cor que tomba.

O pensamento me assegurava:

"Eu, eu sou quem colore suas flores e seu sangue. Flores e sangue são os enfeites das núpcias que venho lhe preparando."

À medida que ia caindo, mais e mais abaixo pelos ares, via o cadáver com a ferida aberta ao peito donde brotava aos borbotões aquela água impura. Meu hálito devia transubstanciar a água em sangue, mas não dava certo, o cadáver se soergueu, fixou-me os olhos sem brilho e cavernosos, e rugiu semelhante ao vento do norte no abismo profundo:

— Tolo pensamento, cego pensamento, não há luta entre luz e fogo; mas a luz é o batismo do fogo através da cor vermelha... e você tentou envenenar o vermelho.

O corpo caiu mais uma vez; todas as flores da pradaria pendiam suas cabeças murchas. Pessoas semelhantes a pálidos fantasmas jogavam-se à terra e uma desconsolada lamentação de mil vozes se espalhou na imensidão:

— Oh, Senhor, Senhor! É tão enorme o fardo de nossos pecados que concede ao inimigo de nosso sangue o direito de sacrificar vítimas expiatórias?

A queixa se ampliava imensamente, qual bramido estrondoso das ondas do mar. O pensamento quis pulverizar-se no som possante das lamentações desesperadas. Então uma sorte de circuito elétrico me arrancou do sonho.

Os sinos da torre do mosteiro batiam doze horas. Uma luz ofuscante incidia das janelas da igreja em minha cela.

— Os mortos saem de seus túmulos e celebram o serviço divino!

Foi o que segredou uma voz em meu íntimo, e eu comecei a rezar. Pouco tempo depois distingui uma leve batida à porta. Acreditei que algum monge tivesse vindo visitar-me, mas num piscar de olhos constatei com horror aquela risada e a chicana de meu duplo espectral, que zombeteiro e cínico chamava:

— Irmãozinho... Irmãozinho... novamente estou aqui... A ferida sangra... a ferida sangra vermelho, vermelho... Venha comigo, irmãozinho Medardo! Venha comigo!

Quis saltar ao leito, mas o pavor lançara sobre mim seu véu glacial, e cada tentativa de me mover se transformava num espasmo interno, destroçando meus músculos. Toda a minha concentração se voltava à oração fervorosa: que pudesse me salvar das forças tenebrosas que me abriam as portas do Inferno e me lançavam por ali adentro!

Sucedeu que a prece, proferida apenas em minha mente, fez-se ouvir em voz alta e comprovei que eu tinha domínio sobre as batidas à porta, as zombarias e as palavras inquietantes do duplo apavorante. Mas em seguida a oração se desvanecia em zumbido estranho, muito semelhante ao vento sul despertando um enxame de insetos nocivos, que passam a inocular o veneno de suas longas trombas nos brotos florescentes. O bulício voltou gradativamente a ser a lamentação humana, e minha alma indagou:

— Não será esse sonho profético que deverá apaziguar o sangue e cicatrizar a ferida?

Naquele exato momento, irrompeu por detrás das nuvens sombrias e turvas um clarão avermelhado do crepúsculo, e dele se ergueu uma figura gigantesca. Era Cristo! De cada uma de suas feridas brotava uma gota de sangue como uma pérola. A cor vermelha foi devolvida à Terra, e a lamentação dos homens se converteu num hino de júbilo, porque o vermelho representava o perdão do Senhor! Todavia, o sangue ainda escorria incolor do corte de Medardo, e ele implorava ardentemente:

— Devo ser eu, eu, o único no vasto universo, a ficar abandonado ao eterno tormento da condenação, sem ínfima esperança?

Então algo se movimentou em meio às ramagens. Uma rosa colorida de fulgor celestial estendeu sua corola e contemplou Medardo com suave sorriso. Um aroma o envolveu, esse aroma era o maravilhoso esplendor do mais puro éter primaveril.

— O fogo não venceu a luta, não houve confronto entre luz e fogo. O fogo é o verbo que ilumina o pecador.

Era como se a rosa tivesse dito aquilo, mas a rosa era a encantadora imagem de mulher. Vestida de branco e com rosas entrançadas no cabelo escuro, ela se adiantou em minha direção.

— Aurélia! — gritei, despertando de meu sonho.

Um delicioso perfume de rosas rescendia em minha cela, mas a excitação de meus sentidos me fez crer que eu continuava percebendo nitidamente a silhueta de Aurélia. Ela me fitava com um olhar cheio de gravidade e logo sua imagem foi esmaecendo nos raios da manhã que se espalhavam pelo quarto. Reconheci a tentação do demônio e minha fragilidade pecadora. Desci de imediato e orei com devoção ante o altar de Santa Rosália. Nenhuma flagelação, nenhuma penitência na acepção de nosso mosteiro. Mas quando o sol do meio-dia lançava seus raios oblíquos, eu já estava viajando havia várias horas bem distante da cidade.

Não só a advertência de Cyrillus me impelia adiante no sentido inverso sobre a mesma trilha que eu percorrera vindo a Roma, mas também uma saudade irresistível de rever minha terra! A fim de fugir de minha condição eclesiástica, eu tomara instintivamente o caminho que o prior me indicara como o mais direto para chegar a Roma.

Evitei a residência do príncipe, não por temer ser reconhecido e cair de novo nas garras do tribunal de justiça. De que maneira eu poderia, sem desvelar em meu coração recordações dolorosas, retornar ao lugar onde ousei conquistar por uma insolência criminosa a felicidade terrena a que eu renunciara me devotando a Deus! Ah! Retornar ao lugar onde, me desviando do espírito de amor que é pureza eterna, confundi a consumação do instinto terreno pelo supremo instante de glória da vida, na qual se fundem, sensual e transcendental, numa única chama. Ao lugar, enfim, onde a plenitude da existência, alimentada por sua própria riqueza exuberante, surgiu a mim como uma esfera destinada a combater a aspiração ao celestial, o que na ocasião eu qualificava de repressão contra a natureza.

Mas havia outra coisa ainda! A despeito das forças renovadas que buscava avidamente numa vida irrepreensível de penitências incessantes e árduas, intuía no fundo do coração a incapacidade de sair definitivamente vitorioso daquela luta, durante a qual, quando menos esperava, eu me via tomado pelo poder obscuro e assustador, cuja presença tantas vezes eu admitira com horror. Rever Aurélia! Reencontrá-la refulgente de graça! Será que eu seria capaz de suportá-lo sem que se apoderasse de mim o espírito do mal que persistia empregando as chamas do Inferno, a fim de ferver meu sangue que circulava então zunindo agitado pelas artérias? Quantas vezes a imagem de Aurélia me aparecera! Mas com que frequência, ao vê-la, não despertavam em mim sentimentos cuja natureza pecaminosa eu reconhecia e reprimia com toda minha força de vontade. À medida que ia adquirindo consciência do que provocava a viva atenção a mim mesmo, à medida que minha aguda debilidade me incitava a fugir da luta, fui aos poucos me convencendo da sinceridade de meu arrependimento. Consolava-me saber que ao menos eu abrira mão do infernal espírito do orgulho, da presunção de poder medir-me com as forças das trevas.

Não tardei a chegar às montanhas. Certa manhã, eu vi surgir um castelo na neblina que cobria o vale a meus pés. Ao aproximar-me, o reconheci. Era a propriedade do barão F. O jardim estava legado ao abandono, as trilhas, irreconhecíveis, cobertas de ervas daninhas.

No gramado diante do castelo, que sempre admirei pela beleza, vacas pastavam o capim alto; as janelas do edifício decaíam em ruínas, o portão da entrada, destruído. Não se via uma alma viva.

Permaneci ali, imóvel e mudo, sentindo terrível solidão. Um ligeiro suspiro se fez ouvir vindo de um bosque vicinal que se mantivera bastante bem cuidado, eu divisei sentado ali adiante um velho senhor de cabelos encanecidos. Não percebera minha presença, embora estivesse bem próximo. Ao avançar um pouco mais, ouvi seu lamento:

— Mortos, todos que amei estão mortos! Ah, Aurélia! Aurélia, você também! A última remanescente! Morta, morta aos olhos deste mundo!

Reconheci o velho Reinhold.

Eu estava enraizado no solo.

— Aurélia morta! Não, não, você está enganado, senhor, o Poder Eterno a protegeu da faca do assassino amaldiçoado! — disse eu.

Como se atingido por um raio fulminante, ele se inquietou, e perguntou:

— Quem está aí? Quem está aí? Leopold!

Um menino acudiu ligeiro, ao se dar conta de minha presença, fez uma reverência e saudou:

— *Laudetur Jesus Christus*!
— *In omnia saecula saeculorum*![6] — respondi.

À minha voz, o velho se levantou agitado e insistiu perguntando:

— Quem está aí? Quem está aí?

Foi quando me dei conta de que estava cego.

— Um respeitável senhor — respondeu o menino —, um monge da ordem dos capuchinhos.

O velho foi tomado de pavor e horror. Gritou:

— Vamos, vamos, menino, me acompanhe, entremos, feche as portas. Peter deve montar guarda! Vamos, vamos! Entremos!

---

6. No original em latim: "Louvado seja Nosso Senhor Jesus Cristo!" e "Por todos os séculos e séculos!".

O ancião reunia toda a energia que lhe restava para fugir de mim, como se eu fosse um animal feroz.

Com temor e espanto o jovem rapaz me encarava, mas o velho senhor, ao invés de se deixar conduzir, arrastou-o consigo, e em seguida se esgueiraram fugidios pela porta adentro, que eu ouvi sendo trancafiada a sete chaves. Tratei de abandonar a toda velocidade o palco de meus crimes mais escabrosos, que depois dessa cena tinham readquirido vida em minha lembrança. Não demorei a chegar ao meio da floresta cerrada. Fatigado eu me assentei no chão por sobre o musgo macio, sob uma árvore. Não longe dali havia um monte de terra fofa, encimado por uma cruz. Quando acordei do cochilo propiciado pelo cansaço, um velho camponês sentava-se ao meu lado. Nem bem me viu saindo ainda do sono, ele tirou respeitosamente o chapéu e foi falando com um tom da mais cordial benevolência:

— Vejam só! O senhor deve ter caminhado um bom bocado, respeitável senhor, e devia estar frouxo, de fato, pois doutro modo não teria adormecido justo aqui, neste recanto malfadado. Ou o senhor ignora o que sucedeu nessas paragens?

Afirmei que, na condição de forasteiro e peregrino regressando de Roma, não estava a par das histórias da região.

— Mas, no entanto — explicou o camponês —, isso diz particular respeito ao senhor e à sua ordem, e eu preciso confessar que ao vê-lo dormindo tão sossegado, resolvi me acomodar e protegê-lo de um perigo eventual. Há muitos anos diz-se que um capuchinho foi morto nesse lugar. O que se sabe com certeza é que na ocasião um capuchinho passou pelo nosso vilarejo e que após o pernoite ele rumou às montanhas. Nesse mesmo dia meu vizinho descia a trilha íngreme do vale dominado pela Cadeira do Diabo e ouviu bem de repente ressoar um grito penetrante, que reverberou de maneira estranha pelos ares. Ele afirma até ter visto, mas isso é o cúmulo do absurdo, uma figura humana despencar do alto da montanha e rolar despenhadeiro abaixo. O que se sabe com certeza é que nós todos do vilarejo, sem saber o porquê, acreditamos que o capuchinho poderia sim ter tombado dali e muitos de nós nos dirigimos ao local e, tanto quanto foi possível sem arriscar nossas vidas, procuramos pelo menos o cadáver do infeliz. Mas não conseguimos achar nada e então demos boas gargalhadas de nosso vizinho que, numa certa noite de lua cheia regressando pelo caminho sinuoso, diz ter levado um susto mortal ao ver um homem nu tentando sair do abismo do Diabo. Foi pura imaginação; mas mais tarde se soube que, sim, o capuchinho, só Deus sabe a razão, foi realmente assassinado nesse lugar por um homem de boa condição, e que o cadáver caiu no abismo. Aqui nesse ponto se passou o crime, estou convencido disso, pois veja só, venerável senhor, um dia eu me encontrava sentado aqui nesse musgo, contemplando ensimesmado esse tronco oco aí adiante. De um minuto para o outro eu tive a impressão de enxergar um pedaço de pano marrom saindo pela fenda. Levantei num pulo, fui até lá e puxei do oco um hábito de capuchinho novinho em folha! Havia um pouco de sangue grudado na manga, na bainha tinha bordada a identificação Medardo. Pensei cá com meus botões, pobre como sou, poderia fazer uma boa ação vendendo esse hábito e, com o dinheiro arrecadado, mandasse rezar umas missas por intenção do pobre venerável que foi aqui morto, sem sequer se preparar ou ter tempo de pagar as dívidas pendentes. Assim aconteceu pois, eu me encaminhei com o hábito ao vilarejo, mas nenhum brechó se interessou por comprá-lo e mosteiro de capuchinhos não tinha na vila. Finalmente, veio ter comigo um senhor, pelos trajes devia ser caçador ou monteiro, e disse que estava mesmo à procura de uma batina, pagou com generosidade pelo meu achado. Então eu pedi ao vigário que celebrasse uma boa missa e finquei a cruz ali, já que não dava para pôr uma lá no fundo do precipício, em memória da ignominiosa morte do capuchinho. Pelo jeito, o defunto devia estar com a consciência pesada, pois se diz que o fantasma vira e mexe está rondando por essas bandas: a missa do vigário não surtiu efeito. É por isso que queria lhe pedir uma coisa, venerável senhor. Regressando são e salvo à sua casa, à sua terra, então reze umas orações pela salvação da alma do seu irmão de ordem, o capuchinho Medardo. O senhor me promete fazer isso?

— O senhor está equivocado, meu bom amigo! — respondi, muito calmo. — O capuchinho que há muitos anos atravessou seu vilarejo a caminho da Itália não foi morto. Ainda não se faz necessário rezar por intenção da alma dele, já que está vivo e é capaz de trabalhar em prol da salvação eterna! Eu sou Medardo!

Dizendo isso, virei do avesso a bainha do hábito e lhe mostrei o nome Medardo bordado. Mal olhou o nome, o camponês empalideceu e me encarou apavorado. Deu, em seguida, um salto repentino e saiu correndo tanto quanto permitiam suas pernas, gritando pela floresta. Era óbvio que me considerava um fantasma do capuchinho; todo e qualquer esforço que eu envidasse para dissuadi-lo da ideia extravagante teria sido inútil.

O ermo, o sossego do lugar somente interrompido pelo murmúrio de uma cascata nas proximidades, era apropriado a estimular todo o tipo de fantasias sinistras. Lembrei-me de meu horrível duplo e, contagiado pelo medo do camponês, senti-me tremer bem no íntimo, pois tinha a impressão de que o fantasma apareceria sem mais nem menos entre os ramos escuros que eu via ao redor.

Encorajando-me, prossegui caminhando. Somente quando se dissipou a extraordinária ideia de um espectro de meu eu, por quem o homem me vira, ocorreu-me que se esclarecia o modo como o monge maluco obtivera a batina que na fuga acabou deixando para trás e na qual eu sem sombra de dúvida reconheci a minha. O guarda-florestal, em cuja casa ele se hospedara e a quem solicitara a vestimenta, comprou a roupa do camponês.

A insólita maneira pela qual se deturpavam os misteriosos acontecimentos concernentes ao episódio da Cadeira do Diabo me comovia bem no fundo de minha alma, pois eu via bem todas as constelações se encadearem, propiciando necessariamente uma ambiguidade confusa entre mim e Viktorin. Muito intrigante eu considerei a visão do supersticioso vizinho, e confiante eu buscava maiores esclarecimentos, mas não tinha a mínima pista para decifrar o enigma.

TERCEIRA PARTE

Após caminhar sem cessar durante algumas semanas, eu, finalmente, estava bem perto de minha terra. Com o coração palpitante de alegria e emoção, vi surgir lá no horizonte as torres do convento das irmãs cistercienses. Cheguei à cidade; logo estava no amplo adro em frente à igreja do convento. Ao longe soava um hino entoado por vozes masculinas. Pude distinguir uma cruz, atrás dela vinha uma procissão de irmãos, de dois a dois. Ah! Reconheci os monges de minha congregação, o velho Leonardus na dianteira ladeado por um jovem desconhecido para mim. Sem notarem minha presença, passaram cantando ao largo e atravessaram as portas abertas do convento. Um momento depois, vieram por sua vez os cortejos dos dominicanos e dos franciscanos de B. A seguir, vieram carruagens bem fechadas trazendo as monjas clarissas de B.[7] Tudo levava a crer que comemorariam alguma festa importante.

As portas da igreja estavam abertas em par, eu entrei, reparei que tudo fora com cuidado arrumado e limpo. O altar-mor e os altares laterais estavam sendo decorados com guirlandas de flores. Um servidor falava muito sobre flores frescas que deviam ser trazidas sem falta no dia seguinte, o mais cedo possível, porque a abadessa ordenara expressamente rosas para o altar principal. Decidi ir sem mais demora encontrar meus irmãos, entrei no convento, após fortalecer-me um pouco com uma prece fervorosa. Indaguei pelo prior Leonardus. A irmã porteira conduziu-me a uma sala, onde ele estava acomodado numa poltrona, cercado pelos irmãos. Chorando alto, com a alma compungida e incapaz de uma só palavra, caí aos seus pés.

— Medardo! — exclamou o venerável senhor.

Um sussurro abafado percorreu o grupo dos irmãos:

— Medardo! O irmão Medardo finalmente voltou!

Ergueram-me, os irmãos me abraçaram com ardor.

---

7. A ordem das clarissas surgiu graças à jovem Clara de Assis, que, em 1212, seguiu o exemplo de São Francisco de Assis e viveu na clausura e em contemplação, dentro do ideal de pobreza evangélica.

— Graças a Deus você está salvo das perfídias e tentações mundanas! Mas conte, conte, meu irmão! — falavam todos ao mesmo tempo.

O prior se levantou e, a um sinal seu, eu o segui ao aposento que ocupava habitualmente em suas visitas ao convento.

— Medardo — começou a dizer —, você rompeu e profanou seu voto ao fugir de modo vergonhoso; em vez de cumprir a missão que lhe confiei, você ludibriou o mosteiro de uma maneira vil. Se eu fosse proceder segundo as normas rigorosas do regulamento, deveria emparedá-lo.

— Julgue-me, meu reverendo pai — respondi —, julgue-me conforme determina a lei. Ah, com alegria eu me despojarei do fardo de uma vida de misérias e tormentos! Sinto com clareza que a mais severa das penitências à qual eu me submetesse não poderia trazer-me consolo neste mundo.

— Anime-se! — continuou Leonardus. — O prior falou e agora falará o amigo, o pai! Por um milagre, você se salvou da morte que o ameaçava em Roma. Somente Cyrillus caiu vítima...

— Portanto, o senhor sabe? — perguntei, cheio de assombro.

— De tudo! — respondeu o prior. — Sei que você assistiu o pobre em seus últimos momentos de vida, e que planejaram matá-lo com um vinho envenenado que lhe ofereceram à guisa de refresco. Sem dúvida, apesar dos vigilantes e argutos olhos dos dominicanos, você empregou um meio de se desfazer da bebida, pois se tivesse ingerido uma única gota teria passado desta para outra vida em dez minutos.

— Olhe só!

Arregacei a manga da batina e mostrei ao prior o braço corroído até o osso, enquanto lhe contava que ao suspeitar uma ameaça no ar, vertera o vinho pela manga.

Ante o aspecto desagradável de meu braço praticamente mumificado, Leonardus recuou e comentou para si mesmo, com voz apagada:

— Você expiou com dureza os pecados que cometeu, mas Cyrillus... o velho piedoso!

Expliquei ao prior que eu seguia desconhecendo o verdadeiro motivo da execução secreta do pobre irmão.

— Talvez — respondeu. — Talvez você tivesse compartilhado destino semelhante se também tivesse se apresentado com plenos poderes nas questões do mosteiro. Você sabe, por reivindicação de nosso mosteiro foram suspensas as taxas que ilegalmente vinham sendo pagas ao cardeal ***. Foi por isso que ele travou de súbito amizade com o confessor do papa, que até então fora seu inimigo, e com o dominicano ganhou um perigoso aliado que soube opor ao padre Cyrillus. O astuto monge encontrou sem demora um estratagema para poder livrar-se do recém-chegado: conduziu-o ele mesmo ao papa, soube apresentá-lo de modo que o papa o acolheu como personagem original e Cyrillus foi admitido no seleto grupo de eclesiásticos que cercam o pontífice.

"Em pouco tempo, Cyrillus comprovou que o sumo sacerdote do Senhor buscava e conquistava seu império neste mundo, ademais a satisfação de seus prazeres; que servia de instrumento a um engenho hipócrita submetendo-se a artifícios desonestos, apesar de seu espírito fortalecido, e isso o fazia pender entre o Céu e o Inferno.

"O bondoso irmão, como era de se prever, com isso se sentiu chamado a comover a alma do papa e desviá-lo de seus interesses terrenos através do fogo de sermões inspirados pelo Espírito Santo. O papa, isso costuma ocorrer com personalidades decadentes, foi de fato suscetível às palavras do bom velho. Graças a esse estado enlevado, se tornou fácil para o dominicano armar a cilada que lenta e habilmente deveria enredar Cyrillus.

"Ele relatou ao papa que se tratava de nada mais nada menos que uma conspiração secreta fadada a mostrá-lo indigno da tripla coroa aos olhos da Igreja. Acrescentou ainda que nosso amigo tinha a missão de concitá-lo a se expor em público exercício de penitência, seria o sinal da iminente rebelião formal dos cardeais. Mas agora o papa percebia com nitidez na ênfase dos discursos de nosso irmão as intenções secretas; começou a odiar profundamente o velho e o aturou em seu círculo apenas para tentar evitar um escândalo.

"Quando Cyrillus certo dia teve de novo a oportunidade de conversar com o papa sem testemunhas, ele expôs sem rodeios que quem não renuncia completamente aos prazeres do mundo nem leva uma vida santa era um fardo de vergonha e maldição, de que a Igreja deveria se livrar. Mais tarde, logo após terem-no visto sair dos aposentos privados do papa, alguém percebeu que a água gelada que o pontífice costuma beber continha veneno. A você, que o conheceu, não preciso assegurar de que era inocente! Mas o papa estava convencido da culpa do nosso amigo, por conseguinte ordenou aos dominicanos a execução sumária e sigilosa do capuchinho estrangeiro.

"Nesse ínterim, sua aparição era uma sensação em Roma. A maneira como conversou com o papa, sobretudo o relato sobre sua experiência de vida, levaram-no a perceber entre vocês dois uma afinidade espiritual. Ele acreditava que com você seria possível considerar as coisas sob um prisma mais elevado e sorver força e conforto moral para, eu diria, pecar com gosto e convicção. Seus exercícios expiatórios consistiram para ele em afã hipócrita e hábil visando atingir um objetivo mais alto. Ele o admirou e escutou interessado o discurso brilhante e apologético que você lhe dedicou. Dessa maneira, antes que o dominicano percebesse, sua crescente influência o tornou mais perigoso ao bando do que o pobre Cyrillus jamais poderia vir a sê-lo.

"Você observa, irmão Medardo, estou bem a par de seus movimentos em Roma, de cada palavra de sua conversa com o papa. Não há nenhum mistério nisso, pois posso lhe dizer que o mosteiro possui um amigo num cargo de confiança ao lado do papa, que foi quem me passou essas informações. Mesmo quando você se julgava a sós com o pontífice, ele estava perto o bastante para se enfronhar em detalhes. Quando você iniciou os exercícios expiatórios rigorosos no mosteiro de capuchinhos, cujo prior é meu parente próximo, tomei seu arrependimento por sincero. De fato o era, embora em Roma uma vez mais você tendesse ao pecaminoso orgulho a que já sucumbira antes. Por que se acusar diante do papa de delitos jamais cometidos? Você esteve no castelo do barão F.?"

— Ah, meu pai — respondi, aniquilado pela dor —, esse foi o palco de meus crimes mais odiosos! E o castigo mais terrível que me inflige o insondável poder eterno é que eu na Terra não devo aparecer purificado dos pecados cometidos em cegueira insensata. Para o senhor também, meu venerável pai, sou um pecador hipócrita?

— De fato — respondeu o prior. — Agora, quando o estou vendo e falando consigo, estou quase convencido de que após a penitência você não soube mais mentir, mas continua a existir nesse caso um enigma inexplicável que não pude esclarecer. Pouco após sua fuga da corte do príncipe (o Céu não queria o crime que você esteve prestes a impetrar e salvou a piedosa jovem), pouco após sua fuga, repito, e depois de o monge, que Cyrillus da mesma maneira confundiu com você, ter se libertado por milagre, ficou claro que não era você, mas o conde Viktorin, disfarçado de monge, quem estivera no castelo do barão. Cartas encontradas no espólio de Euphemie tinham anteriormente evidenciado esse fato, mas se acreditou que ela própria estivera equivocada em vista da afirmação de Reinhold de que o reconhecera o suficiente para não confundi-lo com Viktorin, embora tenha admitido a incrível semelhança. A cegueira de Euphemie permanece incompreensível.

"Nisso entra em cena o caçador, valete do conde, contando que seu senhor morara alguns meses pelas montanhas, deixara crescer a barba e o cabelo e, um dia, lhe apareceu de súbito, ali nas proximidades da Cadeira do Diabo, vestido de capuchinho. Apesar de não saber de onde seu senhor conseguira aquele disfarce, o fato não o surpreendeu tanto, visto que estivesse a par das intenções do conde de ir ao castelo vestido de padre e lá permanecer durante um ano, a fim de, sob esse disfarce, resolver algumas pendências pessoais. Na verdade, ele até tinha um palpite sobre a origem do hábito de monge, porque no dia anterior o conde dissera que vira um monge capuchinho no vilarejo, e queria cruzar com ele na floresta, pois lá, de um jeito ou de outro, esperava obter a roupa. Ele próprio não vira o capuchinho, mas ouvira um berro. Logo se espalhou no lugarejo um rumor sobre o assassino do capuchinho na floresta. Ora, o rapaz conhecia bem demais seu senhor, no dia da fuga do castelo falara o suficiente com ele para confundi-lo com outra pessoa.

"Essa declaração do caçador enfraquece a opinião de Reinhold, e apenas o sumiço de Viktorin se mantinha inexplicável.

"A soberana aventou a hipótese de que o pretenso senhor Krczynski, de Kwieczczewo, era o conde Viktorin, baseada em sua extraordinária e óbvia semelhança com Francesko, de cuja culpa havia muito ninguém duvidava, e na premente intuição que a presença dele lhe suscitava. Muitos concordavam com ela, na verdade tinham observado um comportamento aristocrático no tal aventureiro e consideravam ridículo que fosse tomado por monge disfarçado.

"A história do guarda-florestal a respeito do monge maluco que morava na floresta e posteriormente fora acolhido em sua casa concordava sem problemas com o crime de Viktorin, desde que aceitas as premissas como verdadeiras.

"Um irmão do mosteiro onde Medardo estivera reconhecera no monge doido Medardo, logo deveria ser ele, deveria mesmo. Viktorin o empurrara ao fundo do abismo; por uma coincidência realmente incrível, ele fora salvo. Recobrado do desfalecimento, mas gravemente ferido na cabeça, o sobrevivente conseguiu se arrastar e sair do imenso buraco. A dor do ferimento, a fome e a sede o enlouqueceram, e o fizeram perder todo o juízo! Nessas condições perambulou pelas montanhas coberto de farrapos, talvez se alimentando aqui e acolá por generosidade de um camponês, até chegar às imediações da casa do guarda-florestal.

"Nesse ponto, duas questões se destacam: poderia Medardo caminhar tal distância pelas montanhas sem ser detido por eventual testemunha; poderia ele, mesmo nos momentos quando os médicos atestavam que gozava integralmente de sanidade e serenidade espiritual, admitir crimes que nunca cometera?

"Aqueles que defendem essa probabilidade atentam para a incógnita do destino de Medardo a partir de sua saída miraculosa da Cadeira do Diabo. Sua perturbação mental talvez tenha se desencadeado durante a peregrinação, quando passava nos arredores da casa do monteiro. De sua confissão dos crimes de que era acusado podemos deduzir que jamais recuperou a saúde mental, a despeito de sintomas aparentes. Que tivesse cometido os delitos de que o próprio se acusava, isso poderia ser ideia fixa.

"Quando solicitado a falar acerca do veredito, o juiz do tribunal, cuja sagacidade era muito propalada, declarou o seguinte: 'O pretenso senhor Krczynski nunca foi polonês, nem conde, o conde Viktorin certamente não, mas inocente tampouco: de jeito nenhum! O monge permaneceu, para todos os efeitos, alienado e irresponsável por suas ações, e em consequência disso o tribunal criminal não tem meios para condená-lo, só para encarcerá-lo por medida de segurança.'

"Essa sentença o soberano não queria em definitivo ouvir, porque ele pessoalmente, abalado pelos crimes acontecidos no castelo do barão, fora o autor da alteração da pena de encarceramento sugerida pelo tribunal para pena de morte a ser cumprida com a espada.

"Mas assim como nesta vida miserável e efêmera todo acontecimento ou ato, por mais monstruoso se apresente à primeira vista, logo perde brilho e cor, de modo semelhante ocorreu que a história que suscitava horror e pavor na residência, sobretudo na corte, foi se degradando logo em seguida a especulações sem consistência. A hipótese de que o noivo fugitivo de Aurélia seria o conde Viktorin reavivou na memória o episódio da italiana. Mesmo as pessoas não informadas antes foram instruídas por quem então acreditava não ser mais necessária a discrição a respeito, e todos os que tinham visto Medardo consideravam natural seus traços serem incrivelmente semelhantes aos do conde Viktorin, uma vez que eram filhos do mesmo pai.

"O médico particular do príncipe, convencido de que era imperativo enxergar por esse ângulo, disse ao soberano: 'Temos de nos alegrar, honorável senhor, por esses dois inquietantes personagens estarem longe! E por terem sido infrutíferas as investigações!'

"A opinião do médico foi compartilhada pelo soberano de todo o coração, pois ele tinha conhecimento dos graves e sucessivos erros que a dupla personalidade de Medardo o levara repetidas vezes a cometer. A história permanecerá um mistério. Não tentaremos mais erguer o véu que os impressionantes acasos do destino colocaram sobre ele. Somente Aurélia...

— Aurélia! — interrompi o prior com veemência. — Pelo amor de Deus! Diga-me, reverendo pai, o que se passou com ela?

— Ora, irmão Medardo! — exclamou Leonardus, com um meigo sorriso. — Não se extinguiu de seu coração o fogo perigoso? Continua ardendo a chama à mínima alusão? Será que você ainda não se livrou dos instintos pecadores a que um dia esteve subjugado? Devo confiar na veracidade de sua penitência? E que seu espírito renunciou à mentira? Saiba, Medardo, que somente reconhecerei seu arrependimento sincero se você tiver, de fato, cometido os crimes de que se acusa. Pois assim me inclinarei a pensar que tais delitos arruinaram sua alma a ponto de levá-lo a esquecer meus ensinamentos e tudo que conversamos sobre a expiação interior e exterior, para remir seus pecados você se serviu de expedientes falazes, qual náufrago se agarrando a tábua incerta, e eles o fizeram se passar por charlatão vaidoso não somente aos olhos de um papa depravado, mas também de todo e qualquer sujeito verdadeiramente devoto. Diga-me, Medardo, eram imaculados seu recolhimento e sua meditação ante o poder eterno quando você pensava em Aurélia?

Cerrei os olhos, a alma despedaçada.

— Você é sincero, Medardo, seu silêncio diz tudo. Eu sabia com toda a certeza que tinha sido você que, na residência, interpretara o papel de nobre polonês e tentara desposar a baronesa Aurélia. Eu controlara seu itinerário com bastante exatidão. Um homem extravagante (que se autodenominava artista peruqueiro Belcampo), a quem você viu pela última vez em Roma, me deu notícias suas. Eu estava persuadido de que você matara a mulher e o filho do barão F. de modo nefasto, e minha aversão a todas as suas atitudes era tanto maior por você querer corromper a jovem Aurélia em seus vínculos diabólicos. Poderia tê-lo delatado, mas longe de querer representar instância vingadora, julguei mais acertado deixar seu destino a critério do julgamento celeste.

"Você sobreviveu milagrosamente, isso me convenceu de que, contudo, seu destino terreno ainda não chegara ao fim.

"Escute essas circunstâncias curiosas pelas quais mais tarde fui obrigado a crer que, com certeza, o conde é que estivera no castelo do barão disfarçado de monge!

"Não faz muito tempo, o irmão porteiro Sebastian foi acordado por gemidos e lamentos, parecidos com os de um agonizante. Amanheceu, ele se levantou, abriu a porta do mosteiro e viu ao umbral um homem enregelado e quase duro de frio. Com dificuldade, o moribundo conseguiu articular umas palavras e se identificou, era Medardo, o monge que fugira de nosso mosteiro. Muito impressionado, Sebastian me inteirou do que sucedera lá embaixo, eu desci com os irmãos. Trouxeram o homem ao refeitório.

"Mesmo o rosto estando desfigurado, acreditamos realmente reconhecer seus traços e muitos repararam que apenas os trajes tornavam sinistro o tão familiar Medardo. O homem usava barba e tonsura, no entanto, se vestia com roupas seculares, esfarrapadas e gastas, é verdade, mas nelas se denotava a elegância e o apuro originais. Calçava meias de seda, um dos sapatos era ornado com uma fivela dourada, além disso um colete de cetim branco..."

— Um casaco marrom, cor de castanha de uma fazenda fina — intervim, complementando a descrição —, roupa íntima bordada com requinte, no dedo um anel simples de ouro.

— Exatamente! — admirou-se Leonardus. — Como você pode saber uma coisa dessas?

— Ah, esse era o terno que eu vestia no fatal dia de meu casamento! O duplo surgiu diante de meus olhos. Não. Quem me perseguira não era um terrível Demônio imaterial fruto de delírio! Esse monstro que subia em cima de meus ombros, que queria destroçar minha alma, era o fugitivo maluco que, quando eu jazia desfalecido, roubou finalmente minhas roupas e me deixou o hábito que depois usaria. Esse era o homem que se deitou, segundo o senhor disse, à porta do nosso mosteiro e se fez passar, de maneira insidiosa, por mim!

Pedi ao prior que prosseguisse o curso de sua narrativa, pois começava a suspeitar de que o enigma se decifrava aos poucos.

— O homem não tardou a demonstrar sintomas evidentes e óbvios de alucinação incurável. Embora, conforme eu disse, os traços fisionômicos fossem assombrosamente idênticos aos seus e, embora não deixasse de afirmar: "eu sou Medardo, o monge fugido, eu quero fazer penitência com vocês", logo todos estávamos seguros de que o homem tinha a ideia fixa de assumir sua identidade. Nós o vestimos com uma batina, o conduzimos à igreja, ele teve de se submeter aos nossos exercícios de devoção rituais. Ao observarmos como se esforçava para fazer tudo, nos demos conta de que jamais poderia ter estado num mosteiro. Uma ideia me veio na ocasião à mente: "e se esse monge fosse o que veio da residência, e se fosse Viktorin?"

"A história que o maluco relatara ao guarda-florestal me era familiar, nesse ínterim eu estava imputando todos aqueles detalhes escabrosos: descoberta e ingestão do elixir do Diabo, visão no calabouço, tudo em suma que tinha relação com sua estada no mosteiro, à imaginação de um espírito doentio profundamente influenciado pela ação de uma ascendência psicológica forte e estranha, que poderia ser a sua personalidade. Pensando assim, era incrível como o monge, nos momentos de fúria, sempre gritava que ele era conde e senhor de vassalos!

"Resolvi confiar o estranho homem aos cuidados do Hospício Saint Getreu, me dizendo que se ele tivesse uma chance de se restabelecer, só mesmo o diretor desse estabelecimento o lograria, médico genial[8] que penetrava com agudeza em todo o tipo de anomalia do organismo humano. A cura daquele homem deveria pelo menos

---

8. Hoffmann era amigo dos médicos Adalbert Friedrich Marcus e Fridrich Speyer. O primeiro instalou em 1804 num antigo edifício da prelazia (Igreja Católica) de Bamberg o Hospício Saint Getreu (São Fidélis) para doentes mentais, buscando modernizar o atendimento, formar jovens médicos, bem como fomentar a pesquisa nesse campo da medicina. Marcus fazia experiências com o galvanismo e a teoria do magnetismo animal de Franz Mesmer. De 1805 a 1808, Marcus editou com Schelling os *Jahrbücher der Medicin als Wissenschaft* (anuários da medicina como ciência), em que médicos e escritores convergiam em conjunto o seu olhar aos abismos da alma humana. As publicações estão disponíveis no acervo digital da Uni Freiburg.

em parte desvendar o jogo misterioso das forças desconhecidas. Não deu certo. Na terceira noite, fui despertado pela campainha que, você sabe, sempre soa quando alguém na enfermaria carece de minha assistência. Entrei e disseram-me que o desconhecido reclamava com insistência minha presença. Parecia perfeitamente lúcido e talvez estivesse querendo confessar, pois estava bem fraco e não viveria além daquela noite. Quando lhe dirigi palavras de conforto, ele começou a falar:

"'Perdoe-me, venerável senhor, o cometimento de tentar enganá-lo. Não sou o irmão Medardo que fugiu de seu mosteiro. O senhor está diante do conde Viktorin... Deveria ser chamado de príncipe, uma vez que descendo de uma estirpe principesca, o aconselho a se lembrar disso, se não quiser ser atingido por minha cólera.'

"Respondi que ainda que fosse príncipe, entre nossos muros e na condição em que se encontrava, o título não tinha a menor importância, seria melhor se abstrair dos valores terrenos e aguardar humilde o que o Poder Eterno quisesse dispor sobre sua sina.

"Ele me olhou fixo, pensei que tivesse perdido os sentidos, dei-lhe umas gotas de fortificante:

"'Acho que estou morrendo e gostaria, antes disso, de aliviar meu coração. O senhor tem todo o poder sobre mim... Por mais que pretenda dissimulá-lo, reconheço bem que é Santo Antônio e, além disso, o senhor está mais ciente do que ninguém dos males causados pelo seu elixir. Eu tinha algo importante em mente quando resolvi me fazer passar por monge de barbas longas e hábito monacal. Mas enquanto eu meditava sozinho, parecia que meus mais recônditos pensamentos saíam de meu interior e formavam uma criatura de aparência aterradora, mas que era meu eu. Esse segundo eu era dotado de força colossal; e quando a princesa veio surgindo branca, semelhante à neve, lá em meio às águas espumantes e borbulhantes, então ele me atirou nas profundezas do abismo. A princesa me tomou nos braços, lavou minhas feridas, que estranhamente não provocavam dor. Eu me tornara, é verdade, um monge. Mas o eu de meus próprios pensamentos era mais forte e me incitava a matar a mulher a quem eu tanto amava e que me salvara, a princesa, e seu irmão. Lançaram-me num cárcere, mas o senhor sabe, Santo Antônio, de que modo o senhor me ajudou a escapulir pelos ares, após tomar sua desgraçada bebida. Não obstante conhecesse minha condição de príncipe, o rei verde das florestas me acolheu mal! O eu de minha consciência surgiu quando eu estava lá, censurando toda a sorte de maldades, e queria permanecer para sempre em minha companhia, porque tínhamos feito todas as ruindades juntos. Assim sucedeu. Mas logo, quando fugíamos dali porque queriam nos decapitar, nos separamos. Como o cínico eu nesse meio-tempo tinha a intenção de se nutrir para sempre de meus pensamentos, o joguei ao chão, dei-lhe umas pancadas e roubei-lhe a roupa.'

"Até certo ponto, Medardo, o relato do infeliz era compreensível, depois se perdeu na verborreia sem sentidos da loucura. Uma hora mais tarde, quando os sinos anunciavam as matinas, ele se reergueu com um berro desesperador e tombou, ao que tudo indicava, morto. Mandei transportarem o corpo à cripta mortuária e que fosse enterrado sob os rituais sagrados em nosso jardim.

"Imagine você o nosso susto ao notar que o cadáver que queríamos pôr no caixão desaparecera sem deixar uma única pista! Todas as buscas foram infrutíferas. Tive de desistir de recolher por meio dele pormenores mais precisos e claros envolvendo as confusas circunstâncias que o implicavam com o conde Viktorin, Medardo.

"Depois disso eu comecei a relacionar os conhecidos episódios do castelo com os fragmentos do alterado discurso, originários do estado perturbado desse homem estranho, e cheguei à conclusão de que, sem sombra de dúvida, o defunto era o conde Viktorin. Ele matara por sugestão de seu valete o capuchinho peregrino nas montanhas isoladas, e lhe roubara o hábito, a fim de realizar no castelo do barão seus desejos perversos. Como ele provavelmente não premeditara, a história iniciada com o pecado acabou com o assassinato de Euphemie e Hermoge. É possível que estivesse mentalmente desequilibrado, segundo admitiu Reinhold, ou pode ser que assim se tornara durante a fuga sob a tortura dos remorsos.

"O traje que estava usando, somado ao cruel assassinato do monge, contribuiu para gerar em seu espírito a ideia fixa de que ele próprio era um monge; o eu estava cindido em dois seres inimigos entre si.

"Permanece obscuro o interstício que vai da fuga do castelo à chegada dele à casa do guarda-florestal; e é ademais inextricável a origem da história que nos conta da permanência no mosteiro e do modo como se salvou do cárcere. É evidente, mas também muito esquisito, que isso tenha ocorrido graças ao império de forças sobrenaturais. É extraordinário que o caso se ajuste com tanta exatidão ao percurso de suas aventuras, irmão, apesar das lacunas. Só o dia da chegada do monge à casa do monteiro não coincide absolutamente com a data fornecida por Reinhold como sendo o dia no qual Viktorin fugiu do castelo. Se é pertinente a informação do monteiro, então Viktorin, em seu estado perturbado, fora visto na floresta no mesmo instante quando chegava ao castelo das montanhas..."

Eu interrompi o raciocínio de Leonardus:

— Não vá tão longe com essas elucubrações, venerável padre! A verdade é que devo me resignar a toda esperança de, a despeito de meus horrendos pecados, obter ainda pela clemência de Nosso Senhor o perdão e a bem-aventurança eterna; toda essa esperança deve se extinguir. Que eu morra no mais desesperado estado de desconsolo, maldizendo a vida e maldizendo a mim mesmo, se eu não lhe revelar fielmente, com todo o arrependimento e a contrição, como o faço em santa confissão, tudo o que me sucedeu desde quando abandonei o mosteiro.

À medida que eu lhe contava agora nos mínimos detalhes tudo o que fizera, o prior se tornava cada vez mais assombrado:

— Preciso acreditar no que você está dizendo, irmão Medardo, pois perscrutei todos os sinais do sincero arrependimento durante sua fala. Quem poderá desvelar o mistério engendrado pela afinidade espiritual que apresentam dois irmãos, filhos do mesmo pai criminoso, ambos igualmente devotados ao crime!

"Com certeza Viktorin conseguiu se salvar milagrosamente do precipício ao qual você o empurrou, ele era o monge demente acolhido pelo guarda-florestal, perseguiu-o semelhante a um duplo, vindo depois a morrer aqui no mosteiro. Ele serviu de joguete às forças tenebrosas que se insidiam em sua vida, apenas com o fim de lhe atazanar. Não era seu semelhante, Medardo, senão uma criatura subordinada que lhe foi colocada no caminho para que se mantivesse escondida de sua visão a meta luminosa que poderia ter alcançado.

"Ah, irmão Medardo! O Diabo continua rondando incansável pela terra e oferece aos humanos o elixir! Quem entre nós não degustou com prazer uma ou outra de suas bebidas infernais! Mas é a vontade divina que o homem se conscientize do efeito pernicioso da leviandade espiritual e se fortaleça, retirando dessa lucidez a força para resistir! Nisso se manifesta o poder do Senhor, condicionando o princípio moral do bem através do mal, assim como a própria vida da natureza através do veneno?

"Posso bem me dirigir a você com essas palavras, Medardo, porque sei que não estou sujeito à má interpretação! Vá agora ter com os irmãos!"

Naquele instante me invadiu um anelo de amor elevado, todos os nervos pareciam se contrair em súbita dor eletrizante:

— Aurélia! Ai, Aurélia! — suspirei em voz alta.

O prior se levantou e falou com muita seriedade:

— Você talvez tenha percebido os preparativos para uma celebração no convento. Aurélia será consagrada irmã e receberá o nome religioso de Rosália.

Fiquei paralisado e sem fala diante dele.

— Vá abraçar seus irmãos! — gritou, quase colérico.

Sem muita consciência do que fazia, desci ao refeitório, onde eles haviam se reunido. Novamente eles me assediaram com perguntas a respeito de minha vida. Todas as lembranças do passado se obscureciam, e só a imagem esplendorosa de Aurélia preponderava em todo seu brilho. Abandonei os irmãos sob o pretexto de um exercício de meditação e me dirigi à capela situada no extremo mais distante do jardim do convento. Desejava rezar um pouco, mas o mais leve rumor, o doce murmúrio das ramagens me incomodava, distraía minha meditação religiosa.

— É ela! Está vindo, eu a verei! — dizia a voz dentro de mim, e meu coração palpitava de temor e encantamento.

Percebi com distinção duas vozes sussurradas. Então me refiz e saí da capela. Pude ver bem perto de mim duas monjas passeando lentamente e, entre elas, seguia uma noviça. Com certeza seria Aurélia! Senti um tremor convulsivo, eu arfava! Queria avançar, mas estava preso à terra, incapaz de dar um único passo. As freiras e a noviça desapareceram atrás das folhagens. Que dia! Que noite! Aurélia! Sempre Aurélia! Nenhum outro pensamento, nenhuma outra imagem tinha lugar em meu coração.

Tão logo surgiram os primeiros raios do sol da manhã, os sinos do convento começaram a anunciar a cerimônia na qual Aurélia receberia o véu! Pouco depois, os irmãos e irmãs se reuniram numa grande sala. Entrou a abadessa, acompanhada das irmãs. Um sentimento indescritível se apoderou de mim ao vê-la. Ela amara meu pai com toda a sua alma e, não obstante ele tenha rompido com a violência dos pecados a união que lhe teria permitido desfrutar a maior felicidade terrena, a inclinação que destruíra sua felicidade fora transmitida a seu filho. Ela quis educar o menino em virtude e bondade, mas como o pai o filho acumulou crime sobre crime e assim destruiu todas as esperanças que a devota madrinha acalentava de encontrar na virtude do filho uma consolação para os erros que tinham levado o pai à perdição.

Cabisbaixo, olhos postos no chão, ouvi o breve discurso com que a abadessa uma vez mais dava a conhecer aos religiosos em assembleia a entrada de Aurélia no convento e a exortava a rezar com fervor no instante decisivo quando pronunciaria os votos, a fim de que o Inimigo Eterno não tivesse poder de incomodá-la ou perturbá-la. Ela dizia:

— Difíceis, muito difíceis foram as provas a que essa jovem precisou se submeter. O inimigo quis seduzi-la ao mal e empregou para esse fim todos os artifícios dispostos pela insídia maligna. Queria induzi-la ao pecado sem que ela suspeitasse da perfídia. Então, quando acordasse e tomasse consciência, sucumbiria na vergonha e no opróbrio. Mas a onipotência divina protegeu a criança celestial. E se o inimigo hoje tentasse mais uma vez se aproximar dela com o intuito de perdê-la, de maior glória se revestiria a vitória da jovem sobre o Mal. Rezem, rezem, irmãos, não para que a noiva de Cristo não vacile, pois sua decisão de se doar ao Céu está tomada e é firme, inabalável. Rezem, sim, para que nenhum contratempo terrível interrompa a cerimônia. Uma premonição sombria, que não consigo controlar, inquieta meu ânimo!

Era evidente que a abadessa estava se referindo a mim, exclusivamente a mim como se fosse a tentação do Diabo, ela supunha que minha chegada estivesse relacionada com a tomada do véu por Aurélia; talvez temesse de minha parte alguma intenção indesejável.

A sensação de que meu arrependimento e minha penitência tinham sido sinceros, a convicção de não ser mais o pecador que fora, me fizeram erguer a cabeça. A abadessa não me dignava um único olhar; muitíssimo melindrado por esse comportamento indiferente, experimentei a espécie de ironia amarga e sarcástica que me advinha sempre na presença da soberana. Em vez de me prostrar humilde a seus pés, como pretendera antes daquele comentário, queria afrontá-la audaz, desafiá-la.

— Você foi sempre uma mulher incomum que jamais teve contato com os prazeres mundanos? Quando via meu pai, se continha, evitando que o pensamento do pecado se insinuasse em seu coração? Ei, confesse que quando a adornavam com a mitra e o báculo, nos momentos de solidão, a imagem de meu pai despertava-lhe no coração o desejo de conhecer os prazeres terrenos!... Que sentimento era aquele, orgulhosa, quando estreitou ao peito o filho do bem-amado e pronunciou com ardor e intensa dor, embora ele tenha sido um criminoso, o nome do ausente? Suportou algum dia os revezes contra as trevas, como eu? Pode verdadeiramente se alegrar por uma vitória, se nunca travou um autêntico combate?

Sente assim ser uma fortaleza que despreza quem sucumbiu ao mais forte inimigo e, todavia, se reergueu, pois se arrependeu e infligiu-se severas penitências?

A súbita transformação de meus pensamentos, a guinada de penitente a homem orgulhoso que retoma os desafios da vida com passo firme deve ter se manifestado visivelmente. Pois o irmão que estava ao meu lado perguntou:

— Que há com você, Medardo? Por que lança olhares hostis e furiosos a essa santa mulher?

— Sim — respondi a meia-voz. — Pode até ser que seja uma santa. Sempre soube se manter tão elevada que as coisas profanas nunca a atingem. Neste momento, porém, não a vejo como monja cristã, mas como sacerdotisa pagã, afiando a faca e se preparando para executar um sacrifício humano.

Eu próprio não sei como pronunciei o último comentário sem conexão com os pensamentos que me preocupavam. Mas o comentário suscitou em mim um caos de perturbações semelhantes apenas ao horror. Aurélia deixaria este mundo para sempre! Teria ela que renunciar, como eu fiz, ao mundo por um voto que ora me parecia o produto da demência religiosa em delírio? Outrora eu me rendera a satanás e acreditara ver, no crime e no pecado da vida, o instante de luz mais fulgurante e esplêndido. Agora, pensei que ambos, Aurélia e eu, tínhamos de nos unir nesta vida em supremo prazer terreno, que fosse por um segundo fugaz, e assim consumado, morreríamos devotados ao poder das profundezas.

É! Como um monstro desalmado, como o próprio Satã, eu tinha planos maléficos de morte. Ah, cego de mim! Não me dei conta de que, desde o instante em que supus que as palavras da abadessa se referiam a mim, estava colocado à prova, talvez à mais árdua de todas. Satã exercia novamente sua influência e queria me atrair ao crime mais horrendo, que eu jamais cometera! O irmão, com quem eu conversava, me encarou admirado:

— Em nome de Jesus e da Virgem Santíssima, o que você está dizendo?

Olhei para a abadessa. Ela estava prestes a se retirar da sala. Seus olhos pousaram em mim, pálida de morte, ela fixou o olhar e vacilou, as irmãs tiveram de ampará-la. Pensei tê-la escutado cochichar:
— Oh, Santo Deus! Meu pressentimento!

Logo em seguida o prior foi chamado até ela.

Repercutiam pelos ares todos os sinos do convento anunciando a festa, misturando-se aos acordes possantes do órgão, aos cânticos de louvor entoados pelas irmãs reunidas no coro, quando Leonardus retornou à sala.

Nisso, os irmãos das diversas congregações se dirigiram em cortejo solene à igreja que estava tão abarrotada que lembrava o dia de São Bernardo. De um lado do altar principal, decorado para a ocasião com rosas aromáticas, cadeiras de assentos levantados tinham sido dispostas para os clérigos diante da tribuna, onde a orquestra do bispo, que celebrava pessoalmente a missa, interpretava obras musicais para acompanhamento do ofício. Leonardus me chamou para perto dele. Notei que me vigiava com inquietude. O meu mínimo movimento atraía sua atenção, me pedia incessante que rezasse as orações do meu breviário.

As monjas clarissas se reuniram ante o altar-mor, num espaço fechado com gradis baixos. Era chegado o instante decisivo! Vindas do interior do convento, as irmãs religiosas de Cîteaux acompanhavam Aurélia; elas a conduziram a entrar pela porta gradeada, situada no fundo do altar. Quando ela surgiu, um murmúrio percorreu a multidão. O órgão silenciou, e o simples hino das freiras ressoou em acordes maravilhosos que tangiam o fundo do coração.

Eu ainda não ousara levantar o olhar. Invadido por uma angústia temerosa, eu tremia com tamanha violência que meu livro de preces caiu no chão. Agachei-me para pegá-lo, mas uma vertigem súbita me teria derrubado da cadeira alta, se Leonardus não tivesse me segurado com mão firme.

— Medardo, o que você tem? — perguntou baixinho o prior. — Você está excepcionalmente agitado, resista ao inimigo hostil que o leva a agir assim.

Com todas as minhas forças, tentei me dominar, elevei o olhar e vi Aurélia se ajoelhando diante do altar. Oh, Deus do céu! Mais que nunca ela irradiava beleza e graça! Estava vestida de noiva, ah! Lembrei-me do dia fatídico quando teria se tornado minha! Floridos mirtos e rosas estavam entrelaçados no penteado artístico do cabelo. O fervor e a solenidade do momento tinham colorido vivamente suas faces, e seus olhos dirigidos ao céu exprimiam a bem-aventurança divina. Representavam os momentos daquele nosso reencontro na corte do príncipe, em comparação com a emoção que eu experimentava agora ao revê-la! O ardor da paixão, o louco desejo, me inflamava um fogo selvagem.

— Oh, Deus! Oh, todos os santos! Não me levem à loucura, qualquer coisa, menos isso. Salvem-me, salvem-me da tortura infernal! Não me levem à loucura, sou capaz de cometer um crime horrendo e minha alma será condenada à danação eterna...

Implorava eu em íntima oração, porque sentia o espírito do Mal aos poucos se insidiando em minha essência. Parecia-me que Aurélia compartilhava o sacrilégio que apenas eu próprio impetrava, que o voto consistia na promessa solene ante o altar do Senhor de que seria minha! Não via nela a noiva de Cristo, mas sim a mulher perdida do monge que rompera os votos. Abraçá-la com todo o ardor de um desejo delirante e logo dar-lhe a morte, esse pensamento me dominava irresistivelmente. Mais e mais intenso, o espírito do Mal me incitava. Eu queria gritar a altos brados:

— Parem! Cegos e estúpidos, vocês todos! Não é a virgem pura dos instintos terrenos, mas a noiva prometida ao monge é quem vocês estão elevando à noiva de Cristo!

Estava a ponto de me lançar ao meio das freiras, de arrancá-la de lá... Procurei minha faca. A cerimônia atingia o ponto alto quando ela devia pronunciar os votos... ao ouvir sua voz, pensei ver o suave resplendor da lua surgindo entre as nuvens negras de uma tormenta erosiva. A luz benigna se incendiou em mim, distingui o espírito do Mal e resisti com violência. Cada palavra de Aurélia fortalecia minha virtude, e tive êxito na disputa terrível.

Esvaíra todo o pensamento sombrio de sacrilégio, toda a excitação do desejo sensual. Aurélia era a virtuosa noiva do Céu, cuja oração poderia me salvar do opróbrio e da perdição eterna. Os votos que ela pronunciava eram minha consolação, minha esperança, e límpidas desceram sobre mim a bênção e a alegria divinais.

Leonardus, cuja presença voltei a notar, percebera a transformação de meu ânimo, e me disse com brandura:

— Você resistiu ao Inimigo, meu filho! Essa foi a última prova desafiadora que o Poder Eterno lhe infligiu!

Os votos tinham sido proferidos; enquanto o coro das irmãs clarissas cantava em cânone, revestiram Aurélia com seu hábito religioso. Já tinham retirado do penteado os mirtos e as rosas, já estavam prestes a cortar-lhe os cabelos ondulados caídos sobre os ombros, quando começou um tumulto no fundo da igreja. Vi como os fiéis eram empurrados uns contra os outros, uns caíam. Mais e mais perto o rebuliço se aproximava. Com gestos de fúria, com um olhar feroz e pavoroso, abria passagem entre as pessoas um homem seminu (os farrapos de um hábito de capuchinho pendiam de seu corpo). Vinha aplicando socos pela multidão, nos empecilhos à sua frente.

Reconheci meu horrendo duplo, mas no instante quando, suspeitando o pior, eu quis me interpor diante dele, o monstro insensato saltara a balaustrada que circundava o espaço do altar principal. As freiras se dispersaram aos berros. Com resolução a abadessa tomou Aurélia em seus braços.

— Rá, rá, rá! — ria o maluco com voz esganiçada. — Vocês querem me roubar a princesa! Rá, rá, rá! A princesa é minha noiva, minha noiva!

Arrebatando Aurélia dos braços da abadessa com violência, ele brandiu a faca ao alto e a cravou bem ao meio do peito, até a empunhadura. O sangue brotava da moça ao alto como uma fonte.

— Oba, oba! Agora reencontrei minha noiva querida! — gritou o demente, e saltou detrás do altar pela porta gradeada para fora, em direção aos corredores do convento.

As freiras, apavoradas, choravam e gritavam.
— Assassinato! Assassinato no altar do Senhor! — se alvoroçava a multidão acorrendo ao local do crime.
— Fechem as saídas do convento e não deixem o assassino escapar! — pedia Leonardus com voz forte.

Então o povo se precipitou para fora, os monges mais robustos se muniram das cruzes que tinham carregado durante a procissão e estavam encostadas num canto da igreja. Iniciou-se a perseguição ao monstro pelos corredores do convento. Tudo isso sucedeu em questão de segundos. Logo me ajoelhei ao lado de Aurélia, as irmãs tinham atado tão bem como possível o ferimento com lenços brancos e agora assistiam a abadessa que desmaiara.

Uma voz possante pronunciou do meu lado a jaculatória:
— *Sancta Rosalia, ora pro nobis*!

Todos os fiéis que permaneciam dentro da igreja exclamaram:
— Milagre, milagre! Ela é uma mártir! *Sancta Rosalia, ora pro nobis*!

Olhei em torno. O velho pintor estava junto de mim, mas atencioso e meigo como se apresentara certa vez no cárcere.

Nenhuma dor terrestre eu sofri pela morte de Aurélia, nenhum horror pela aparição do pintor, porque uma claridade tornava evidentes em minha alma os vínculos enigmáticos enredados pelas intrigas tenebrosas.

— Milagre! Milagre! — não cessava de propagar a turba.
— Vocês veem o velho senhor de manto violeta? — gritavam vozes confusas. — Ele desceu de um quadro do altar, eu vi, eu também vi...

Todos se ajoelharam e o tumulto se amenizou de súbito, sendo substituído por sussurros de orações entrecortados por soluços violentos.

A abadessa despertou da inconsciência e se queixou com um dilacerante tom de tristeza:
— Aurélia! Minha filha! Minha filha piedosa! É a vontade do Nosso Senhor!

Alguém trouxe uma maca munida de almofadas e cobertores. Quando ergueram Aurélia e a depositaram ali, ela soltou um suspiro e abriu os olhos. O pintor, postado atrás dela, pousava a mão sobre sua testa. Ele tinha o porte de um santo poderoso. Todos que assistiam àquela cena, inclusive a abadessa, admiraram-na com respeitosa veneração.

Ajoelhei-me ao lado de Aurélia, e seu olhar recaiu sobre mim. Não pude reprimir um lamento angustiado diante do doloroso martírio da santa. Incapaz de dizer qualquer coisa, minha garganta exprimiu um som debelado. Então Aurélia me disse à voz suave e baixa:

— Por que você lamenta o destino daquela que recebeu do Poder Eterno do Céu a dignidade de se apartar deste mundo justamente quando se dava conta da banalidade do terreno, quando o coração se encheu de imensa nostalgia pelo reino da bem-aventurança e da alegria?

Eu me levantara, e aproximei-me o quanto possível do leito improvisado.

— Aurélia! Santa Virgem! — eu disse. — Por um momento apenas, desça seu olhar das regiões celestes ou terei de morrer com uma dúvida que corrói minha alma, meu espírito! Aurélia! Você despreza o pecador que entrou em sua vida qual fosse o Inimigo, o Mal em pessoa? Ah, ele sofreu árduas penitências, mas sabe perfeitamente que toda a expiação do mundo não reduzirá a gravidade dos pecados que cometeu. Aurélia! À hora da morte, você me perdoa?

Já tocada por asas de serafins angelicais, ela sorriu brandamente e cerrou os olhos:

— Oh, Salvador do mundo! Santa Virgem Maria! Permanecerei sem consolo e lançado ao desespero! Oh, salvação! Salvação da perdição do Inferno! — rezei com fervor.

Aurélia abriu os olhos e disse:

— Medardo, você cedeu a Satã! E eu? Será que permaneci pura de pecado ao almejar a felicidade terrena em meu amor criminoso? Uma sentença de Deus nos destinou a expiar os graves delitos de nossa estirpe de criminosos. Assim nos uniu o vínculo do amor que não é deste mundo e nada tem em comum com sensualidades terrestres. Mas, apesar disso, o Maligno logrou nos ocultar o sentido sublime desse amor, e nos seduziu levando-nos a compreender um sentimento divino somente sob a perspectiva terrena. Ah, não fui eu própria que ao confessionário lhe revelei o amor, mas em vez de despertar a chama do amor divino e casto em seu peito, incendiei-lhe com o fogo infernal do desejo que o vinha consumindo, e você pretendeu atenuar com o pecado? Tenha coragem, Medardo! O louco demente, que o Demônio fez crer que era você, e precisava cumprir o que você iniciara, foi o instrumento do Céu pelo qual se cumpriu sua vontade. Coragem, Medardo! Breve... breve...

Aurélia, que pronunciara as últimas palavras já com os olhos fechados e a custo de imenso esforço, o que sua voz traía, tombou de tibieza. Mas a morte ainda não podia arrebanhá-la:

— Ela confessou, reverendo senhor? — perguntaram as freiras curiosas.

— Não. Não fui eu, mas ela que me encheu a alma de paz celestial.

— Feliz de você, Medardo! Em breve estará cumprido o tempo de suas provas. Por conseguinte também o meu!

O pintor é quem dissera isso. Fui até ele:

— Nesse caso, não me abandone, homem extraordinário!

Quis continuar falando. Não sei por que razão meus sentidos ficaram embotados, oscilavam num estado intermediário entre a vigília e o sonho. Saí do torpor devido ao alarde de gritos. Não vi mais o pintor. Camponeses, burgueses e soldados tinham entrado no interior da igreja e exigiam permissão para vasculhar o convento à procura do assassino de Aurélia, necessariamente ele se escondia lá dentro. A abadessa, receando com razão muita desordem, recusava. Mas, a despeito de sua autoridade, ela não conseguia acalmar os ânimos alterados. Censuravam-na, que para evitar um mal menor acobertava um assassino, pelo fato de se tratar de um monge. O povo, cada vez mais revoltado, ao que tudo indicava estava prestes a invadir o convento na marra.

Então Leonardus subiu ao púlpito e se dirigiu à multidão indignada com algumas palavras incisivas, lembrando a proibição de se profanar lugares sagrados. Acrescentou que o criminoso não era definitivamente um monge, mas sim um demente; ele próprio acolhera no mosteiro o homem que nem mostrava indícios de vida, deixaram-no na câmara dos mortos vestido com o hábito monacal, mas o homem despertara da condição letárgica e sumira. Se estivesse ainda no interior do claustro, as medidas de segurança implementadas seriam suficientes para detê-lo.

As pessoas se acalmaram e pediram, no entanto, que não transladassem o corpo de Aurélia ao convento pelos corredores, mas passassem pelo adro em cortejo solene. Assim foi feito. As irmãs, muito emocionadas, levantaram o féretro que fora coberto com coroas de flores. Aurélia também fora enfeitada como antes, com mirtos e rosas nos cabelos. Logo atrás do esquife, sobre o qual quatro irmãs seguiam segurando o baldaquim, vinha a abadessa, amparada por duas religiosas. As demais acompanhavam com as irmãs clarissas e de outras congregações. Os fiéis se juntavam atrás e a procissão passou a se movimentar pela igreja. A irmã organista deve ter subido ao coro, pois tão logo o cortejo atingiu o meio da nave soaram lá do alto os sons lúgubres e melancólicos do órgão.

Nesse exato momento Aurélia se endireitou e ergueu as mãos postas ao céu. O povo caiu novamente de joelhos e suplicou:

— *Sancta Rosalia, ora pro nobis*!

Assim se concretizava a imagem que eu, da primeira vez que vi Aurélia, anunciei por hipocrisia, cego que estava por Satã. Quando as irmãs depositaram o esquife na cripta do convento e os irmãos e irmãs rezavam em torno, Aurélia com um profundo suspiro tombou nos braços da abadessa, ajoelhada ao lado dela.

Ela estava morta!

O povo se mantivera à porta do convento. Quando os sinos anunciaram o falecimento daquela virgem fervorosa, ouviram-se prantos e lamentos e, por fim, todos choravam aos soluços. Muitos fizeram a promessa de permanecer no vilarejo até as exéquias, e só então retornar às suas casas, observando durante esse período um rigoroso jejum. A história do crime hediondo e do martírio da noiva de Nosso Senhor se disseminou rapidamente. As exéquias, celebradas quatro dias mais tarde, se assemelhavam a uma cerimônia festiva de beatificação de uma santa. Pois já na véspera uma multidão de fiéis cobria a pradaria diante do convento, como no dia de São Bernardo, e se instalava pelo chão, a fim de esperar a manhã. Em lugar do alegre bulício habitual, ouviam-se somente murmúrios respeitosos e gemidos piedosos. De boca em boca corria solta a aventura terrível e trágica que ocorrera diante do altar. Se acontecia de uma voz mais alta se destacar, era para praguejar contra o assassino que fugira sem deixar rastros.

Esses quatro dias, durante os quais passei grande parte na solidão da capela do jardim, foram bem mais decisivos para a salvação de minha alma do que todo meu período de penosas penitências no mosteiro de capuchinhos, nas imediações de Roma. As últimas palavras de Aurélia me desvendaram o segredo acerca de meus pecados, e reconheci que apesar de estar munido de toda a fortaleza da virtude e da devoção, eu não fora capaz de resistir a Satanás, empenhado em perpetuar e fazer florescer a estirpe do crime. O germe do mal estava bem frágil quando vi a irmã do mestre de capela, mas começou a crescer dentro de mim naquela época o pecado do orgulho. Foi então que Satã entregou às minhas mãos o elixir que, como uma poção maldita, fez fermentar meu sangue. Não atendi aos conselhos e às advertências do pintor estrangeiro, do prior, da abadessa. A visão de Aurélia ao confessionário me converteu finalmente num criminoso. O pecado se manifestou como se fosse uma doença orgânica, causada por esse veneno. De que maneira alguém entregue a Satanás reconheceria o vínculo que o poder celestial estabeleceu entre mim e Aurélia, como um símbolo de amor eterno?

Insidiosamente Satã me encadeou a um louco, em cuja personalidade meu eu devia se insinuar, por sua vez ele com fatalidade exercia forte influência sobre meu espírito. Sua morte aparente, decerto um artifício do Demônio, eu tinha de imputar a mim mesmo. O crime me familiarizou com o pensamento do assassino. De tal modo que esse irmão nascido de um pecado infame foi o princípio animado pelo Diabo, a fim de me conduzir aos pecados mais horríveis e lançar-me à tortura de sofrimentos cruéis.

Até o momento quando Aurélia, em conformidade com os desígnios celestes, pronunciou seus votos, minha alma não estava límpida do pecado. Até aquele momento, o Inimigo tinha poder sobre mim. Mas a miraculosa paz no coração, uma espécie de serenidade irradiada do alto que me invadiu quando ela proferiu as últimas palavras, me convenceu de que sua morte supunha a remissão de meus pecados. Quando no réquiem solene o coro cantou *confutatis maledictis flammis acribus addictis*[9], eu me senti emocionado, mas ao trecho *voca me cum benedictis* tive a impressão de ver Aurélia em meio ao brilho celestial e do alto ela me fitava, abaixando o olhar para depois voltar a cabeça aureolada ao Ser Supremo, a interceder pela salvação eterna de minha alma!

— *Oro supplex et acclinis cor contritum quasi cinis.*[10]

Caí ao chão de joelhos. Mas quão pouco se assemelhavam meu sentimento, minha súplica humilde e a apaixonada contrição com os exercícios atrozes e selvagens de mortificação da época do mosteiro de capuchinhos. Só agora meu espírito adquirira a faculdade de discernir o falso do verdadeiro. Com essa clarividência fracassaria toda e qualquer prova a que o inimigo tentasse me submeter. Não fora a morte de Aurélia que me abalara, porém a natureza hedionda do ato que me afetara profundamente. Constatei, logo depois, que a clemência do céu lhe proporcionara uma graça suprema: o martírio da imaculada noiva de Cristo.

---

9. A partir de agora, o escritor insere alguns trechos em latim do hino *Dies irae* (dia de ira), do século XIII, que estão também na missa *Réquiem em ré menor*, a última composição de Mozart (1791): *Confutatis maledictis flammis acribus addictis voca me cum benedictis*: "Condene os malditos, lance-os às chamas famintas, chama-me com os benditos."

10. Outro verso do hino *Dies irae. Oro supplex et acclinis cor contritum quasi cinis! gere curam mei finis*: "Oro-Te, rogo a Ti de joelhos, com o coração contrito em cinzas, cuide do meu fim."

Estava ela perdida para mim? Não! A partir de então, tendo abandonado os tormentos infinitos da Terra, ela se tornara para mim um raio claro de amor eterno, flamejante em meu peito. Sim! A morte de Aurélia fora o ritual solene de consagração, conforme ela mesma disse, um amor que transcende as estrelas nada tem em comum com este mundo. Essas meditações alçaram-me acima de minha simples condição humana, e isso transformou os dias passados no convento das irmãs cistercienses nos mais bem-aventurados de minha existência.

Após a cerimônia fúnebre, que teve lugar na manhã seguinte, Leonardus quis retornar à cidade com os irmãos; o cortejo estava saindo, mas a abadessa pediu que fosse vê-la antes de ir-me. Encontrei-a sozinha em seus aposentos, extremamente comovida, o rosto coberto de lágrimas:

— Tudo... Sei de tudo, Medardo, meu filho! Sim, o chamo mais uma vez de meu filho, pois você triunfou nas provas que lamentavelmente lhe foram impostas! Ah, Medardo! Apenas ela, ela, que está próxima do trono de Nosso Senhor, intercederá com certeza por nós, somente ela é imaculada de todo o pecado. Não estava eu mesma à beira do abismo quando, toda devotada aos prazeres terrenos, quis me vender ao assassino? Entretanto! Medardo..., meu filho! Lágrimas pecaminosas derramei na solidão de minha cela, pensando em seu pai! Vá, meu filho! A dúvida de que talvez o tivesse criado semelhante a um ímpio pecador e a falta que me imputava por isso se esvaíram de minha alma.

O prior provavelmente revelara à abadessa os fatos concernentes à minha vida que ela ignorava. Com essa atitude ele confirmava seu perdão e deixava o julgamento ao arbítrio e à discrição do Altíssimo.

No mosteiro tudo funcionava como antigamente. Retomei meu lugar entre os irmãos.

Um dia o prior Leonardus me falou:

— Irmão Medardo, eu gostaria de impor a você mais uma vez um exercício de penitência.

Com humildade, quis saber em que consistia. Respondeu-me:

— Você escreverá a história cxata de sua vida. Sem omitir os acontecimentos prodigiosos e estranhos que vivenciou, nem mesmo os insignificantes, sobretudo durante o período de sua vida secular. A imaginação o conduzirá pelos cenários multicores que você abandonou para sempre; você experimentará de novo as sensações de terror, prazer, dor, humor, do grotesco. É possível que nesses instantes de recordação, veja Aurélia com outros olhos: não a irmã Rosália, padecida em martírio. Se o espírito do Mal se afastou definitivamente de sua alma, seu pensamento renunciou de fato ao mundano, então você há de pairar qual princípio de essência sutil bem acima de tudo e não subsistirão traços das antigas impressões e sentimentos.

Fiz o que me ordenava o prior.

Ah, mas suas previsões se concretizaram! Terror, prazer, dor, riso e encanto brotavam com violência de meu íntimo, enquanto eu escrevia minha biografia. A você, que talvez um dia esteja lendo estas páginas, eu falei daquele tempo radiante de amor, quando a imagem de Aurélia se impregnava e vivia dentro de meu coração! Há algo superior ao prazer terreno que quase sempre leva à perdição do homem frívolo e tolo. O amor espiritual é o instante de luz, quando sem pensamentos pecaminosos de concupiscência, mas descendo do céu similar ao raio resplendente, a bem-amada ilumina os sentimentos elevados depositados no reino íntimo do amor. Esse pensamento me confortou quando, à lembrança dos instantes memoráveis que o mundo me proporcionara, lágrimas abundavam de meus olhos, fazendo sangrar feridas havia tanto tempo cicatrizadas.

Sei que talvez o Maligno tenha até a morte o poder de atormentar o monge pecador. Mas aguardo confiante e forte, mesmo com ardente aspiração o momento de meu fim, pois será o cumprimento de todas as promessas que Aurélia, ah! que a própria Santa Rosália fez no leito de morte. Interceda por mim, Santa Virgem! Que o poder infernal ao qual tantas vezes sucumbi não se abata sobre mim e me lance ao pântano da perdição eterna!

Post Scriptum do padre Espiridião, bibliotecário do Mosteiro de Capuchinhos em B.

Na noite de três para quatro de setembro do ano de 17**, nosso mosteiro foi palco de eventos extraordinários! Devia ser meia-noite, quando ouvi estranhos risos e, ao mesmo tempo, um gemido abafado de lástima, provenientes da cela contígua, do irmão Medardo. Pareceu-me identificar claramente as seguintes palavras, pronunciadas por uma voz horrível, repugnante:

— Venha comigo, irmãozinho Medardo, vamos sair em busca da noiva!

Levantei-me e quis me dirigir à cela do irmão, mas se apoderou de mim um medo espantoso, semelhante a um arrepio febril que perpassasse com violência meus membros, por essa razão, em vez de ir à cela de Medardo, fui à do abade Leonardus, despertei-o não sem dificuldade e lhe contei o que escutara. O abade se assustou, saltou da cama e me pediu que buscasse círios, em seguida deveríamos ir juntos ao encontro do padre Medardo.

Dito e feito, eu acendi as velas no flamejante círio diante da Mãe de Deus, no corredor, e juntos subimos as escadas. Por mais que espreitássemos, não pudemos mais ouvir a voz hedionda que eu antes escutara. Em vez disso, nós ouvimos um repique suave e harmonioso de sinos e tivemos a impressão de que uma fragrância de rosas se espalhava pelos ares. Nós nos aproximamos um pouco mais e nesse momento se abriu de chofre a porta da cela e de lá saiu um homem alto com barba grisalha encrespada, vestindo uma capa roxa. Fiquei chocado, tinha a certeza de que o homem era um espectro ameaçador, pois as portas do mosteiro estavam trancadas a ferro e ficava, por conseguinte, impossível a um estranho penetrar o interior. Mas Leonardus o encarou impávido sem todavia proferir uma palavra.

— Aproxima-se a hora de cumprir o destino! — profetizou a figura com gravidade.

Depois sumiu pelo escuro corredor, aumentando tanto meu medo que quase deixei cair a vela benta. Mas o abade, que graças a devoção e fortaleza na fé, não se importava com fantasmas, me segurou pelo braço e me alentou:

— Entremos agora na cela do irmão Medardo.

Assim fizemos. Nós nos aproximamos do irmão que já havia algum tempo estava bastante enfraquecido, agonizando. A morte pregara sua língua e não era possível se ouvir mais que estertores. Leonardo se manteve a seu lado, e eu acordei os irmãos puxando vigorosamente a corda do sino e gritando:

— Acordem, acordem! O irmão Medardo está morrendo!

Logo todos eles despertaram, não faltava ninguém quando nos aproximamos do moribundo com as velas bentas acesas. Todos, inclusive eu mesmo, que lograra superar o medo, fomos abatidos por grande tristeza.

Carregamos o padre Medardo em cima de um esquife à igreja do mosteiro e o depositamos diante do altar. Para nosso assombro ele se recuperou um pouco, pôs-se a falar, e o próprio abade após a confissão ministrou-lhe os óleos da extrema-unção. Depois Leonardus permaneceu ao lado do irmão, e os dois conversavam, enquanto nós nos dirigimos ao coro e cantamos os réquiens para a salvação da alma do moribundo. Justamente quando os sinos do mosteiro no dia seguinte, isto é, no dia cinco de setembro de 17** repicavam pela duodécima vez, Medardo morria nos braços do abade.

Nós nos lembramos de que era exatamente o mesmo dia e a mesma hora em que a monja Rosália, no ano anterior, de maneira atroz, fora assassinada no instante em que terminara de pronunciar os votos.

Mas eis a seguir o relato do que sucedeu na cerimônia fúnebre.

Durante o réquiem se espalhou pelos ares um forte aroma de rosas. E observamos que um ramalhete de rosas, das mais belas, raras naquela estação, estava dependurado no magnífico quadro de Santa Rosália, que fora pintado por um pintor italiano desconhecido, e nosso mosteiro comprara por uma ninharia dos capuchinhos da região de Roma, que tinham mantido uma cópia consigo. O irmão porteiro contou-nos que de manhã bem cedinho um mendigo de aspecto miserável, passando despercebido, subira ao altar e fixara o buquê de flores ao quadro. O mesmo mendigo se encontrava no enterro e abriu caminho entre os irmãos. Quisemos repulsá-lo, mas depois que o abade o observou atentamente, nos ordenou tolerá-lo junto de nós. Mais tarde o aceitou como irmão leigo no mosteiro. Nós o chamávamos de Pedro em virtude de seu nome secular, Peter Schönfeld. Outorgamos-lhe tal nome glorioso por ser um sujeito alegre, de espírito cândido por excelência, falava pouco e só raras vezes ria um pouco de modo burlesco, o que, todavia, não consistia em pecado e até nos divertia.

O abade Leonardus disse em certa ocasião que a luz de Pedro se extinguira nos vapores de sua loucura, à qual o conduzira a natureza irônica de seu espírito. Nenhum de nós compreendeu o que o sábio abade queria dizer com isso, mas notamos que ele devia conhecer o irmão leigo de longa data.

Dessa forma, cheio de pesar, eu anexei às folhas que contêm, presumo, o relato sobre a vida do irmão Medardo, mas que não li, as circunstâncias precisas de sua morte, *ad majorem Dei gloriam*.[11]

Que o irmão Medardo repouse em paz e tranquilidade, o Senhor do Céu lhe permita um dia ressuscitar e o acolha na corte dos santos, pois ele morreu em devoção.

---

11. O lema da Sociedade de Jesus *ad majorem Dei gloriam* (para a glória de Deus) é atribuído a Santo Inácio de Loyola, fundador dessa ordem religiosa católica composta por jesuítas.

ESTE LIVRO FOI COMPOSTO EM GATINEAU 10 POR 14 E
IMPRESSO SOBRE PAPEL OFF-SET 75 g/m² NAS OFICINAS DA
MUNDIAL GRÁFICA, SÃO PAULO — SP, EM OUTUBRO DE 2022